KB150642

달
의

정
원

Garden of The Moon

달 / 의 정 / 원

최윤서
장편 소설

SCARLET ROMANCE STORY

c
o
n
t
e
n
t
s

1
나는 너를 잊을 수 없었다

창틈으로 미약한 바람이 불어왔다. 봄이라기엔 아직 쌀쌀했지만 연기처럼 가느다란 구름 사이로 따사로운 햇빛이 쏟아지는 제법 청량한 날씨였다.

새파란 하늘을 가만히 바라보던 교원은 이내 차의 시동을 끄고 룸미러를 내렸다. 작은 거울에 비친 눈동자가 제 것이 아닌 것처럼 맑게 빛났다.

교원은 자꾸 말라 오는 입술을 가볍게 적시며 머리를 매만졌다. 반듯한 넥타이도 한번 건드려 보고 보이지 않는 먼지를 털어내기도 했다. 아침에 뿌렸건만 그새 희미해진 향수 냄새가 아쉬워 왼쪽 손목에 한 번 더 뿌리려던 찰나 입술 사이로 짧은 웃음이 샜다.

설마, 긴장하고 있는 건가.

어쩔 수 없는 설렘을 인정하지 않는 것은 아니었지만 이따금씩 스스로도 제 모습이 낯설게 느껴졌다.

"여!"

그때 경쾌한 목소리가 교원의 귓전을 울렸다. 막 사옥을 나온 도혁이 손을 흔들며 다가오고 있었다. 교원은 싱긋 웃으며 차에서 내렸다.

그는 도혁의 어깨를 가볍게 터치하는 것으로 반가운 인사를 대신했고, 도혁 또한 시원한 미소로 답하며 그에게 커피를 내밀었다.

"뭐한다고 삼십 분이나 일찍 왔어?"

도혁은 사옥 앞의 벤치로 교원을 안내하며 물었다. 벤치에 앉은 교원은 사외의 인테리어를 흥미롭게 바라보며 흘리듯 말했다.

"신입이잖냐."

그러자 도혁이 헛웃음을 뱉으며 말했다.

"대기업들이 서로 스카우트하려고 경쟁하는 신입도 있냐? 너 같은 경력자들이 신입인 척하니까 진짜 신입들이 갈 곳이 없는 거야."

"경쟁은 무슨. 오버하지 마, 인마."

교원은 자신을 치켜세우는 도혁을 나무랐다. 하지만 교원을 스카우트하기 위해 게임 업계의 3대 기업이 신경전을 벌이고 있는 것은 공공연한 사실이었다.

최교원. 그는 이미 사회적으로 유명한 작가이자 게임 개발자였다. 스무 살 때부터 판타지 소설가로 활동하였고 첫 번째 소설

『더 프리즌』이 엄청난 반향을 불러일으키면서 대표적인 신세대 장르문학가로 이름을 날렸다.

또, 게임공학을 전공한 그는 도혁을 포함한 대학 동기들 몇 명과 함께 자신의 소설 『더 프리즌』을 바탕으로 한 모바일 액션 RPG 게임 〈프리즈너〉를 개발하여 100만이 넘는 다운 횟수를 기록하며 큰 성공을 거두었다. 대기업이 개발하거나 서비스하지 않은, 개인의 자체 개발 게임이 그 정도의 성공을 거둔 것은 전례 없는 일이었다.

작가로만 활동할 때에도 이미 많은 게임 회사에서 스토리 기획이나 시나리오 집필 의뢰를 해 왔는데, 직접 개발한 게임까지 성공하자 프리랜서를 넘어선 정규직 입사 제의가 들어오기 시작했다.

하지만 교원은 마무리해야 할 소설 작업 때문에 작년에 있던 모든 입사 제의를 거절하고 올 상반기에 취업할 뜻을 전했다. 그리고 마침내 상반기 시즌이 다가오자 그간 기회만 엿보고 있던 기업들이 너 나 할 것 없이 컨택을 해 온 것이다.

"그래, 얼마나 부르디?"

한참 서로의 근황에 대해 얘기하고 난 뒤, 도혁이 돌연 은밀한 목소리로 웃으며 물었다.

"연봉 말이야. 괜찮으니까 나한테만 말해 봐. 너처럼 다른 세상에 사는 인간한테는 열등감이나 질투 같은 거 버린 지 오래니까 걱정하지 말고."

"……진짜 괜찮을 자신 있냐?"

교원이 커피를 살살 돌리며 느긋한 목소리로 묻자 도혁은 한 방 먹었다는 표정으로 큰 웃음을 터뜨렸다.

"야, 이 자식 이거! 어마어마한가 본데? 너 그래서 여기 온 거지? 나 때문이 아니라. 그치?"

부럽고 궁금해서 못 견디겠다는 듯 요란을 떠는 도혁을 보며 교원은 그저 묘한 미소만 지어 보였다.

게임 개발 경력이 있긴 하지만 입사 경험이 없는 교원은 공식적으로는 신입이 맞았지만, 사회적인 유명세와 대기업들의 신경전으로 신입으로서는 상상할 수 없는 금액의 연봉을 제안받고 있었다.

하지만 지금 교원이 와 있는 Y소프트가 가장 높은 연봉을 제시한 것은 아니었다. 그가 Y소프트를 선택한 이유가 연봉 때문은 아니라는 것이었다. 그 얘기를 전해 들은 도혁은 얼이 빠진 표정으로 교원을 보며 고개를 절레절레 저었다.

"난 가끔 우리가 7년 지기가 맞는지 의심스럽다."

"무슨 소리야?"

"너를 도무지 이해할 수 없을 때가 있거든. 네 속은 진짜 모르겠다, 내가."

"원래 그런 거야. 나도 가끔은 나를 모르겠으니까."

특히 지금 같은 경우. 평소 음료를 잘 마시지 못하는 교원은 어느새 바닥을 드러낸 컵을 보며 생각했다.

"너 혹시 나 좋아하냐?"

"뭐?"

웬만해서는 표정 변화가 별로 없는 교원이 깜짝 놀란 얼굴로 도혁을 돌아보았다. 도혁은 사뭇 진지한 태도로 묻고 있었다.

"아니, 그게 아니면 말이 안 되잖아. 업계 1위에서 제의가 안 온 것도 아닌데, 굳이 2위인 우리 회사를 선택하고. 요즘처럼 모바일 게임이 대세인 시기에 모바일본부를, 그것도 한창 대박 나고 있는 〈라스트던전〉 팀을 거절하고, 굳이 온라인본부를 선택해서 그중에서도 가장 하락세인 우리 팀에 들어온다는 게."

그제야 도혁의 말뜻을 알아들은 교원은 어처구니가 없다는 듯 실소를 뱉었다.

"더군다나 내가 우리 본부장 욕을 그렇게 했는데 말이지. 난 정말 이해가 안 돼서 그런다. 대체 왜 이러는 거냐?"

"뭐가 그렇게 마음에 안 드는데?"

"뭐?"

"너희 본부장 말이야."

"넌 내가 그렇게 말했는데…… 어? 야, 저기 봐. 지나간다."

"……뭐?"

교원이 벌떡 일어서며 되물었다. 일어설 것까진 없었는데, 너무 놀란 나머지 무의식중에 한 행동이었다.

"저기 보이지? 혼자 까만 정장 제대로 갖춰 입은 사람. 호랑이도 제 말 하면 온다더니 타이밍 죽이네. 뭐, 어차피 몇 분 뒤면 볼 테지만."

"……."

"딱 보니까 느낌 오지? 오죽하면 별명이 던전이겠냐. 풋."

투명한 벽 너머로 회사의 로비가 보였다. 서너 명의 사람들이 무리 지어 로비를 걸어가고 있었고, 그들 사이에 그녀가 있었다.

창의성을 중시하는 업계의 특성상 게임 회사들은 대부분 복장 규제가 없었다. 특히 Y소프트는 업계 중에서도 가장 자유로운 분위기를 추구하여 임원진들도 캐주얼한 복장을 입는 경우가 많았다.

그런데 그녀는 반듯한 검은 정장을 갖춰 입고 있었다. 하나로 질끈 올려 묶은 머리와 꼿꼿한 허리, 흐트러짐 없는 걸음걸이가 그녀의 성격을 말해 주는 것 같았다.

교원은 무언가에 홀린 듯 그녀를 빤히 바라보았다. 그녀는 자신을 향해 인사하는 사원들에게 짧은 고갯짓으로 답한 뒤 무표정한 얼굴로 걸어갔다.

그녀가 로비를 지나쳐 그의 시야에서 사라진 뒤에도, 교원은 한곳에 박힌 시선을 떼어 낼 줄 몰랐다.

"야, 최교원!"

한층 커진 도혁의 목소리에 그제야 정신을 차린 교원은 고개를 가로저으며 어쩐지 쓴웃음을 흘렸다.

"너 왜 그래? 본부장 포스에 벌써 기죽은 거야? 뭘 일어서기까지 하고. 아직 네 상사 아니야, 인마."

예상은 했었지만, 실제로 마주하니 느낌이 또 달랐다. 로비를 지나치는 그녀를 본 순간, 흉골 사이에 서늘한 바람이 들어차는 것 같았다.

"면접 보고 나서 영 아니다 싶음 다시 생각해 봐. 아직 시간 있다."

달랐다. 그녀는 정말, 달라져 있었다.

"그래도 예쁘긴 진짜 예쁘지? 서른셋에 저 얼굴, 저 몸매, 쉽지 않은데 말이야. 성격만 좋았어도 진작 결혼했을 텐데⋯⋯. 안됐다. 안됐어."

십 년 전의 그를 보는 것처럼, 그녀는 슬프도록 어두워져 있었다.

"본부장님. 시간 됐습니다."

"네, 알았어요."

윤슬은 시간이 다 되었다는 말을 듣고도 보고 있던 서류를 놓지 않았다. 비서는 그 행동의 뜻을 이해하고 조용히 자리를 떴다.

서류의 마지막까지 꼼꼼하게 체크한 뒤 결재를 하고 나자 십 분이 지나 있었다. 하지만 비서가 말했던 시간은 준비 시간이었기 때문에 면접까지는 아직 이십 분이 더 남아 있었다.

윤슬은 모든 일에 있어 이렇듯 미리 준비하는 습관이 있었다. 닥쳤을 때 빠듯하게 처리하느라 허둥거리지 않기 위해서였다. 그녀는 타인에게 빈틈을 보이는 일을 질색했다.

윤슬은 책상을 말끔히 정리한 뒤에야 몸에 힘을 빼고 기지개를 켰다. 뻐근해진 어깨를 주무르며 목을 돌리던 그녀는 문득 생각이 난 듯 세 번째 서랍을 열었다. 그리고 책 한 권을 꺼내 들었다. 책을 펼치자 오른쪽 위가 살짝 접힌 페이지가 나왔다.

너는 나를 잊었지만, 나는 너를 잊을 수 없었다

음침하고 쓸쓸한 감옥을, 한순간에 아름답고 따스한 정원으로 만들어 버렸던 너를

그럴 수 있던 너를

우쿨렐레의 선율보다 간지럽고

별빛이 비추는 잔물결보다 눈부셨던 너를

노을처럼 시나브로 스며들었던 너를

그런 너를

나는 결코 잊을 수 없었다

윤슬이 책에서 가장 좋아하는 구절이었다. 왠지 모르게 익숙하고 정감이 갔던 부분. 보고 있으면 위안이라도 받는 것처럼 마음이 편안해지고 묘하게 설레는 부분.

어느새 평온해진 얼굴로 한 글자 한 글자를 곱씹고 있던 순간, 노크 소리가 들렸다. 무슨 잘못을 한 것도 아닌데, 윤슬은 서둘러 책을 다시 집어넣었다.

"본부장님. 최교원 씨 도착하셨답니다."

윤슬은 속으로 '벌써?' 하고 생각했지만 태연하게 고개를 끄덕이며 자리에서 일어섰다.

비서가 나간 뒤 정장 재킷을 집어 들던 윤슬이 잠시 손을 멈추었다. 항상 머리부터 발끝까지 딱딱한 검정 정장을 고수하는 그녀였지만, 오늘만큼은 왠지 재킷을 입고 싶지 않았다.

윤슬은 자신의 하얀 블라우스를 한참 동안 내려다보다 이윽고

정장 재킷에서 손을 떼었다.

온라인본부 사무실은 평소보다 더욱 술렁거렸다. 특히 여사원들은 들뜬 표정으로 수다를 떨거나 화장을 고치는 등 부산스럽기 그지없었다.

복도에서 그 모습을 지켜보던 윤슬의 미간에 짧은 주름이 졌다. 들어가서 한마디를 해야 하나 고민하던 찰나, 윤슬을 발견한 김민아 팀장이 곧바로 사원들에게 주의를 주고 사무실을 나왔다. 사원들은 그제야 윤슬의 존재를 알아차리고 재빨리 업무를 재개했다.

"왜들 그렇게 산만한 거야?"

민아와 함께 면접이 잡힌 회의실로 걸어가던 윤슬은, 사무실에서 꽤 멀어진 뒤에야 나지막하게 물었다. 민아는 〈가든오브더문〉의 개발을 함께했던 윤슬의 입사 동기이자 가장 친한 친구였다.

"왜긴 왜야. 최교원 때문이지. 우리 회사로 올지도 모른다는 소문이 그새 쫙 퍼졌더라."

민아는 윤슬의 얼굴에 띤 불편한 기색을 감지하고 수습하듯 말했다.

"너나 관심 없는 거지, 보통 유명 인사가 아니잖아. 게다가 그냥 유명 인사면 모를까, 젊고 잘생기고 능력까지 있으니. 남자 나이 스물일곱에 이렇게 성공하기가 어디 쉽니? 한 대리는 옛날부터 팬이어서 사인회까지 갔다 온 적 있다는데, 성격도 그렇게 착하고 젠틀하대. 애, 애 엄마인 나도 설레는데 젊은 여사원들은 오죽하겠니?"

"주책없어."

"알아, 나도. 말이 그렇다는 거지. 근데 정말 궁금하지 않아? 왜 잘나가는 모바일본부를 거절하고 우리 본부에 와 주려는 걸까?"

"김민아."

윤슬이 돌연 발을 멈추고 단호한 어조로 말했다.

"네 말대로 제의를 한 건 모바일본부 쪽이지 우리가 아니야. 다시 말하면 우리는 최교원 씨를 필요로 한 적이 없다는 얘기지. 먼저 우리 본부에서 일하고 싶다고 의사를 표현한 것도 그쪽이고, 면접을 신청한 것도 그쪽이야. 그러니까 와 준다는 표현은 맞지 않는 것 같다. 면접에서도 그 점을 인지해 주어야 할 것 같아서. 게임에서도 마찬가지지만, 먼저 굽히고 들어오는 상대, 매력 없잖아?"

"그래, 알았어. 이건 내 실수. 네 말이 맞다. 갑을 관계가 뒤집어진 면접이 될 뻔했네."

민아는 시원스럽게 웃으며 수긍하더니, 사소한 잡담으로 대화를 이어 갔다.

하지만 윤슬은 민아의 말이 귀에 잘 들어오지 않았다. 말은 그렇게 했지만, 사실 민아에게 한 말은 자신의 마음을 다잡기 위해 한 말이나 마찬가지였다. 참신한 세계관 구성과 완성도 높은 스토리 기획이 무엇보다 중요한 개발본부에서 그 모든 역량을 갖추고 있는 최교원 작가가 탐나지 않을 수는 없었으니까.

"뭘 그렇게 봐?"

"……어, 그냥."

"하긴, 넌 최교원 작가에 대해 잘 모르니까. 이력서로 보니 더 대단하지?"

윤슬은 묵묵히 고개를 끄덕였다. 사실 그녀가 보고 있던 것은 교원의 이력이 아니었다. 이력서에 첨부된 그의 사진이었다.

교원을 몰랐던 것은 아니지만 그는 대중매체에 모습을 드러내는 편도 아니어서 직접 검색해 보거나 관련 행사에 찾아가지 않는 이상 얼굴을 알 수는 없었다. 그래서 윤슬은 이번 이력서를 통해 그의 얼굴을 처음 보았다.

그런데 이상했다. 왠지 모르게 낯이 익은 느낌이 들었다. 어디선가 한 번은 본 것 같은 익숙한 느낌. 처음 보는 사람의 낯선 느낌이 아니었다. 혹시 신문이나 뉴스를 통해 본 적이 있는데 기억을 못 하는 것일까.

윤슬은 그의 사진을 뚫어져라 바라보며 묘한 느낌에 대해 고민했다.

바로 그때였다.

똑똑. 회의실에 드디어 노크 소리가 들렸다. 윤슬의 검지와 중지 손가락 사이에서 열심히 돌아가던 펜이 뚝 멈추었다. 그녀는 저도 모르게 마른침을 삼켰다.

이윽고 문이 열리고 누군가 들어서는 발소리가 들렸다. 맞은편 테이블에서 발소리가 멈추었고 안녕하십니까, 인사하는 남자의 목소리가 들렸다.

그런데, 그녀의 시선은 여전히 이력서에 박혀 있었다.

"안녕하세요."

옆에서 민아는 다정한 목소리로 인사를 받아 주었는데도 불구하고 그녀는 자연스럽게 고개를 들어 인사를 건네지 못했다. 어쩐지, 고개가 쉽게 들리지 않았다.

설마, 긴장한 건가.

그런 생각이 들었을 때에야, 인정하고 싶지 않은 자존심 때문이었는지, 간신히 목이 움직였다. 윤슬은 살며시 고개를 들어 앞을 보았다. 그의 허리가 보였다. 그는 네이비색 정장을 입고 있었다.

"앉아요."

앉으라는 민아의 말에 그가 의자를 빼서 앉았다. 그의 허리가 아래로 내려가고 넓은 가슴팍이 보였다. 그리고 천천히 가슴팍에서 목, 목에서 턱, 턱에서 입술……

마침내 그의 얼굴이 그녀의 시야에 온전히 들어왔을 때, 윤슬은 잠시 굳어 버렸다.

눈이 보였다. 아주 짙은 고동색의 눈동자. 그 눈이 그녀를 담고 있었다. 쌍꺼풀 없이 매끄럽게 휘어진 눈매, 반듯한 직선의 코, 약간 도톰하면서 붉은 기운이 감도는 입술. 그는 날카로운 듯 부드러운 인상의 소유자였다. 사진과는 또 다른 느낌이었지만, 역시나 어딘가, 낯설지 않았다.

두 사람은 아주 잠시지만 서로를 바라보았다. 서로만 눈에 담고 있었다. 교원이 짧게 고개를 숙여 인사를 건네지 않았다면, 윤슬은 언제까지고 그를 바라만 보았을지도 모른다.

뒤늦게 정신을 차린 그녀도 작게나마 눈인사를 건넸다. 그러자 교원의 입꼬리가 살짝 올라갔다. 보일 듯 말 듯 어렴풋한 미소였다.

면접은 민아의 시원시원한 성격과 재치 있는 입담으로 편안하고 자유로운 분위기에서 진행되었다. 윤슬은 웬만해선 말을 잘 꺼내지 않았다. 인사 결정권은 그녀에게 있었지만 그녀는 보통 면접자가 다른 면접관과 대화하는 모습을 보고 판단하곤 했다.

평소 과묵한 편이기도 했지만 그녀는 사실 고질병이 있었다.

남자와 말을 섞는 것을 극도로 혐오하는 병.

커뮤니케이션 능력이 중요한 기획자의 특성상 갖은 노력으로 극복하긴 했지만 한때는 남자와 단둘이 있을 때는 아예 말을 하지 못해서, 선택적 함구증이라는 진단을 받기도 했다.

그래서 지금도 필요한 경우가 아니고는 남자와 대화를 잘 하지 않았다. 어렸을 때부터 친남매처럼 지냈던 우현만 제외하고.

그런데, 민아와 한창 대화를 주고받던 교원이 돌연 윤슬을 향해 질문을 던졌다.

"본부장님은, 제게 궁금한 게 없으신가요?"

윤슬은 잠시 말문이 막혔다. 질문을 하면 했지, 한 번도 먼저 받아 본 적은 없었다. 그것도 이런 식으로 지목을 당하면서.

무표정한 얼굴로 교원을 바라보던 윤슬은 짧은 정적 끝에 입을 열었다.

"수많은 회사들 중에서 우리 회사를, 그것도 온라인본부를 선택한 특별한 이유가 있나요?"

예상했던 질문일 것이었다. 윤슬과 Y소프트 사람들뿐만 아니라, 게임 업계 대부분의 사람들이 궁금해하는 것이었으니까.

그럼에도 교원은, 쉽게 대답하던 다른 질문들과 달리 곧바로 입을 열지 못했다. 대신 그녀의 눈을 가만히 바라보았다. 전혀 당혹스럽거나 막막한 눈빛이 아닌, 그윽한 눈빛으로. 마치 오래 알던 사람을 대하는 것처럼 다정한 눈빛으로.

"……최교원 씨."

그 눈빛에 오히려 당혹스러워질 것 같았던 윤슬이, 재촉하듯 그의 이름을 불렀을 때였다.

"좋아합니다."

"……네?"

의아한 듯 되물은 것은 옆에 있던 민아였다. 윤슬은 놀란 나머지 아무 말도 나오지 않았지만, 무덤덤한 표정을 유지하려 노력하며 그가 다음에 할 말을 기다렸다.

교원은 여전히 윤슬에게 시선을 박아 둔 채, 나지막한 목소리로 말했다.

"달의 정원을, 좋아합니다."

미동도 없던 윤슬의 눈동자가 흔들렸다.

달의 정원. 오랜만에 듣는 말이었다. 그녀가 만든 게임 〈가든오브더문〉을 굳이 한글로 풀이하여 '달의 정원'이라 부르는 사람은, 여태껏 한 명도 없었다.

"제 인생을 바꾸어 준 것이라서요."

그 말은 많은 면접자들이 Y소프트 게임에 대한 애정을 드러내기 위해 하던 말이었다. 다양한 에피소드, 다양한 이유를 들먹이며.

교원 역시 좀 더 자세히 얘기해 달라는 민아의 말에 그저 달의 정원을 통해서 게임을 좋아하게 되었고 그래서 여기까지 오게 되었다는 형식적인 말을 했다.

하지만 윤슬은 그의 말이 있는 그대로 와 닿지 않았다. 그가 인생을 얘기할 때의 그 느낌, 그 눈동자, 그 표정, 그 말투, 모든 것이 다른 사람들과는 달랐다.

그리고 왜인지는 모르지만 바로 그 순간 생각나는 것이 있었다.

너는 나를 잊었지만, 나는 너를 잊을 수 없었다

음침하고 쓸쓸한 감옥을, 한순간에 아름답고 따스한 정원으로 만들어 버렸던 너를

그럴 수 있던 너를

우쿨렐레의 선율보다 간지럽고

별빛이 비추는 잔물결보다 눈부셨던 너를

노을처럼 시나브로 스며들었던 너를

그런 너를

나는 결코 잊을 수 없었다

왜 하필 그 순간이었는지는 모르지만, 그 문장들이 떠올랐다.

교원의 장편 소설 『더 프리즌』에서, 그녀가 가장 좋아했던 그 문장들이.

2
푸른 마음 위로 네가 쏟아진다

첫 출근. 가만히 있어도 어깨가 **빳빳**하게 굳고 허리가 곧추서는 날. 아무리 스카우트라지만 교원도 예외일 수는 없었다. 교원은 긴장으로 굳은 몸을 녹이려고 따스한 햇볕에 몸을 내맡긴 채 담배 한 대를 피우고 있었다. 공중에서 흩어지는 담배 연기가 강한 햇빛과 맞물려 아지랑이처럼 보였다.

"……후."

교원은 실없는 웃음을 흘렸다. 대체 이 회사가 뭐라고. 자꾸 최교원답지 않게 긴장을 하게 되는 것일까.

"최교원!"

그런 생각을 하고 있을 즈음 근방에서 익숙한 목소리가 들렸다. 고개를 돌려 보니 도혁이 반가운 기색으로 달려오고 있었다.

"축하한다!"

어느새 다가온 도혁이 교원의 등을 가볍게 치며 소리쳤다.

"고맙다."

"고맙다가 뭐냐? 입사 선배한테! 선배님이라고 불러!"

가끔은 귀찮게도 느껴지던 도혁의 요란스러운 성격이 오늘은 꽤나 달가웠다. 덕분에 정말로 입사했다는 것이 실감 났을 뿐만 아니라 긴장도 다소 풀어지는 것 같았으니까.

그런데, 담배 한 대를 더 피우며 사소한 이야기를 주고받고 있을 때였다.

"나와!"

어디선가 고막을 찌르는 듯한 고함 소리가 들렸다.

교원과 도혁은 동시에 회사 쪽으로 몸을 틀었다. 이미 많은 사람들이 사옥 안과 밖에 몰려 있었다. 얼핏 보니 흐트러진 행색의 중년 남자가 회사 로비에서 난동을 부리고 있는 것 같았다.

평소 호기심 많고 오지랖 넓은 성격의 도혁은 당장 교원을 끌고 사람들이 몰려 있는 곳으로 다가갔다.

그런데 가던 도중 도혁이 질겁한 표정으로 소리쳤다.

"대박! 저 사람 김 과장이잖아!"

"김 과장이 누군데?"

교원이 궁금한 듯 물었으나 도혁은 그의 말이 들리지 않는지 얼른 회전문을 열고 들어갔다. 뒤따라 들어간 교원은 도혁을 따라 의아한 시선을 옮겼다가 그 자리에 발이 붙어 버렸다.

"난리 났네, 난리 났어. 언제 한번 일 날 줄 알았다, 내가."

도혁이 심각한 말투로 중얼거리며 발을 굴렸지만, 이번엔 교원이 그의 말을 듣지 못했다.

"본부장 나와! 이윤슬 본부장 나오라고!"

술에 취해 한껏 붉어진 얼굴로 연신 고성을 내고 있는 김 과장은 온라인본부 내 〈라이징썬〉 팀의 프로그램팀 과장이었다.

또각또각. 정갈한 구두 소리가 제 앞에서 멈추었지만, 김 과장은 자신을 붙잡고 있는 보안팀 직원들과 실랑이를 하느라 그녀를 보지 못한 듯했다. 그가 한 손에 쥐고 있는 소주병 안의 액체가 위험하게 출렁거렸다.

하지만 김 과장은 아랑곳 않고 직원들을 떼어 내기 위해 몸부림치며 소리쳤다.

"이거 안 놔? 나 이 회사 직원이야! 창립 때부터 이십 년 가까이 일한 직원이라고! 근데 감히 누굴 내쫓아! 이 회사가 누구 때문에 이렇게 컸는데! 누가 일으켰는데! 쥐뿔 가진 거 하나 없을 때부터 죽어라 목숨 바쳐 일해 줬더니 하루아침에 헌신짝처럼 내다 버려? 새파랗게 어린 주제에! 이윤슬 나오라고 해! 당장 나오라고!"

그때 김 과장을 끌어내리던 직원들이 일제히 행동을 멈추었다. 윤슬이 한쪽 손을 들어 그만두라는 제스처를 취한 것이었다.

자신을 옥죄어 오던 힘이 사라진 것을 느낀 김 과장이 그제야 몸부림을 멈추고 정신을 차리려는 듯 머리를 털며 앞을 보았다. 윤슬을 발견한 그의 얼굴이 걷잡을 수 없을 정도로 흉측하게 일그러졌다.

"너, 너!"

김 과장이 이를 악물고 표독스러운 얼굴로 윤슬을 향해 달려가려 하자 직원들이 다시 그를 붙잡았다. 교원의 발도 멈칫거렸다. 보안팀이 서두르지 않았다면 자칫 그의 발이 먼저 나갈 뻔했다.

그러나 김 과장은 거기서 멈추지 않았다.

"네가 뭔데 날 함부로 잘라! 네까짓 게 뭔데! 능력도 없는 게 부모 잘 만나 빽으로 본부장 단 주제에! 그저 제 성에 안 차면 직원들 목부터 베고! 남자가 싫으면 여자만 있는 다른 회사를 찾아가든가! 네가 뭔데 이 회사에 죽치고 앉아서 능력 있는 남자들을 죄다 내쫓는 건데? 이거 엄연히 부당 해고야! 이유 없는 부당 해고라고!"

김 과장의 말은 정도를 넘어서고 있었다. 직원들은 하나같이 흘긋거리며 윤슬의 눈치를 살폈다. 그러나 윤슬은 눈 하나 깜짝 않고 김 과장을 지켜보더니 비릿한 실소를 뱉으며 말했다.

"이유도 없이 부당한 대우를 받은 건, 당신이 아니라 다른 직원들이겠죠."

"무슨 말 같잖은 소리야?"

"당신이 재직하던 이십 년 동안, 아무 이유 없이 성적 모욕을 당했던 수많은 여직원들."

"누가 그딴 헛소문을 퍼뜨려? 증거 있어? 있냐고! 이제 부당 해고에 명예훼손까지 해? 이윤슬 너! 내가 가만둘 거 같아?"

당황한 김 과장은 붉으락푸르락 달아오르는 얼굴을 숨기지 못하고 안면 근육까지 발발 떨며 소리쳤다. 하지만 윤슬은 조금도 동요하지 않고, 더는 대꾸할 가치도 없다는 듯 싸늘하게 등을 돌렸다.

그런데, 바로 그 순간이었다.

쨍그랑!

소름 끼치도록 날이 선 마찰 소리와 몇몇 여자들의 짤막한 비명 소리가 로비를 울렸다.

"거기 서! 서란 말이야!"

눈 깜짝할 사이에 벌어진 일이었다. 바닥에는 투명한 액체와 깨진 소주병의 파편들이 나뒹굴고 있었다. 그리고 윤슬의 손등에서는, 붉은 피가 뚝뚝 떨어지고 있었다.

김 과장이 충동적으로 바닥에 소주병을 내던졌고, 그 파편이 튀면서 윤슬의 손을 스친 것이었다.

놀라다 못해 화가 난 교원이 저도 모르게 발을 내딛던 순간, 도혁이 그의 손목을 잡았다. 자못 진지한 그의 표정이, 지금 뭘 하려는 거냐고, 네가 뭘 할 수 있냐고 묻는 것 같았다.

"치워."

그때였다. 그녀의 목소리가 들렸다. 아주 낮고 조용하지만, 모두를 숨죽이게 만드는 시린 목소리가.

그녀는 손등에서 피가 떨어지는데도 조금의 흐트러짐도 없었다. 그저 뜨겁게 솟아오르는 분노를 간신히 억누르는 듯한 붉은 눈으로, 바닥에 나뒹굴고 있는 술병의 파편과 김 과장을 천천히 훑더니, 글자마다 강한 무게를 실은 한마디를 또박또박 뱉었다.

"……당장, 같이, 치워."

교원이 따로 손쓸 새도 없이 김 과장은 보안팀 손에 끌려 나갔고, 청소부들이 바닥에 흥건한 술과 소주병을 치웠다. 직원들은 하나둘 눈치를 보며 로비를 벗어났다. 도혁도 팔꿈치로 교원을 치며 그만 가자는 눈치를 주었다.

하지만 교원은 석상처럼 그 자리에 박혀 움직일 줄 몰랐다.

"야, 최교원."

꽉 쥐고 있던 주먹이 느슨하게 풀리면서 손끝에 몹시 미세한 떨림이 일었다. 마치 제 손에서 피가 나고 있는 것처럼. 이상한 기분이었다.

"가자니까."

도혁이 속삭이듯 말했지만 교원은 듣지 않았다.

그녀가, 혼자 남아 있었다.

몇몇 직원들이 괜찮으냐 물으며 그녀를 챙겼지만, 그녀는 귀찮은 듯 직원들을 물리고 자진해서 혼자가 되었다.

하지만 교원은 혼자 남은 그녀를 두고 갈 수 없었다. 그녀의 손등에서 시선을 뗄 수가 없었다. 그녀의 손등에서 흐르는 붉은 액체를 닦아 주고 싶었다. 그녀가 혼자 있고 싶어 하는 것을 알면서도, 그 역시 다른 직원들과 마찬가지로 거절당할 것을 알면서도, 그는 다가가기 위해 발을 움직였다.

그런데 그보다 한발 앞서 그녀의 발이 먼저 움직였다. 한동안 같은 자리에 혼자 서 있기만 하던 그녀가, 마침내 발을 움직여 엘리베이터를 향해 걸었다. 느리고 차분한, 그러나 온몸에 힘이 빠진 듯 나약해 보이는 발걸음.

그 걸음이 마음에 걸렸다.

마침 엘리베이터에서 내린 정장 차림의 여자가 그녀에게 다가가 급한 대로 손수건으로 피를 닦아 주며 그녀를 부축했다. 윤슬은 그녀의 손길은 거부하지 않았다. 비서인 듯했다.

윤슬이 여자와 함께 엘리베이터에 올라탄 뒤에야 교원의 귀에 도혁의 목소리가 들렸다.

"야, 인마. 내 말 안 들려?"

"……어. 가야지."

"놀랐냐? 그러게 내가 뭐랬어. 괜히 던전이 아니랬잖아."

"……."

"저 상황에서 눈 하나 깜짝 안 하고 치워, 라니. 보통 여자라면 울고도 남았을 거다."

도혁의 말이 맞았다. 울진 않더라도 당황하거나 두려워하거나 화를 내거나. 보통 사람이라면 그렇게 했을 것이다.

어쩌다가, 그녀는 보통 사람이 아니게 되었을까. 어쩌다가, 극한의 상황에서도 감정을 드러내지 않는 사람이 되어 버렸을까. 어쩌다가, 이토록 차갑고 어두운 사람이 되어 버렸을까.

"근데, 무슨 말이야? 남자를 싫어한다는 말."

한참 말없이 걷기만 하던 교원이 도혁에게 뜬금없이 던진 질문이었다. 김 과장이 윤슬에게 했던 말이 떠올라서였다.

"아, 그거. 뭐, 완전히 틀린 말은 아니야. 본부장이 남자한테 유독 야박한 건 사실이거든. 남자혐오증이라 결혼 못 한다는 말이 돌 정도로, 남자들을 꺼려. 그 속이야 본인밖에 모르겠지만, 겉보기엔 그래. 그렇다고 꼭 남자들만 내쫓는 건 아니고, 능력 없거나

인성에 문제가 있으면 남녀 가리지 않고 그냥 칵— 인사 결정에 아주 냉정하고 칼 같은 사람이지."

김 과장의 경우에는 오랫동안 여사원들을 성희롱하거나 성추행해 온 것으로 악명이 높은 사람이었는데, 그간 수뇌부와의 인맥으로 자리를 지켜 왔던 터였다. 그러나 작년에 윤슬이 온라인본부의 본부장으로 온 뒤 그 자리가 위태로워졌다. 그녀는 불의에 눈을 감는 사람이 아니었고, 그와 잦은 갈등을 빚었다.

그러던 와중에 지난 금요일 〈라이징썬〉 디자인팀의 한 여사원이 휴게실에서 김 과장에게 성추행을 당했다고 주장하다가 그에게 뺨을 맞았는데, 이것이 마침 복도를 지나가던 윤슬에게 그대로 목격되었다.

당시 윤슬은 아무 말 없이 사무실을 지나쳐 가서 여사원들에게 적잖은 원성을 샀다. 하지만 다음 날 김 과장에게는 권고사직 통지서가 날아갔다.

사건을 전해 들은 교원은 어쩐지 희미한 미소가 났다. 그녀가 이번 사건으로 상처를 입은 것은 마음이 아팠지만, 여전히 따뜻한 그녀의 마음씨와 당찬 성격을 엿볼 수 있어 좋았다.

그녀는 많이 변했지만, 어쩌면 가장 중요한 부분은 변하지 않았을지도 모른다.

그가 잊지 못하는 그녀의 모습. 그것을 꼭 다시 찾아 주고 싶다는 생각이, 그의 가슴 깊은 곳에서부터 아지랑이처럼 아물아물 피어올랐다.

〈가든오브더문〉의 기획팀 사람들은 왠지 모르게 쌀쌀맞은 박조현 대리만 제외하고, 다들 교원을 진심으로 반겨 주었다.

예전부터 교원의 팬이어서 사인회까지 간 적이 있다는 한선주 대리는 교원의 옆에 꼭 붙어 다니며 팀의 공통 업무부터 직원들, 회사 구조까지 모두 세세하게 알려 주었다.

시스템 기획을 담당하고 있는 이형태 과장은 팀의 가장 연장자로서 듬직하고 푸근한 모습을 보여 주었고, 김민아 팀장은 면접 때처럼 친근하게 다가와 주었다.

팀원들의 도움으로 회사 분위기에 빨리 적응하게 된 교원은, 4월에 있을 〈가든오브더문〉의 2분기 업데이트와 관련된 첫 회의에서도 기죽지 않고 자신의 의견을 말할 수 있었다.

"이벤트식 리서치?"

민아가 제법 흥미롭다는 표정으로 되물었다. 교원은 특유의 차분하면서도 논리적인 말투로 이야기를 이어 나갔다.

"네. 얼마 전 출시된 AM사의 〈킹〉도 사실상 실패로 끝났고, 이번 2분기 업데이트가 우리 〈가든오브더문〉이 다시 비상할 수 있는 절호의 타이밍이라고 생각합니다. 그 어느 때보다 중요한 업데이트인 만큼, 무조건 기획을 시작하기보다 사전 리서치를 통해 유저들의 니즈를 정확히 파악하고 개선점을 찾아 보완하는 것이 중요하다고 생각합니다."

"리서치는 매 분기 업데이트마다 해 왔던 일입니다."

조현이 교원의 허점을 찌르듯 단호한 말투로 말했다.

"알고 있습니다. 그래서 이전과는 다른 이벤트식 리서치를 제안하고자 하는 것입니다."

"구체적으로 어떤 거죠?"

"비용은 좀 들겠지만, 스페셜 토너먼트 같은 작은 대회를 공개적으로 열어 보는 것은 어떨까 생각합니다. 저희는 현장에서 유저들이 플레이하는 것을 직접 관찰하고 인터뷰를 하면서 좀 더 현실적인 문제들을 찾을 수 있고, 유저들은 대회에 참가해서 게임도 즐기고 상품도 얻어 갈 수 있게 말입니다."

"음······."

"잘만 홍보가 된다면 저희가 유저 중심의 업데이트를 위해 신경을 쓰고 있다는 사실도 알리고, 〈가든오브더문〉에 대한 사람들의 관심까지도 높일 수 있다고 생각합니다."

교원의 이야기에 민아를 비롯한 팀원들이 수긍하듯 고개를 끄덕였다. 긍정적인 분위기를 느낀 선주가 한마디 거들며 교원의 제안에 힘을 실어 주었다.

"좋은 생각인 것 같은데요? 안 그래도 고객들의 요구가 업데이트에 잘 반영이 안 된다는 이유로 컴플레인이 꽤 있었잖아요. 그동안 리서치도 전화나 인터넷 설문처럼 간단하고 형식적으로만 했었고요. 그런데 리서치를 위한 스페셜 토너먼트가 열린다고 하면 유저들의 불만도 잠재우고 게임 자체에 대한 관심도 확실히 높아질 것 같아요. 특히 저희 〈가든오브더문〉은 개발 이후로 공개대회를 열어 본 적이 한 번도 없었잖아요."

"취지는 좋지만 아무리 작은 대회라고 해도 그간의 리서치 비용에 비하면 몇 배의 차이가 날 텐데, 그 정도의 예산이 이렇게 갑자기 가능할지는 의문이네요."

조현의 말도 틀린 것은 아니었다. 팀원들은 한동안 이벤트 리서치에 대해 이런저런 장단점을 논하며 구체적인 이야기를 주고받았다.

그렇게 얼마의 시간이 지났을까. 민아가 결정을 내린 듯 들고 있던 펜을 딱 소리 나게 내려놓은 뒤 자못 견고한 표정으로 입을 열었다.

"그럼 이 일은 최교원 씨가 맡아서 진행해 봐요. 혼자가 힘들면 한 대리랑 같이. 우선은 홍보팀이랑 회의해서 지원받을 수 있는지 알아보고, 제대로 리서치 계획서랑 예산 신청서 작성해서 올리도록 해 보세요."

"네, 알겠습니다."

교원의 입가에 옅은 미소가 떠올랐다.

프로젝트 자체가 홍보적 측면이 강해서 홍보팀과 연계하기 위해 진행했던 회의가 무난히 끝났다. 다시 사무실로 돌아가기 위해 엘리베이터 앞에 선 교원은 주절주절 끊이지 않는 선주의 이야기를 들으며 간간이 장단만 맞추어 주었다.

엘리베이터는 11층에서 내려오고 있었다. 임원실이 몰려 있는 층. 왠지 모르게 긴장을 느낀 순간 엘리베이터가 멈추었다.

"어! 안녕하세요, 본부장님."

선주가 엘리베이터 안의 남자를 보곤 격을 갖춰 인사했다. 교원도 그녀를 따라 엘리베이터에 오르며 가볍게 고개를 숙여 인사했다. 그러자 상대도 짧게 묵례를 하더니 이내 다소 깊어진 눈빛으로 교원의 얼굴을 들여다보았다.

"오늘 오신 거예요?"

선주가 다분히 알은체를 하며 물었다. 네, 하고 짧게 대답하는 남자의 목소리는 낮고 중후했다. 약간은 무뚝뚝하게 느껴질 정도로, 그는 목소리며 분위기에 무게가 있어 보였다.

남자는 선주가 계속 이야기를 건네는 동안에도 교원만 바라보고 있었다. 교원이 제 소개를 해야 하나 고민하던 찰나, 뒤늦게 둘 사이의 분위기를 느낀 선주가 먼저 나서서 입을 열었다.

"아, 이번에 저희 팀에 새로 입사한 최교원 씨예요. 이분은 모바일본부 지우현 본부장님이시고요."

모바일본부라면, 당초 교원에게 먼저 입사 제의를 했던 곳이었다. 교원은 좀 전보다 한층 더 예의를 갖춰 다시 인사를 건넸다.

"최교원입니다."

"얼굴이 낯이 익어 혹시나 했는데. 반갑습니다. 지우현입니다."

우현은 교원에게 악수를 청하는 손을 내밀었다. 교원은 망설임 없이 그의 손을 잡았다. 단단하면서도 거친 손과 그 아귀의 힘이 묘한 위압감을 주는 듯했다.

"우리 본부를 거절하고 온라인본부로 가셨다고 들었는데. 아쉽네요. 물론 그만한 이유가 있었을 거라고 생각은 합니다만, 다음에 시간이 되면 차라도 한잔하고 싶은데, 괜찮으신가요?"

"그럼요. 신경 써 주셨던 점은 정말 감사드립니다."

그때 엘리베이터가 모바일본부가 있는 7층에 멈추었다. 우현은 부드러운 듯 강인한 미소로 답한 뒤 엘리베이터에서 내렸다. 그의 깔끔한 구두 소리가 점차 멀어지면서 엘리베이터 문이 닫혔다.

그는 아무리 본부장이라지만 Y소프트 직원들 중엔 드물게 진회색의 정장을 갖춰 입고 있었다. 꼭 윤슬처럼.

"남자 이윤슬 본부장님 같죠?"

"네?"

저도 모르는 새 윤슬 생각을 하고 있던 교원이 적이 놀라 되물었다.

"두 분이 꼭 닮았잖아요. 차림새나 분위기나."

엘리베이터에는 두 사람뿐이었는데도 선주는 목소리를 낮춰 말했다.

"들리는 말로는, 결혼할 거라는 얘기도 있어요."

"……네?"

"집안끼리 잘 알아서 어릴 때부터 친했다고 하더라고요."

"……그렇대요?"

"네. 지 본부장님, 우리 회사 부회장님 아들이잖아요. 이 본부장님은 동해전자 집안이시고. 우리 회사가 초기에 동해전자 투자로 자리 잡은 건 아시죠?"

교원은 묵묵히 고개를 끄덕였다. 오전에 김 과장이 '부모 잘만난 빽으로……'라며 윤슬을 모욕한 것을 듣고, 그녀가 잘사는 집안의 여식일 거라 짐작은 했지만 막상 들으니 새삼 그녀가 전혀 다른 세계의 사람처럼 느껴졌다.

"무튼 어릴 때부터 워낙 가깝게 지내서 그런지, 두 분이 성격도 비슷해요. 지 본부장님도 이혼한 경력 때문인지 여자들한테는 아주 마음을 꽁꽁 닫고 있거든요. 방금도 저랑 말 한마디 안 섞으시는 거 보셨죠? 근데 여자라곤 질색하는 남자랑, 남자라곤 질색하는 여자가, 딱 서로한테만 예외적이거든요."

이혼한 경력이라. 수려한 외모에 좋은 집안, 출중한 능력과 점잖은 분위기. 어디 한 군데 빠지는 것 없는 남자가 이 나이까지 결혼을 안 하기도 힘들다는 생각은 들었지만, 그렇다고 이혼한 남자의 느낌은 아니었다. 그렇다면 혹시.

잠시 다른 생각을 하던 교원은 선주에게 은근슬쩍 말을 던져 보았다.

"그럼, 이 본부장님도 혹시 비슷한 이유 때문에……."

"네? 아, 아니에요. 이 본부장님은 미혼이세요. 이 본부장님이 왜 그렇게 남자를 기피하시는지는 모두 의문이에요."

"……그렇군요."

미혼이건 이혼이건, 현재 혼자라면 중요한 게 아닌데. 순간 다행이라는 생각이 드는 자신이 문득 형편없게 느껴졌다. 그러다가 이내 '혼자라면 또 뭐? 무슨 생각이지?' 라는 생각이 연이어 들었다.

교원의 붉은 입술에서 자조적인 웃음이 흘러나왔다. 당초 그녀를 어찌해 볼 작정으로 Y소프트에 들어온 것은 아니었다.

그저, 보고 싶었다. 만나고 싶었다. 오래전부터 꼭 한번은 다시 만나고 싶다고 생각했었기에.

'우리 본부장은 진짜 안타까워. 얼굴도 예쁘고 몸매도 예쁘고,

심지어 이름까지 예쁜 사람이 대체 성격은 왜 그 모양이냐고!'

'이름이 뭔데?'

'이윤슬. 이름 한번 얼마나 청순가련하고 예쁘냐!'

'……이름이, 뭐라고?'

도혁이 틈만 나면 욕하던 본부장의 이름이 '이윤슬'이라는 것을 알게 된 후, 놀란 가슴을 가라앉히며 어디 얼굴이나 한번 보자는 식으로 자연스레 그녀의 사진을 요구했다.

사진을 본 순간 심장이 쿵 내려앉는 기분이었다.

한때 그토록 찾았던, 언젠가 꼭 만나 보고 싶었던 여자를, 바로 옆에 두고도 모르고 있었다니. 그제야 〈가든오브더문〉의 제목이 떠오르면서 온몸에 짧은 전율이 흘렀다.

십 년 전에도 그녀는 게임을 좋아한다고 말했지만, 진로로 택할 만큼 진지하게 좋아하는 줄은 몰랐다. 그래서 〈가든오브더문〉이라는 게임이 나왔을 때 남다른 애착을 느끼면서도, Y소프트 개발이라는 것만 확인했지 Y소프트 내에 누가 개발했는지 관심을 두진 않았다.

그녀가 Y소프트 온라인본부 본부장이라니. 〈가든오브더문〉 팀의 초기 멤버로서 게임을 만든 사람이라니. 어찌 됐건 게임 회사 쪽으로 취업을 생각하고 있던 그로서는 더 고민할 것이 없었다.

그렇잖아도 오랜 친구인 도혁이 〈가든오브더문〉 팀이었고, 자신도 그 게임에 강한 애정을 가지고 있었기에, Y소프트 〈가든오브더문〉 팀도 입사 희망 순위에 있었다. 물론 그녀가 아니었다면, 업계 1위에 연봉도 더 많이 제안한 AM사로 갔을 것이지만.

그녀가 있기에, 이곳을 선택했다. 그녀를 다시 만나 보고 싶어서. 도혁의 말에 의하면, 예전과는 많이 달라져 버린 것 같은 그녀를 눈으로 확인해 보고 싶어서. 그녀가 얼마나 변했는지, 왜 변했는지 알아보고 싶어서. 또 그녀는 변한 자신을 알아볼 수 있을지 궁금하기도 했다. 그래서 무작정 이곳을 선택했다.

물론 그녀는 첫사랑 비슷한 감정으로 그의 가슴속에 남아 있었지만, 십 년이 지난 지금 사랑이라 부르기엔 무리가 있었다. 하지만 그럼에도 불구하고 그녀에게 자꾸만 시선이 가고 신경이 쓰이는 것도 사실이었다.

교원은 그 이유가 아마도 오랜 동경과 그리움 때문일 거라고 생각했다. 아니, 그렇게 생각하기로 했다.

"교원 씨, 안 내려요?"

"……아, 내려야죠."

바보처럼, 자꾸 정신이 나가곤 하는 이유까지도.

점심시간이 지난 오후, 윤슬은 옥상을 찾았다. 오전에 김 과장이 벌인 난동 때문에 심적으로 편치가 않았다. 손등의 상처야 밴드를 붙이면 그만이지만 구겨진 마음은 무엇으로도 펼 수 없었다. 괜찮은 척했지만 실은 괜찮지 않았다.

전 직원이 보는 앞에서 낙하산을 운운하는 것도, 버럭버럭 고함을 지른 것도, 소주병을 내던진 것도 전부 불쾌하고 아팠다. 그렇잖아도 사람과의 관계를, 특히 남자와의 관계를 두려워하는 그녀에겐 적잖은 타격이었다.

이렇게 마음이 불편할 때면, 윤슬은 둘 중 하나를 했다. 옥상에서 페퍼민트 차를 마시거나, 교원의 책을 읽거나. 이번엔 전자를 택했다.

Y소프트의 옥상에는 왼쪽과 오른쪽에 각각 커다란 정원과 농구코트가 있었다. 그녀는 정원을 좋아했다. 요즘은 봄기운으로 꽃들이 하나둘 봉오리를 내밀고 있는 터라 보는 재미도 있었고 가슴에 미약한 바람이 불어오는 것처럼 얕은 설렘도 일었다.

윤슬은 그런 정원을 바라보며 페퍼민트 차를 들이켰다.

문득, 책 속의 한 문구가 떠올랐다.

하늬바람에 흔들리는 나뭇가지들이 페퍼민트 향기를 닮은 꽃을 뱉어 낸다

연하늘 빛 꽃잎들이 쏟아져 낙원을 푸르게 물들인다

흩어지는 것도 아름다울 수 있다던 너의 말을 떠올린다

그 후로 아름다운 것들은 전부 네가 되었다

푸른 마음 위로 네가 쏟아진다

교원의 소설 『더 프리즌』에 나왔던 또 다른 문구였다. 『더 프리즌』의 주인공은 감옥에 갇혀 있던 시간 동안 자신의 애완조를 통해 사랑하던 여자에게 편지를 보내곤 했는데, 윤슬은 그 편지의 문구들을 가장 좋아했다.

십 년 전 그날 이후, 수많은 심리 치료를 받았지만 그 어떤 치료로도 상처가 아물지 않았다. 그런데 어느 날 서점에서 무심히

펼쳐 보았던 책에 있던 몇 줄의 문장이 그녀의 마음을 어루만져 주었다.

처음이었다. 상처 위에 온기가 내려앉는 기분. 어느 누구의 말도 소용이 없었는데, 처음으로 위안받는 기분을 느꼈다.

이후 그녀는 교원의 작품을 가장 좋아하게 되었다. 그의 소설은 여느 장르문학과는 다른 무언가가 있었다.

이런 글을 쓰는 사람은 어떤 사람일까. 내심 궁금해하곤 했었는데. 실제로 마주한 그는 작품과 꼭 닮아 있었다. 작품 속의 독창적이고 신비로운 세계처럼, 따뜻한 듯하면서도 무언가를 감추고 있는 듯도 한, 묘하게 신비로운 분위기가 풍겼다.

달칵.

그때 옥상 문이 열리는 소리가 들렸다. 멍하니 정원을 바라보고 있던 윤슬이 고개를 들어 앞을 보았다. 그의 생각을 하고 있었기 때문일까. 순간적으로 짧은 떨림이 스쳐 지났다.

보통은 윤슬을 보면 곧바로 인사부터 했는데, 그는 인사를 해야 한다는 것은 까맣게 잊기라도 한 사람처럼 그녀를 빤히 바라보기만 했다.

바람이 물결처럼 불어 지나고, 그 사이로 정적이 내려앉았다. 두 사람은 한동안 그렇게 깊은 정적 속에서 서로의 눈을 바라보고만 있었다.

설명할 수 없는 이상한 분위기였다. 면접 때처럼 그를 보는데 어딘가 익숙하다는 느낌이 뇌리를 스친 순간, 왜인지는 모르겠으나 이 자리를 떠야겠다는 생각이 들었다. 윤슬이 먼저 가벼운 눈

인사를 하고 그를 지나쳐 가기 위해 발을 떼었다.

한마디 인사도 없이, 묵묵히 서 있기만 하던 교원이, 그녀가 지나치려던 순간 입을 떼었다.

"……달빛이 비치어 반짝이는 잔물결."

윤슬의 발이 멈추었다. 그녀의 말간 눈이 그를 향했다.

"본부장님 이름요. 맞죠?"

윤슬. 순우리말로 햇빛이나 달빛에 비치어 반짝이는 잔물결이라는 뜻이었다. 설명해 주기 전까지 그것을 아는 사람은 별로 없었다. 정작 윤슬조차도, 제 이름의 뜻을 잊고 산 지가 오래였다.

"예쁜 이름이에요."

윤슬은 무슨 말을 해야 할지 몰랐다. 그와 있으면, 본부장과 신입사원의 처지가 뒤바뀌기라도 한 것처럼, 이상하게 어려운 기분이 들었다.

윤슬은 고민 끝에 달싹이던 입술을 한 번 더 움직여 목소리를 내었다.

"입사 축하해요."

힘겹게 꺼낸 말은 고작 그것이었다.

"……그럼."

다시 지나쳐 가려던 그녀를, 그의 잔잔하면서도 힘 있는 목소리가 다시 붙잡았다.

"제 이름은 교원이에요."

"……."

"달빛 교, 정원 원."

달빛 교, 정원 원. 달빛의 정원.

앞만 보고 있던 윤슬이 천천히 고개를 돌렸다. 한 치의 흔들림 없이 굳건한 눈동자로 그녀를 바라보고 있던 그와, 다시 한 번 눈이 마주쳤다. 그의 깊은 눈동자가 그녀에게 무슨 말을 건네고 있는 것만 같았다.

다시 한참의 정적이 흐르고, 전보다 강한 바람이 그들 사이를 스쳐 갔을 무렵이었다.

윤슬의 손 위로 따뜻함을 넘어선 뜨거운 온기가 내려앉았다. 놀란 그녀가 손을 빼려 했지만 그의 손은 단호했다.

바람에 살짝 떨어졌던 손등의 밴드가 그의 손에 의해 다시 붙었다. 그의 엄지손가락이 밴드를 다시 누르면서 어루만져 주고 있었다.

"……본부장님은, 모르겠어요?"

밴드 위로 얕게 배어 나온 핏물을 바라보는 그의 눈동자가 고요하게 미동했다.

"정말 저를…… 모르겠어요?"

3
지나간 눈은 언젠가 또다시 내릴 것이기 때문이다

"본부장님, 오늘 회식 같이 가시죠!"

민아가 애교 섞인 목소리로 말했다. 하지만 윤슬은 민아를 짧게 쏘아본 뒤 불편한 웃음을 흘렸다.

윤슬은 본래가 모임 자체를 좋아하지 않았다. 여럿이 함께 있는 것보다 혼자 있는 것이 편했다. 그래서 점심도 늘 구내식당에서 혼자 먹었다.

그런데 이를 뻔히 다 아는 민아가 오늘은 무슨 연유인지 팀원들과 함께 윤슬의 옆에 떡하니 자리를 잡고 앉아 밥을 먹더니 팀 회식에 같이 가자는 제안까지 하는 것이었다.

"그냥 회식이 아니라 축하 회식이잖아요. 이번 리서치 이벤트 대박 난 기념으로."

얼마 전 교원이 제안했던 공개 대회 형식의 리서치 행사가 바로 어제 있었다. 짧은 기간 내에 준비를 마쳐야 했고, 예산도 부족했던 터라 곳곳에서 우려의 목소리를 냈지만 다행히 결과는 성공적이었다.

인터넷TV로 생방송을 한 것이 결정적인 한 수였다. 웬만한 게임 채널의 정식 프로그램 못지않게 흥미로웠던 배틀이 SNS에 퍼져 큰 화제가 되면서 〈가든오브더문〉에 대한 대중들의 관심이 다시 증가했고, 어제 하루만 평균의 다섯 배가 넘는 접속 기록을 세웠다. 메인 포털 사이트에서의 게임 순위도 몇 년 만에 TOP 10에 들어서게 되었다.

이러한 쾌거를 이룩한 데에는 물론 이벤트를 제안한 교원의 공이 가장 컸지만, 힘든 여건에도 불구하고 아낌없는 지원으로 행사를 밀어주었던 윤슬의 덕도 빼놓을 수 없었다.

결정적인 한 수였던 인터넷 방송을 제안하여 추진했던 것도 윤슬이었다.

"맞아요. 본부장님 덕인데 같이 가요."

"본부장님도 우리 팀 출신이신데 이런 좋은 날엔 같이 가셔야죠."

팀원들이 한두 마디씩 거들며 동조를 했다. 하지만 윤슬은 그들이 자신을 결코 편해할 리 없다고 생각했다. 더군다나 가고 싶어도 오늘은 부모님과 저녁 약속이 있었다.

"미안하지만 저는……."

"같이 가요."

그런데 윤슬이 막 거절의 말을 뱉으려던 순간, 다소 당돌하다

고 느껴질 정도로 단호하면서도 묵직한 말이 떨어졌다. 그녀의 대
각선 자리에 앉아서 묵묵히 밥만 먹고 있던 교원이 뱉은 말이었
다.

윤슬이 고개를 돌려 그를 보자, 교원도 식판에 내리꽂고 있던
시선을 들어 그녀를 보았다.

"같이 가셨으면 좋겠어요, 저는."

그는 한결 부드러워진 말투로 말했지만 윤슬은 불편한 떨림을
느꼈다.

그는 분명 자상하고 온화한 이미지의 소유자였지만, 가끔 볼
때면 가히 신입사원이라 볼 수 없는 위압감이나 당참 같은 것이
느껴졌다. 그리고 그것은 본인이 의도적으로 만들어 내는 것이 아
니라 태생적으로 가지고 태어난 것 같았다. 한 사람의 고유한 느
낌 같은 것.

그에게는 스물일곱의 나이와는 전혀 맞지 않는 깊은 무게감이
있었다. 보면 볼수록 그것이 느껴졌다.

'……본부장님은, 모르겠어요?'

'정말 저를…… 모르겠어요?'

그래서일까. 옥상에서의 그날 이후, 그에게 더욱 시선이 갔다.

'무슨 말을 하는 건지. 우리가 아는 사인가요?'

한참 만에 정신을 차린 그녀가 그의 손을 냉정히 떼어 내며 물
었을 때, 그는 적이 쓸쓸한 미소를 흘리더니 이윽고 태연한 표정
을 되찾고 말했다.

'……아니. 아는 사이길 바랐나 봐요.'

'······네?'

'다들 나를 아는데, 본부장님만 모르는 것 같아서.'

그는 알 듯 모를 듯 한 말로 대강 둘러대며 말했다. 하지만 윤슬은 더 파고들지 않았다. 그가 하는 말뜻이, 그라는 사람이 궁금했지만, 알고 싶지는 않았다.

그녀는 누군가 가까이 다가오는 것을 두려워했다. 누가 한 발 다가오면 저도 모르게 두 발 뒤로 물러섰다. 그것은 오래된 습관이었다.

그래서 그때도 '그럼'이라는 한 마디만 남기고 도망치듯 옥상을 나와 버렸다.

그 후로 회사에서 한두 번 마주친 적은 있었지만 그때마다 어려운 상사를 대하듯 그를 피해 다녔다. 그런데 회식이라니. 갈 수 있다 해도 가고 싶지 않았다.

"그래요, 본부장님. 오늘 최교원 씨 환영회도 같이하는 건데."

얘가 대체 왜 이래. 윤슬은 말없이 민아를 한 번 더 쳐다보고는 덤덤한 말투로 말했다.

"미안하지만 저는 오늘 선약이 있어서."

"선약? 무슨 선약?"

윤슬은 대답 대신 엷게 웃어 보이고 아직 밥이 남은 식판을 들고 자리에서 일어섰다. 그리고 짤막한 목례와 함께 무뚝뚝한 걸음으로 자리를 떴다.

그녀가 여지없이 차갑게 떠나자 민아는 입술을 옴짝대며 작게 불평을 했고 팀원들은 금세 다른 이야기로 화제를 돌렸다.

하지만 말없이 밥을 떠먹는 교원의 귓가에는 멀어지는 그녀의 구두 소리만 오래도록 울렸다.

저녁 여섯 시 사십오 분. 일곱 시 약속이었지만 어김없이 조금 일찍 도착했다. 윤슬은 시계를 들여다보며 물을 한 모금 마셨다.

언제부터였을까. 기다리는 시간에 갈증이 날 정도로, 부모라는 존재가 남보다 어려운 상대가 되어 버린 것이.

윤슬의 아버지 진환은 동해전자 사장이었고 어머니 주영은 화가이자 대학의 서양학과 교수였다. 윤슬의 부모는 돈, 명예, 권위 등 많은 것을 가진 사람들이었지만, 둘 다 자수성가한 삶이어서인지 가진 자의 허영 따위는 품지 않았다. 그들은 가진 만큼 베풀 줄 아는 덕망 있는 사람들이었고 당연히 자식들에게도 온정과 사랑을 베풀며 키웠다.

윤슬은 그런 부모를 존경하고 따르며 자랐다. 상류층 집안에서 자라는 다른 또래들에 비하면 비교적 따뜻하고 행복한 가정이었다.

그 일이 있기 전까진.

"……윤슬?"

벌써 반 컵이나 비운 물 잔을 손끝으로 돌리며 상념에 잠겨 있던 때였다. 뒤에서 익숙한 목소리가 들렸다.

"오빠가 여긴 어쩐 일이야?"

뒤를 돌아본 윤슬이 놀라움과 반가움이 뒤섞인 표정으로 물었다. 그러자 상대의 입가에도 은은한 미소가 떴다.

우현이었다. 한 달이나 중국에 출장을 갔었던 그는 지난 월요일에 돌아왔다. 하지만 이후로도 줄곧 바빠서 회사에서 잠깐씩 얼굴만 보았을 뿐 따로 만나진 못한 상태였다.

"선데이 개발사랑 계약 건 때문에 미팅 겸 저녁. 너는?"

"아, 그렇구나."

윤슬은 너는 무슨 일이냐는 질문에 대한 대답보다 먼저 그의 상황을 신경 쓰듯 주위를 두리번거렸다. 그 섬세한 배려를 아는 우현은 얼핏 웃으며 다시 입을 열었다.

"좀 늦는다고 해서 먼저 앉아서 기다리려던 참이었어. 그보다 너는 누구랑 약속이냐니까."

"아…… 부모님."

윤슬은 실없는 웃음을 흘리며 말했다. 그녀의 얼굴에서 적잖은 불편을 느낀 우현은 문득 같이 있어 주고 싶다는 생각이 들었지만 거래처와의 미팅 때문에 합석하지 못하는 상황이 안타까웠다.

"일곱 시 약속이지?"

우현은 무작정 그녀의 앞에 의자를 빼고 앉았다. 어차피 자신의 약속 상대는 삼십 분은 더 늦을 테니 그 전까지 만이라도 같이 있고 싶었다.

"괜찮은데."

"너 좋아서 아니야. 오시면 인사드리려는 거지."

윤슬이 짧게 웃었다. 그녀를 조금이라도 편하게 해 주려는 그의 마음을 뻔히 알아서일 것이다. 그녀가 웃는 것을 보자 그의 마음도 비로소 조금 나아지는 것 같았다.

오래된 사이만의 편하고 안정적인 분위기, 잔잔하고 은은한 대화가 식탁 위를 흘렀다. 우현은 이따금씩 나오는 윤슬의 어렴풋한 미소가 좋아서 서른다섯이라는 나이에 맞지 않는 능청스러운 장난과 농담을 던졌다. 다른 사람들과 있을 때는, 특히 여자와 있을 때는 절대 볼 수 없는 그의 모습이었다.

대화를 하다 보니 따분하기만 하던 시간이 금방 지나고, 어느새 일곱 시가 조금 넘어 있었다. 윤슬은 전화를 걸어 보라는 우현의 말에 휴대폰을 꺼내 들었다. 그런데 그때였다.

"저……."

키가 훤칠한 남자가 윤슬에게 다가와 말을 붙였다. 윤슬이 의아한 표정으로 그를 돌아보았다.

"이윤슬 씨 맞으시죠?"

남자가 쭈뼛거리며 조심스럽게 말을 건넸다.

"그런데요?"

"저, 서강훈이라고 하는데. 얘기 못 들으셨어요?"

처음엔 당황했지만, '얘기 못 들으셨어요?'라는 대목에서 감이 왔다. 윤슬은 얼빠진 표정으로 한동안 그의 얼굴을 바라만 보다가 이윽고 앞에 있던 우현과 시선을 교환했다. 헛웃음이 나왔지만 참았다.

아무래도, 지긋지긋한 선이 다시 시작된 모양이었다.

"죄송하지만."

윤슬의 눈빛을 통해 상황을 간파한 우현이 남자를 보며 여유로운 미소와 함께 입을 열었다.

"제가 이윤슬 씨 애인인데."

"……."

"얘기 못 들으셨어요?"

술 한잔할까. 사건이 간신히 정리된 뒤 우현이 처음으로 한 말이었다. 윤슬은 지친 기색으로 고개를 끄덕였다.

서른셋. 결혼에 있어 늦은 나이긴 했지만, 윤슬의 부모는, 특히 주영은 지나칠 정도로 걱정이 많았다. 제 딸이 남자혐오증이라면 어느 부모가 결혼을 걱정하지 않겠느냐만 윤슬은 그들의 관심과 걱정이 숨 막히게 부담스럽고 싫었다.

윤슬은 주영과 통화하면서 이제 그만하면 안 되냐고 힘겹게 부탁을 했다. 하지만 주영은 무섭도록 덤덤하고 침착한 말투로 말했다.

그러니까, 정 그렇게 아무와도 결혼을 못 하겠다면, 우현이라도 잡으라고.

윤슬은 집안과 능력은 물론 인물까지 좋다 보니 맞선 제의가 많이 들어왔다. 주영은 그런 제의들을 굳이 거절하지 않았다. 결과가 빤할 것은 알지만, 형식적으로라도 선을 보게 했다. 무턱대고 거절부터 하는 것보다야 '우린 잘해 보고 싶었는데 안 됐네'라고 말하는 편이 청혼 상대와의 관계 유지에도 좋았고, 그녀의 진짜 목표를 이루는 데도 도움이 됐다.

주영의 목표는 윤슬이 누구도 아닌 '우현'과 결혼하는 것이었다.

그녀는 윤슬이 누구에게도 마음을 주지 못할 거라는 사실을 잘 알고 있었다. 그래서 수많은 맞선자리에 지치다 보면, 결국 마지 못해서라도 우현을 선택할 거라 믿었다. 우현의 마음은 모르지만 그의 집안에서도 오래전부터 윤슬을 며느리 삼고 싶어 했기에, 둘의 마음만 맞는다면 결혼은 문제없었다.

윤슬은 그런 주영의 마음을 다 알고 있었다. 하지만 그럴 수 없었다. 그녀에게 우현은 친오빠보다 더 가까운 사람이었다. 자신을 챙겨 주었던 가족 같은 사람. 이성적인 마음을 가지는 것이 마치 죄처럼 느껴질 정도로 가까운, 가족 같은 사람.

"들어가자."

윤슬은 우현을 따라 가게 안으로 들어갔다. 우현이 자주 간다는 오픈형 룸식 호프였다. 신비롭고 몽환적인 인테리어가 마음에 들었다.

그런데, 윤슬은 몇 걸음 떼지 않아 발을 멈추게 되었다. '본부장님!' 하고 부르는 귀에 익은 목소리 때문이었다. 설마 했는데, 〈가든오브더문〉 팀의 회식이 하필 이곳에서 있었다.

"선약 있으시다더니, 지 본부장님이랑 약속이셨어요?"

민아가 샐쭉한 표정으로 서운한 듯 물었다. 순간 왠진 모르지만 민아보다 그녀의 옆에 앉아 있는 교원의 시선이 더 의식되었다.

"그건 아니고……."

"어쨌든 기왕 만난 거 합석할까요?"

윤슬은 괜한 오해를 사기 싫어 짧게나마 해명을 하려 했으나,

무슨 영문인지 우현이 막아 나서는 바람에 이야기할 타이밍을 놓쳤다.

윤슬은 어쩔 수 없이 합석을 해야 했지만, 우현은 굳이 그러지 않아도 되는 상황이었음에도 불구하고 그녀의 옆에 자리를 잡고 앉았다. 민아와 교원의 맞은편 자리였다.

두 사람의 합석으로 술이 빠르게 한 바퀴 더 돌았다.

속상한 마음 때문인지, 윤슬은 평소보다 술이 달게 느껴졌다. 조용히 맥주 한 잔을 들이켠 윤슬은 과일 안주를 먹기 위해 손을 뻗었다.

우현이 그녀보다 한발 빨리 안주를 집어 윤슬의 접시에 놔 주었다. '메론만 먹지?' 하는 다정다감한 말도 빼놓지 않았다.

그는 아무 뜻 없이 자연스럽게 하는 행동이었겠지만 윤슬은 다른 사람들의 시선이 의식되었다. 특히 아까부터 상당히 노골적인 시선으로 그녀를 바라보는 교원의 시선이.

"교원 씨, 잔이 비었네. 한 잔 더 해요."

줄곧 교원의 옆에 찰싹 달라붙어 있던 선주가 콧소리를 내며 말하더니 그의 잔에 술을 따라 주었다. 그녀는 우현이 윤슬에게 하는 것보다 훨씬 더 살뜰하게 교원을 챙겼다.

윤슬은 불현듯 한 대리가 오래전부터 교원의 팬이라서 사인회까지 갔었다던 민아의 말이 떠올랐다. 선주가 교원보다 한 살 위였지만 비슷한 또래라서인지 두 사람은 겉보기에도 잘 어울렸다.

그러나 윤슬은 그 모습이 좋게 보이지 않았다. 평소 사내 연애에 별다른 반감이 있던 것도 아니고, 타인의 일엔 관심조차 없었지만, 그 순간만큼은 왜인지 알 수 없는 불쾌감이 들었다.

"본부장님."

그때 교원이 불쑥 그녀를 불렀다. 그녀의 빈 잔에 술을 따라 주려는 것이었다.

윤슬은 잠시 망설이다가 술을 받았다. 부하 직원이 상사에게 술을 따라 주는 것은 당연한 일인데 윤슬은 그 순간이 심히 어색하고 불편하게 느껴졌다.

대체 왜 최교원 앞에만 서면 이렇게 얼게 되는 것일까.

"천천히 드세요."

술을 다 따른 교원이 희미한 미소를 띠며 말했다. 윤슬은 작은 고갯짓으로 답한 뒤 묵묵히 술을 마셨다.

"언제 한번 사석에서 보고 싶었는데, 이렇게 보게 되네요. 최교원 씨."

두 사람 사이의 미묘한 기류를 가만히 지켜보고 있던 우현이 교원에게 먼저 말을 붙였다.

"그러네요."

교원의 여유 있는 태도에 우현은 한 박자 정도 말을 삼켰다. 뭐랄까. 색다른 느낌이었다. 상사와 부하 직원의 관계가 아니라, 동등하고도 남는 관계가 된 것 같은 오묘한 기분. 불쾌하다는 감정까지는 아니었지만 그다지 좋은 느낌도 아니었다.

"일해 보니까 어때요? 온라인본부, 마음에 들어요?"

"네. 좋습니다."

"어떤 점이 좋은데요?"

"글쎄요. 한두 가지가 아니지만 굳이 꼽자면……."

느낌이었을까. 교원의 시선이 다시 윤슬에게 닿는 것 같았다.

"사람."

"……사람?"

"네, 사람."

교원은 우현이 그의 시선을 따라가려 할 무렵, 윤슬에게서 눈동자를 떼어 내며 말했다.

"좋은 사람들과 일할 수 있다는 게, 가장 좋습니다."

교원의 말을 들은 팀원들이 곳곳에서 환호를 보냈다. 묵묵히 술만 마시던 윤슬은 천천히 고개를 들어 그를 보았다. 입사한 지 얼마 안 됐지만, 그는 팀에 잘 적응한 것 같았다.

준수한 외모, 잦은 미소, 신사적인 말투, 반듯한 행동거지.

그는 사람들의 대화에 잘 섞여 들었고 타인의 말을 경청할 줄 알았으며, 때때로 명랑한 웃음을 터뜨리며 밝은 분위기를 내기도 했다. 이따금씩 내뱉는 말에는 건강하고 긍정적인 사고방식이 깃들어 있음을 알 수 있었다.

젊고, 밝고, 따뜻한 사람. 그의 이미지는 그러했다. 작가들은 자기만의 세계에 갇혀 살 것 같았던 그녀의 편견이 그로 인해 부서졌다.

그의 작품 『더 프리즌』에서 주된 배경은 감옥이었다. 몹시 어둡고 차가운 세계. 그래서 당연히 이 글을 쓴 사람도 그러한 모습일 거라고, 너무도 일차원적으로 생각했던 것 같다.

술은 점점 더 빠르게 돌았고 테이블 위에는 의미 없는 이야기들이 던져지고 있었다.

윤슬은 교원과 초반에만 몇 번 시선을 주고받았을 뿐, 이후부터는 말도 한번 섞어 보지 못했다. 신입사원 환영회라는 이유로 그가 집중 공격을 받기 시작했기 때문이었다. 교원은 끊임없이 주어진 폭탄주에 취기가 오른 듯했지만 흐트러지지 않으려 최대한 노력하고 있었다.

평소보다 많이 마신 윤슬도 머리가 살짝 어지러워지면서 졸음이 몰려왔다. 윤슬은 바깥 공기를 쐬어 정신을 차리기 위해 잠시 가게를 나왔다.

봄이 다가오는 계절의 밤. 너무 습하지도 건조하지도 않은, 적당히 촉촉하면서 서늘한 밤공기가 그녀의 여린 뺨을 스쳤다.

의미를 알 수 없는 한숨이 비어져 나왔다. 희미한 입김이 잠시 떠올랐다가 빠르게 사라졌다. 새삼 지나가 버린 겨울이 야속하게 느껴졌다.

사라진다는 것은 무엇이든 슬픈 일이다. 누군가는 다르게 말했지만.

때때로 죽음이 두려울 때마다 생각한다
사라진다는 것과 지나간다는 것의 차이를
소복이 쌓여 있던 눈이 녹아 끝내 아무것도 남지 않는다면
그것은 사라진 것일까 지나간 것일까
너는 내게서 사라진 것일까 지나간 것일까
그 두 개가 전혀 다른 것이 아니라면

나는 너를 소멸이 아닌 과거로 여길 것이다
지나간 눈은 언젠가 또다시 내릴 것이기 때문이다

처음 그 구절을 읽었을 때는 불가능한 일에 대한 덧없는 희망이라 생각했다. 절망에서 벗어나기 위한 자기 위안이라고 여겼다.

하지만 그럼에도 불구하고 사라지는 것이 두렵거나 슬프게 느껴질 때면 그 문구가 떠올랐다. 알게 모르게, 그녀는 매일매일을 그로 인해 위안받으며 살고 있었다.

"여기서 뭐 해?"

듬성듬성 박힌 밤하늘의 별을 보며 교원의 소설을 생각하고 있을 때였다. 언제 나왔는지 민아가 살짝 달아오른 얼굴로 그녀를 바라보며 물었다.

"그냥, 술 좀 깨려고."

"너답지 않게 왜 그렇게 많이 마셨어? 무슨 일 있어?"

"그냥……."

민아는 그녀의 사정을 다 아는 유일한 친구였지만, 오늘 있었던 일은 굳이 얘기하고 싶지 않았다.

"그보다, 넌 오늘 왜 그런 거야?"

윤슬이 문득 생각난 듯 미간을 좁히며 물었다.

민아는 다 알면서도 모른 척 시침을 떼며 어깨를 으쓱했다.

"뭘?"

"왜 갑자기 안 하던 짓을 했느냐고. 원래 혼자 먹는 거 뻔히 알면서 팀원들 다 데리고 와서 옆에서 먹지 않나, 회식에 가자고 하질 않나. 왜 그랬어?"

그러자 민아는 속을 알 수 없는 웃음을 흘리며 말했다.

"그건 나 말고 최교원을 원망해."

"뭐?"

"회식 잡혔을 때 제일 먼저 본부장님 덕이 큰데 본부장님은 같이 안 가냐고, 팀장님이 말 한번 해 보라고 한 것도 최교원이고, 구내식당 가서 네 쪽으로 먼저 걸음한 것도 최교원이고."

윤슬은 잠시 말을 잃었다. 왜? 대체 왜?

"이윤슬. 여섯 살 연하는 어때?"

"뭐?"

생각지도 못했던 민아의 말에 윤슬이 경악하듯 되물었다. 그러자 민아는 재미있다는 듯 호탕한 웃음을 터뜨리며 말했다.

"그렇게 경기할 건 또 뭐야? 요즘 세상에 이상한 일도 아닌데."

"너 미쳤어? 지금 무슨 말을 하는 거야?"

혹시라도 누가 들으면 어쩌나 싶어 윤슬은 심각한 표정으로 주위를 살피며 민아를 나무랐다.

하지만 민아는 농담 반 진담 반의 애매한 표정으로 그녀의 어깨를 지그시 누르며 말했다.

"잘 생각해 봐. 내가 이 눈치가 백 단이잖냐?"

"김민아."

"최교원, 너 보는 눈빛이 달라."

윤슬이 기가 차다는 표정으로 헛웃음을 뱉었지만 민아는 끄떡

없었다.

"잘 한번 봐 봐. 정말, 너한테만 다르다니까."

"너 진짜!"

윤슬이 더는 못 참겠다는 듯 고함을 치자 민아는 짓궂은 웃음을 짓더니 도망치듯 후다닥 가게 안으로 들어가 버렸다.

"후……."

윤슬은 홀로 남아 깊은 한숨을 내쉬었다. 아까보다 조금 더 짙은 입김이 공중에서 흩어졌다.

터무니없는 말이라는 걸 아는데, 다시 생각해도 정말 허무맹랑한 말인데. 그녀가 남긴 말이 왜 쉽게 떠나지 않는지 알 수가 없었다.

'너한테만 다르다니까.'

"주책없어."

저도 모르게 혼잣말을 뱉은 윤슬은 그만 정신 차리고 들어가야겠다는 생각에 몸을 틀었다. 그러나 한 발 내딛지도 못하고 붙박인 듯 그 자리에 서 버렸다.

쿵. 순간적으로 심장이 무겁게 뛰는 기분이 들었다.

교원이 문 앞에서 한쪽 손으로 벽을 짚고 서서 그녀를 보고 있었다. 반쯤 풀린 듯한 나른한 눈빛으로.

키가 커서 그녀를 지그시 내려다보는 그 눈빛이 묘하게 유혹적이었다. 그 눈빛에 당황한 윤슬은 서둘러 자리를 피하려고 다시 발을 움직였다. 그런데.

타악.

그의 손이 이번에는 그녀가 지나치려던 벽 쪽을 짚었다. 그녀가 들어가지 못하게 그가 막아서고 있었다. 윤슬이 다분히 놀라서 커진 눈으로 그를 쳐다보았다.

언제 보아도 깊은 고동색 눈동자. 계속 보고 있다가는 그 눈동자에 잠식되어 버릴 것만 같았다.

"뭐하는 거예요? 비켜요."

윤슬은 얼른 시선을 거두고 최대한 차갑고 냉정한 말투로 말했다.

하지만 교원은 꿈쩍도 하지 않았다. 윤슬은 답답한 듯 짤막한 숨을 내쉬며 더는 상대하지 않으려는 듯 다른 쪽으로 몸을 틀었다.

그때였다. 그의 손이, 이번엔 그녀의 손목을 잡았다. 윤슬은 너무 놀란 나머지 그를 바라보지도 못하고 황당한 웃음을 흘렸고, 이내 그의 손을 뿌리치려고 손을 흔들었다.

하지만 그녀가 감당하기엔 너무 강한 힘이었다.

"이거 놔요."

"……."

"최교원 씨!"

"나 좀 봐요."

"……?"

"나 좀 잠깐만 봐요."

"……."

"한 번만, 내 얼굴 좀 보라고."

심장이 아까보다 조금 더 빠르게 뛰었다. 윤슬은 그런 자신이 싫었다. 인정할 수도, 용납할 수도 없었다.

윤슬은 그의 바람대로 그를 보았다. 시리도록 싸늘한 눈빛으로. 대체 나에게 왜 이러냐는 듯한 원망을 담은 눈빛으로.

그러자 그의 입꼬리가 살며시 곡선을 그리며 올라갔다. 왠지 모르게 아픈 웃음이었다.

기시감. 그 웃음을 보는 순간 윤슬은 다시 한 번 기시감을 느꼈다. 그녀는 그것이 순전히 교원의 행동 때문이라고 생각했다. 마치 나는 너를 아는데, 너는 나를 왜 모르냐는 듯, 내 얼굴을 한 번만 더 자세히 봐 보라는 듯, 그렇게 말하는 듯한 그의 행동 때문에.

그가 왜 그런 행동을 하는지는 모르겠으나, 윤슬은 그가 정말 자신을 안다고는 생각지 않았다. 그럴 수가 없었기에. 자신의 기억엔 없었기에.

그러니 황당무계한 생각일지라도, 혹시 민아의 말처럼 그가 자신에게 관심을 두고 있다면, 그녀의 마음을 얻기 위해 하는 어리숙한 수작일지도 모른다는 생각마저 들었다.

"최교원 씨. 나를 알아요?"

윤슬은 확실하게 선을 긋기 위해 물었다. 하지만 그 질문에 대한 대답은, 전혀 예상치 못한 것이었다.

"……안다면."

"……."

"내가 안다고 말하면."

마치 조금의 거짓된 연기도 없다는 듯, 당당하게 말하는 그의 나직한 목소리가 그녀의 가슴속에 느리게 스며들었다.

"당신도 나를 기억해 줄래?"

4
나는 꿈속의 너를 위해 시간을 안고 싶다

어지러움 때문에 밤새 뒤척이던 교원은 결국 욱신거리는 머리를 부여잡고 눈을 떴다. 토요일이었지만 본능적으로 시계에 눈이 갔다. 열시가 조금 넘은 시각. 날이 어두워 새벽일 거라 짐작했지만 늦은 아침이었다.

피로한 눈을 비비며 시선을 돌리자 습기가 가득 찬 창문이 보였다. 후드득후드득. 가만히 귀를 기울이니 일정한 박자로 창문을 때리는 빗소리가 들렸다.

조용한 빗소리와 함께 정신이 돌아온 교원은 창문에 어린 제 얼굴이 서서히 굳어지는 것을 보았다.

'당신도 나를 기억해 줄래?'

내가, 무슨 짓을 한 건가.

뒤늦게 밀려오는 기억들에 교원의 얼굴에는 혼란과 번민이 뒤

섞여 떠올랐다. 그는 쿵쿵 뛰는 심장을 억누르며 천천히 어제의 일을 되새겨 보았다.

호프집에 들어서는 그녀를 제일 먼저 발견한 것은 교원이었다.

하지만 반가운 것도 잠시, 그녀를 뒤따라 들어오는 우현의 모습에 표정이 굳었다. 하필 자신의 앞에 앉아 다정하게 윤슬을 챙기는 우현을 보는데, 문득 두 사람이 결혼할지도 모른다던 한 대리의 말이 떠올랐다.

자신은 물론 모든 남자들에게 차갑기만 하던 그녀가 소문대로 우현에게는 정말 스스럼없이 대하는 모습을 두 눈으로 직접 확인하자 기분이 이상했다. 누가 작은 가시로 가슴을 계속 찔러 대고 있는 것 같은 따가운 불편함. 먹은 음식이 식도에 걸린 것 같은 답답함. 그것을 밀어내기 위해 주는 술을 마다하지 않고 계속 마셨다.

하지만 정신이 흐트러질수록 신경은 점점 더 맑아져서 온통 그녀에게로 향했다. 사람들의 말소리가 공중에서 흩어져도 그녀의 작은 목소리만은 크고 명확하게 들렸다. 물체들이 두 개로 갈라지거나 흐릿하게 보여도 그녀의 얼굴만은 선명하게 보였다. 그녀가 자리를 비운 몇 분이 한 시간처럼 길게 느껴졌다.

그래서 바람 좀 쐬고 오겠다는 핑계로 밖으로 나갔다. 술기운 때문인지 그녀에게 향하는 걸음이 자못 당당했다.

'무슨 말을 하는 건지. 우리가 아는 사인가요?'

잊었을 수도 있다고 생각은 했지만, 조금도 기억하지 못할 줄은 몰랐다. 십 년 전이었고, 고작 네 번의 만남이었다. 만난 시간을 전부 합해도 열두 시간. 하루도 되지 않는 짧은 시간이었다.

하지만 그때 그 네 번의 만남은 그의 인생을 바꾸어 놓았다. 결코 평범한 만남이 아니었다. 적어도 그에겐 그랬다.

'안다면.'

그래서 그랬던 것 같다.

'내가 안다고 말하면, 당신도 나를 기억해 줄래?'

그를 완전히 잊어버린 그녀에 대한 원망과 아쉬움에 괜한 객기를 부리고 말았다.

뭐 좋은 기억이라고. 기억해서 좋을 게 뭐 있다고. 그때가 싫어서 이름도 버리고 다시 살기 시작했는데, 그때를 기억해 달라 하는 것은 대체 무슨 모순일까.

'지금 무슨 말을 하는 거예요?'

'……'

'정말 나를, 알기라도 한다는 거예요?'

뒤늦은 후회가 밀려왔을 때 할 수 있는 건 자조 섞인 웃음뿐이었다.

'그게 아니라면, 지금 이 무례함, 어떻게 할 거죠?'

'……'

'난 용서가 안 될 것 같은데.'

그녀는 제 손목을 잡고 있던 그의 손을 거칠게 떼어 내며 가시 돋친 말투로 말했다. 순간 무언가 툭 떨어지는 소리가 들렸다.

하지만 그녀는 의식하지 못한 듯 서늘한 눈빛으로 그를 쏘아보기만 하더니 그가 아무 대답이 없자 이내 짧은 웃음을 흘리고 돌아섰다.

매정히 스쳐 가는 그녀를, 그는 다시 잡지 못했다. 그녀가 서 있던 자리에 홀로 남아 유유히 빛을 발하는 작은 팔찌 하나만 멀거니 바라볼 뿐이었다.

"등신같이⋯⋯."

교원은 어제 바로 돌려주지 못했던 팔찌를 엄지손가락으로 살살 돌리며 혼잣말로 읊조렸다.

그녀의 말이 맞았다. 그는 무례했다. 감히 신입사원 주제에, 상사의 손목을 함부로 잡아채고, 술에 취해 반말을 일삼고, 누가 봐도 무례한 행동이었다.

특히 남자혐오증이라 불릴 정도로 남자를 싫어하는 그녀는 더욱 불쾌했을 것이다. 겉으론 당당한 척했지만 그녀의 눈에는 다소간의 두려움과 원망이 서려 있었다. 그 어두웠던 눈동자가 자꾸 생각나 마음이 아렸다.

왜 그녀를 먼저 생각해 주지 못했을까. 왜 그렇게 멋대로 행동해 버렸을까. 왜 손목은 그렇게 세게 잡았을까.

늦은 후회에 하릴없이 입술만 깨물던 교원은 이윽고 휴대폰을 찾아 들었다. 팔찌도 돌려줄 겸 사과를 해야 할 것 같았다. 하고 싶었다. 아니 어쩌면 그것을 핑계 삼아 그녀의 얼굴을 보고 싶었던 건지도 모른다.

한참을 망설이다 떨리는 손으로 통화 버튼을 누른 교원은 마른 침을 삼키며 상대의 반응을 기다렸다.

— 여보세요.

낮게 가라앉은 그녀의 목소리. 가슴이 두근거렸다.

— 여보세요.

"······최교원입니다."

한참 만에 대답한 교원의 말끝이 비 내리는 날의 호수처럼 잔잔하게 일렁였다.

찻잔을 움켜쥔 윤슬의 손이 미미하게 진동했다. 무엇 때문에 긴장을 하는 것일까. 스스로도 그런 자신이 우습게 느껴졌다.

돌려줄 것도 있고 할 말도 있어 만났으면 한다는 그에게 냉정하게 굴지 못했다. 월요일에 회사에서 돌려주면 되지 않느냐는 말도 나오지 않았다. 그런 이성적인 생각을 하기도 전에 감정이 먼저 반응했으니까.

궁금했다. 우리가 정말 아는 사인지. 대체 나에게 왜 이러는지. 하고 싶은 말이라는 게 뭔지. 듣고 싶었다. 하루라도 빨리.

이슬비가 내리는 촉촉한 오후. 페퍼민트 향기를 맡으며 창밖을 내다보던 윤슬은 저만치서 걸어오는 교원을 발견했다. 잠시 손을 들어 시계를 본 교원은 약속 시간이 십 분이나 남았는데도 걸음을 재촉했다.

그의 젖은 바짓단이 윤슬의 눈에 걸렸다. 집이 가까워 걸어온 모양이었다.

어제 알게 된 사실이지만 그들은 같은 정자동에 살고 있었다. 같은 동네 다른 아파트. 걸어서 십오 분 내로 오갈 수 있는 가까운 거리였다.

약속을 잡은 카페는 윤슬의 집 근처에 있는 카페였다. 교원의 딴에는 배려를 한다고 고른 장소였지만 윤슬은 볼 일이 있어 멀리 나가 있던 터라 차를 끌고 돌아와야 했다. 하지만 어차피 스케줄도 끝난 참이었고 그가 신경 쓸까 봐 별말 없이 수긍했다.

딸랑.

문이 열리고 그가 들어섰다. 누가 보면 한참은 늦은 것처럼 서둘러 주위를 두리번거리는 그의 모습에서 혹시라도 윤슬이 먼저 와 있을까 신경 쓰는 섬세함이 느껴졌다.

윤슬은 조용히 손을 들어 그를 불렀다. 그제야 윤슬을 발견한 교원의 입가에 어렴풋이 미소가 떠올랐다.

웃었다. 그가.

마치 잘 알고 지내는 친한 사이를 만난 것처럼. 어제까지 아무 일도 없었던 것처럼. 그녀는 왠지 모를 긴장으로 바싹 굳어 있는데, 그는 실수를 한 입장임에도 불구하고 여유롭게 웃을 수 있다는 것이 억울하고 당황스럽기도 한 반면, 싫지 않았다.

아니 실은, 좋았다.

그의 미소는 어두침침한 날씨를 잊게 해 줄 만큼 밝았다. 더없이 따뜻했다. 어떻게 사람의 미소에서 저렇게 빛이 날 수 있을까 싶을 만큼. 주책없음을 알지만 그런 생각이 들었다.

"일찍 오셨네요."

자연스러운 인사말을 건네며 자리에 앉은 교원은 네이비색 코트를 벗어 의자에 걸치고는 따뜻한 아메리카노 한 잔을 시켰다. 코트에도 적잖은 물기가 있는 것으로 보아 아무래도 성급히 온 것 같았다.

종업원이 주문을 받고 다시 커피를 내올 때까지 두 사람은 한 마디도 하지 않았다. 교원은 간간이 그녀를 바라보았지만 윤슬은 그의 시선이 부담스러워 모른 척 피하기만 했다.

어제 일에 대해 구체적인 해명을 듣고 사과를 받아 내야 한다는 생각으로 마음을 굳건히 한 그녀였지만, 정작 교원의 앞에 서자 또다시 차가운 동상이 되고 말았다.

교원은 커피가 나온 뒤에야 천천히 한 모금 들이마신 뒤 입을 열었다.

"어제는…… 죄송했습니다."

죄송했습니다. 윤슬은 그 말을 곱씹으며 그를 보았다. 그가 이토록 격식을 갖춘 극존칭을 썼던 적이 있던가.

"본부장님 말씀대로, 제가 지나쳤습니다. 사과드리고 싶었습니다."

다짜고짜 사과부터 하는 그를 가만히 보고만 있던 윤슬이 약간 굳은 표정으로 말했다.

"무슨 사과를 말하는 거죠?"

"……."

"최교원 씨가 날 함부로 대한 거요, 아님 자꾸만 날 아는 척한 거요? 난 좀 구체적인 얘기를 듣고 싶은데."

교원은 말이 없었지만 그녀의 시선을 피하지는 않았다.

"정말 날 알기라도 하느냐는 질문에, 대답 안 했어요, 최교원 씨. 이번엔 피하지 말고 대답해요."

처음엔 그의 수상한 행동들에 큰 의미를 부여하지 않으려고 했다. 굳이 알고 싶지 않았고 알 필요도 없다고 생각했다. 가까워지고 싶지 않았으니까.

하지만 이제는 알아야 했다. 어물쩍 넘어갈 수 있는 일이 아니었다.

"사실은……."

묵묵히 그녀의 말을 듣기만 하던 교원이 한참 만에 다시 입을 열었다. 윤슬은 그 어느 때보다 집중하여 그의 다음 말을 기다렸다. 갈증으로 목이 뻣뻣해졌다.

"사실은…… 알지 못합니다."

어느 정도 예상은 했었지만, 생각보다 더 큰 허탈함에 윤슬은 아무 말도 하지 못했다.

알지 못한다고? 그럼 그동안 했던 행동들은 다 뭐지? 그녀의 의문에 답이라도 하듯 교원이 차분히 말을 이었다.

"그저 우리가 아는 사이길 바랐던 것 같습니다. 제가 본부장님을 입사 전부터 알고 있었듯, 본부장님도 저를 알고 있었기를."

"날 입사 전부터 알고 있었다고요?"

"〈달의 정원〉을 만든 기획자시니까요."

달의 정원. 그는 또다시 〈가든오브더문〉을 〈달의 정원〉이라 불렀다.

"동경하던 사람의 관심을 끌고 싶었던 신입사원의 치기, 정도로 말할 수 있겠죠."

교원은 의미를 알 수 없는 쓴웃음을 지으며 커피를 마셨다. 윤슬의 입에서도 작은 실소가 흘렀다. 동경하던 사람의 관심을 끌고 싶었던 치기라. 정말, 고작 그것이었던 건가.

"어제는 술이 너무 과했던 나머지 실수를 한 것 같습니다. 정말, 죄송했습니다. 다시는 이런 일, 없을 겁니다."

깍듯한 말투와 단호한 어조. 그는 기대 이상으로 정중한 사과를 했지만, 어쩐지 그녀에게 분명한 거리를 두고 멀어지는 듯한 기분이 들었다.

"최교원 씨."

무슨 말을 해야 할지 몰라 입술만 깨물고 있던 윤슬이 고민 끝에 그의 이름을 불렀다.

"……알아요."

"네?"

"알고 있었어요. 나도."

원래의 윤슬이라면 절대, 굳이 하지 않았을 이야기였다. 어째서 그 말이 튀어나와 버렸는지, 그녀도 알 수 없었다. 하지만 이대로 관계를 마무리하기엔 무언가 찝찝함이 있었다.

"작가 교원을, 좋아했으니까."

정확히는 좋아하니까, 가 맞겠지만 거기까진 할 수 없었다. 윤슬을 바라보던 교원의 눈동자가 단번에 굳었다.

"왜 내가 최교원 씨를 모른다고 생각했는지 모르겠지만, 게임 업계에서 최교원 씨를 모른다는 거, 말이 안 되잖아요."

"……."

"그러니까, 나 역시도 최교원 씨를 충분히 잘 알고 있었으니까,

다시는 그런 행동 하지 마요."

충동적으로 뱉은 말을 얼추 정리한 윤슬은 왠지 모르게 떨리는 마음을 가라앉히기 위해 차를 마셨다. 그런데 마음이 가라앉기는 커녕 더욱 진동해 오는 것 같았다.

그녀가 찻잔을 손에 들고, 입술로 가져가고, 살며시 대어, 한 모금 마시는 그 과정을, 그는 모두 지켜보고 있었으니까. 한시도 눈을 떼지 않고, 너무도 노골적으로.

"본부장님."

그러다 마침내 그가 그녀를 불렀을 때는, 새삼 너무 놀란 나머지 마시던 차를 잘못 삼킬 뻔했다. 그녀가 왜 부르냐는 듯 태연한 척 그에게로 시선을 돌렸을 때였다. 커다란 진동 소리가 정적을 가르고 지났다.

교원은 말을 하려다 말고 코트에서 휴대폰을 꺼냈다. 그런데 액정을 보고 망설이다 전화를 받은 그의 얼굴이 순식간에 차게 식어 버렸다. 어쩐지 다급해 보이는 건너편 남자의 목소리가 윤슬에게까지 와 닿았다.

최대한 침착하게 통화를 마친 교원이 어두워진 표정으로 윤슬을 보았다.

"무슨 일 있어요?"

윤슬이 먼저 조심스럽게 물었다.

"……고모가 갑자기 쓰러지셨대요. 가 봐야 할 것 같은데."

정작 말하는 교원은 차분했으나 윤슬이 깜짝 놀라 자리에서 일어섰다.

"많이 편찮으신 거예요? 난 괜찮으니까 어서 가 봐요."

교원은 쓴웃음을 지으며 따라 일어섰다. 순간 불현듯 그가 걸어왔다는 것이 인식된 윤슬이 얼른 가방을 챙겨 들고 그보다 앞서 걸었다.

"참, 차 안 가져온 것 같던데, 내 차로 가요."

교원은 말없이 그녀를 바라보았다. 생각지 못한 그녀의 섬세한 배려와 따뜻한 행동에 놀란 것이었다.

"괜찮아요. 데려다줄게요."

아직 하고 싶은 말도, 주어야 할 것도 남아 있었지만, 상황이 상황이니 만큼 교원은 묵묵히 그녀의 뒤를 따랐다.

윤슬은 교원을 병원에 데려다주고 나서도 걱정이 되어 쉽게 떠나지 못하고 차 안에서 기다렸다. 그런데 아무리 기다려도 그는 나오지 않았다. 전화는 실례가 될까 봐 괜찮으냐는 문자를 보내 보았지만 답은 없었다.

시간이 지날수록 불안하고 초조해지던 윤슬은 결국 차에서 내려 병원 앞을 서성거렸다. 오지랖일 수도 있지만 걱정이 되는 것은 어쩔 수 없었다.

그녀는 가족의 아픔에 대한 고통을 누구보다 잘 알고 있었다. 그래서 가족에 관한 일이라면 유독 예민해졌다.

병원에 들어가는 것은 주제넘은 일이라는 생각에 망설이고 있을 무렵이었다. 갑자기 어디선가 버럭 하는 고함 소리가 들렸다. 심장이 철렁 내려앉을 정도로 커다란 고함 소리.

병원 안쪽을 들여다보던 윤슬은 깜짝 놀라 다시 벽 쪽으로 몸을 숨겼다.

"이런 배은망덕한 자식 같으니라고! 뭐야? 이제 그만 불러? 그게 어디 네가 할 소리냐?"

병원 복도에서 웬 남자가 고함을 치고 있는 상대는, 다름 아닌 교원이었다. 남자는 한껏 붉어진 얼굴로 교원의 멱살을 잡아 쥔 채 고래고래 소리를 지르고 있었고, 교원은 서늘하게 식어 버린 무표정한 얼굴로 남자를 바라보기만 했다.

아무런 기대도, 바람도 없는 얼굴. 모든 걸 놓아 버린 표정.

"제가 필요한 게 아니잖아요."

"뭐야?"

"고모부는 제가 아니라, 제 돈이 필요하신 거잖아요. 그러니까 보내 드린다고요. 매번 이렇게 이유 없이 입원해서 받아 내는 병원비, 약값, 몇 년 치로 계산해서 보내 드릴 테니까 이제 그만하시라고요."

"이 자식이!"

싸늘한 마찰음이 병원 복도를 가득 울렸다. 이야기를 듣고 있던 윤슬은 눈을 질끈 감았다. 그칠 줄 모르는 빗방울이 점점 더 굵어지고 있었다.

"누굴 감히 돈 뜯어내려는 파렴치한으로 몰아! 오갈 데 없는 놈 불쌍해서 거둬 주고 먹여 주고 재워 줬더니, 뭐? 이제 그만 좀 부르라고? 그깟 돈 몇 푼이 그렇게 아깝더냐? 너 같은 놈 신경 쓰느라 위염까지 걸린 고모 좀 챙기라는 게 그게 그렇게 억울해?

네 고모, 네 아빠랑 연 끊고 살았는데도 너 거둔 사람이야! 우리 아니었음 고아원에서 먹고 자랐을 놈이!"

"그만, 그만! 그 소리 좀 그만하세요, 제발!"

교원이 처음으로 목청을 높여 소리쳤다. 그 뜨거운 목소리에는 오랜 시간 쌓인 울분이 담겨 있었다.

"고아원…… 그래, 차라리 거기라도 보내지 그러셨어요. 적어도 거기선, 남의 집에 얹혀산다는 소리는 듣지 않았을 텐데. 밥은 웬만하면 밖에서 먹고 들어가고, 안 먹었어도 먹은 척하고, 잠은 늘 소파에서 웅크려 자고, 걸음은 소리 없이 걷고, 그렇게 매일을, 숨 막히게 살진 않았어도 됐을 텐데……."

"뭐 인마? 기껏 거둬서 키워 줬더니, 이 자식이 정말!"

"고모가, 고모부가, 사람 좋아 날 거둔 거였어요? 아버지 유산 때문이었잖아요. 그래서 그거 다 받아 챙기셨잖아요! 그랬으면서 제가 독립했을 때 한 푼이라도 보태 준 적 있어요? 대학 등록금은커녕 용돈 몇만 원이라도 쥐여 준 적 있어요? 단 한순간이라도, 제 삶에 관여해 본 적 있냐고요!"

말문이 막힌 남자의 손이 다시 올라갔다. 하지만 이번엔 교원의 손이 조금 더 빨랐다.

남자의 손은 교원에게 잡혀 허공에서 달달 떨리고 있었다.

"쓰레기만도 못한 자식. 우리가 없었으면, 넌 영원히 시궁창 신세였어."

그러자 교원의 입술에서 비릿한 조소가 떨어졌다.

"……착각하지 마."

"뭐?"

"날 시궁창에서 꺼내 준 건…… 당신들이 아니야."

파르르 떨리는 고모부의 손을 냉정히 떨쳐 낸 교원은 붉어진 눈시울로 그를 빤히 쏘아보다가 천천히 뒤를 돌았다. 그리고 한 치의 흐트러짐도 없는 반듯한 걸음으로 차갑게 걸어 나갔다.

복도를 울리는 그의 정갈한 구두 소리가 윤슬의 귀에 점점 더 크게 들렸다. 너무나 익숙한 듯한 구두 소리. 무언가와 소름 끼치도록 닮은 소리. 그 구두 소리를 듣는 윤슬의 눈에 알 수 없는 뜨거움이 천천히 차올랐다.

손수건으로 얼굴을 대충 닦아 내던 교원이 얼핏 웃음을 터뜨렸다.

"우습죠. 내 꼴."

멍하니 앞만 보고 있던 윤슬이 천천히 고개를 돌렸다. 온통 비에 젖은 채 맥없이 웃고 있는 교원의 모습은 보는 것만으로도 가슴이 아렸다.

우산도 없이 걸어 나가던 그를 못 본 척해야 하나 어째야 하나 고민하다가 결국 늦게나마 달려가 우산을 씌워 주었다. 그리고 말없이 차로 안내했다. 다행히 그도 아무 말 하지 않았다.

왜 거기 있었느냐고, 왜 내 이야길 엿들었느냐고 화를 낼 법도 한데. 그는 내내 아무 말이 없더니 이내 아무렇지 않은 척 웃기까지 했다. 그가 몸을 대강 닦을 때까지 기다렸다가 출발하려던 윤슬은 보다 못한 듯 손수건을 빼앗아 그의 얼굴로 가져갔다.

갑작스러운 그녀의 행동에 그가 움찔하며 몸을 굳혔다. 윤슬도 잠시 멈칫했지만 아랑곳 않고 그의 이마와 얼굴, 그리고 목 주변까지 꼼꼼하게 닦아 주었다.

깊은 정적. 두 사람의 나지막한 숨소리와 창밖의 희미한 빗소리만이 정적 위를 맴돌았다.

"……잠깐만."

비를 맞아서 열이 나는 걸까. 적막한 공기와 그녀의 숨소리, 그리고 온기의 조화가 몹시도 설레어 열이 나는 걸까. 조금씩 뜨거워지는 몸을 감당하기 힘들었던 교원이 돌연 그녀의 손을 잡으며 말했다.

어제와는 다른 조심스러운 손길이었다. 부드럽고 따스한 감촉. 교원이라는 사람과 너무도 잘 어울리는.

"제가 할게요."

교원은 그녀의 손에서 손수건을 빼냈다. 젖은 공기 속에서 크고 작은 두 손이 천천히 맞물렸다가 떨어졌다.

"……참. 줘야 할 게 있는데."

어색한 분위기를 깨 보려는 듯, 교원이 화제를 돌렸다. 그는 코트 안에서 무언가를 꺼내더니 다시 한 번 윤슬의 손목을 잡았다. 윤슬이 흠칫하며 작게 놀랐다.

누가 이 여자를 지하 감옥처럼 차갑고 무섭다 하던가. 알면 알수록 한없이 여리고 따뜻했다.

교원은 살며시 잡은 그녀의 손목을 다른 한 손으로 천천히 어루만졌다. 그의 다른 한 손이 떨어지자 그녀의 가녀린 손목이 드러났다. 잃어버렸던 금색의 팔찌가 그녀의 손목을 감싸고 있었다.

"미안했어요. 어제."

"……."

"내가 너무 세게 잡아서."

그는 지난밤 주었던 작은 고통에 사죄하듯 그녀의 손목을 가만히 쓸어 주었다. 그녀는 대답 대신 보일 듯 말 듯 희미한 미소를 지었다.

그리고 그는, 그 미소를 놓치지 않았다.

아무 말 없이 시간이 흘렀다.

하지만 그의 손은 그녀의 손목에서 떨어질 줄 몰랐다. 두 사람은 잠시 그대로 시간이 멈춘 것처럼 굳어 있었다.

놓고 싶지 않았다. 실은 더 제대로 잡고 싶었다. 온기만으로도 위로가 되는 그녀의 손을. 닿고 싶었다. 조금 더 가까이.

한참 뒤, 그녀가 정신을 차린 듯 손을 빼려 했지만 그는 오히려 힘주어 그녀의 손목을 잡아당겼다. 그 바람에 그녀의 몸이 당겨져 그에게 바싹 다가갔다. 교원은 물러서려는 그녀의 어깨를 잡았다.

"제 글을 좋아한다고 했죠."

숨 막히는 상황에서 뜬금없는 질문이었다. 대답할 정신이 없었다. 그가 너무 가까이 있어 정신이 혼미해질 지경이었던 윤슬은 어서 몸을 물리기 위해 몸을 틀었다.

하지만 그럴수록 그는 그녀를 더욱 가까이 잡아당겼다. 조금만 더 닿으면 그의 품에 안겨 버릴 것 같았다.

"안고 싶다."

가슴이 내려앉는 한마디였다. 믿을 수 없는 그의 이야기에 몸이 얼어붙었다.

그러나 잠시 후, 얼어붙은 그녀의 몸을 녹이듯 감미롭고 따스한 목소리가 그녀의 귓가에 내려앉았다.

안고 싶다
단 한순간도 걸음을 멈추지 않는 시간을 잡아
움직이지 못하게 내 안에 안고 싶다
시간을 잡으면 너도 따라잡힐 테니까
더 이상 희미하게 사라지지 않을 테니까
나는 꿈속의 너를 위해 시간을 안고 싶다

가녀린 이슬비는 끊임없이 내렸고 차 안의 공기는 점점 더 뜨거워져 갔다. 숨이 멎을 것 같은 시간이었다.

윤슬은 그의 차분한 목소리를 들으며 생각했다.

지금만큼은, 정말로, 시간을 안을 수 있다면 좋겠다고.

5
모든 흘러가는 것들 속에 날 향한 너의 감정도 있을 뿐이었다

"교원 씨가 결근이라고요?"

선주가 화들짝 놀라며 물었다.

함께 엘리베이터를 타고 있던 윤슬의 표정이 얼핏 굳었다. 이를 알 리 없는 선주는 조현과의 대화를 지속했다. 그리 큰 목소리는 아니었지만 엘리베이터 안이 워낙 조용하다 보니 들리지 않을 수가 없었다.

"아니, 왜? 무슨 일이래요?"

"아프다나 봐요. 몸살이라나."

"정말요? 어떡해요."

"어떡하긴 뭘 어떡해요? 죽을병도 아니고, 환절기에 감기 안 걸리는 사람도 있어요? 난 좀 그렇던데. 신입이 아프다고 결근까지 하고. 더군다나 지금 최교원 씨가 제안한 리서치 이벤트 때문에 업데이트 준비 기간도 더 짧아져서 눈코 뜰 새 없이 바쁜 상황이잖아요. 그걸 뻔히 아는 사람이……."

그때 엘리베이터가 멈추었다. 엘리베이터를 가득 채우고 있던 사람들이 대거 내린 뒤에야 선주와 조현은 뒤에 있던 윤슬을 발견할 수 있었다. 깜짝 놀란 두 사람이 서둘러 인사를 건넸지만 윤슬은 평소보다 더욱 차가운 표정으로 짧은 눈인사만 건네고 다시 앞을 보았다.

얼마 후 엘리베이터는 6층에 섰고 윤슬은 말없이 먼저 내렸다. 선주와 조현은 기가 눌린 표정으로 서로 눈치만 보며 그녀의 뒤를 따라 내렸다.

그런데, 뒤도 안 돌아보고 걷기만 하던 윤슬이 어느 순간 우뚝 멈추어 서더니 천천히 뒤를 돌아 그들을 보았다. 움찔 놀란 두 사람이 무슨 일인가 싶어 멀뚱히 그녀를 바라만 보고 있을 때였다.

"박조현 대리."

윤슬이 더없이 무뚝뚝한 말투로 조현을 불렀다.

"네, 본부장님."

"평소에도 그래요?"

"네?"

"평소에도 다른 팀 사원들이 섞여 있는 공공장소에서 그렇게 자기 팀원을 험담하느냐고요."

"아…… 아니요. 그게……."

윤슬의 허를 찌르는 힐책에 조현은 말문이 막힌 듯 얼버무리기만 했다.

"자기 얼굴에 침 뱉기일 뿐입니다. 불만이 있으면 당사자에게 직접 가서 말하든가 팀 내에서 해결하세요. 온라인본부 이름에 먹칠하지 마시고요. 박 대리야말로 신입사원도 아니고, 이런 얘기까지 해야 할 줄은 몰랐네요."

"……죄송합니다."

"들어가 봐요."

윤슬은 조현과 선주를 먼저 보내고, 그들이 사무실로 들어가는 것을 지켜보았다. 유리문을 얼핏 들여다보니 정말 교원의 자리가 비어 있는 것이 보였다.

'아프다나 봐요. 몸살이라나.'

윤슬의 미간이 살짝 좁혀졌다. 그날 비를 맞아서일까. 곧바로 몸을 말렸어야 했는데. 집으로 돌아가는 길에 감기약이라도 샀어야 하는데.

돌아서서 본부장실로 향하는 길에도 여러 생각이 들었다.

'안고 싶다.'

그때는 정신이 하나도 없었다. 그의 달콤하고 감미로운 목소리에서 해방된 뒤에도 마취에서 덜 깨어난 것처럼 몽롱하고 어지러웠다.

그가 그녀를 안을 것처럼 가까이 당겨서, 소설의 글귀를 직접 읊어 주던 그 순간. 그의 눈빛, 말투, 목소리, 감촉, 분위기, 그 모든 것은 한마디로 정의할 수 없는 것이었다.

'……팬 서비스.'

그 묘한 분위기를 밀어내듯, 그는 능글맞게 웃으며 말했다. 흘러내린 그녀의 머리카락 한 가닥을 조심스럽게 넘겨 주며.

하지만 그의 장난스러운 웃음도 그들 사이에 오간 감정을 감추진 못했다. 그들은 아무도 그것에 대해 직접적으로 언급하지 않았지만 분명히 알고 있었다.

그것은 분명, 순전히 남녀 사이의 감정이었다는 것을.

아무 일도 없었던 것처럼 그를 집에 데려다주고, 잠깐 차라도 마시겠냐는 그의 말을 거절한 뒤 서둘러 제집으로 돌아갔다. 그게 잘못이었던 것 같다.

생각해 보니 그는 몸과 마음이 모두 아픈 상태였는데. 저녁도 못 먹은 상태였는데. 아프지 않게 간호해 주는 것은 무리더라도, 저녁이라도 함께 먹고 들여보내는 것이었는데. 뒤늦은 후회가 들었다.

하지만 윤슬은 이윽고 고개를 저으며 생각을 떨쳐 냈다. 지나친 오지랖이다. 선을 넘은 행동이다. 그가 부담스러워했을 수도 있다. 이런저런 생각으로 자신을 합리화하고 그의 생각을 하지 않기 위해 애썼다. 하지만 그럴수록 왜인지 그날의 기억이 점점 더 선명하게 떠올랐다.

'쓰레기만도 못한 자식. 우리가 없었으면, 넌 영원히 시궁창 신세였어.'

그런 취급을 당하고도,

'미안했어요. 어제. 내가 너무 세게 잡아서.'

그녀의 손목부터 걱정해 주던,

'나는 꿈속의 너를 위해 시간을 안고 싶다.'

참, 가슴이 아릴 정도로 따뜻한 사람.

"……최교원."

그 남자가 자꾸만 신경 쓰이기 시작했다.

하얀 천장. 하얀 벽. 하얀 침대. 하얀 전등. 온통 새하얀 것투성이었다. 교원은 그 가운데 홀로 누워 있었다. 침대는 돌처럼 딱딱했고 이불은 종이처럼 얇았다.

몸이 아프고 추워요. 너무 아프고 추워요. 교원은 하얀 병실을 지나다니는 의사들에게 말하고 싶었지만 입술이 움직이지 않았다. 의아한 마음에 제 몸을 내려다보니 온몸이 얼음처럼 굳어 가고 있었다.

이제 선택을 하셔야 할 땝니다. 의사의 말은 흐릿하게 뭉개졌지만 선명하게 들렸다. 식물, 인간, 죽음 같은 단어들이 그의 귓가에서 떠다녔다. 병원 특유의 소독약 냄새가 코끝을 자극했다.

나는 아직 살아 있다. 시각, 후각, 촉각. 모든 감각이 이렇게나 살아 있는데. 나는 아직 살아 있는데.

의사가 다가왔다. 그의 하얀 손바닥이 위협적으로 커졌다. 교원은 발버둥을 쳤다. 치고 싶었다. 하지만 굳은 몸은 조금도 움직여지지 않았다. 정체를 알 수 없는 강한 압박감과 짙은 어둠이 그를 덮쳐 오기 시작했다.

말을 하고 싶어도 할 수 없고, 움직이고 싶어도 움직일 수 없는, 누군가 행하는 대로 당해야만 하는 그 순간은 고통스러웠다. 끔찍한 공포였다.

벗어나고 싶었다. 해방되고 싶었다. 교원은 악을 쓰며 몸을 비틀었다. 의사의 크고 하얀 손바닥이 그의 목을 조르기 시작했다.

어느새 그의 손은 까마득한 어둠으로 변해 있었다. 교원은 안간힘을 쓰며 몸을 움직였다. 숨이 턱 끝까지 차오르기 시작했다.

제발, 제발 그만! 누가 좀 도와주세요. 제발 나 좀 살려 주세요. 제발!

"……최교원!"

그때였다. 누군가 그의 몸을 흔들며 이름을 불러 주었다.

"하아…… 하아……."

순간 숨통이 탁 트이면서 모든 압박감이 사라졌다. 몸을 꽁꽁 묶고 있던 쇠사슬과 밧줄들이 한순간에 풀어진 듯한 기분. 참았던 숨이 한꺼번에 쏟아졌다. 움직였다. 손가락이. 몸이.

"야, 최교원! 괜찮아? 정신 들어?"

교원은 무거운 눈꺼풀을 들어 올려 앞을 보았다. 도혁이 걱정스러운 얼굴로 그를 내려다보고 있었다. 깊은 한숨이 새어 나왔다. 그는 오래도록 아무 말도 하지 않고 도혁만 바라보았다.

그 눈빛을 어쩐 일이냐고 받아들인 듯, 도혁이 먼저 입을 열었다.

"얼마나 아파서 결근까지 하는지 눈으로 직접 확인하려고 왔다. 아주 제대로 확인했네. 넌 사내자식이 몸이 이렇게 허약해서 어떡하냐? 가위도 자주 눌리고."

가위. 그래 가위일 뿐이다. 한낱 꿈일 뿐이다. 너무 습관적이라는 게 문제긴 하지만.

"좀 괜찮은 거야?"

교원은 천천히 고개를 끄덕였다. 다행히 서서히 정신이 돌아오는 것 같았다.

"저녁은 먹었고?"

"……."

"안 먹었네. 내 그럴 줄 알고 너 좋아하는 설렁탕 사 왔다. 얼른 먹자."

교원이 희미하게 웃었다. 오전에 병원을 다녀와서 푹 자고 나니 한결 나아진 것 같았다.

도혁이 저녁 준비를 하려는 듯 침대에서 일어나 주방 쪽으로 걸어갔다.

"언제 왔어?"

"퇴근하고 바로 왔지. 네가 너무 곤히 자서 티비나 좀 보고 있었어."

"……고맙다."

"고맙기는."

교원은 도혁에게 진심으로 고마웠다. 아플 때 혼자인 것만큼 힘든 일은 없었으니까. 의사가 지어 주는 약보다, 누군가의 걱정이 더 절실할 때가 있었다. 지금 교원이 그랬다.

"저건 좀 팔라니까."

식사 준비를 하던 도혁이 흘긋 뒤를 돌아보며 말했다. 도혁의 시선이 잠시 닿은 곳은 침대 옆에 있는 수납장이었다. 수납장 위에는 낡은 우쿨렐레 하나가 놓여 있었다.

"치지도 못하는 거 뭐하러 갖고 있냐? 장식용으로 쓰기에도 너무 낡았구먼."

도혁을 따라 우쿨렐레를 바라보던 교원의 입가에 옅은 미소가 번졌다.

"너한텐 그런 거 없어?"

"뭐?"

"낡아도 버릴 수 없는 거."

"……."

"인생을 바꾸어 준 물건 같은 거."

도혁이 무슨 낭만적인 소리냐며 실없이 웃었다.

하지만 우쿨렐레를 바라보는 교원의 눈빛은 진지했다. 자연히 그녀가 떠올랐다. 그에게 처음으로 우쿨렐레의 음악을 들려주고 세상을 다르게 보는 법을 가르쳐 주었던. 이윤슬. 그녀가 보고 싶었다.

"참, 너 본부장한테 잘 보였나 보더라."

"어?"

"박 대리가 네 뒷담 까다가 본부장한테 걸려서 좀 깨졌나 보더라고. 풋. 박 대리 그 인간은 너한테 열등감이라도 느끼는지 왜 그러나 했는데 잘됐지, 뭐."

"무슨 소리야. 자세히 좀 말해 봐."

무슨 별일이라고, 교원은 약간 긴장한 투로 물었다.

"아니, 박 대리가 엘리베이터에서 한 대리한테 네 결근 가지고 좀 투덜거렸나 봐. 근데 뒤에 본부장이 같이 타고 있었던 거지.

그래서 본부장이 박 대리한테 원래 그렇게 자기 팀원 험담을 하고 다니냐고, 제 얼굴에 침 뱉으라고, 누가 신입사원이냐고 어쩌고 하면서 엄청 뭐라고 했나 보더라고."

얘기를 들은 교원은 얼핏 새어 나오는 웃음을 막을 수 없었다. 윤슬이야 책임감도 강하고 반듯한 사람이니 당연히 본부장으로서 해야 할 말을 한 것뿐일 테지만, 그래도 왠지 모르게 설레고 기분이 좋았다.

그녀가, 그의 편을 들어 준 것 같아서. 그의 걱정을 해 준 것 같아서.

젠장. 교원의 입에서 짤막한 욕이 튀어나왔다. 더 보고 싶어져 버렸다. 한 번 생각하니 심장이 근질거릴 정도로, 참을 수 없이 보고 싶어졌다. 대체 이게 무슨 현상일까. 이 무슨 말도 안 되는 마음일까.

그저 동경하고 그리워했던 사람을 다시 만나 보고 싶었던 마음은 점점 더 그 크기를 키워 가며 다른 쪽으로 변해 가고 있었다.

'정말 날 알기라도 하냐는 질문에, 대답 안 했어요, 최교원 씨. 이번엔 피하지 말고 대답해요.'

'사실은…… 알지 못합니다.'

그녀에게 거짓말을 한 것도 그 때문이었다. 마음이 커졌기 때문에. 그녀는 기억조차 하지 못하는 옛날 그의 모습, 그 보잘것없고 어두웠던 모습을, 굳이 기억시키고 싶지 않았다.

생각해 보니 그랬다. 자신조차 버린 끔찍한 과거를 그녀에게 기억시켜 무엇하겠는가.

이제는 그녀가 그를 기억해 주길 바라는 마음보다, 그녀에게 괜찮은 사람이 되고 싶은 마음이 더 컸다. 아픈 과거 따위는 조금도 없는, 지금 모습만 남기고 싶었다. 밝고 건강하고 좋은 사람. 그는 그녀에게 그런 사람, 아니 그런 남자이고 싶었다.

"다 됐어. 얼른 먹자. 네가 얼른 먹고 나아야 사무실 분위기가 다시 밝아지지."

"뭔 소리야."

"사무실 분위기는 여사원들에 달린 거 모르냐? 인정하긴 싫지만 너 하나 있고 없고의 차이가 엄청 크더라."

"좀 싱거운데. 다대기 좀."

교원은 사무실 분위기 따위는 안중에도 없다는 듯 설렁탕의 간을 맞추는 데만 집중했다.

"나 정말 진지하게 묻는 건데. 너 정말 나 좋아하는 거 아니지?"

국을 한입 떠 넣던 교원이 채 삼키지도 못하고 캑캑거렸다. 그의 이마에 몇 가닥의 짙은 주름이 졌다.

"아니, 그러니까 내 말은, 어떻게 하면 그렇게 여자한테 관심이 없을 수가 있냐는 거지."

"누가 그래? 관심이 없다고."

"······이게 무슨 소리야? 너 혹시 누구 있냐? 그런 거야?"

"있긴 뭐가 있어."

교원이 의미심장한 웃음을 흘리며 말하자 도혁은 싱겁긴 네가 더 싱겁다며 입술을 씰룩거렸다.

"없으면 진지하게 주위를 좀 둘러봐. 한 대리도 그렇고, 은근히 괜찮은 여자들이 많다니까."

"난 내가 좋아해야 돼. 알잖아."

"그래. 알지! 그래서 여태껏 반년을 넘긴 여자들이 없는 것도 잘 알지. 네가 더 좋아하는 그 연애, 대체 언제쯤이면 가능하냐?"

"글쎄……."

교원은 도혁에겐 그렇게 말했지만, 연이어 나지막하게 중얼거렸다.

"……어쩌면 조만간."

"뭐?"

뭐라고 중얼거렸냐며 되묻는 도혁에게 교원은 아무것도 아니라며 웃어넘겼다. 스물일곱이 될 때까지 한 번도 해 본 적 없었다. 내가 더 좋아하는 연애. 애가 탈 정도로 안달 나는 사랑. 그런데 왠지 그 미지의 경험을 곧 해 볼 수도 있을 것 같다는 생각이 들었다.

아니 어쩌면, 이미 시작해 버렸는지도.

"저녁 먹고 갈 거지? 같이 나가자."

"왜? 아프다는 놈이 어디 갈 데라도 있냐?"

"응. 있어."

"어딘데?"

만나진 못하더라도, 그녀와의 추억을 느낄 수 있는 곳. 혹시 그녀를 볼 수 있을지도 모른다는 기대를 품을 수 있는 곳. 교원의 입가에 흐린 미소가 떠올랐다.

"가야할 데는 아니고, 가고 싶은 데."

딸랑, 카페 문이 열리고 차분한 발소리가 윤슬의 근처에서 멈추었다.

하지만 그녀는 아무것도 듣지 못했다. 찻잔을 드는 윤슬의 가느다란 손가락이 떨렸다. 그 떨림에 의해 찻잔도 미세하게 진동했다. 감정을 억누르려는 윤슬의 필사적인 노력이 찻잔을 통해 고스란히 전달되고 있었다.

"그러니까 서강훈 씨는, 제가 아니라, 제 조건도 아니라……제 트라우마가 마음에 들어 찾아오신 거네요. 그렇죠?"

그녀와 마주 앉아 이야기를 하고 있는 상대는 지난번 레스토랑에서 만났던 서강훈이었다.

업무 중에 모르는 번호로 전화가 와서 거래처일 거라 생각하고 받았더니 강훈이었다. 당황한 윤슬은 끊으려 했지만 그는 남자 친구가 없는 것을 알고 있다며, 무작정 도망치지 말고 만나서 대화를 나누자고 설득했다.

당시 거짓말까지 하며 무례하게 자리를 뜬 것이 마음에 걸렸던 윤슬은 고민 끝에 승낙했다. 거절을 하더라도 만나서, 예를 갖춰하고 싶었다.

그런데, 다시 찾아온 그는 윤슬에 대해 너무 많은 것을 알고 있었다. 그리고 그의 목적은 전혀 상상치 못한 것이었다.

"틀린 말은 아니지만 그렇게 말씀하시니까 좀 그렇긴 하네요. 꼭 트라우마가 마음에 들었다기보다는……."

"그렇잖아요. 저여야만 하는 이유가, 제가 남자혐오증이기 때문이라는 거잖아요."

"……그런데, 그건 정말 사실인 거죠?"

강훈은 상대의 감정이나 대화의 맥을 전혀 파악하지 못하는 사람처럼 물었다. 허탈한 웃음을 뱉는 윤슬의 눈가에 붉은 기운이 차올랐다.

"지금은 제 말이 황당무계하게 들리시겠지만, 조금만 진지하게 생각해 보시면 윤슬 씨에게도 좋은 일이라는 걸 알게 되실 겁니다. 윤슬 씨를 위해서이기도 해요. 윤슬 씨도 어차피 해야 하는 정략결혼이라면, 결혼 후에도 남처럼 살 수 있는 사람이 좋을 것 아닙니까? 그토록 싫어하는 남자랑 한 이불 덮고 자지 않아도 되고, 원하신다면 아이도 입양을……."

"서강훈 씨!"

참다못한 윤슬이 찻잔을 세게 내려놓으며 소리쳤다. 늘 무서울 정도로 침착하기만 하던 그녀의 목소리가 울분에 가득 차서 파르르 떨리고 있었다.

"나를 위하는 척하지 마세요. 그런 얘기는 조금도 하지 마세요! 같잖은 위선, 같잖은 배려, 정말 구역질이 나거든요."

"……뭐라고요?"

"서강훈 씨는 지금 순전히 자기 자신을 위해 날 찾아온 거예요. 자신의 사랑에 방패막이가 되어 줄 사람이 필요하니까. 결혼이라는 옷을 입긴 입어야 하는데, 입은 것 같지도 않은 아주 얇고 투명한 옷이면 좋겠으니까. 아내라는 이름으로 당신을 구속할 여지가 조금도 없는 사람이 필요하니까. 그러니까 남자혐오증이라 불리는 내가 제일 적합하다 여기고 찾아온 거죠. 지금까지 내내 그 말 하고 있던 거 아니에요? 내가 틀렸어요?"

"윤슬 씨."

"근데 뭐라고요? 나를 위해서이기도 하다고요? 당신 필요에 따라 내 삶을 이용하려 들면서, 감히 뭐라고요?"

윤슬의 목청이 높아지자 주위 사람들이 흘긋거리며 그들을 보았다. 그 시선을 느낀 강훈은 난감한 표정으로 윤슬을 달래려는 듯 손을 뻗었다. 윤슬은 그 손을 강하게 뿌리치며 헛웃음을 뱉었다. 그러고는 눈가에 가득 차오른 눈물을 떨어뜨리지 않기 위해 안간힘을 쓰며 말했다.

"안타깝게도 나는 서강훈 씨 제안을 받아들일 수가 없어요. 표면적인 결혼 따위 필요 없거든요. 한평생을 사람들 입에 오르내리고 손가락질 받으며 살아도, 안 하면 그만이거든요. 결혼 같은 거."

"……."

"한 이불 덮고 자지 않아도 된다고요? 아이가 싫으면 입양해도 된다고요? 이봐요, 서강훈 씨. 미안하지만 나는 누군가의 소유가 된다는 그 보이지 않는 굴레 자체에 숨이 막혀요. 한 이불을 떠나 같은 공간에서 숨 쉬는 것도 싫고, 아이를 낳는 걸 떠나 함께 키우는 것조차 끔찍하다고요. 결혼 후에도 남처럼 살 수 있는 사람? 남이라는 게 얼마나 무서운 건지…… 당신이 알아요?"

강훈은 대답 대신 긴 한숨을 내쉬었다. 일그러진 그의 표정에 답답함이 묻어났다.

"이해 못 하겠죠? 그만큼 나는 서강훈 씨가 생각하는 것보다 훨씬 더 심각한 상태예요. 그러니 다시는 이런 말도 안 되는 제안으로 찾아오지 마세요. 먼저 일어나겠습니다."

윤슬은 가방을 들고 일어나 냉정한 걸음으로 그를 지나쳤다. 빠르고 차가운 발소리가 카페를 울렸다. 머지않아 카페 문이 열리는 소리가 들렸다.

그녀가 나간 뒤, 강훈은 절망스러운 표정으로 마른세수를 했다. 그러다 무슨 생각이 들었는지 얼른 자리에서 일어나 그녀를 따라나섰다.

그러나 강훈은 문을 열고 나오자마자 누군가에게 붙잡혀 벽 쪽으로 밀쳐졌다. 생각지도 못한 강한 힘이 그의 양어깨를 붙들고 있었다.

"뭐야 당신? 이거 안 놔?"

"내내 보고 있던 사람인데, 더는 그냥 보고만 있을 수가 없어서."

붉은 입술로 조소를 흘리는 그에게서는, 오금을 저리게 하는 묘한 살기가 느껴졌다.

"그쪽 사랑이 얼마나 대단한지는 모르겠지만, 정말 대단하다면 어떤 반대가 있더라도 지켜 냈겠지. 다른 여자랑 결혼까지 하면서 숨기려 들진 않았겠지. 결혼하는 순간, 당신은 두 여자를 다 비참하게 만드는 건데. 같은 남자로서 쪽팔릴 정도로 비겁하잖아. 안 그래요?"

"하. 별사람이 다 있네, 진짜. 오지랖도 정도껏 하셔야지. 그만 비켜요."

강훈이 나가려 하자 그의 손에 다시 힘이 들어갔다.

"두세요."

"······."

"따라가지 말고, 그냥 두세요. 저 여자."

정중한 듯하지만 협박의 느낌이 물씬 풍기는 서늘한 어조였다. 강훈은 말문이 막힌 채 그를 보다가 천천히 시선을 내려 자신의 어깨를 보았다. 자칫 잘못했다간 어깨가 으스러질 수도 있을 만큼 강한 힘이었다. 그에게 붙잡힌 어깨가 미미하게 떨리고 있었다.

한동안 같은 자리에 서서 강물을 바라본 적이 있다

나는 그대로였지만 내 앞의 강물은 계속해서 변했다

강물은 흘러가니까

흐르는 강물 위로 붉은 단풍이 떨어졌다

단풍 또한 같이 흘러갔다

흘러가 버렸다

몹시도 당연하다는 듯이

그 틈에서

나는 더 이상 너를 원망할 수 없었다

모든 흘러가는 것들 속에 날 향한 너의 감정이 있을 뿐이었다

강물이 역류할 수 없고 단풍이 떠오를 수 없듯이

모든 흘러가는 것들 속에 날 향한 너의 감정도 있을 뿐이
었다

한 발 똑바로 내디딜 힘도 없었다. 술에 취한 사람처럼 걸음이
위태로웠다. 윤슬은 멍하니 바닥만 보고 걸으며 교원의 글을 생각
했다. 어떤 심리 치료로도 낫지 않던 감정을 깨끗하게 정화시켜
준, 바로 그 글이었다. 그 글을 떠올린 순간, 참았던 눈물이 흘러
내렸다.

그녀도 사랑이란 걸 한 적이 있었다. 새벽녘 이슬처럼 맑고 생
기로웠던 시절. 그녀는 학과 선배였던 이민혁을 사랑했고 2년이
라는 시간 동안 깊은 만남을 가졌다.

하지만 그 만남이 그녀의 인생을 뒤흔들 비극이 될 것이라고는
생각지 못했다.

모든 연애가 그렇듯, 그녀도 처음에는 죽고 못 살 만큼 열렬히
사랑을 했다. 하지만 강물이 흘러가고 낙엽이 지듯이, 시간이 흐
름에 따라 그녀의 감정도 점점 작아져 갔다.

감정의 간극은 수많은 갈등을 불러왔고 이에 지친 그녀는 하는
수 없이 이별을 고했다.

하지만 집착과 소유욕이란 이름으로 변질되어 걷잡을 수 없이
커져 버린 상대의 마음은 그녀의 흘러가 버린 마음을 받아들이지
못했다.

이별 후 매일을 술에 기대어 살던 민혁은 그날도 만취한 상태
로 그녀의 집을 찾아왔다. 당시 그녀는 남동생과 부모님과 함께

살고 있었다.

늦은 밤, 초인종 소리에 윤슬보다 먼저 잠에서 깬 동생 윤호는 잠든 윤슬을 깨우지 않고 대신 밖으로 나갔다. 윤호는 윤슬의 소개로 민혁과 안면을 트고 지냈기에 대화로 돌려보낼 수 있을 거라고 생각했던 것이다.

그러나 그것은 착각이었다. 그 어느 때보다 만취한 상태였던 민혁은, 당장 윤슬을 데리고 오라며 난동을 부리다가 자신의 요구가 받아들여지지 않자 종국에는 폭행을 휘둘렀다. 당시 열일곱의 어린 나이였던 윤호는 체격이나 힘에서 민혁을 당해 내지 못했다.

결국, 이성을 잃은 민혁의 폭행에 속수무책 당하기만 하던 윤호는 대문에 머리를 크게 찧어 뇌사에 빠지고 말았다.

가족들은 한 달이 넘도록 윤호를 포기하지 않았지만, 뇌사는 식물인간과는 달리 생존 가능성이 없었기에, 결국 그들의 손으로 윤호를 보내야만 했다. 민혁은 윤호가 죽기 전 실형을 선고받았지만 아무것도 해결되는 것은 없었다.

하루아침에 벌어진 비극은 윤슬과 윤슬의 가족을 모두 망가뜨렸다. 형언할 수 없는 죄책감에 괴로워하던 윤슬은 몇 번이고 자살을 시도하기도 했다.

하지만 그것이 부모님을 더 큰 지옥으로 몰아넣는다는 것을 안 뒤로는 그저 인형처럼 말문을 닫고 살았다.

정신과 치료, 음악 치료, 미술 치료, 최면 치료, 치료란 치료는 전부 받으며 살았지만 달라지는 것은 없었다. 그녀가 할 수 있는 유일한 것은 살아지는 대로 사는 것뿐이었다.

도무지 부모님의 얼굴을 보고 살 수 없었던 그녀는 머지않아 독립을 했고 일만 하며 살았다. 남자혐오증과 메마른 감정은 그녀를 아무도 사랑할 수 없게 만들었다. 죽은 것도 산 것도 아닌 삶이었다. 이후부터는 줄곧, 그런 삶이었다.

"흑…… 흐윽."

끔찍한 과거가 낳은 남자혐오증. 그것을 이용하려는 사람을 마주한 순간의 허탈함과 분노는 쉽게 사그라들지 않았다. 사람과 사랑에 대한 기대를 완전히 버렸다고 생각했는데 아직이었던 모양이다.

윤슬은 힘겹게 내딛던 걸음을 멈추고 그 자리에 섰다. 세게 깨물고 있던 입술을 놓아주었다. 비릿한 핏물이 느껴졌다.

무엇하러 참아야 하나.

그녀는 양손으로 얼굴을 감싸고 마음껏 눈물을 쏟아 내기 시작했다. 소리 내어 울기 시작했다. 손 틈새로 눈물이 끊임없이 흘러내렸다. 어깨가 들썩이고 몸이 떨리기 시작했다.

흘긋거리는 시선, 무어라 속삭이는 목소리들이 느껴졌다. 하지만 한 번 터져 나온 눈물은 쉬이 멈추지 않았다.

갑작스러운 감정의 분출이 버거웠는지 다리에 힘이 풀렸다. 주저앉고 싶지는 않았지만 온몸에서 힘이 빠졌다. 이대로 쓰러져도 좋을 것 같았다.

이대로 쓰러져 버려도……. 그런 생각으로 간신히 부여잡고 있던 이성의 끈을 놓아 버린 순간이었다.

타악. 누군가의 거친 듯 따스한 손길이 그녀를 돌려세웠다. 가득 차오른 눈물 때문에 눈앞이 흐렸지만 윤슬은 느낌으로 알 수 있었다.

묵묵히 그녀의 어깨에 자신의 재킷을 둘러 주는 사람은, 이대로 주저앉지 말라고 그녀의 어깨를 힘주어 잡아 주는 사람은, 그녀를 처음으로 위로해 주었던 남자, 최교원이라는 것을.

"……아직 날이 추워요."

왜 우냐는 말도, 울지 말라는 말도 아니었다. 그는 그녀의 눈물을 모른 척해 주듯 아무런 질문 없이 그저 옷을 여며 주었다.

그런 그의 모습에 뜨거운 숨이 쏟아졌다. 교원은 말없이 그녀를 당겨 안았다. 안아 주었다. 아프다면서 제 옷까지 벗어 주는 그의 가슴은 열이 나는 것처럼 뜨거웠다.

이대로 안겨도 되나. 본능적으로 주저하던 윤슬은 이내 모든 고민을 떨쳐 버리고 그의 가슴에 얼굴을 묻었다. 잠시만, 아주 잠시라도 기댈 곳이 필요했다. 지금은 그랬다.

교원은 그런 그녀의 어깨를 가만히 토닥여 주었다.

따뜻했다. 방금까지 무슨 생각을 하고 있었는지 까맣게 잊을 수 있을 정도로 그의 품은 따뜻했고 그의 손길은 부드러웠다.

좋은 향기가 났다. 그날 이후 남자들에게서는 항상 비릿한 피 냄새만 나는 것 같았는데, 그만은 달랐다. 다가오는 여름과 잘 어울리는 시원한 바다를 닮은 향기가 그녀의 코끝을 달래 주었다.

고마워요. 고맙습니다.

윤슬은 그의 품에 기대어 남은 눈물을 쏟아 내며 가슴속으로 말했다.

당신은 자꾸만 쓰러지는 나를 붙잡아 주네요. 당신만은 나를 이해해 주네요. 정말 고맙습니다.

어디선가, 잔잔한 강물 소리가 들리는 것 같았다. 바람이 불고 낙엽이 지는 소리가 들리는 것 같았다. 조용히 흐르는 강물 위로 붉은 단풍이 떨어지고 있었다.

강물이 역류할 수 없고 단풍이 떠오를 수 없듯이

모든 흘러가는 것들 속에 날 향한 너의 감정도 있을 뿐이었다

6
네가 있기에 꽃이 춤을 춘다

"이제 정말 괜찮아요."

윤슬이 아파트 입구에서 교원을 돌아보며 말했다. 너무 울어서 기력이 빠진 나머지, 집까지 데려다주겠다는 그의 호의를 거절하지 못했다. 단지 입구에서는 보내려고 했는데 그가 한사코 집 앞까지 데려다주겠다고 고집을 피우는 바람에 아파트까지 같이 오게 되었다.

"여기서부턴 혼자 갈게요. 그만 돌아가 봐요."

"301동……."

교원은 그만 가 보라는 윤슬의 말에는 대꾸하지 않고 마치 외우기라도 하려는 듯 그녀의 동 호수만 중얼거렸다.

"교원 씨."

윤슬이 재촉하듯 그의 이름을 불렀을 때에야 그의 시선이 다시 그녀를 향했다. 왠지 모르게 깊어진 눈빛이었다. 그는 그 눈빛으로 한동안 말없이 그녀를 바라보았다. 이에 의아해진 윤슬이 왜 그러느냐 물어보려던 순간이었다.

"처음인 것 같아서요. 그렇게 부르는 거."

그러고 보니 늘 '최교원 씨'라고만 불렀지, 성을 빼고 부른 적은 없었다.

"좋네요."

교원이 붉은 입술 끝을 살짝 올리며 말했다. 그 미소를 보는 순간 얼굴이 화끈 달아오르는 것 같아서 윤슬은 재빨리 시선을 돌려 버렸다.

하지만 교원은 그녀의 얼굴에서 한시도 시선을 떼지 않았다. 퉁퉁 부은 눈이며 번진 화장이며 신경 쓰이는 게 한두 가지가 아니었던 윤슬은 그의 시선을 감당하지 못하고 몸을 반쯤 틀며 말했다.

"그만 들어가 볼게요."

하지만 이대로 도망치듯 들어가 버리는 것은 예의가 아니라는 생각이 그녀를 붙잡았다.

"오늘…… 고마웠어요."

윤슬은 그 말을 남기고 몸을 마저 틀었다. 쑥스러운 나머지 그의 얼굴을 제대로 보지 못했지만 그가 엷게 웃고 있다는 것은 느낌으로 알 수 있었다.

하지만 그게 다였다. 그녀가 집에 무사히 들어가는 것까지 보고 돌아갈 거라고 내내 고집을 부리던 그가, 이번에는 그녀를 붙잡지 않았다. 그저 희미한 미소를 띤 채 그녀를 가만히 지켜보기만 했다. 이에 도리어 서운해진 그녀가 한참 걷다 말고 흘깃 뒤를 돌아본 순간이었다.

"고마우면 저녁 사요."

교원이 한 발, 두 발, 여유롭게 뒤로 걸으며 손을 흔들었다.

저녁……. 윤슬은 속으로 그 단어를 조용히 읊조렸다. 대화를 하기에는 먼 거리였지만 그가 소리 높여 하는 말은 충분히 와 닿았다.

띵동. 엘리베이터가 도착한 소리가 들렸다. 윤슬은 약간 아쉬운 마음을 뒤로하고 엘리베이터에 올라탔다. 그리고 복도 끝에 있는 그를 계속 바라보았다. 왠지 그가 무슨 말을 더 할 것 같아서였다.

역시나, 뜻 모를 미소를 거두지 않고 있던 그는 엘리베이터 문이 닫힐 즈음 다시 한 번 목청을 높여 말했다.

"그 옷도 같이!"

옷이라는 말에 윤슬이 아차 싶어 제 어깨를 내려다보았다. 아까 전 그가 벗어 주었던 재킷이 여전히 걸쳐 있었다.

"기다릴게요!"

놀란 윤슬이 얼른 옷을 벗고 내리려 했지만 교원은 그녀가 내리기 전에 서둘러 아파트를 빠져나갔다.

이걸 노린 거였구나. 교원은 다음 약속을 일방적으로라도 잡아 보려고 나름의 수를 쓴 것이었다.

닫힌 엘리베이터 문을 빤히 바라보던 윤슬의 입에서 짧은 웃음이 새어 나왔다.

톡톡. 일정한 박자로 책상을 괴롭히던 펜이 멈추었다. 윤슬은 들고 있던 펜을 내려놓고 등받이에 몸을 푹 기대었다. 책상 한쪽에 고이 놓아둔 쇼핑백으로 시선이 향했다.

오늘은 꼭 줘야 하는데. 그런 다짐만 벌써 며칠째였다. 마음 같아서는 의도치 않게 옷을 빌렸던 바로 다음 날 주려고 했지만, 고마우면 저녁을 사라던 그의 말이 걸렸다.

남들이 보면 밥 한 번 먹는 게 뭐 그리 어려운 일이냐 싶겠지만, 그녀는 그랬다. 사람과 같이 먹는 것도 힘든데 남자는 두말할 것 없었다.

십 년 전 그날 이후 꼭 필요한 경우가 아니면 남자와 단둘이 밥을 먹지 않았다.

물론 교원은 왠지 모르게 다른 남자들과는 다른 느낌이었고 특별한 존재가 되어 가고 있었지만, 그럼에도 불구하고 선뜻 다가가기는 힘들었다.

아직은 그랬다. 다가가는 작은 걸음 하나도 어렵고 조심스러웠다.

어떤 식으로 다가가야 하나. 무슨 말을 어떻게 해야 하나. 그의 식사 제안이 별 뜻 없는 형식적인 멘트였다면 어떡하나. 큰맘 먹고 쇼핑백을 손에 쥐었다가도 이런저런 고민 끝에 다시 내려놓기

일쑤였다. 이럴 때 그가 다시 한 번 먼저 다가와 준다면 좋을 텐데, 하는 생각도 들었다.

'……아직 날이 추워요.'

틈만 나면 그날이 생각났다. 그가 말없이 그녀를 당겨 안아 주던 그 장면이 선명하게 그려졌다. 그 순간이 떠오를 때마다 인정하긴 싫지만 가슴이 떨렸다. 그 후로는 그가 더 어려워져 버렸다. 감정이 동요하고 있었고, 그것을 스스로 느끼기 시작했으니까.

똑똑. 그때 노크 소리가 들렸다. 몇 번이나 휴대폰을 들었다 놨다 반복하던 윤슬은 무심한 목소리로 네, 하고 대답했다.

"안녕하세요, 본부장님."

툭. 윤슬의 손에서 휴대폰이 미끄러졌다. 윤슬은 놀란 티를 내지 않으려 애쓰며 덤덤한 얼굴로 고개를 들었다.

"말씀하신 기획안 추가 자료 가지고 왔습니다."

윤슬은 〈가든오브더문〉 팀의 2분기 업데이트 기획안과 관련된 추가 자료를 민아에게 요청했었다.

"그걸 왜 최교원 씨가……."

"추가 자료 조사는 제가 담당했었거든요."

"아, 그래요."

"여기 있습니다."

윤슬은 교원이 내민 서류를 받아 대강 살펴보았다.

"고마워요. 그럼 가 봐요."

윤슬이 서류에만 시선을 꽂은 채 말했다. 지금이 저녁 얘기도 하고 옷도 돌려줄 수 있는 절호의 기회라는 것을 알았지만, 막상 그를 마주하자 몸도 입도 굳어 버렸다.

가라는 그녀의 말에도 불구하고 그는 한 발짝도 움직이지 않았다. 윤슬의 온 신경은 책상 위에 드리워진 그의 그림자에 박혀 있었다.

"본부장님."

"……네."

윤슬은 애꿎은 자료만 계속 넘기며 흘리듯 대답했다. 하지만 자료가 눈에 들어올 리 없었다.

"그거 언제 돌려주시려고요?"

"네?"

교원이 턱으로 쇼핑백을 가리켰다. 윤슬은 당황해서 잠시 말을 잃었지만 이내 태연한 척 교원에게 쇼핑백을 스윽 밀어 주며 말했다.

"좀 늦어서 미안해요. 오늘 주려고 했는데. 온 김에 가져가요."

그러나 교원은 가만히 윤슬을 바라만 볼 뿐 쇼핑백을 받지 않았다. 윤슬이 의아한 듯 눈을 깜박이자 그의 입술 끝이 살며시 곡선을 그렸다.

"왜…… 웃어요?"

"본부장님 기억력이 생각보다 안 좋으시구나 싶어서요."

"뭐라고요?"

"분명, 다른 거랑 같이 받겠다고 했는데."

"……."

"끝나고 회사 앞에서 기다릴게요."

윤슬은 말문이 막혔다. 그가 먼저 다가와 주었으면 싶긴 했지만 이렇게 당돌하게 나올 줄은 몰랐다. 게다가 회사 앞이라니. 혹시라도 회사 사람들이 보면 어쩌나 걱정이 앞섰다.

망설이던 윤슬이 한마디 하기 위해 입술을 떼려는데, 교원의 낮고 중후한 목소리가 먼저 들렸다.

"다가오기 힘들면."

"……."

"다가가는 건 밀어내지 마요."

정곡을 찔린 기분이었다. 마주한 교원의 눈동자가 미미하게 흔들렸다. 주변의 공기가 순식간에 무겁게 내려앉는 듯했다. 윤슬은 갑작스럽게 날아든 그의 진심에 어떻게 반응해야 할지 몰라 시선을 피했다.

그러자 앞에서 가벼운 듯 쓸쓸한 웃음소리가 들렸다.

"그냥, 가까워지고 싶어서요."

윤슬의 부담을 덜어 주려는 듯 그가 한발 물러서며 말했다. 무슨 말이라도 해야 할 것 같았지만, 해 주고 싶었지만, 아무 말도 생각나지 않았다. 윤슬은 사람을 대하는 것이 이리도 서툰 자신의 모습이 순간 답답하게 느껴졌다.

"그럼 이따 봐요."

교원은 다소 누그러진 어조로 말하고는 가볍게 목례를 하고 자리를 떴다.

윤슬은 문이 닫힌 뒤에야 참았던 숨을 뱉어 냈다. 그의 그림자가 있던 자리에는 다시 보드라운 햇볕이 들어섰다. 윤슬은 늦은 오후의 빛을 보며 생각했다. 어둠이란 것도 사라지면 허전한 법이었던가.

어디선가 시원한 바다의 향기가 밀려오는 것 같았다.

퇴근 후 회사 밖으로 나온 윤슬은 교원을 찾아 주위를 두리번 거렸다. 전화를 걸어 볼까 고민하던 찰나 클랙슨 소리가 들렸다. 소리가 나는 쪽을 보니 고급스러운 검정 세단이 불을 깜빡이고 있었다.

혹시나 싶어 다가가 보니 교원이 운전석에서 그녀를 보며 엷게 웃고 있었다. 윤슬은 잠깐 주저하다가 조용히 차에 올랐다.

"대중교통으로 출퇴근한다고 하지 않았어요?"

어색한 분위기를 떨치기 위해 윤슬이 안전벨트를 매며 물었다.

"보통은요. 근데 오늘은 특별한 날이니까."

"무슨 날이에요?"

그때 차가운 바다 향기가 훅 끼쳐 왔다. 교원이 그녀의 손에서 안전벨트를 빼앗아 직접 매 주었다. 생각지 못했던 상황에 윤슬은 저도 모르게 숨을 참았다. 그의 입술이 그녀의 턱을 아슬아슬하게 스치고 지났다.

"오늘은 주겠지, 했거든요. 금요일이니까."

교원이 그녀의 무릎에 놓인 쇼핑백을 다시금 턱짓으로 가리키며 말했다. 특별한 날. 그가 흘리듯이 뱉은 그 말이 그녀의 귀에서 쉽게 떠나지 않았다.

굳어 있는 그녀가 귀여운 듯 그가 피식 웃으며 핸들을 잡았다.

어째서인지 그는 점점 더 여유로워지는데 그녀는 그 반대인 것 같았다.

"긴장해요. 나 진짜 맛있는 거 먹을 테니까."

교원은 경고의 분위기가 깃든 어조로 호기롭게 말했다. 윤슬은 그가 얼마나 비싼 음식을 먹든 아무래도 상관이 없었다. 이왕 대접하기로 한 것, 좋은 곳에 가서 좋은 음식을 사 주고 싶은 마음도 있었다.

그런데 잠시 후 도착한 곳은 그의 고급스러운 세단과 어울리지 않는 노량진의 한 후미진 골목이었다.

'보리 식당'이라고 쓰인 간판은 불이 나간 지 오래인 듯했고 곧 떨어질 것처럼 비스듬하게 기울어져 있었다. 이런 낡고 오래된 가게에 올 일이 없었던 윤슬은 거리낌보다는 호기심을 담은 눈빛으로 가게를 살펴보았다.

"보기엔 형편없어 보여도 가게 안은 깨끗해요. 음식도 맛있고. 괜찮으면 들어가도 될까요?"

교원은 윤슬이 꺼릴까 염려한 듯 조심스럽게 물었다. 윤슬은 교원이 굳이 왜 이런 곳을 왔는지 궁금하긴 했지만 별다른 거리낌 없는 얼굴로 고개를 끄덕였다.

그러자 교원의 입가에 희미한 미소가 걸렸다. 그 미소를 본 윤슬의 입가에도 어렴풋한 미소가 떠올랐다.

"아유, 이게 누구야. 오랜만에 왔네."

가게에 들어서자 중년의 여자가 행주로 상을 닦다 말고 달려 나와 교원을 반겨 주었다. 윤슬도 엉겁결에 인사를 건넸다.

여자는 윤슬을 흥미로운 표정으로 바라보더니 교원에게 슬쩍 물었다.

"누구야? 생전 아가씨라곤 데려온 적 없던 사람이."

당황한 윤슬과는 달리 교원은 예상했던 반응이라는 듯 여유롭게 대답했다.

"친구요."

"친구?"

여자는 의아한 듯 되물었다. 윤슬은 교원의 대답에 속으로 경악을 했지만 티 내지는 못하고 헛웃음을 흘렸다.

"네. 제가 좋아하는 친구니까 맛있게 해 주셔야 돼요."

그러자 여자는 얼굴 가득 흐뭇한 미소를 짓더니 알았다며 교원을 가게에서 가장 좋은 자리로 안내해 주었다.

교원은 제육볶음 정식을 시켰고 윤슬은 그의 추천에 따라 순두부찌개 정식을 시켰다. 얼마 지나지 않아 메인 메뉴를 포함한 밑반찬들이 나왔다. 음식들은 허리가 반쯤 구부러진 노파가 나와 주름진 손으로 직접 놓아주었다. 윤슬은 반사적으로 일어나 그녀를 도왔다. 노파도 교원을 잘 아는지 그와 몇 마디 안부 인사를 주고받았다.

7천 원이라는 가격에 비해 과하다 싶을 정도로 넘치는 음식들이 서비스라며 연이어 나왔다. 상이 가득 차서 더 이상 음식을 놓을 곳이 없게 되었을 때야 서빙이 멈추었다. 윤슬은 한가득 차려진 상을 넋이 나간 표정으로 바라보았다.

"얼른 먹어요."

교원이 윤슬의 밥그릇 뚜껑을 직접 열어 주며 말했다. 낡은 놋 그릇에 꾹꾹 눌러 담긴 흰쌀밥에서 주인 할머니의 인심과 정이 진하게 느껴졌다.

윤슬은 묵묵히 밥 한 술을 떠서 입에 넣었다. 따뜻하고 부드러웠다. 순두부는 입안에 넣자마자 사르르 녹아 없어졌다. 매콤하면서 짭짤한 게 윤슬의 입에 딱 맞았다.

"어때요? 괜찮아요?"

교원은 자신이 만들기라도 한 것처럼 긴장한 어조로 물었다. 윤슬은 대답 대신 작게 웃으며 고개를 끄덕였다. 교원은 그제야 함박 미소를 지으며 수저를 들었다.

"다행이다. 여기 제가 제일 좋아하는 곳이거든요. 한동안 못 왔지만."

교원은 밥을 한 술 크게 떠서 입안에 넣었다. 윤슬은 밥을 먹는 것도 잊고 그가 먹는 모습만 빤히 바라보았다. 교원은 마치 어린아이처럼 밥이고 반찬이고 많이씩 먹었는데 그 모습이 참 복스러워 보였다. 항상 고급스럽고 깔끔한 이미지만 풍기던 그였기에 천진난만한 모습이 이색적으로 느껴졌다.

그는 금세 밥을 다 먹고 한 공기를 더 시켰다. 윤슬은 교원의 의외의 식성에 또 한 번 놀랐다.

"계속 그렇게 보기만 할 거예요?"

멍하니 그를 바라보고 있던 윤슬이 깜짝 놀라 시선을 돌렸다. 밥을 먹는 데만 집중하고 있어서 모르는 줄 알았더니, 다 느끼고 있던 모양이다.

"얼른 먹어요. 나만 맛있게 먹으면 미안하잖아요."

"먹고 있어요."

윤슬은 무안한 나머지 밥만 뒤적거리다가 다시 입을 열었다.

"참, 아까 그 말은 뭐예요?"

"뭐가요?"

"친구, 라는 말. 누가 봐도 아닌 얘기를……."

윤슬은 말을 하면서 새삼 그와의 나이 차이가 느껴져 말끝을 흐렸다.

"누가 그러던데. 비밀을 공유한 사이는 친구라고."

"……."

"본부장님이 유일하거든요. 제 비밀을 아는 건."

윤슬은 지난번 병원에서 엿들었던 그의 가정사를 떠올렸다. 윤슬이 말없이 그를 보자 교원이 얼핏 웃으며 말을 이었다.

"아버지 돌아가신 뒤부터는 밥 두 공기를 눈치 안 보고 마음껏 먹어 보는 게 소원이었어요. 한창 클 때라 그런지, 그때는 항상 배가 고팠거든요."

"……."

"대학 입학하자마자 독립해서 고시텔에 살면서는 집밥이 그렇게 그리웠고. 근데 어느 날 여기 왔는데 밥이 너무 집밥처럼 맛있어서 순식간에 먹으니까 할머니가 잘 먹는다며 한 공기를 더 주시더라고요. 그냥요."

교원은 평소처럼 그녀를 당당히 보며 말하지 않았다. 그저 반찬에만 시선을 꽂은 채 덤덤한 척 말을 잇고 있었다.

"그 후로는 집밥이 먹고 싶을 때마다 여기 왔어요. 그래서 여기가 저한테는 집 같은 곳이에요."

윤슬은 묵묵히 그의 얘기를 들어 주었다. 그러고는 조용히 밥 한 술을 다시 떠먹고 그를 향해 말했다.

"고마워요. 집에 데려와 줘서."

"……."

"저도 집밥이 엄청 먹고 싶었거든요."

따뜻한 순두부찌개의 국물이 식도를 타고 넘어갔다. 온몸이 따뜻하게 데워지는 느낌이 들었다. 교원이 어렴풋이 웃으며 비로소 그녀를 보았다. 그녀도 그를 보며 짧은 웃음을 흘렸다.

누군가와 마주 보고 먹는 저녁. 잊고 있었는데, 이런 기분이었구나. 좋다.

오래간만에 먹는 따뜻한 저녁이었다.

짙은 어둠이 드리워진 3월 중순의 거리는 아직 쌀쌀했다. 하지만 교원은 조금의 추위도 느끼지 못했다. 온 신경이 한곳에만 가 있었기 때문에 다른 것을 느낄 수 없었던 것이다. 그녀의 손등이 그의 손을 스칠 때마다 심장이 간질거리는 느낌 때문에 견디기 힘들었다.

도대체 어쩌다가 이렇게 돼 버린 걸까. 그로서도 날이 갈수록 커지는 마음이 곤혹스러웠다. 아마 그녀가 그의 품에 안겨 펑펑 울었던 그날 이후부터였던 것 같다. 그렇잖아도 커져 가고 있던 그의 마음이 부피를 두 배로 키워 버린 것은.

오늘만 해도 그답지 않게 일방적으로 약속을 잡고, 직접적으로 자신의 마음을 내비치기까지 했다. 그녀가 부담스러워할 것을 알았지만 어쩔 수 없었다. 보고 싶었으니까. 그녀와 단둘이 만나고 싶고 얘기하고 싶었으니까. 혼자 꽁꽁 감춰 두기에는 마음이 너무 커지고 있었으니까.

그런데, 그녀는 이런 그를 아는지 모르는지 영 알 수 없는 표정으로 알 수 없는 행동을 보이고 있었다.

저녁을 먹고 집으로 돌아가는 길에 문득 걷고 싶다며 여의도 길목에 차를 세우게 한 것은 그녀였다. 늘 멀어지려고만 하던 그녀가 처음으로 먼저 다가온 것이었다.

하지만 그녀는 그의 심장을 쿵 내려앉게 하고는 정말 걷기만 했다. 평소 말이 없는 편이라는 걸 알고는 있었지만 이 정도일 줄은 몰랐다.

교원은 틈틈이 그녀의 분위기와 표정을 살폈지만 그녀의 마음은 도통 읽을 수가 없었다.

"안 추워요?"

견디다 못한 그가 먼저 입을 열었다.

"괜찮아요."

역시나, 그 말이 다였다. 교원은 그런 그녀를 보며 피식 웃음을 흘렸다. 가끔 서운하거나 답답할 때도 있었지만 그는 그녀의 말이 없는 모습까지도 좋았다. 차분해 보여서 좋았고 신중해 보여서 좋았다. 묘하게 신비로운 분위기도 좋았다.

춥지 않다면서, 그녀의 뺨은 연분홍색으로 변해 가고 있었다.

연한 핏줄이 언뜻 드러나 보일 정도로 얇고 하얀 피부 위로 가느다란 머리카락이 흔들렸다. 바람이 불고 머리카락이 흔들리고 그 머리카락이 그녀의 뺨을 스치는 일련의 과정이 몇 번 반복되었다. 교원은 묵묵히 그것을 지켜보았다.

그녀의 얇은 뺨 위에 손을 얹어, 차가운 바람도, 검은 머리카락도, 그녀의 뺨을 건드리지 못하게 막아 주고 싶었다. 그런 유치한 마음이 드는 자신을 보며 또다시 웃음이 났다.

처음이었다. 이런 기분은. 그저 보고만 있는 것으로도 행복해지고, 스치는 손길 하나에 가슴이 간질거리고, 말 한마디에 심장이 뛰는 이런 기분은. 생전 처음이었다.

"곧 있으면 벚꽃이 피겠네요."

윤슬은 도로변으로 쭉 늘어선 벚나무들을 보며 작은 목소리로 말했다. 벌써 군데군데 봉오리들이 맺혀 있었다.

"그러게요. 보통 4월 초가 개화기니까요."

"십 년 전 이후로 한 번도 벚꽃 구경을 가 본 적이 없어요."

"……왜요?"

"안 좋은 기억이라서요."

"……."

"근데 얼마 전에 최교원 씨 글을 보고, 처음으로 다시 보러 가고 싶어졌어요."

"무슨 글인데요?"

윤슬이 조용히 걸음을 멈추고 섰다.

"네가 있기에 꽃이 춤을 춘다."

교원도 그녀를 따라 멈추었다. 그리고 그녀를 바라보았다. 아직 꽃이 피지 않은 벚나무 밑에 그녀가 서 있었다.

벚꽃은, 아니 무슨 꽃이든, 활짝 필 때가 가장 아름답다고 생각했는데, 그래서 세상을 눈처럼 뒤덮을 때가 가장 아름답다고 생각했는데, 처음으로 생각이 바뀌었다. 피지 않은 것도 아름다울 수 있구나. 어쩌면 그게 진정 아름다운 것일 수도 있구나.

"이번 벚꽃은…… 우리 같이 보러 갈래요?"

피지 않은 꽃을 닮은 그녀가 그를 보며 아련한 미소를 꽃피웠다. 그 미소가 희미한 달빛을 받아 그의 마음 깊은 곳으로 환하게, 몹시도 환하게 번져 가기 시작했다.

네가 있기에 떨어지는 벚꽃 사이의 빛이 보인다

네가 있기에 흩어지는 것도 아름다운 것이 된다

네가 있기에 꽃이 춤을 춘다

네가 있기에 세상은 비로소 살 만한 것이 된다

네가 있기에

네가, 있었기에

7
교양 없는 도둑고양이, 선잠 속의 꿈이라도

"자자, 1번은 온라인! 2번은 모바일! 3번은 반반씩 섞어 타시면 됩니다!"

온라인본부와 모바일본부가 함께하는, 개발사업부 워크숍이었다. 총 세 대의 버스에 나눠 타야 했기 때문에 부득이하게 한 버스에는 두 본부가 섞어 타게 되었다.

우현과 윤슬, 두 본부장은 3번 버스에 올랐다. 조금 늦게 도착한 〈가든오브더문〉 팀원들도 하는 수 없이 3번 버스에 올랐다.

윤슬은 우현과 함께 맨 앞자리에 앉았다. 교원은 당연하다는 듯 그녀의 옆자리에 앉는 우현이 거슬렸지만, 그렇다고 그 자리를 빼앗을 수 있는 처지도 아니었기에 하는 수 없이 그들의 옆자리에 앉았다.

선주가 선심 쓰듯 창가 자리를 내주었지만 극구 사양하며 통로

쪽에 앉았다. 윤슬이 통로 쪽에 앉아 있었기 때문이다. 비록 통로
라는 짧은 간극이 있긴 했지만, 그렇게라도 가까이 있고 싶었다.

윤슬이 안전벨트를 하기 위해 몸을 비척거리자 우현이 곧장 알
아채고 안전벨트를 대신 매 주었다. 우현의 듬직한 몸이 아주 잠
시 윤슬의 몸을 덮었다가 떨어졌다. 이를 보고 있던 교원의 눈이
차게 굳었다. 교원에게는 그 잠깐의 시간이 족히 일 년은 되는 것
처럼, 몹시도 길게 느껴졌다.

다른 남자의 몸이 그녀에게 잠깐이라도 닿는 게 싫었다. 누군
가 심장을 움켜쥐고 세게 구겨 버리는 듯한 기분이 들었다. 아주
불쾌하고, 답답한 느낌.

"교원 씨, 왜 그래요? 어디 안 좋아요?"

그의 얼굴이 삽시간에 굳어지는 것을 본 선주가 걱정스러운 말
투로 물어 왔다. 교원은 순간 당황했다. 포커페이스에 능한 자신
이 저도 모르게 감정을 드러내고 있었다는 사실에 놀랐고, 그것도
말하기조차 부끄러운 아주 사소한 일 때문이었다는 것에 더욱 놀
랐다.

생각해 보니 그랬다. 지금껏 단 한 번도, 이렇게 사소한 일에
감정이 흔들려 본 적이 없었다. 아무래도 이런 걸, 질투라고 표현
하는 건가 보다. 그 생각을 하니 실없는 웃음이 났다.

"그냥 잠깐 어지러워서."

"왜요? 혹시 멀미해요?"

"아니요. 괜찮아요. 걱정 마세요."

교원이 다정하게 웃으며 말하자 선주가 수줍게 마주 웃었다.

그의 자상한 태도에 탄력을 받은 선주는 온갖 종류의 잡담을 끊임없이 늘어놓기 시작했다. 하지만 교원은 그녀의 얘기들이 머리에 들어오지 않았다. 창가에 비친 윤슬의 모습만 눈에 들어왔다.

선주에겐 미안했지만, 그는 선주를 보는 척하면서 창가에 비친 윤슬을 보았다. 그녀의 얘길 듣는 척하면서, 윤슬과 우현의 대화를 들었다.

"음악 들을래? 네가 좋아하는 〈비포〉 시리즈 OST들 담아 왔는데."

우현은 한쪽 이어폰을 윤슬에게 건네며 말했다. 윤슬은 반가워하며 이어폰을 꼈다. 두 사람이 이어폰 하나를 나누어 끼고 다정하게 노래를 듣는 모습도 싫었지만, 교원의 심기를 가장 건드렸던 것은 '네가 좋아하는 〈비포〉 시리즈 OST'라는 우현의 대사였다.

그 한마디에서 두 사람의 오랜 세월이 느껴지는 것 같았다. 그가 모르는 것을, 우현은 알고 있었다. 그는 가늠할 수도 없는 둘 사이의 친밀감이 커다란 방패막이 되어 교원을 가로막는 것 같았다.

"교원 씨? 내 말 듣고 있어요?"

"네? 아, 그럼요. 계속해요. 그래서요?"

교원은 형식적인 맞장구를 치며 다시 표정 관리를 했다. 하지만 밝은 얼굴과는 달리 속은 걷잡을 수 없이 타들어 가고 있었다.

교원이 끊이지 않는 선주의 잡담을 듣는 동안, 우현은 그새 잠이 든 윤슬의 머리를 조심스레 끌어당겨 자신의 어깨에 기대게 했다.

그 모습을 망연히 보기만 해야 하는 교원의 입에서 낮은 탄식이 샜다. 워크숍은 이제 시작인데, 앞으로 2박 3일을 어떻게 버텨야 할지 막막했다.

"제 말이 맞죠?"

그때 선주가 윤슬 쪽을 흘기며 조심스레 말했다.

"뭐가요?"

"두 분, 수상하잖아요."

"……."

"얼마 전에 이 본부장님이 태성그룹에서 청혼받았는데, 완전 공개적으로 깠대요. 정말 남자혐오증이거나, 아님 지 본부장님이랑 그렇고 그런 사이거나, 말들이 많은데…… 저는 후자 쪽인 것 같아요."

"……."

"태성그룹 까고 나서, 지 본부장님이랑 본격적으로 혼담이 오간다는 얘기도 있거든요."

교원은 신이 나서 조잘거리는 선주에게 더 이상 대꾸하지 않았다. 조용히 창문에서 시선을 떼고 천천히 고개를 돌려 윤슬을 보았다. 우현의 어깨에 기대어 잠든 그녀는 참 편안해 보였다. 마치 그곳이, 그녀의 본래 자리인 것처럼.

문득 그녀와 자신의 거리가 한없이 멀게 느껴졌다. 그녀가 정말 우현과 혼담을 주고받고 있다고 해도, 그가 할 수 있는 것은 아무것도 없었다. 그럴 수 있는 관계가 아니었으니까.

우현이 부러웠다. 당연하다는 듯 그녀의 옆에 설 수 있는 그가.

사람들의 시선 따윈 아랑곳 않고 그녀를 챙길 수 있는 그가. 그녀의 목소리를 가까이서 듣고, 그녀의 향기를 가까이서 맡을 수 있는 그가. 그녀의 부드러운 뺨을, 가녀린 어깨를, 아무렇지 않게 만질 수 있는 그가. 그런 그가 부럽고 미워서 미칠 것만 같았다.

창밖으로 그새 커진 벚꽃의 봉오리들이 보였다. 윤슬을 향한 그의 마음도, 벚꽃이 피어나는 속도처럼 빠르게 커 가는 것 같았다. 이번 벚꽃은 같이 보러 가자던 윤슬의 말이 떠올랐다.

정말 그럴 수 있을까. 벚꽃이 흩날리는 거리, 그녀의 옆에는 우현이 아니라 내가 설 수 있을까. 구겨진 심장 위로 실낱같은 빛이 조용히 내려앉았다.

첫 번째 일정은 등산이었다. 한여름의 푸른 내음도, 한겨울의 새하얀 풍경도 없었지만 봄날의 숲에는 싱그러움이 있었다. 막 싹이 트고, 꽃이 피고, 잎이 돋는 모양들이 은근한 설렘을 주었다.

하지만 남자 사원들은 등산의 목적을 잊은 듯 경쟁하듯이 오르기 바빴고, 금방 체력이 바닥난 여사원들은 얼마나 더 올라야 하나 불평하기 바빴다.

그러나 윤슬은 그저 묵묵히, 숲의 풍경을 감상하면서 쉬지 않고 걸었다. 그러다보니 어느 순간 저 멀리 앞서갔던 남자 사원들까지 따라잡게 되었다.

윤슬은 저도 모르게 주위를 두리번거렸다. 평소 같았으면 앞뒤에 누가 있건 개의치 않고 걸었을 그녀가, 주변에 누가 있나 신경을 쓰고 있었다. 좀 더 정확히는, 그가 있나 없나를 살피고 있었다.

"누구 찾아요?"

그때 바로 뒤에서 익숙한 목소리가 불쑥 튀어나왔다. 윤슬은 너무 놀란 나머지 발을 잘못 디뎌 뒤로 휘청하고 말았다.

그런데 '악!' 하는 짧은 비명을 지르기도 전에 그의 손이 먼저 와 닿았다. 그는 넘어질 뻔한 그녀의 어깨를 잡아 주고 가슴으로 등을 받쳐 주었다. 얼결에 뒤로 안긴 꼴이 되고 말았다.

순간, 온 세상이 그대로 정지해 버린 것만 같았다. 머리는 멍해서 아무 생각도 들지 않았고 가슴은 주책스러울 정도로 세차게 뛰었다. 그의 단단한 가슴과 부드러운 손길, 그리고 고요한 심장 박동까지 고스란히 전해지고 있었다.

"혹시…… 나 찾았어요?"

그가 그녀의 귓가에 대고 나직하게 속삭이듯 말했다. 그제야 정신이 번쩍 든 윤슬은 얼른 몸을 바로 세우고 주위를 살폈다. 다행히 그들을 이상한 눈으로 보는 직원들은 없었다.

"고마워요."

윤슬은 당황한 모습을 감추기 위해 서둘러 걸음을 재촉했다. 하지만 교원은 금세 뒤로 따라붙으며 장난치듯 말했다.

"나 찾은 거 맞구나. 대답 안 하는 거 보니까."

"최교원 씨. 말이 점점 짧아지는 것 같은데요?"

윤슬은 민망한 나머지 정색까지 해 가며 화제를 돌렸다. 하지만 교원은 그런 그녀의 심리를 읽은 듯 여유를 잃지 않았다.

"죄송해요. 본부장님이 본부장님이라는 걸, 자꾸 까먹네요."

"그게 무슨 말이에요?"

"본부장님이 자꾸 다르게 보인다고요."

그제야 그의 말뜻을 어림짐작한 윤슬이 당황스러운 듯 발을 멈추자, 교원은 특유의 능청스러움으로 유하게 빠져나갔다.

"워낙 동안이셔서."

윤슬은 다시 앞서가는 교원의 뒷모습을 보며 허탈한 실소를 흘렸다. 분명 예의 없고, 막무가내인 면모가 있는데, 그게 싫지 않았다. 오히려 그녀를 편하게 해 주었고, 종종 떨리게도 만들었다.

"우리 내기할까요?"

한발 앞서 걷던 교원이 문득 뒤를 돌아보며 말했다. 윤슬은 의아한 표정으로 질문을 대신했다.

"정상까지, 누가 더 빨리 가는지."

"그런 건 다른 직원이랑 하세요. 등산은 산을 즐기기 위해 하는 거지, 정복하기 위해 하는 게 아니에요."

"그럼, 누가 더 늦게 가는지."

윤슬이 기가 찬다는 듯 헛웃음을 흘렸다. 그러나 교원은 영락없이 순수하고 맑은 미소로 그녀를 보았다. 가끔 그를 볼 때면, 여지없이 청춘이라는 게 느껴질 때가 있었다. 어리다는 생각보다는 젊다는 생각이 들었다. 밝고, 건강하고, 생기로웠다. 같이 있으면 그 생기로움이 그녀의 어둠마저 거두어 주는 것 같았다.

그래서인가 보다. 자꾸만, 그를 찾게 되는 건.

"것도 아니면, 그냥 같이 가든지."

결국 그는 진짜 하고 싶던 말을 너무 가볍지도, 무겁지도 않게 던져 놓았다. 조심스럽게, 손도 내밀었다. 윤슬은 피식 웃음을 흘리며 그의 손을 잡고 작은 언덕을 넘었다. 잠깐 맞닿은 것뿐이지만 그 촉감은 오래 남았다. 단단한 듯 부드러운 느낌. 최교원을 꼭 닮은 손이었다.

등산을 마친 후 한참을 더 달려 숙소에 도착했을 땐 저녁 시간이 다 되어 있었다. 직원들은 한 시간 가량 휴식을 취한 뒤 모두 바비큐 파티장으로 모였다. 세팅은 여자들, 고기는 남자들, 그중에서도 신입사원들의 몫이었다.

교원은 한쪽에서 뜨거운 불과 사투를 벌이면서도 연신 호탕한 웃음을 터뜨리며 밝은 모습을 잃지 않았다. 평소 같았으면 테이블에서 꼼짝도 하지 않았을 여직원들은 고기를 가져온다는 핑계로 틈만 나면 교원에게 가서 그의 주변을 얼쩡거렸다.

그중에서도 선주는 내내 교원의 곁을 지키며 땀까지 닦아 주었다. 마치 여긴 내 영역이니 건들지 말라는 무언의 공표 같았다.

이를 지켜보던 윤슬은 한결 어두워진 표정으로 시선을 돌렸다.

"왜? 질투 나?"

이를 놓치지 않은 민아가 장난스레 물어 왔다. 윤슬은 매서운 눈초리로 그녀를 쏘아보았다.

"괜한 말 나불거리기만 해."

"걱정할 거 없어. 저렇게 여자가 많아도, 최교원은 너만 보잖아."

"야!"

민아는 윤슬의 귀에만 들리도록 작게 속삭였지만 윤슬은 그럼에도 경기를 일으키며 주위를 살폈다.

"너 자꾸 쓸데없는 소리 할래?"

"진짜라니까 그러네."

민아는 윤슬의 분노에도 재미있다는 듯 쿡쿡 웃음을 터뜨렸다.

"뭐가 그렇게 재밌어?"

그때 우현이 윤슬과 민아의 앞에 와 앉으며 물었다. 윤슬은 민아가 괜한 소리를 할까 두려워 그녀의 허벅지를 세게 꼬집으며 눈치를 주었다. 그러자 민아도 알았다는 듯 걱정 말라는 눈짓을 했다.

하지만 윤슬은 왠지 불안한 마음을 지울 수가 없었다. 민아와 함께 있으면 커다란 시한폭탄 하나를 들고 있는 느낌이었다.

"그런 게 있어요. 본부장님도 한잔하세요."

명랑한 민아 덕분에 테이블에는 금세 술이 돌았다. 웬만해선 술을 많이 마시지 않는 두 본부장도 민아의 주도력 앞에서는 속수무책이었다. 덕분에 분위기가 한창 무르익었을 무렵, 교원이 윤슬의 테이블로 왔다.

"어, 교원 씨 왔어!"

민아가 두 팔 벌려 그를 환영해 주었다. 워낙 인기가 많은 교원은 모바일본부 직원들에게까지 불려 다니느라 이미 많이 취한 듯 보였다. 몇 자리가 비어 있었지만 그는 굳이 윤슬의 맞은편에 앉아 한 손으로 턱을 괴고 그녀를 보았다.

약간 흐트러진 듯한 그의 눈빛은 평소보다 더욱 당당하고 매혹적이었다. 윤슬은 애써 시선을 피하며 자진해서 술을 마셨다. 그러자 우현이 같이 마시자며 건배를 해 주었다. 둘 사이에 짧은 웃음이 스치자, 교원의 입에서 어렴풋한 실소가 흘렀다.

"우리, 진실 게임 할까요?"

그때, 민아가 예상치 못한 제안을 던졌다. 힘겹게 들고 있던 시한폭탄이 툭 떨어진 기분이었다. 윤슬이 보란 듯이 미간을 찌푸렸지만 민아는 아랑곳하지 않았다. 다른 직원들도 모두 찬성하는 분위기였다.

진실 게임의 룰은 간단했다. 한 사람에게 총 세 번의 질문이 가능했고, 그는 예, 아니오로만 답할 수 있었다.

"전 잠깐 화장실 좀······."

"어딜!"

윤슬은 조용히 자리를 뜨려 했지만 민아의 아귀힘은 생각보다 엄청났다.

"판을 깨면 어떻게 된다?"

"벌주! 벌주!"

"그렇지!"

직원들 교육도 어찌나 완벽하게 시켜 놓았던지. 윤슬은 하는 수 없이 도로 자리에 앉았다.

진실 게임인지 사생활 침해인지 모를 무서운 게임이 한동안 진행되었으나, 다행히 윤슬의 차례는 오지 않았다. 이대로 조금만 더 버티다 은근슬쩍 빠져나가면 될 것 같았다.

그런데, 그때였다.

"본부장님, 이 본부장님이랑 정말 결혼하세요?"

몰랐는데, 우현이 걸린 모양이었다. 일순, 다른 테이블의 직원들까지 모두 우현을 쳐다보았다. 그들의 결혼 얘기는 실상 모든 이들의 관심사였기 때문이다.

교원도 다소 깊어진 눈빛으로 우현을 바라보고 있었다.

윤슬은 당황하긴 했지만 답이 너무 빤했기 때문에 긴장이 되지는 않았다. 오히려 다행이다 싶었다. 이번 기회에 그들을 둘러싼 터무니없는 결혼 소문을 잠재울 수 있을 테니까.

"오오!"

그런데, 순간 테이블에는 걷잡을 수 없는 환호성이 쏟아졌다. 우현이 아무 말 없이 술을 들이켠 것이다. 예, 아니오로 답할 수 없을 경우에는 술을 마셔야 했다. 혼인을 부정하지 않은 우현의 태도에 모두 두 사람의 관계를 확신하는 분위기였다.

뒤통수를 크게 한 대 맞은 기분이었다. 윤슬은 어안이 벙벙한 표정으로 우현을 보았지만, 그는 표정 하나 변하지 않고 소맥 한 잔을 원샷한 후 다음 질문을 기다렸다.

"그럼, 이 본부장님이랑 만나는 거 맞으세요?"

"……아니요."

천만다행이었다. 다들 김빠진 듯 아쉬운 야유를 보냈지만 윤슬은 가슴을 쓸어내렸다. 언뜻 본 것이었는데 교원의 얼굴에도 희미한 미소가 스친 것 같았다.

"에이, 그럼 뭐야. 사귀진 않는데 결혼은 고민하는 그런 사이란 건가?"

"있어 봐. 마지막 질문이잖아."

직원들은 순식간에 하나가 되어 열심히 머리를 모았고, 민아가 마지막 질문을 결정했다.

"우리 이 본부장님, 동생보단 여자로 생각해요?"

관심 없는 척 술을 마시던 윤슬도 그 질문에 멈칫했다. 정말이지 허를 찌르는 질문이었다. 괜스레 우현의 눈치가 보였다. 그러나 우현은 역시나 별다른 표정 변화 없이 얼핏 웃음을 짓더니, 한 치의 고민도 없이 대답했다.

"네."

한일전에서 골이 들어간 것만큼이나 어마한 환호가 테이블을 가득 메웠다. 윤슬은 멍한 표정으로 우현을 바라보았지만 우현은 왜 그러냐는 듯 태연히 어깨를 들썩일 뿐이었다. 마치 당연한 얘기를 한 것처럼, 그는 당당한 태도를 유지했다.

하지만 윤슬은 처음 알았다. 그에게 그녀는 줄곧, 동생이 아니라 여자였다는 걸.

다음 차례는 모두가 바라는 대로 윤슬이 걸렸다. 암담했다. 이 불편한 자리를 당장에라도 빠져나가고 싶었다. 하지만 본부장이나 돼서, 직원들의 즐거운 분위기를 망치고 나갈 수도 없었다. 당연히, 첫 질문은 우현에 대한 것이었다.

"지 본부장님, 남자로 생각하세요?"

우현과 달리 윤슬의 답은 아니오, 였다. 명백했다. 하지만 아니라고 말하면 우현의 입장이 곤란해질 것이 뻔해서 차마 그렇게 답할 수는 없었다. 결국 윤슬은 대답 대신 술을 택했다.

결혼할 생각이 있느냐는 두 번째 질문에도 역시나 술을 마셨다. 직원들은 아쉬운 듯 야유를 보냈지만 어쩔 수 없었다. 기왕 이렇게 된 것, 윤슬은 모든 질문에 술을 마셔 버릴 생각이었다. 정신이 혼미해지고, 주변의 소리가 아득해지긴 했지만…….

그런데, 멀어져 가는 정신을 간신히 붙들고 마지막 질문을 기다리던 순간이었다.

"본부장님."

달콤한 목소리가 들렸다. 그녀가 좋아하는 온도, 좋아하는 선율의 목소리. 머리를 맞대고 마지막 질문을 고민하던 직원들을 제치고, 교원이 불쑥 그녀를 불렀다. 그는 웬일인지 굳은 표정을 하고 있었지만, 눈동자만은 더없이 그윽했다.

그는 윤슬의 눈동자를 또렷이 바라보며 붉은 입술을 천천히 움직였다.

"여섯 살 연하는 어때요?"

테이블 위에는 순식간에 정적이 내려앉았다. 내내 여유로운 미소를 짓고 있던 우현의 입가에서도 미소가 천천히 거두어졌다.

"만날 수…… 있어요?"

그러자, 우현 때와는 또 다른 열광이 쏟아졌다. 모두가 흥미로운 시선으로 교원을 쳐다보았다. 진심이네, 장난이네, 숙덕거리는 소리들도 있었다. 그 틈에서 윤슬은 그저 아무 말 없이 교원을 빤히 보기만 했다. 모든 것이 흐릿하게 번지는 와중에도 그의 얼굴만은 선명하게 보였다.

그의 단단하면서도 애틋한 눈빛, 무언가 말하는 것 같은 붉은 입술. 뭔가에 홀린 듯이 그의 얼굴을 바라보던 윤슬은 무의식중에

하고 싶었던 말을 하기 위해 입술을 달싹였다.

그리고 그 순간, 페이드아웃. 그녀의 머릿속은 까맣게 암전돼 버리고 말았다.

다시 정신이 들었을 때는 이른 아침이었다. 윤슬은 전날의 후 유증으로 지끈거리는 머리를 식히기 위해 숙소를 나왔다. 그리고 홀로 산책을 하며 지난밤 일을 찬찬히 되새겨 보았다.

모든 것이 그저 까마득했다. 어떻게 방까지 왔는지도 기억이 가물가물했다. 잠들기 직전, 누군가 『더 프리즌』의 편지를 읽어 준 것도 같았다. 고요한 음성, 다감한 어조가 그녀의 마음을 따뜻 하게 녹여 주는 것 같았다. 덕분에 만취한 상태에도 불구하고 깊 이 잠들 수 있었다.

하지만 그마저도 꿈인지 현실인지 확실치 않았다. 무엇보다, 쓰러지기 직전의 일이 희미했다.

'본부장님.'

'여섯 살 연하는 어때요?'

'만날 수…… 있어요?'

조각조각 떠오르는 그 기억이 꿈인지 아닌지도 불분명했고, 꿈 이 아니라면 그녀는 뭐라고 대답했는지, 가장 중요한 것도 생각나 지 않았다.

후우. 깊은 한숨이 새어 나왔다. 어쩌자고 어울리지도 않게 술 게임 같은 걸 해 버린 걸까. 스스로가 원망스러웠지만 이미 엎질 러진 물이었다.

괜한 말을 한 우현 때문에도 머리가 복잡했지만, 그녀를 가장 혼란스럽게 하는 것은 교원이었다. 그의 세 마디가 자꾸만 귓가를 맴돌았다. 어렴풋이 떠오르는 그 말들이 꿈이기를 바랐지만, 동시에 꿈이 아니었으면 싶기도 했다.

"이윤슬!"

그때 뒤쪽에서 우현의 목소리가 들렸다. 돌아보니 그가 경쾌한 걸음으로 윤슬에게 뛰어오고 있었다. 묻고 싶은 말도, 하고 싶은 말도 많아서 심각해 있는 윤슬과는 달리 우현은 뭐가 그리 속 편한지 맑게 웃고 있었다.

"사람을 곤경에 빠뜨려 놓고 웃어?"

"다 기억나나 보네?"

"잊어버릴 게 따로 있지. 대체 왜 그런 거야?"

"뭐가? 진실 게임이니까 진실만 말한 거지. 내 진심까지 너한테 허락받아야 하나?"

윤슬은 장난스러운 미소를 지으며 말하는 우현의 속을 도저히 가늠할 수가 없었다.

"오빠."

"너랑 결혼을 할지 안 할지 나도 알 수 없으니까 대답하지 않은 거고, 네가 동생보단 여자로 느껴지니까 그렇다고 대답한 거야. 있는 그대로 받아들여. 보이는 대로, 들리는 대로, 딱 그대로만. 심각할 거 없어."

"참, 매사에 가벼워서 좋겠다."

"가벼운 거 아닌데? 진심이었다니까."

"그래, 알았어."

"그러니까 나도, 있는 그대로만 받아들일게."

"뭘?"

우현이 돌연 발을 멈추었다. 앞서가던 윤슬도 따라 서서 그를 돌아보았다. 어느새 그의 얼굴에는 장난기가 사라져 있었다.

"최교원 씨가 너한테 했던 질문들. 그리고 네가 했던 대답."

순간적으로 불길한 설렘이 등골을 스치고 지났다.

"나는 그냥, 있는 그대로만 받아들인다."

꿈이 아니었다. 그제야 선명히 떠올랐다.

'본부장님.'

'여섯 살 연하는 어때요?'

'만날 수…… 있어요?'

그 모든 건 현실이었다. 그녀의 대답 역시도.

'……네.'

소리가 너무 작아서 그녀를 온전히 주시한 세 명 외엔 아무도 듣지 못했지만, 그녀는 분명히 말했다. 네, 라는 그 짧은 한 마디를. 교원의 눈을 똑바로 바라보며, 어렴풋한 미소와 함께 조용히 흘려보냈다.

그리고 그것은, 그녀의 무의식에서 비롯된, 부인할 수 없는 진심이었다.

지난밤, 교원은 우현보다 한발 앞서 쓰러진 그녀를 둘러업었다. 사람들의 수군거림 따위는 신경 쓰지 않았다. 분위기를 띄우려는 신입사원의 장난으로 생각하든, 취중진담으로 생각하든, 아무래도 상관없었다. 하루 종일, 그의 눈에는 오로지 그녀밖에 보이지 않았다.

윤슬을 무사히 침대에 눕히고도 차마 발이 떨어지지 않았다. 곤히 잠든 그녀의 얼굴이 너무 예뻐 보였다. 특히 그를 향해 명확한 어조로 네, 라고 대답해 주었던 그 입술이, 그냥 두고 볼 수 없을 정도로 예뻤다. 보고 있는 것만으로도 가슴이 설레었다.

교원은 그녀가 더 깊이 잠들 수 있도록 조용히 토닥여 주며, 자장가를 불러주듯 책 속의 글귀를 읊어 주었다. 그녀가 깊은 영감이 되었던 그의 소설 『더 프리즌』의 편지를.

너는 말했다

교양 없는 도둑고양이처럼, 선잠 속의 꿈처럼

기억은 또 사랑은 그렇게 갑자기 왔다가 사라지고

흐릿하게 남는 거라고

다시 만나게 되더라도 결국 또

사라지고 마는 거라고

그렇지만 나는 너를 다시 만나면

너를 다시 만나면

교양 없는 도둑고양이, 선잠 속의 꿈이라도

너를 또 사랑할 것이다

결국 사라지고 흐릿하게 남아도

눈을 맞추는 그 순간을, 꿈을 꾸는 그 시간을 위해서

나는 기어코 너를
다시 또 너를
사랑할 것이다

8
하루에도 수없이 버려지는 벙어리가 되어도

11시쯤, 직원들은 다 함께 근방의 횟집으로 이동해서 조금 늦은 아침을 먹었다. 메뉴는 얼큰한 매운탕이었다. 우현이 앞 접시에 탕을 덜어 윤슬에게 건네주었다. 물수건부터 수저, 물, 밑반찬까지. 세심하고 꼼꼼하게 챙겨 주는 모습이 무척 자연스러웠다. 마치 몸에 밴 습관처럼, 일상처럼. 우현은 그렇게 윤슬을 챙기고 있었다.

"두 분 정말 잘 어울려요."

"맞아요. 본부장님 저렇게 자상한 거 처음 봐요. 진짜 부부 같아요."

같은 테이블에 있던 직원들이 저마다 한마디씩 거들었다. 윤슬은 당황한 기색을 감추지 못했지만 우현은 얼핏 웃어 보이고 말았다.

어젯밤 일로 직원들이 그녀와 교원을 이상하게 보진 않을까 걱정했지만, 쓸데없는 걱정이었다. 아무도 그 일을 심각하게 받아들이지 않았다.

교원은 워낙 어느 자리에도 잘 어울리고, 간혹 재치 있는 농담으로 분위기를 띄우곤 하기 때문에, 윤슬에게 한 질문도 그런 차원에서 이해되는 것 같았다. 한순간, 술자리에 활기를 불어넣어주는 장치. 그래서인지, 대부분은 교원보다는 우현과 윤슬의 관계에 관심을 보였다.

하지만, 직원들의 관심이야 어쨌건 윤슬의 신경은 다른 곳에 가 있었다. 분명히 고개를 숙이고 있었는데도, 저 멀리 있는 테이블의 누군가가 계속 시야에 들어왔다. 그는 여느 때처럼 명랑했고, 따뜻했고, 부드러웠다. 마치 아무 일도 없었던 것처럼.

윤슬은 혼자만 어젯밤 일을 신경 쓰고 있는 것 같아서 기분이 언짢아졌다. 아무리 얼큰한 국물로 해장을 해도 속은 계속 불편하고, 숙취는 가시지 않았다.

윤슬은 물을 마시기 위해 고개를 들었다가, 저도 모르게 교원 쪽을 보았다. 그리고, 마침 그녀를 보고 있던 그와 눈이 마주쳤다. 순간, 심장이 철렁했다. 사춘기 소녀도 아니고, 눈 한 번 마주친 걸로 심장이 뛰다니. 윤슬은 그런 스스로가 낯설었다.

하지만 그의 눈을 보는 순간 어젯밤 일이 자동 재생됐다.

'만날 수…… 있어요?'

강한 듯 부드러웠던 어조. 낮은 음색. 약간의 떨림까지. 모든 게 선명했다.

일부러라도 마주치지 않으려 했는데. 혹시 만나면 기억나지 않는 척하려 했는데. 윤슬은 조금 전 자신의 행동으로 모든 게 틀려 버렸음을 알았다. 그녀는 무슨 잘못이라도 지은 양 재빠르게 시선을 돌리고, 당황한 듯 물 한 잔을 벌컥벌컥 원샷해 버렸다. 밥이 너무 안 넘어갔다. 더 먹다간 체할 것 같았다.

윤슬은 결국 밥 한 공기를 반도 채 먹지 못하고 먼저 일어났다.

"그만 먹어? 왜? 속이 많이 안 좋아?"

"그냥, 입맛이 없어서. 천천히 먹고 나와."

"같이 가."

"있어. 혼자 좀 걷고 있을게."

윤슬은 따라 일어서려는 우현을 극구 말리고 혼자 나왔다.

식당에는 커다란 정원이 딸려 있었다. 맑은 연못에는 형형색색의 물고기들이 여유롭게 헤엄치고 있었다. 정갈하게 가꾸어진 화단과 푸른 나무에서는 봄 내음이 솔솔 풍겨져 나왔다. 윤슬은 한 나무에 등을 기대고 섰다. 나무가 드리운 커다란 그늘이 그녀를 감싸 주고 있었다.

그렇게 가만히, 먼 곳을 응시하고 있자니 마음이 한결 나아지는 것 같았다.

남들이 보면 술자리에서 가볍게 오간 말을 가지고 주책이 심하다 할 수도 있겠지만, 윤슬은 어쩔 수 없었다. 교원의 말을 아무렇지 않게 넘겨 버릴 순 없었다. 왜냐면, 그건…… 절대 가볍게 한 말이 아니었으니까. 진심, 같았으니까.

윤슬은, 그리고 교원은, 적어도 서로만은, 그것을 분명 알고 있었으니까.

"본부장 무슨 일 있나?"

도혁은 담배 연기를 길게 내뿜으며 말했다. 저 앞쪽에, 윤슬이
홀로 나무에 기대서 있었다. 뭔가 상념에 잠겨 있는 것 같았다.
사실 교원은 그녀에게 가 보기 위해 밥을 빨리 먹고 일어섰는데,
도혁이 눈치 없이 따라 나온 터였다.

"넌 왜 안 피워? 한 대 피우려고 나온 거 아니야?"

"어, 아니야."

"그럼?"

교원은 말없이 윤슬을 응시했다. 아까 보니 밥도 잘 못 먹는 것
같던데, 어디 아픈 건 아닌지 걱정이 됐다. 도혁은 그런 교원의
표정과 시선을 유심히 살피더니, 이윽고 경악을 하며 목소리를 한
층 낮춰 말했다.

"야, 최교원! 너 어디 봐?"

"……."

"너 어제 본부장한테 이상한 질문 했다더니, 혹시 막 그런……
정말 그런 거 아니지?"

도혁이 그러거나 말거나 교원은 들리지도 않는 듯 윤슬만 계속
바라보았다. 그의 표정은 다소 어둡고 진지했으며, 언뜻 그윽해
보이기도 했다.

도혁은 몇 번이나 교원을 채근하듯 불렀지만 반응이 없자 이내
체념한 듯 깊은 한숨을 내쉬었다. 도무지 믿을 수 없다는 표정이

었다.

"교원아. 안 돼. 이건 아니다. 너 잊은 건 아니지? 던전이야, 던전! 진짜 차갑고, 음침하고, 삭막하다고. 너 취향이 대체 언제 이렇게 됐어?"

"나한테 취향이 있기나 했냐?"

"뭐?"

"취향 같은 거, 가져 본 적 없어. 누굴 바란 적도 없으니까."

"……"

"그리고 함부로 말하지 마. 저 사람, 네가 아는 거랑 달라. 하나도 안 차갑고, 안 어두워. 오히려 따뜻하고, 화사하지."

"이거, 이거…… 아주 홀려도 제대로 홀렸구먼. 너, 내가 아는 최교원 맞냐?"

"그러게 말이다."

교원의 입에서 짤막한 웃음이 샜다.

"나도, 내가 아닌 것 같다."

"……"

"저 사람만 보고 있으면, 자꾸 내가, 내가 아닌 것 같아. 아니, 내가 아니었음 좋겠어."

"……"

"저 사람에 비하면 내가 한참 부족해서. 턱없이 모자라서. 그래서, 내가, 내가 아니고, 나보다 더 좋은 사람이었으면 좋겠다."

도혁의 표정이 천천히 굳어 갔다. 짙은 한숨을 길게 내뱉는 교원을 보니, 돌연 마음이 뭉클해지는 것 같았다. 이 자식, 진심이구나. 교원을 알아 온 이후, 처음으로 그런 생각이 들었다. 그래서 드디어 교원이 제대로 된 사랑을 해 보겠구나, 묘하게 불안하면서도 다행스러운 기분이 들었다.

도혁의 입에서 가벼운 웃음이 흘렀다. 하염없이 윤슬만 바라보던 교원도 그제야 도혁을 마주 보며 피식 웃었다. 맑은 공기 위로, 텁텁한 담배 연기가 자욱하게 번져 나갔다.

다음 일정은 산악용 오토바이(ATV) 타기였다. 하루 종일 교원을 피해 다니던 윤슬은 공교롭게도 그의 바로 뒤에서, 마지막 순서로 출발하게 되었다.

교원은 코너를 돌 때나 좁은 길을 지날 때마다 뒤를 돌아보며 그녀가 잘 오고 있나 확인했다. ATV에 익숙한 윤슬은 자신을 걱정하는 교원이 귀엽게 느껴져 피식 웃음이 났다.

그런데 어느 순간, 교원의 관심이 절실한 순간이 오고 말았다. 윤슬의 ATV가 진흙탕에 빠진 것이다. 윤슬은 서둘러 내려 ATV를 밀어 보았지만 혼자 힘으로는 턱도 없었다. 불행히도 교원은 그녀의 사고를 모른 채 가 버린 것 같았다.

윤슬은 얼른 휴대폰을 찾았다. 그러나 주머니에서는 아무것도 잡히지 않았다. 거추장스러울 것 같아 버스에 가방과 휴대폰을 모두 놓고 내렸던 것이다.

막막한 마음에 헛웃음이 났다. 윤슬은 몇 번이고 다시 운전을 시도해 보았지만 흙탕물만 튀길 뿐, 바퀴는 야속하게 헛돌기만 했다. 걸어서 돌아가기에는 너무 멀리 온 상태였다. 산길이라 주변에 도움을 청할 만한 사람도 없었다.

어떡해야 하나. 도무지 답이 안 나와 한숨만 죽죽 비져 나오던 순간이었다.

부우웅. 어디선가 익숙한 엔진 소리가 들렸다. 윤슬은 천천히 고개를 들어 앞을 보았다. 저만치, 먼 곳에서 ATV 한 대가 돌아오고 있었다. 누군지 분명치도 않은데 가슴부터 뛰었다. 혹시 그인가, 하는 마음에서였다. 의문이 확신으로 변할 때는 심장박동이 더욱 빨라졌다.

어느새 도착한 그는 묵묵히 ATV에서 내려 헬멧을 벗었다. 헝클어진 머리를 대충 흐트러뜨리며 그녀를 보았다. 한 줄기 불어오는 바람이 그의 머리칼을 흔들었다. 그는 언뜻, 미소를 지으며 말했다.

"여기서 뭐해요."

그 모습이 어쩐지, 좋았다.

"계속 찾았잖아요."

그냥 좋았다.

"어디, 봐요."

윤슬은 그가 다가올수록 격렬해지는 마음의 반응이 낯설어 저도 모르게 한 발 뒤로 물러섰다. 그런데, ATV를 살피려는 줄 알았던 그가 물러서는 그녀의 팔을 잡았다. 윤슬은 갑작스러운 그의 터치에 흠칫 놀랐지만, 교원은 아랑곳하지 않았다.

그녀의 양팔을 잡고 이리저리 살피더니 천천히 허리를 숙여 그녀의 바지에 묻은 진흙을 털어 주었다. 자신의 손이 더럽혀지는 것은 조금도 개의치 않았다.

"괜찮아요. 어차피 젖은 거."

윤슬이 미안한 마음에 말렸지만 교원은 고집스럽게 양 바짓단을 모두 털어 주고서야 몸을 일으켰다. 다시 눈이 마주쳤다.

"그래서 그렇게 가만히 있었던 거예요?"

"네?"

"내가 안 왔으면 어쩌려고 했어요? 어차피 빠진 거, 그냥 걸어 가려고 했어요?"

윤슬은 생각지 못한 교원의 공격적 태도에 말문이 막혔다. 교원은 ATV를 뒤쪽에서 힘껏 밀며 계속해서 다그치듯 말했다.

"내가 앞에 있으니까, 소리쳐 부르거나, 전화를 하거나, 그랬음 되잖아요. 꼭 내가 아니라 누구든. 본부장님이 의지라는 걸 사용했으면 좋겠어요. 그래서, 어떤 진흙탕에서도 빠져나올 수 있었으면 좋겠어요. 아무리 젖은 옷이라도, 털어 내고 말리면 되니까. 어차피라는 생각으로, 자신의 고난에 유독 너그럽지 않았으면 좋겠어요."

휴대폰이 없었다는 말은 굳이 하지 않았다. 어쩌면 그건 핑계일 수 있다는 생각이 들었다. ATV가 그리 빠른 것도 아니었고 교원은 천천히 달리는 편이었기 때문에 소리쳐 부르면 충분히 들을 수 있었다. 하지만 윤슬은 그렇게 하지 않았다.

그의 말대로, 그녀는 자신의 상처에 유독 너그럽고, 수동적인 걸 수도 있었다. 그날 이후, 어떤 진흙탕에 빠져도, 벗어나려는 노력 같은 건 하지 않았으니까. 마치 가장 깊은 구덩이에 빠지기만을 기다리는 사람처럼. 그녀는 그렇게 살아오고 있었다.

"주제넘었다면 미안해요."

그는 낮은 신음을 토해 내며 마지막으로 있는 힘껏 ATV를 밀었다. 마침내 ATV가 언덕 위로 반쯤 올라섰다. 교원은 그제야 올라타 시동을 걸고, 이쪽저쪽으로 열심히 방향을 틀어 보았다. 그 결과, 한참을 헛돌던 바퀴가 제대로 땅을 짚으며 완전히 언덕 위로 올라섰다. 교원의 이마에서 한 줄기 땀이 흘렀다.

윤슬은 그 땀을 가만히 바라보았다. 왜인지, 뭉클한 마음이 들었다.

"그래도…… 말하고 싶었어요."

교원은 윤슬을 보며 설핏 웃음 지었다.

"이제 타요. 아, 이건 너무 더러워졌으니까 내 거 타요. 내가 뒤에서……."

교원의 말이 뚝 잘렸다. 말이 없던 그녀가 갑자기 그를 향해 걸어오더니 그의 얼굴에 손을 대는 것이었다. 흐르는 줄도 몰랐던 땀방울이 그녀의 손에 의해 거두어졌다. 차가운 외면과는 너무도 다른 따뜻한 온기가 그의 피부에 잠시 닿았다 떨어졌다.

아무것도 아니라면 아무것도 아닌, 아주 잠시의 사소한 접촉이었다. 하지만 교원은 순간 숨이 멎는 것 같았다. 그녀는, 그의 진심을 알아주었다.

"고마워요."

윤슬은 어렴풋이 웃으며 말했다. 한참 멍해 있던 교원은 그녀가 ATV를 타고 시동을 건 후에야 정신이 들었다. 그녀의 앞에 있을 때보다, 뒤에서 그녀를 바라보며 가는 것이 훨씬 안정감이 들었다. 맘 같아선 그녀를 앞에 태우고 껴안듯이 운전을 하며 가고 싶었지만 불행히도 ATV는 고장 나지 않았다.

그래도 좋았다. 자꾸만 피식피식 웃음이 샜다. 교원은 신나게 운전을 하며 하늘을 올려다보았다. 솜털을 찢어 놓은 것처럼 얇은 구름들이 한가로이 흘러갔다. 하늘은 더없이 맑고 평화로웠다.

"왜 이렇게 늦었어?"

우현은 윤슬이 도착하자 한걸음에 달려와 걱정스레 물었다. 다른 직원들은 이미 버스에 올라 있었고, 우현만 밖에서 기다리던 중이었다. 윤슬이 걱정돼서 도무지 아무것도 할 수가 없었다. 보다 정확히 말하자면, 교원과 단둘이 늦는 윤슬이 걱정됐다.

말로는 '있는 그대로 받아들인다' 했지만, 실은 우현도 교원의 지난밤 언행이 여간 거슬리는 게 아니었다. 그것은 마치, 우현을 향한 선전포고처럼 느껴졌다. 남자로서, 우현은 교원의 마음이 가볍지 않다는 것쯤은 분명히 느낄 수 있었고, 어쩔 수 없이 그에 대한 경계심이 깊어졌다.

"중간에 진흙탕에 빠지는 바람에. 다행히 교원 씨가 와서 도와줬어."

"그런 일이 있으면 나한테 바로 연락을 해야지. 전화는 왜 안 받아?"

"휴대폰을 차에 두고 내렸어."

"하, 넌 진짜."

우현은 어린 동생을 꾸중하듯 윤슬의 이마를 툭 건드렸다. 윤슬은 성가신 듯 우현의 손을 거두면서도 실없는 웃음을 흘렸다. 그 모습을 지켜보던 교원이 한결 어두워진 표정으로 그들을 스쳐 갈 때였다.

"잠시만요."

우현이 교원을 불렀다. 교원은 아무 말 없이 그를 돌아보았다.

"고마워요. 교원 씨 아니었음 곤란할 뻔했네요."

교원은 헛웃음이 나려는 것을 간신히 참고, 다소 딱딱한 어조로 대답했다.

"본부장님께서 감사하실 필욘 없는 것 같습니다. 전 이 본부장님을 도와드린 거고, 당연히 해야 할 일을 한 거니까요."

우현의 감사 인사는, 윤슬과의 친밀감을 내세우기 위해서라는 것을 뻔히 알았기 때문이다. 두 사람은 보이지 않게 서로를 경계하며 차가운 눈빛을 주고받았다. 윤슬이 당황한 것을 느낀 우현이 부러 호탕하게 웃으며 분위기를 완화시켰다.

"그러네요. 그래도 고마운 마음이야 어쩔 수가 있나. 여러모로, 따로 꼭 술 한잔했으면 싶네요, 최교원 씨."

"그러죠. 그럼."

교원은 가볍게 목례한 뒤 버스에 올랐다. 우현은 그의 뒷모습을 끝까지 바라보았다. 설마 했는데, 역시라는 확신이 생겼다.

"뭐해? 우리도 가자."

윤슬이 그의 옆구리를 툭 치며 말했다. 그는 어색한 웃음을 흘리며 윤슬을 뒤따랐다.

이윤슬. 그녀는 항상 그의 곁에 있었기에, 그녀를 두고 절박하거나 다급한 마음을 가져 본 적은 없었다. 그런데 이제 그녀가 어딘가로 갈 수 있다는 생각을 하니, 그답지 않게 마음이 조급해지는 것 같았다. 자신의 영역을 침범받는 불쾌한 느낌, 자신의 것을 빼앗길 것 같은 불안한 느낌이 그를 천천히 옥죄어 오기 시작했다.

너와의 거리가 좁아질수록 나는 작아져 갔다
아침이 오는 소리가 구슬퍼지고
하고 싶은 말들은 많아졌지만
진눈깨비 흩날리는 모습이 괴로워지고
할 수 있는 말들은 줄어들었다
하루에도 수없이 버려지는 아이가 되었지만
아픈 줄도 모르고 너를 붙잡았다
그리고 한참 후에야 알았다
내가 작아져 가는 동안 너는 사라지고 있었음을
내가 버려지는 동안 너는 죽어 가고 있었음을
그렇게 벙어리가 되어 가는 게
사랑이었음을

윤슬은 책을 덮고 창밖을 보았다. 마지막 코스인 정동진에 다가오고 있었다.

형체도 없으면서 사람을 살게도, 죽게도 할 수 있는 것. 사랑이란 것은 그런 것이었다. 새삼 잊고 있던 중요한 사실을 깨달은 듯한 기분이 들었다. 하지만 썩 유쾌한 사실은 아니어서인지, 쓸쓸한 웃음이 흘렀다.

"무슨 생각 해?"

잠든 줄 알았던 우현이 게슴츠레 눈을 뜨고 정면을 보며 물어 왔다. 윤슬은 잠시 말을 삼켰다가 다른 질문으로 받아쳤다.

"사람들은 왜 사랑을 할까."

그러자 우현이 의외인 듯 윤슬을 보았다

"마냥 행복할 수만도 없고, 어쩔 수 없이 상처를 남기는 게 사랑인데."

"……."

"그렇게 아픈 걸, 왜 자진해서 할까."

"……."

"그런 생각."

그러자 우현이 한 쪽 팔로 턱을 괴고 그녀를 가만 바라보더니, 무심한 듯 진지하게 말했다.

"상처받아도 괜찮을 만큼, 상대가 좋으니까."

"……."

"좋은 건 어쩔 수 없으니까. 그러니까 하는 거 아니겠어?"

참 쉽고, 당연한 대답이었다. 어쩌면, 그의 말이 맞았다. 윤슬은 그동안 사랑을 안 한 게 아니라, 못한 것일 수도 있었다. 아픔을 무릅쓸 만큼, 좋았던 사람이 없어서.

혹시 그만큼 좋은 사람이 나타난다면, 제아무리 큰 트라우마를 갖고 있더라도, 그녀 역시 바보 같은 선택을 할 수도 있었다. 문득 그런 생각이 들었다.

그리고 궁금해졌다. 교원은 어떨까. 그는 어떤 사랑을 해 봤기에, 이런 글을 쓸 수 있었을까. 그는 사랑에 대해 어떻게 생각하고 있을까.

"슬아."

"……."

"윤슬!"

상념에 빠져 있던 윤슬은 우현이 부르는 소리를 몇 번이나 놓쳤다. 뒤늦게 정신을 차리고 보니 정동진에 도착해 있었다. 이미 직원들은 신이 나서 바다를 향해 뛰어가고 있었다. 교원도 저만치, 선주를 비롯한 팀원들과 함께 걷고 있었다.

봄. 그리고 밤. 그리고 바다. 사람의 마음을 설레게 하기 충분한 삼박자였다. 윤슬도 서둘러 우현을 따라 버스에서 내렸다.

시원한 밤바람과 파도 소리로 마음을 치유하라는 차원에서 온 것이었는데, 역시나 남자 직원들은 아직 차가운 밤바다에 발부터 담그고 보았다. 여직원들에게 거침없이 물을 뿌리며 장난을 치기도 했다.

윤슬은 그들이 노는 모습을 흐뭇하게 바라보며 우현과 함께 느긋하게 걸었다. 그런데, 어느 순간 그들을 바라보는 직원들의 눈빛이 매섭게 번뜩였다. 일순, 거대한 덩치의 남자 직원들 서너 명이 윤슬 쪽으로 우르르 몰려왔다. 아무래도 두 본부장을 표적으로 삼은 모양이었다.

하지만 다행히 거부하는 윤슬을 건드리지는 못했다. 그녀가 남자혐오증이 있다는 사실을 모르는 사람은 없었기 때문이다. 아쉬운 대로, 그들은 보다 너그러운 우현을 업어 들고 바다로 질주했다. 우현은 못 이기는 척 흔쾌히 바다에 빠져 주었다. 직원들의 즐거운 웃음소리가 바닷가를 가득 채웠다.

윤슬도 오래간만에 헝클어진 우현의 모습을 보며 풋 웃음을 터뜨렸다. 그런데, 우현이 윤슬을 보며 도와 달라는 듯 손을 흔들었다.

"뭐해? 얼른 나와!"

윤슬이 소리쳤지만 우현은 더 가까이 와 달라는 손짓만 반복할 뿐이었다. 수영을 못 하는 사람이 아닌데 혹시 쥐라도 난 건 아닌가 싶어 걱정이 들었다. 직원들은 서로를 빠뜨리느라 정신이 없었다.

윤슬은 하는 수 없이 직접 바다를 향해 걸음 했다. 차가운 바닷물이 금세 무릎까지 차올랐다. 윤슬은 우현을 향해 손을 뻗었다. 그런데 그때, 우현이 기다렸다는 듯 윤슬을 잡아끌었다.

"악!"

윤슬은 외마디 비명과 함께 풍덩, 바다에 빠졌다. 직원들의 환호성이 들렸다. 각자 노느라 바빠 보였던 직원들은 사실 두 사람을 지켜보고 있었다. 항상 차갑고 딱딱한 모습만 비췄던 두 본부장이 한결 풀어진 모습을 보이자 분위기는 더욱 무르익었다.

윤슬은 바닷속에서 우현을 향한 원망을 하염없이 퍼부었지만, 우현은 뭐가 그리 좋은지 아이처럼 해맑게 웃으며 그녀에게 장난을 쳤다. 윤슬은 그런 우현과 한창 실랑이를 벌이다가 힘겹게 빠져나왔다. 그리고 젖은 머리를 열심히 털며 어딘가로 향했다. 우현은 그녀를 따라가려 했지만 모바일본부 직원들에게 잡혀 꼼짝할 수가 없었다.

대신, 한쪽에서 그 모습을 지켜보던 교원이 귀찮게 달라붙는 선주를 떼어 내고 서둘러 윤슬을 따라갔다. 갑자기 물에 빠져서 놀라진 않았을까 걱정이 되기도 했지만, 무엇보다 그녀의 차림새가 너무 신경 쓰였다.

물에 젖은 티는 착 달라붙어서 그녀의 굴곡 있는 몸매를 여지없이 드러내고 있었다. 어두운 색감의 옷이긴 했지만 얇은 재질이라 속옷의 윤곽도 드러났다. 젖은 머리칼을 쓸어 넘기는 모습은 또 얼마나 뇌쇄적인지, 그녀가 바다에 빠진 직후 남자 직원들은 너 나 할 것 없이 그녀를 흘긋거리느라 바빴다.

그런 차림새로 우현에게 안기다시피 물속에서 실랑이를 벌이는 모습은 더욱 참기가 힘들었다. 당장 그쪽으로 달려가고 싶은 마음을 간신히 참아 냈다. 교원은 속이 타들어 가는 것을 넘어 화가 날 지경이었다.

"잠시만요!"

교원의 목소리를 들은 윤슬이 멈칫 섰다.

"하아……."

힘겹게 달려온 교원이 윤슬의 팔을 잡아 돌렸다. 윤슬이 의아한 표정으로 그를 바라보았다. 교원은 묵묵히 그녀의 눈을 바라보다가 자신이 입고 있던 카디건을 벗어 그녀에게 덮어 주었다. 그래도 가슴까진 가려지지 않아서 시선을 어디에 둬야 할지 막막했다. 화장기 없이 젖은 얼굴은 평소보다 더 청초하고 고혹적이었다.

"아, 고마워요."

윤슬은 그제야 교원의 의도를 알아차리고 입을 열었다. 그들은 직원들에게서 꽤 멀리 떨어져 있었다. 윤슬은 몸을 말리려고 버스로 향하던 중이었기 때문이다. 직원들이 웃고 떠드는 소리가 어렴풋이 들렸다. 고요했다. 바람이 지나는 소리, 파도의 마찰 소리, 갈매기의 울음소리가 그 정적을 채우고 있었다.

"이따 돌려줄게요. 그만 가 봐요."

윤슬은 고민 끝에 그렇게 말했지만, 교원은 왜인지 아무 말이 없었다. 아직까지 숨을 몰아쉬고 있는 그는, 어쩐지 상기된 듯 보이기도 했다. 그는 평소보다 그윽하고 강렬한 눈빛으로 그녀를 바라보았다. 그 눈빛을 보고 있자니, 텅 빈 마음에 선선한 바람이 몰아치는 것 같았다. 가슴이 조용히 진동했다.

"무슨…… 할 말 있어요?"

교원의 목울대가 크게 한 번 들썩였다. 그는 대답 대신 윤슬의 옷을 다시 잘 여며 주었다.

"감기 걸릴지도 모르니까, 조심해요."

"……교원 씨도요."

"버스까지 같이 가 줄까요?"

"아뇨, 괜찮아요. 다들 기다릴 텐데, 얼른 가 봐요."

윤슬은 얼핏 웃으며 뒤를 돌았다. 이상하게 발이 떨어지지 않았지만 한 발, 한 발 조심히 걸었다. 그가 뒤에 있다는 생각을 하면 걸음 하나도 쉽지 않았다. 도대체 언제부터 이렇게, 그를 의식하게 된 것일까.

"……좋아해요."

그때, 교원의 낮은 목소리가 그녀를 다시 붙잡았다. 윤슬은 순간 제 귀를 의심하지 않을 수 없었다. 끊임없이 상상했던 말이지만 이렇게 갑자기, 예고 없이 날아들 줄은 미처 몰랐다.

윤슬은 멈춰 섰지만, 뒤를 돌아보지는 않았다. 심장이 너무 빠르게 뛰어서, 차마 돌아볼 용기가 나지 않았다.

"좋아해요."

그는 확인이라도 시켜 주듯 한 번 더 말했다. 처음, 달의 정원을 좋아한다 말했던 그때처럼. 덤덤하고 차분하지만 미미하게 떨리는 말투, 나직한 음성으로.

"이미 알면서도, 모른 척한다는 거 아는데. 당신한텐 외면하고 싶은 마음일 수도 있다는 거 아는데. 그래도, 더는 못 참겠어서, 그냥 말할게요."

"……."

"처음 만났을 때부터, 너무 좋았고, 그날 이후부터…… 나는 줄곧 당신이었어요."

"……."

"좋아해요. 당신은 상상도 못할 만큼. 정말 많이."

깊은 정적이 흘렀다. 얼어 버린 윤슬은 쉽게 뒤를 돌아보지 못했지만, 교원은 그 자리에 선 채 그녀의 뒷모습을 가만히 바라보았다. 괜찮았다. 그녀니까. 그녀라면, 언제까지라도 기다릴 수 있을 것 같았다. 언젠가 돌아봐 줄 거라는 기대로, 믿음으로. 그 옅은 희망으로 긴 기다림을 선택할 수 있는 사람이 생긴 것만으로도, 충분히 감사했으니까.

아침이 오는 소리가 구슬퍼지고, 진눈깨비 흩날리는 모습이 괴로워지고, 하루에도 수없이 버려지는 아이가 되고, 할 수 있는 말들이 줄어드는 벙어리가 되더라도, 그래도, 그녀라면 할 수 있을 것 같았다. 그 아픈, 사랑이란 것을.

9
너는 나의 전부였다

하얀 천장. 하얀 벽. 하얀 침대. 하얀 전등. 온통 새하얀 것투성이었다. 한 소년이 그 가운데 홀로 누워 있었다. 침대는 돌처럼 딱딱했고 이불은 종이처럼 얇았다.

몸이 아프고 추워요. 너무 아프고 추워요. 소년은 그렇게 말하는 것 같았다. 하지만 소년은 몸을 움직이지 못했다. 소년의 온몸은 얼음처럼 굳어 가고 있었다.

이제 선택을 하셔야 할 땝니다. 의사의 말은 흐릿하게 뭉개졌지만 선명하게 들렸다. 뇌사, 선택, 죽음 같은 단어들이 떠다녔다. 병원 특유의 소독약 냄새가 코끝을 자극했다.

나는 살아 있어, 누나. 나는 아직 살아 있어.

환청일까. 소년의 목소리가 들리는 것 같았다. 그녀에게만 들리는 그 소리는 더욱 커져 갔다.

그때, 의사가 다가왔다. 의사의 하얀 손바닥이 위협적으로 커졌다. 소년이 악을 지르기 시작했다. 소년의 목소리가 커질수록 그녀는 호흡이 가빠 오는 것을 느꼈다. 누군가 심장을 칼로 난도질하는 것처럼 끔찍한 고통이 그녀를 덮쳤다. 의사의 크고 하얀 손바닥이 소년의 산소호흡기를 낚아채듯 잡았다. 소년은 안간힘을 쓰며 소리쳤다.

제발, 제발 그만! 나 좀 도와줘. 살려 줘. 누나! 제발!

"아악!"

윤슬은 짧은 비명과 함께 책상 위에 엎드려 있던 몸을 일으켰다. 그녀의 하얀 셔츠가 땀에 젖어 있었다. 혼미한 정신을 차리고 시계를 보니 점심시간이 막 지나 있었다. 회사에선 잠깐의 졸음도 인정하지 않던 그녀가, 점심까지 놓쳐 가며 한 시간가량 잠을 잔 것이었다.

"후우…… 말도 안 돼."

윤슬은 이마에 흐르는 식은땀을 훔치며 혼잣말을 중얼거렸다. 그녀의 원칙상 말도 안 되는 일이긴 했지만, 실은 그럴 수밖에 없는 상황이었다. 교원에게 고백을 받은 후부터 윤슬은 하루도 제대로 자 본 적이 없었기 때문이다.

당일은 한숨도 자지 못하고 퀭한 얼굴로 마지막 아침을 맞았다. 마주치는 직원들마다 그녀에게 무슨 일 있냐, 어디 아프냐를 물어 올 정도였다. 그럴 때마다 윤슬은 그저 웃어넘겼지만 지난밤을 생각하면 왜인지 마음이 너무 쓰려서 눈물이 날 것만 같았다.

좋아해요. 좋아해요. 좋아해요.

그는 정확히 세 번이나 그 말을 했다. 가슴이 떨리는 것을 넘어 울렁거리고 열이 났다. 체한 것은 아닐까, 몸살이 온 것은 아닐까 의심이 될 만큼. 윤슬은 교원의 고백보다, 그의 한 마디 한 마디에 온몸으로 반응하는 자신을 보며 더욱 놀랐다. .

하지만 그녀는 아무 말도 하지 못했다. 마음은 이미 저만치 가서 그에게 닿아 있었지만, 머리는 복잡하게 뒤엉킨 실처럼 배배 꼬여 갔다.

그런 그녀의 혼란을 읽었는지, 교원이 다시 먼저 입을 열었다.

'내가 많이 어리고, 부족하고, 여러 가지 신경 쓸 것도 많다는 거 알아요. 생각 안 해 본 거 아니에요. 근데.'

'……'

'당신 앞에선 그 모든 게 의미 없어져요. 좋다는 마음 말곤 아무 생각도 안 드니까.'

'……'

'그러니까 당신도, 아무 생각 말고 마음만으로 나 한 번만 제대로 봐 주면 안 돼요?'

당신. 그는 계속해서 그녀를 '본부장님'이 아닌 '당신'이라 불렀다. 호칭 하나의 변화가 윤슬의 가녀린 어깨를 떨리게 만들었다. 그의 간절한 바람이 고스란히 전해지는 듯했다. 돌아보고 싶었다. 그를 제대로 바라봐 주고 싶었다. 하지만, 도무지 몸이 움직이지 않았다.

아직은 사랑에 대한 두려움이 말끔히 사라지진 않은 모양이었다. 오랫동안 쓰지 않아 고장 났던 기계가 한두 번의 터치로 돌아오지 않는 것처럼, 오랫동안 굳어 있던 그녀의 몸은 사랑하는 방법을 잊은 것만 같았다. 사랑이 올 것 같으면 외면하고, 피하고, 도망치던 오랜 습관이 그녀의 마음을 통제하고 있었다.

'본부장님. 아니…… 이윤슬 씨.'

'……'

'윤슬 씨.'

'……'

'이윤슬.'

그녀의 이름을 되새기듯 부르는 그 목소리가 너무도 애달팠다.

'만나고 싶어.'

그의 당당하면서도 부드러운 말투에 마음이 정신없이 요동쳤다. 텁텁할 정도로 마른침을 꿀꺽 삼키고, 윤슬은 한동안 대답 대신 무거운 정적을 내놓았다. 인내심도 좋은 교원은 한 번도 보채지 않고 그녀를 가만히 기다려 주었다.

'최교원 씨, 나는……'

그녀가 한참 만에 내놓은 말은 그뿐이었다.

'나는……'

그녀는 더 이상 말을 이을 수가 없었다. 원하던 마음이 와서 기쁘고 설레었지만, 그 순간 왜인지 멍투성이 얼굴로 죽어 가던 동생 윤호가 떠올랐다. 윤호의 산소호흡기를 떼던 의사의 크고 하얀 손이 떠올랐다. 그녀의 사랑 때문에, 아무 잘못도 없이 그렇게 떠나가 버렸던 한 생명이 떠올랐다.

사랑이란 것을, 과연 내가 해도 되나. 다른 어떤 것도 아닌 그의문이 드는 순간, 코끝이 시큰해지면서 헛헛한 웃음이 샜다.

'……미안해요.'

결국 애틋한 고백에 대한 답은 뻔한 사과 한마디였다.

'먼저 가 볼게요.'

비겁하게도, 무엇이 미안하다는 것인지 제대로 설명도 해 주지 않고 도망치듯 그 자리를 벗어났다. 그러면서도 둥근 어깨에 걸쳐진 카디건은 떨어지지 않게 꼭 여미며 걸었다. 시원하면서도 푸근한 그만의 향기가 멀리 도망치는 그녀를 꼭 안아 주고 있었다.

그때를 생각하면 가슴이 너무 쓰리고 아파서 도저히 잠을 잘수 없었다. 그렇게 주말을 보내고 출근을 했으니, 멀쩡할 리가 없었다. 윤슬은 하루 종일 몽롱한 상태로 있다가 점심시간에 잠깐 엎드렸는데, 순식간에 잠이 들어 버린 것이다.

그러나 힘들게 잠이 든 순간에 꾸었던 꿈이 하필이면 그 악몽이었다.

윤호가 떠나고 한동안 셀 수 없이 많이 꾸었던 그 악몽. 그 끔찍한 악몽을, 다시 꾸게 되었다.

그날 저녁, 윤슬은 피곤한 몸을 이끌고 주영의 개인전이 열리는 미술관으로 향했다. 아버지 진환과 어머니 주영은 그녀에게 여전히 불편한 존재였지만, 주영이 십 년 만에 여는 개인전이라 참석하지 않을 수 없었다. 윤호가 떠난 후 처음으로 하는 개인전이기도 했다. 당연, 그들 가족에게는 남다른 의미였다.

윤슬은 전시회가 끝날 무렵 아슬아슬하게 도착했다. 진환은 그녀를 반갑게 맞아 주었지만 주영은 짤막한 눈길만 주고 지인들에게 돌아갔다. 그중에는 우현의 부모도 있었다. 윤슬은 지체 없이 다가가 인사를 건넸다.

"슬이 오랜만이구나. 더 예뻐졌네?"

정선이 더없이 반가운 얼굴로 윤슬의 양손을 잡아 토닥이며 말했다.

"네, 어머니. 자주 찾아뵙지 못해 죄송해요."

윤슬도 달가운 미소를 띠고 차분히 인사를 건넸다. 우현의 아버지 태환은 회사 부회장이었기 때문에 일적으로도 자주 만났지만, 어머니 정선은 볼 일이 많지 않았다. 그래도 정선은 볼 때마다 친인척처럼 친근하고 다정하게 윤슬을 챙겨 주었다.

윤슬이 어렸을 때부터 함께해 온 정선은, 윤호가 떠나고 난 후 윤슬의 가족을 누구보다 가까이에서 지켜보았었다. 그래서 윤슬의 어둡고 차가운 모습마저도 마음으로 이해할 수 있었다. 누구보다 밝고 건강했던 그녀의 모습을 기억하기에, 오히려 윤슬의 변화가 안쓰럽게 느껴졌다.

어떤 방식이건, 자신의 고통을 힘겹게 버텨 내며 살아가는 그녀가 대견하고 의젓해 보이기까지 했다. 그래서 보면 볼수록 윤슬이 우현의 짝이라면 좋겠다는 욕심이 생겼다.

"우현이 얘는 어디 갔지? 조금 전까지만 해도 있었는데."

정선은 서둘러 주위를 둘러보며 우현을 찾았다. 윤슬도 그녀를 따라 시선을 돌려 보았다. 저만치 먼 곳에, 혼자 떨어져서 작품을 감상하고 있는 남자가 눈에 들어왔다.

"우현아!"

정선의 부름에 돌아본 우현이 윤슬을 발견하곤 금세 미소를 지었다. 그는 성큼성큼 시원스러운 걸음걸이로 다가와 금세 윤슬의 옆에 섰다. 마치 당연하다는 듯, 제자리라는 듯, 그녀의 옆에 서는 모습이 너무 자연스러워 정선은 뿌듯한 미소를 감출 수 없었다.

"저녁 안 먹었지?"

"응. 다 같이 드시는 거지?"

"그래야지. 오랜만에 봤는데."

조곤조곤 속삭이듯 이야기를 나누는 두 사람의 모습은 정말 다정한 한 쌍의 부부 같았다. 어느새 다가온 주영이 그들의 모습을 흐뭇하게 바라보다가 돌연 입을 열었다.

"날은 언제 잡을래?"

"네?"

"결혼 날짜 말이야."

농담 반 진담 반으로 던진 그 말에 모두가 호방하게 웃었지만 윤슬만은 웃지 못했다. 그렇잖아도 회사에 둘의 결혼설이 기정사실화되고 있었기에, 윤슬은 언제고 다 함께 모일 자리가 생기면 꼭 자신의 의견을 분명히 말해 둬야겠다고 생각하던 참이었다.

"어머, 얘는. 애들 당황하게."

정선이 윤슬의 눈치를 보며 가볍게 웃었다.

"왜. 둘이 너무 잘 어울리잖아. 이렇게 잘 맞는 짝도 없다니까."

하지만 주영은 이참에 못을 박아야겠다 싶었는지 신이 나서 말을 이었다.

"그렇긴 하지만……."

"왜? 우리 슬이 별로야? 난 옛날부터 우현이 사위 삼고 싶었는데."

"별로기는. 슬이 만한 애가 어딨다고. 나도 뭐, 둘만 좋다면야 너무 환영이지."

"그렇지? 말 나온 김에 정말 오늘 제대로 얘기 좀 해 볼까? 자리부터 옮기고 정식으로. 응?"

처음엔 장난스레 얘기하던 주영은 점차 진지한 분위기를 보였다. 윤슬의 표정에서 조금 남아 있던 여유마저 사라졌다. 어쩌면 오늘의 만남도, 애초부터 그런 이유로 기획된 것일지도 모르겠다는 생각이 들었다. 사실 우현 가족은 반드시 오늘 올 필요는 없었는데, 우현이 중요한 미팅까지 미루며 왔던 것이다.

"그럴까요?"

우현이 빙긋 웃으며 윤슬의 어깨를 감싸고 걸었다. 자주 했던 스킨십이었고 사소한 터치였지만 윤슬은 그날따라 그의 손길이 불편하게 느껴졌다. 어쩌면, '그럴까요?'라는 말부터가 그녀의 심기를 건드린 것인지도 모르겠다. 늘 애매모호하게 반응하는 우현 때문에 일이 점점 더 커지는 것 같아 화가 나기도 했다.

"아니요."

결국 윤슬은 우현의 손을 조용히 떼어 내고 걸음을 멈췄다. 그리고 천천히 뒤를 돌아보았다. 윤슬의 차가운 시선이 주영에게 꽂혔다.

"그런 자리라면 저는 불편할 것 같아요."

윤슬은 우현의 부모를 바라보며 말했다.

"죄송해요. 어머니, 아버님."

이런 말을 할 자리는 아니었지만, 성격상 그냥 넘어갈 수도 없었다. 윤슬은 어렵지만 자신의 마음을 분명히 전하기로 마음먹었다. 지금이 아니면 영영 말하지 못할 것 같았다. 이렇게 어영부영, 물 흐르듯 자연스럽게 결혼이 진행돼 버릴 것도 같았다.

"우현 오빠, 저한테 과분한 사람이에요. 그것도 넘치게요. 오빠만큼 제가 의지하고 편하게 여기는 사람 없어요. 하지만 저흰 너무 친남매처럼 자라 왔고, 저는 아직 결혼 자체에 생각이 없어요. 그래서 저희가 자꾸 이런 일로 엮이는 게 편치 않아요. 저한테 오빠는 너무 소중한 사람인데, 자칫 그 관계가 틀어질까 봐 겁이 나요."

"……."

"제가 원래 농담이란 걸 모르는 사람이라, 진지하게 반응해서 놀라셨을 줄 알아요. 하지만 저희 어머니 말씀을 들으니, 정말 혼담이 오가는 자리가 될 것 같아 걱정이 앞섰습니다. 불쾌함을 드렸다면 정말 죄송합니다."

아직 시작도 못 해 본 청혼을 거절당한 느낌이라 불쾌하지 않다면 거짓이었다. 하지만 태환은 윤슬의 상사로서 그녀의 칼 같은 성격을 누구보다 잘 알았고, 정선은 여자로서 그녀의 마음을 이해할 수 있었기에 대답 대신 씁쓸한 미소를 지으며 고개를 끄덕여 주었다.

하지만 주영만큼은 달랐다. 그녀는 당황한 나머지 얼굴이 붉게 달아오른 채 매서운 걸음으로 윤슬에게 다가갔다. 그리고 우현 부모의 눈치를 보며 나직하게 다그쳤다.

"너 왜 이러니, 정말. 따라 나와."

주영은 진환에게 뒷정리를 부탁한다는 눈짓을 주고 윤슬을 끌고 밖으로 나갔다. 윤슬은 잡힌 손목이 아팠지만 묵묵히 그녀를 따랐다. 주영은 미술관 밖에 위치한 작은 테라스에 가서야 윤슬의 손을 놓아주었다.

"꼭 이래야겠어?"

"엄마야말로, 꼭 이러셔야 했어요?"

윤슬은 물러서지 않았다. 주영은 그런 윤슬을 보며 호흡을 한 번 가다듬더니 최대한 마음을 억누르며 말했다.

"그만하자, 슬아."

"……."

"우리 이제 그만하자. 윤호 때문에 힘들어하는 거, 그쯤 했음 됐어. 엄마도 이제 다시 그림 그리잖아. 그러니까 너도……."

"윤호 때문이 아니에요."

주영이 다소 놀란 눈으로 그녀를 바라보았다. 윤호의 이름을 언급하는 것만으로도 눈시울이 붉게 달아오르는 사람이, 윤호 때문에 그만 힘들어하자니. 윤슬은 짠한 마음에 덩달아 가슴이 시렸다. 하지만 결혼 문제만큼은, 어쩔 수가 없었다.   ·

"……않아요."

162

"……뭐?"

"사랑하지 않아요. 우현 오빠를."

윤슬은 또박또박 명확한 어조로 말했지만, 주영은 더욱 놀라서 말을 멈추었다.

"……사랑?"

네가 어떻게 '사랑'이란 단어를 언급하냐는 듯, 믿을 수 없다는 뉘앙스였다.

"슬아. 사랑이란 건, 그런 건 이 세상에 없어. 왜 갑자기 애 같은 말이야? 사람은 모두가, 무언가를 잠깐씩 좋아했다가 싫증 내게 돼 있어. 음식을, 물건을, 음악을, 그림을, 그리고 사람을……. 유독 사람에 대한 그 감정을, 사람들은 '사랑'이라고 부르는 것뿐이야. 알잖니? 사랑이라는 말로, 거창하고 아름답게 포장할 뿐이지 결국은 새 옷을 샀다가 버리는 거랑 똑같은 거라는 거. 사라지는 거라는 거. 그러니까, 아무 짝에도 쓸모없는 거라는 거!"

주영은 말을 하면서 점차 강박적으로 변해 갔다. 윤슬은 그런 주영을 안쓰러운 눈으로 바라보았다. 주영의 눈에 조금씩 맑은 액체가 차올랐다.

"……그래도."

"……."

"잠깐 있다가 사라지는 거라도, 그래도, 그런 마음이 드는 사람이랑 하고 싶어요. 결혼이란 게, 꼭 해야 하는 거라면, 그런 거라면 난……."

"그만, 그만!"

주영이 결국 버럭 고함을 쳤다. 동시에 그녀의 눈에 양껏 고였던 눈물이 후드득 떨어져 내렸다. 주영이 작은 손에 힘을 바짝 주어 그녀의 어깨를 잡았다. 애타게 간절한 눈빛이 그녀를 바라보고 있었다. 그 마음이 어떤 건지 너무도 잘 알기에, 윤슬의 눈에도 결국 눈물이 차올랐다.

"정신 차려, 슬아. 안 돼. 세상엔…… 이 세상엔 사랑 같은 거 없어. 난 네가 혼자 망가져 가는 거 더는 못 보겠어. 우린 언젠가 죽을 거고 넌 혼자 남겨질 텐데, 네가 이렇게 살아가면, 그럼 우린 네가 눈에 밟혀서 어떻게 가니? 네 옆을 지켜 줄 누군가가 필요해. 그 사람이 우현이었으면 좋겠어. 아니, 우현이어야만 해. 슬아. 우리는, 엄마는, 그랬으면 좋겠다."

"……있을 수도 있잖아요."

"윤슬!"

"좋은 사람이 있을 수도 있잖아요. 내가 사랑하면서, 좋은 사람……."

그러자 주영은 한 박자 말을 멈추더니, 더없이 차갑고 덤덤한 말투로 말했다.

"그때 그 애는…… 좋은 사람이 아니었니?"

심장이 내려앉았다. 그 말 한마디에 울컥, 형언할 수 없는 감정이 휘몰아쳤다.

"그때 그 애는…… 누구보다 좋은 사람이라고, 우리 모두 믿지 않았어?"

주영은 아들을 잃은 후에도, 윤슬과 달리 밝고 건강한 척 살아

갔다. 하지만 그녀의 속은 윤슬보다 백 배 천 배는 더 곪아 있었다. 폭력에 대한 깊은 트라우마가, 타인에 대한 의심이 그녀를 아직까지 옭아매고 있었다. 그날 이후, 그녀는 아무도 믿지 못하는 나약한 사람이 돼 버렸다.

"남이란 게 얼마나 무서운 건지, 아직도 모르는 거니?"

남이란 게 얼마나 무서운 건지, 당신이 알아요? 자신을 이용하려 했던 태성그룹의 강훈에게 그렇게 쏘아붙이던 자신의 모습이 떠올랐다. 그게 불과 얼마 전인데, 윤슬은 자신의 마음이 그새 많이 변했다는 것을 느꼈다.

"우현이어야만 해. 슬아…… 엄마는 그래야만 돼. 우현이는 우리 가족이잖니. 내 아들이잖니. 우현이가 아니면 안 돼. 널 믿고 맡길 수가 없어. 절대 없어, 슬아. 슬아……."

주영의 상태는 생각보다 심각했다. 대화가 통할 수 있는 수준이 아니었다. 그녀는 병들어 있었다. 처음으로, 그 사실이 여실히 느껴져서, 윤슬의 눈에서 결국 눈물이 쏟아지고야 말았다.

"……미안해요, 엄마. 내가 미안해. 너무 미안해."

윤슬은 주영을 끌어안고 눈물을 흘리며 끊임없이 말했다.

미안해요. 죄송해요. 엄마의 소중한 아들을 내가 죽게 했어요. 그러고도 염치없이 또 사랑이란 걸 해 보겠다고 칭얼거렸어요. 엄마를 이렇게 병들게 해 놓고, 아프게 해 놓고, 아무것도 모르고…… 내가 또 바보 같은 짓을 했어요.

윤슬은 마음속으로 진심을 다해 속삭였다. 그 와중에도 끊임없이 떠오르는 한 사람이 있었지만, 그를 이제는 지워야겠다고, 아픈 다짐을 하면서.

❖

쪼르르. 커피 떨어지는 소리가 들렸다. 교원은 커피가 다 내려지지도 않았는데 자판기 안에서 커피를 불쑥 빼 들었다. 그리고 무심한 표정으로 벌컥벌컥 들이켰다. 뜨겁지도 않은지 커피를 쭉쭉 마시는 모습이 보는 이마저 고통스럽게 했다. 오늘만 벌써 몇 번째 마시는 커피인지 알 수 없었다.

도혁은 하루 종일 무서운 냉기만 뿜어내며 넋을 놓고 있는 교원을 탐탁잖은 표정으로 바라보았다. 일에 몰두할 때를 제외하곤, 교원이 이렇게 정신을 놓고 있는 것을 본 적이 없었다.

"그만해라, 진짜."

도혁이 목소리를 낮게 깔고 질책하듯 말했다.

"너 지금 온몸으로 '나 차였다' 광고하고 다니는 것 같거든?"

그런 도혁의 말이 들리지도 않는지, 교원은 여전히 흐리멍덩한 시선으로 허공만 보고 있었다.

"정신 차리라고, 인마! 만나던 사람이랑 헤어져도 술 한 번 안 먹고 잘 살던 놈이, 고백했다 차인 거 가지고 세상 끝난 것처럼 이러는 게 말이 되냐?"

"······였어."

"뭐?"

도혁은 처음으로 움찔거린 교원의 입술이 달가워 반색하며 되물었다.

"안 차였다고."

"……."

"대답 못 들었어. 아직."

기대에 차 있던 도혁의 얼굴이 허망한 듯 굳었다. 이 마당에 차인 것, 안 차인 것을 분명히 따지고 들면서 조금이라도 희망을 가져 보려는 그가 귀여우면서도 안쓰러웠다. 동시에 황당한 웃음을 흘렸다. 그럼, 만났다 헤어진 것도 아니고, 고백했다 차인 것도 아니고, 그저 고백만 했을 뿐인데 사람이 이렇게 망가져 버렸다는 것인가?

교원은 며칠째 불면증에 시달리면서도, 잠을 자려고 노력하기는커녕 오히려 자기 고문을 하듯 틈만 나면 커피를 마셔 댔다. 잠을 자면 자꾸 안 좋은 꿈을 꾸게 되는 데다, 혹시나 올지도 모를 그녀의 연락을 받지 못할 수도 있기 때문이랬다.

"……들어가자. 가서 야근이나 하자."

도혁이 다 체념한 표정으로 교원의 어깨를 토닥이며 사무실로 이끌었다. 그런데, 교원의 발이 바닥에 찰싹 붙어 떨어질 줄을 몰랐다. 이 자식이 왜 이래? 도혁은 아무리 애써도 사라지지 않는 묵직한 무게감에 한숨을 내쉬며 교원을 쳐다보았다.

그의 온몸은 돌처럼 딱딱하게 굳어 있었고, 그의 시선은 정확히 한곳에 박혀 있었다. 그 시선을 따라가 본 도혁은 사뭇 놀라 교원의 옆에서 두어 발 떨어졌다.

교원이 그토록 그리던 여자, 윤슬이 서 있었던 것이다.

진작 퇴근을 했다고 들었는데, 일이 있었는지 다시 돌아온 모양이었다. 두 사람의 눈치를 보던 도혁은 조용히 자리를 피해 주었지만, 교원은 그가 떠난 것도 몰랐다. 주변의 아무것도 인지하지 못할 정도로 단 한곳에만 온 신경이 집중돼 있었다.

그녀는 그랬다. 늘 그를 바보처럼 만들었다. 이윤슬 앞에만 서면, 갖고 싶은 것 외에는 아무것도 생각하지 못하는 단순하고 철없는 어린아이가 돼 버리는 것 같았다.

두 사람은 한동안 아무 말 없이 서로의 얼굴만 바라보았다. 늦은 밤이라 복도를 오가는 사람들은 없었다. 일부분만 제외하곤 불이 꺼져 있어서 주변도 어두컴컴했다. 그래서 세상에 오로지 둘만 남은 듯한 묘한 기분이 들었다. 그러나 윤슬은 역시나, 그 애틋한 정적을 깨고 말았다. 그녀는 안면만 있는 직원에게 인사를 하듯 살짝 목례를 하고 시선을 피했다.

또각, 또각, 또각.

그녀의 단정한 구두 소리가 점점 더 커졌다. 그녀가 그에게 다가오고 있었다. 아니, 가던 길을 가기 위해 그를 지나치려 하고 있었다.

세상은 멈춘 듯했고, 그녀의 구두 소리만이 메아리치듯 크게 울렸다. 그 소리에 맞춰 심장이 쿵, 쿵, 투박하게 뛰었다.

그리고 마침내, 그 소리가 그의 바로 옆에서 들렸을 때. 덥석. 교원은 참지 못하고 스치는 그녀의 손목을 잡았다. 잡아 버리고 말았다.

"나는 내가 인내심이 많은 사람이라 생각했는데."

교원은 그녀에게만 속삭이듯 나직하게 말했다.

"아니었어."

윤슬은 묵묵히 정면만 보고 있었지만, 교원은 보았다. 그녀의 까만 눈동자가 은은하게 떨리고 있는 것을.

"그래도 기다릴게요."

"……."

"대답 들을 때까지. 올 때까지. 계속 기다릴 테니까……."

"기다리지 마요."

순간, 그녀의 손목을 잡은 손에 힘이 빠졌다. 충격으로 온몸이 차갑게 얼어붙는 것 같았다.

"지금 대답할게요."

"……."

"난 안 가요."

"……."

"최교원 씨한테, 가고 싶은 마음 없어요."

윤슬은 마지막으로 그의 손을 냉정히 거두어 내며 말했다.

"……조금도."

또각, 또각, 또각. 다시 그녀의 발소리가 들렸다. 방금까지만 해도 조금씩 가까워지던 그 소리가 언제 그랬냐는 듯 순식간에 멀어지고 있었다.

마음이 텅 빈다는 게 이런 기분일까. 교원은 완전히 넋이 나간 채 허망한 웃음을 흘렸다. 마음은 텅 비어 가는데, 저 깊은 곳 어디선가 견딜 수 없이 뜨거운 기운이 올라오는 것 같았다. 그 뜨거운 고통이 목울대를 스치고 코끝을 스치고 그러다 종국엔 눈가를 스쳤다.

믿을 수 없었다. 아무것도 믿을 수가 없었다. 언제 나갈 수 있을지 모르는 옥에 갇힌 채 한없이 누군가를 그리던 그가 된 기분이었다. 그는 자신을 닮은 일부라 생각했는데, 어쩐지 시간이 갈수록, 교원이 그의 일부가 되어 가는 것 같았다.

사랑에 웃고, 울고, 살고, 죽던 그 처량하고 나약한 인간이.

너는 나와 같은 시간 같은 감정을 공유했다고 생각하겠지만, 아니었다

우린 같은 시간을 함께했어도 서로 다른 것을 보았다

네가 떠오르는 태양을 보며 감탄할 때, 나는 빛이 어린 네 얼굴을 보았다

네가 내 몸을 간질이며 웃을 때, 나는 웃는 너를 보며 웃었다

네가 시원한 바람을 느끼며 눈 감을 때, 나는 바람이 건네는 네 향기에 눈 감았다

나는 네가 보는 것의 일부였지만, 너는 내가 보는 것의 전부였다

너는 나의 전부였다

10
그래도 내가 숨을 쉴 수 있던 건

　.

　윤슬은 멍한 얼굴로 새빨간 국물만 맥없이 휘젓고 있었다. 부
드러운 순두부와 반쯤 익은 계란이 먹음직스러워 보였지만 도무
지 수저로 뜰 수가 없었다.

　하필이면 순두부찌개였다. 하필이면.

　밥을 한 숟갈 가득 푹푹 떠 넣으며 미소 짓던 그의 얼굴이 떠
올랐다. 밥 두 공기를 눈치 안 보고 먹어 보는 게 소원이었던 시
절, 아무 이유 없이 밥 한 공기를 더 주었다는 이유로 그 식당을
집처럼 여기며 살아왔다는 그가. 사소한 것에 행복해할 줄 알고,
그것을 그녀와 나누려 했던 그가. 뼛속 깊은 외로움을 열심히 감
추느라 항상 더 밝게 웃으며 살던 그가.

　뜨거웠다. 묵직했다. 마음이 그랬다. 그를 생각하면, 언제나 여
지없이 그랬다.

"본부장님 안녕하세요!"

그때 한 여직원의 카랑카랑한 목소리가 윤슬을 깨웠다. 선주를 비롯한 〈가든오브더문〉 팀원들이 그녀의 옆에 서 있었다. 윤슬은 가볍게 목례만 하고 고개를 돌렸다. 가든 팀을 보는 것만으로도 심장이 덜컹 내려앉는 것 같아서, 팀원들을 제대로 살펴보지도 못했다.

"어쩌나, 오늘은 자리가 꽉 차서 하는 수 없이 여기 앉아야겠네. 실례 좀 할게요, 본부장님. 괜찮죠?"

그런 윤슬의 마음을 아는지 모르는지, 민아는 능청을 떨며 그녀의 옆에 자리를 잡고 앉았다. 식판 놓는 소리, 의자 끄는 소리 하나하나가 윤슬을 떨리게 만들었다. 얼른 자리를 떠 버리면 그만이었지만 왠지 몸이 움직이지 않았다. 그가 주변에 앉아 있을지도 모른다는 느낌에 고개도 들 수 없었다.

"본부장님, 순두부찌개 되게 좋아하시나 보다. 아주 코를 박고 드시네."

민아가 얄궂은 농담을 건넸지만 윤슬은 아랫입술을 작게 깨물며 실소만 흘릴 뿐이었다.

"근데 오늘 왜 이렇게 허전하지? 아주 텅 빈 것 같네."

"그러게요. 교원 씨가 없어서 그런가."

그 말에 윤슬의 의미 없는 수저질이 멈추었다.

"아무래도 무슨 일 있는 것 같지?"

민아가 다분히 윤슬을 의식하며 큰 소리로 말했다. 윤슬은 그제야 뻣뻣하게 굳은 목을 살며시 펴 보았다. 정말이었다. 어딘가 있을 거라 생각했던 그가, 어디에도 없었다.

"그런 것 같아요. 요즘 분위기가 이상한 게…… 꼭 다른 사람 같더라니까요."

선주가 걱정스러운 목소리로 말하자, 조현, 형태 등도 저마다 한마디씩 덧붙였다.

"보통 일은 아닌 것 같긴 해요. 감정 컨트롤 하난 잘하는 사람이라 생각했는데, 그게 흐트러지는 걸 보니."

"그러게 말이야. 아무리 바쁘고 힘들어도 밥은 꼭 챙겨 먹는 편이었는데……. 실연이라도 당했나."

형태의 실없는 농담에 선주가 팔짝 뛰며 나섰다.

"과장님도 참! 교원 씨가 어디 실연당할 사람이에요? 도혁 씨한테 들었는데, 교원 씬 거의 부처 수준이래요. 여자한테 관심이 없어도 너어무 없다고. 누굴 제대로 좋아해 본 적도 없다고. 실연당했다고 밥도 안 먹고 우울해 있는, 그런 캐릭터가 아니란 말이죠!"

"교원 씨한테 여자가 있을지도 모른다는 사실이 싫은 건 아니고?"

"팀장니임!"

선주의 앙탈을 마지막으로 팀원들은 교원의 이야기를 멈추고 화제를 돌렸다.

하지만 윤슬의 귓가에는 교원에 대한 이야기만 한없이 메아리치고 있었다. 그가 힘들어하는 이유가 설마 나 때문은 아니겠지 싶으면서도, 혹시 나 때문은 아닐까, 마음이 일렁거렸다. 아무래도 더 이상은 밥을 넘길 수가 없었다. 윤슬은 거의 건드리지도 않은 식판을 들고 일어섰다.

"전 먼저 가 볼게요. 맛있게들 드세요."

"어머, 저희 땜에 불편해서 못 드신 건 아니죠?"

"아니에요. 오늘 좀 입맛이 없어서. 그럼."

윤슬은 어색하게 웃으며 걸음을 뗐다. 밥 한 숟갈도 제대로 뜨지 못했는데, 조금의 허기도 느껴지지 않았다.

끝이 났다. 분명, 끝이었다. 시작도 해 보지 못한 사랑이 이렇게 갑자기 허무한 끝을 맞았다. 하지만 인정하지 않을 수 없었다. 하루에도 몇 번씩, 그녀의 뒷모습이 떠올랐다. 기다리지 마요. 그 차가웠던 말과는 달리 어쩐지 쓸쓸했던 뒷모습 때문이었을까. 서늘한 뒷모습이라도 좋으니, 다시 한 번 더 보고 싶었다.

말도 안 되는 마음이라는 생각에 헛웃음이 나왔다. 수없이 많은 이별을 겪어도 잠깐 미안하고 말던 내가, 어떻게 이런 감정을 느낄 수 있나. 스스로도 믿기지 않았다. 하루 종일 그녀의 생각 때문에 아무것도 집중하지 못하는 자신을 보면, 한없이 비참하고, 초라하고, 외로워졌다.

그래도 멈출 수 없었다. 숨을 쉬는 게 당연한 것처럼, 너무도 당연히 그녀를 생각하게 되었다.

교원은 점심 대신 피우던 담배를 비벼 끄고 뒤를 돌았다. 그런데, 그때였다. 낡은 쇳소리와 함께 옥상 문이 열렸다. 혹시나 하는 마음에 그의 온몸이 긴장으로 바짝 굳었다. 그리고 잠시 후.

익숙한 향기가 바람을 타고 흘러왔다. 심장이 무겁게 뛰었다. 마치 선잠에 들어 꾸는 꿈처럼, 환상처럼, 저만치 앞에 익숙한 구두가 보였다.

"……."

오랜 정적이 흐르는 동안 많은 사람들이 옥상을 빠져나갔고, 한참 후 옥상에는 단 두 사람만 남게 되었다. 윤슬은 옥상 난간에 양팔을 기대고 선 채 아래를 바라보고 있었고, 교원은 그런 윤슬을 바라보고 있었다.

오가는 많은 사람들처럼, 교원도 나가면 그만이었다. 아니, 나가야 했다. 하지만 그는 좀처럼 발을 떼지 못했다.

어느새 먹구름이 낀 잿빛 하늘을 바라보던 교원이 고민 끝에 첫마디를 뱉었다.

"비 온대요, 오늘."

"……."

"우산 챙겼어요?"

계속 등만 보이고 서 있던 그녀가 난간에서 팔을 떼고 몸을 반듯이 세웠다.

"두고 오긴 했는데, 괜찮아요. 어차피 차로 이동하니까."

"그래도, 타고 내릴 때 젖잖아요."

"괜찮아요, 그 정도는."

"……."

"그리고…… 비는 언젠가 그치니까."

비는 언젠가 그치니까. 그 말이 새삼 긴 정적을 불러왔다. 그 말을 곱씹기라도 하듯, 잠시 생각에 잠겨 있던 교원이 적이 쓸쓸한 웃음을 뱉으며 말했다.

"안 그치면요?"

"……."

"금방 그칠 줄 알았던 비가, 만약 오래도록 안 그치면."

"……."

"오늘도, 내일도, 모레도, 그렇게 계속…… 장마처럼 내리면요."

답답했다. 유치하고 부담스럽다고 느끼더라도, 말하지 않고는 도무지 버틸 수가 없었다. 그 말에는 일종의 원망 같은 감정도 담겨 있었다.

네가 나를 이렇게 만들어 놓지 않았냐고. 너는 내 마음을 한바탕 쏟아지고 끝나는 한여름의 소나기처럼 가벼이 여겼을지 모르지만 나는 아니라고. 언제 그칠지 모르는 비를 하염없이 맞고 있는 것처럼 힘들다고. 버겁다고.

일단 뱉어 내고 나니, 그동안 힘겹게 억제해 왔던 모든 것이 풀리듯 감정이 흔들렸다.

같은 마음일 거라고 확신하진 못했지만, 적어도 분명한 교감은 있었다고 느꼈다. 그녀와 자신 사이에는, 보이지 않는 투명한 끈이 있다고, 아주 오랜 시간 있어 왔다고.

그러나 아무 대답이 없는 그녀를 보면, 그 모든 게 자신의 허황된 꿈이었던 것처럼 느껴졌다. 이유라도 알고 싶었다. 진심이라도.

"그런 일은 없어요."

하지만 그녀는 끝까지, 뒤를 돌아보지 않았다.

"아무리 거센 폭우라도, 오랜 장마라도, 결국엔, 언젠가는 그치게 돼 있어요."

"……."

"시간이 지나면 모든 건 사라지니까."

"……."

"영원한 건, 이 세상에 없으니까."

"왜죠?"

교원의 꽉 쥔 주먹이 흔들렸다.

"왜 그렇게 비관적으로만 생각하는 거죠? 혹시, 마음이 식는 것에 대한 아픈 기억이라도 있어요? 그래서 그 트라우마 때문에 남자혐오증에 걸린 거예요? 그 때문에, 사람을 못 믿고, 자신도 못 믿고, 이렇게 한없이 밀어내기만 하는 거예요?"

"최교원 씨."

"그 상처가 뭔데? 이유가 뭔데? 대체 어쩌다가 이렇게 돼 버린 건데!"

교원은 결국 차오르는 감정을 주체하지 못했다. 놀란 윤슬이 그제야 난간에서 몸을 떼고 교원을 돌아봤다. 혼란과 슬픔으로 뒤엉킨 그의 눈빛을 보는데, 형언할 수 없는 충격으로 숨이 턱 막히는 것 같았다.

괴로워하고 있었다. 그는. 진심으로. 아파 보였다.

사실 윤슬은 그의 마음을 가벼이 치부했다. 몇 번의 교감과 운명적인 끌림은 부인할 수 없는 사실이었다. 하지만 그리 오랜 시간 알고 지낸 것도 아니었고, 되새길 추억이 많은 것도 아니었기에, 당연히 금방 잊힐 거라 생각했다.

실로 윤슬이 그를 밀어낸 후, 교원은 한 번도 연락하거나 찾아온 적이 없어서 염치없게도 씁쓸하고 서운한 마음을 느끼던 중이었다. 역시 한순간 스쳐 가는 감정이구나, 싶었다.

그런데 지금 교원을 보니 자신의 생각이 틀린 것 같았다. 매사에 조금의 착오도 용납하지 않는 그녀였지만, 이번만큼은 그 착오가 싫지 않았다.

"하…… 미안해요."

잠깐의 정적이 지나고, 교원이 한층 누그러진 목소리로 말했다. 자신도 모르게 언성을 높인 것이 후회스러웠다. 좋아하는 사람과 마음이 닿지 않는다는 것이 답답하긴 했지만, 그녀의 잘못이라 할 순 없는데, 그녀를 원망하고 있는 자신이 애처럼 느껴졌다. 윤슬의 앞에서만은 감정 컨트롤이 절대 불가능한 자신의 모습도 화가 났다.

"어쩌다 이렇게 됐냐고 물었죠."

교원이 어떻게 수습을 해야 하나 고민하고 있는데, 처음으로 윤슬이 먼저 입을 열었다.

"나도 궁금해요. 내가 어떻게 된 건지. 그 전엔 어떤 사람이었는지. 그런데 교원 씬 마치 예전의 나를 아는 것처럼 말하네요."

교원은 그제야 자신이 말실수를 했음을 알아차렸다. 뜨끔해하는 그에게 윤슬은 그저 희미한 미소만 지어 보였다. 생각지 못한 그녀의 미소에 교원의 두 눈이 바싹 굳었다. 그토록 수많은 밤을 원망으로 지새우다가도 이렇게 한 번의 미소에 가슴 설레며 무너져 내리는 자신이 우스웠다.

그래도, 그럼에도 불구하고, 그녀의 미소는 그 모든 감정을 잊게 할 만큼 아름다웠다.

"교원 씨 말이 맞아요. 난 트라우마가 깊은 사람이고, 그래서 아무한테도 못 가요."

"······."

"그러니까, 당신이 싫어서가 아니라는 말이에요."

무거운 고요가 내려앉았다. 떨림을 넘어선 울림이 그의 가슴 깊은 곳을 흔들었다.

또각, 또각, 또각. 그녀는 다시 단정한 구두 소리를 내며 멀어져 갔다. 그를 처음 거절할 때와 같은 박자, 같은 소리였다. 하지만 왠지 달랐다. 또다시, 가녀린 희망이 그를 휘어 감고 있었다.

나는 끝없이 펼쳐진 길 위에 서 있고

너는 방향을 알 수 없는 어딘가에서 나를 불렀다

때로는 네가 두려웠다

너로 인해 메아리치는 적막이

돌아오는 상처와 돌아오지 않는 사랑이

그래도 내가 숨을 쉴 수 있던 건

어디에도 있고 아무 데도 없는 너를

찾고 있었기 때문에

사랑하고 있었기 때문이다

교원의 말대로 그날 밤엔 비가 내렸다. 윤슬은 퇴근 시간이 한참이나 지난 후에도 사무실에서 비 내리는 창밖을 바라보고 있었다. 이게 웬 청승인가 싶었지만, 그녀의 한 손엔 교원의 책이, 다른 손엔 와인 잔이 들려 있었다.

'안 그치면요?'

'금방 그칠 줄 알았던 비가, 만약 오래도록 안 그치면.'

차분한 빗소리를 안주 삼아 와인 한 모금을 들이켤 때마다 그의 목소리가 떠올랐다.

"정신 차리자, 이윤슬. 도대체 어쩌려고……."

그녀는 안 하던 혼잣말까지 하며 남은 와인을 쭉 들이켰다. 저도 모르게 예정에도 없던 말을 뱉어 버렸던 게 생각났다. 그가 싫어서가 아니었다고. 그런 말은 하는 게 아니었다. 그녀는 이성보다 감정이 앞서 본 적이 없는 사람이었다.

하지만 그 순간엔, 어쩐지, 그러고 싶었다. 솔직해지고 싶었다.

쉽게 식지 않을 듯한 교원의 진심을 보는 순간, 이상한 안도감과 고마움이 교차하면서 일종의 보답 같은 것을 하고 싶었다. 그가 홀로 느꼈을 고통과 외로움을 조금이라도 덜어 주고 싶었다. 내 마음도 거짓이 아니었다고, 넌지시라도 전하고 싶었다.

보고 싶다.

취기 때문일까, 문득 그 생각이 들었다. 아니 어쩌면 줄곧 하고 있었는지도 모른다. 그걸 인정하고 싶지 않아 밀어냈을 뿐.

윤슬은 무심코 휴대폰을 만지작거렸다. 주소록에서 교원의 이름을 찾았다. 최교원. 그 이름 석 자를 보는데, 가슴이 떨렸다. 고작 이름을 보는 것만으로도 설레는 사람이 있을 수 있다는 게 신기했다. 헛웃음이 났다.

생각하면 할수록 더 보고 싶었다. 마음이 콕콕 쑤시고 아파 왔다. 완쾌된 지 오래지만, 선택적 함구증이라도 다시 걸렸으면 싶었다. 자꾸만 해서는 안 되는 말들을 하고 싶어졌으니까. 마음 가득 차오르는 말들을 꺼내 보고 싶었다. 교원처럼 당당하게, 솔직하게. 말이라도 할 수 있으면 나을 것 같은데, 자꾸만 억누르고 삭여야 하니 속병이 드는 것 같았다.

몇 잔이나 마셨을까. 정신이 아득해질 무렵 휴대폰이 진동했다. 윤슬은 한참을 고민하다가 통화 버튼을 눌렀다.

— 여보세요?

윤슬이 아무 말도 없자 상대가 확인하듯 물어 왔다.

— 여보세요, 이윤슬?

윤슬은 희미해지는 정신을 간신히 붙들며 웃었다. 꿈을 꾸고 있는 걸까. 교원의 목소리가 들리는 것 같았다.

"……싫어."

— 뭐?

"……보고 싶어."

— …….

건너편에선 잠시 아무 말이 없었다. 그토록 하고 싶던 말을 뱉어서인지, 윤슬은 한풀이라도 한 듯 정신을 놓고 책상 위에 쓰러졌다. 툭. 그녀의 손에서 휴대폰이 떨어졌다. 끊긴 것처럼 조용하던 휴대폰이 그제야 다시 반응했다.

— 여보세요? 너 어디야?

"……."

— 슬아, 윤슬!

윤슬의 감긴 두 눈에서 희미한 액체 한 방울이 툭 떨어져 내렸다.

벌컥. 사무실 문을 연 우현의 표정에 안도감이 내려앉았다. 급하게 이곳저곳을 찾아 헤매느라 젖은 몸에서 빗물이 뚝뚝 떨어졌다. 우현은 성큼성큼 윤슬에게 다가갔다. 책상 위에 널린 와인병이 눈에 들어왔다. 우현의 한쪽 눈썹이 일그러졌다. 한 번도 이런 적이 없었는데. 그는 정신을 잃고 쓰러져 있는 윤슬을 가만히 바라보았다.

보고 싶어. 생각지도 못했던 말로 사람 가슴을 내려앉게 해 놓곤 세상모르고 잠들어 있다니. 허탈한 동시에 애가 탔고, 설레는 동시에 불안했다.

"슬아."

우현은 조심스럽게 윤슬의 어깨를 어루만지며 말했다.

"윤슬."

잠든 아이를 다루듯, 다정하고 부드러운 목소리였다. 그러자 윤슬이 몸을 살짝 비척이며 앓는 소리를 냈다. 우현의 입가에 짧은 미소가 스쳤다.

"일어나. 집에 가야지."

우현은 몇 번 더 윤슬을 깨워 보았다. 하지만 윤슬은 좀처럼 정신을 차리지 못했다. 우현은 하는 수 없이 그녀를 업어 들었다. 윤슬은 잠결에 그의 목을 꼭 껴안듯 팔을 둘렀다. 순간적으로 심장이 뛰었다.

이윤슬, 정말 너무한 여자다. 정작 자신은 모르겠지만, 지난 오랜 시간 동안 그녀는 꼭 이렇게 한두 번 그의 정신을 쏙 빼놓곤 했다. 우현은 정신을 차리듯 고개를 흔들며 실소를 뱉었다. 그러곤 침착하게 윤슬의 가방을 챙겨 들고 사무실을 나왔다.

회사를 나올 땐 빗방울이 더욱 굵어져 있었다. 우현은 윤슬을 다시 한 번 제대로 받쳐 들고 나직한 한숨을 쉬었다.

"비가 왜 이렇게 많이 오냐……."

한탄하듯 혼잣말을 했는데 윤슬이 다시금 몸을 비척이는 게 느껴졌다.

"깼어?"

윤슬은 아니라고 말하듯 그의 등에 고개를 파묻고 비비적거렸다. 그 바람에 우현의 몸이 일시적으로 바짝 굳었다. 간지러우면서도 야릇한 느낌이었다. 그녀의 입술이 목 언저리에 그대로 느껴져서 숨을 제대로 쉴 수도 없었다. 보고 싶다는 말에 이어 벌써 몇 번째 기습인지, 우현은 정신을 차릴 수가 없었다.

"……안 돼."

"응?"

그때 윤슬이 뭐라고 중얼거리는 소리가 들렸다. 우현은 귀를 바짝 세우고 고개를 돌렸다. 그녀가 또 무슨 말을 할지 몰라, 어쩐지 긴장이 됐다.

"……안 그치면."

"……."

"안 그치면 좋겠어요, 나도."

그녀는 잠꼬대를 하듯 작은 목소리로 웅얼거렸지만 우현의 귀에는 모든 말이 선명하게 들렸다. 하지만 그 말뜻은 알 수가 없었다. 의아한 마음에 고개를 갸웃하며 다시 한 번 그녀를 받쳐 드는 순간이었다.

"……교원 씨."

우현의 동작이 멈추었다. 동시에, 빨라지던 심장박동도 뚝 멈춰 버린 것 같았다.

'……보고 싶어.'

연이어 그 말이 떠올랐다. 그녀에게 달려오는 내내 우현의 가슴을 속수무책 떨리게 만들었던 그 말이.

"……슬아."

한참을 멍해 있던 우현이 조용히 그녀의 이름을 불렀다.

"슬아."

몇 번이고 불렀다.

"윤슬."

한참 후에야 그녀가 정신을 차린 듯 고개를 들었다. 윤슬이 깬 것을 확인한 후에야 우현은 그녀를 내려 주었다. 그리고 잠시 비틀거리던 그녀를 잡아 주었다.

윤슬은 자신의 어깨를 잡는 강한 힘에 정신이 돌아오는 것을 느꼈다. 그녀는 의아한 눈빛으로 고개를 들어 우현을 보았다. 그는 어쩐지 굳은 표정으로 자신을 바라보고 있었다. 윤슬은 천천히 현재의 상황을 인지했다.

거센 비가 내리고 있었고, 회사 앞이었고, 그녀는 술에 취한 상태로 우현에게 업혀 나온 상태였다. 그리고 우현은, 그런 그녀를 지금껏 본 적 없는 아련하고 그윽한 눈빛으로 바라보고 있었다.

우현이 돌연 나머지 한 손을 올려 윤슬의 어깨를 단단히 잡았다. 그리고 그녀의 몸을 강제로 자신을 향해 돌렸다. 윤슬이 흠칫 놀라며 그를 올려다보았다.

"정신 차려, 윤슬."

"……오빠 왜 그래? 나 뭐 실수했어?"

무서울 정도로 진지한 우현의 얼굴에 윤슬은 알 수 없는 불안을 느꼈다.

"응. 너 실수했어."

"뭔데? 무슨 실순데?"

"지금부터 정신 차리고 내 말 똑똑히 들어."

우현은 차갑고 무뚝뚝했다. 마치, 보통의 여자들을 대할 때처럼. 윤슬은 그의 생소한 분위기에 긴장하지 않을 수 없었다.

"나 말이야. 너를 이해해 보려고 했어. 그날, 네가 모두가 있는 자리에서 나에 대한 감정을 말했을 때, 네가 하던 그 말, 있는 그대로 믿었으니까."

윤슬은 그의 말을 이해하기 위해 그날 자신이 했던 말을 떠올려 보았다. 우현은 자신에게 과분한 사람이고, 자신이 누구보다 의지하는 사람이지만, 너무 친남매처럼 자라 와서 이성적인 감정이 없다고 했다. 그리고 자신은, 아직 결혼 자체에 생각이 없다고. 그래서 우현처럼 소중한 사람을 잃는 게 겁이 난다고.

"……그런데?"

"그런데, 방금 그 말이 거짓일 수도 있다는 생각이 들었어."

"그게 무슨 소리야?"

"네가 결혼 자체에 정말 생각이 없는 거라면, 나와의 관계가 틀어지는 게 싫어서 나를 밀어내는 거라면, 받아들이려고 했어. 근데…… 그게 아닌 것 같아."

"……뭐?"

"넌…… 넌 그저…… 내가 아닌 거야."

대화가 멈췄다. 대신 굵은 빗소리가 그 정적을 메웠다.

"다른 사람이었던 거야."

우현은 침착한 어조로 말하고 있었지만, 그 눈동자만은 거세게 흔들리고 있었다.

"오빠."

"근데 슬아."

"……"

"그런 거라면 난 안 돼. 널 포기할 수가 없어."

"……갑자기 무슨 말이야?"

윤슬은 이해해 보려고 노력했지만, 우현의 말을 하나도 알아들을 수가 없었다.

"못 알아듣겠어?"

윤슬의 어깨를 잡은 우현의 손에 더욱 강한 힘이 들어섰다. 윤슬은 어깨가 조여 오는 아픔에 미간을 좁혔다. 그사이, 우현의 입에서 예상치 못했던 묵직한 말이 툭 떨어졌다.

"좋아한다고."

"……."

"내가 너를 좋아한다고."

빗소리 때문일까. 우현의 갑작스러운 고백은 촉촉한 빗물이 섞인 듯, 구슬프게 들려왔다.

"넌 아니겠지만 난, 다시 결혼을 한다면 너랑 해야겠다고 생각해 왔어. 언제나."

"……."

"그리고 그 이유는, 네가 편해서도, 너를 제일 신뢰해서도, 너희 가족 때문도 아니었어. 네가 좋으니까."

"……."

"네가 나 아닌 다른 남자랑 사는 건, 생각하기도 싫으니까."

"……잠깐만."

윤슬은 순간적인 현기증을 느끼며 우현에게서 한 발 물러섰다. 하지만 우현은 그런 윤슬을 놓아주지 않고 코앞까지 끌어당겼다. 윤슬의 얼굴은 충격과 혼란으로 딱딱하게 굳어 있었다. 하지만 우현은 예상했다는 듯, 다 괜찮다는 듯, 그 차가운 눈빛을 바라보며 다시 한 번 입을 열었다.

그의 붉은 입술에서, 서늘한 바람 같은 숨이 새어 나왔다.

"……하자."

"……."

"약혼하자, 우리."

11
사랑하고 싶었다

"안녕하세요!"

교원이 밝은 모습으로 인사하며 들어섰다. 최근 들어 가장 환한 미소였다. 지난 주말 동안 한숨도 제대로 자지 못했는데 컨디션이 썩 좋은 것에 대해 그 스스로도 놀란 상태였다.

이유는 명백했다. 그토록 그리워하던 그녀를 잠시나마 만났고, 심지어 그녀가 '당신이 싫어서가 아니다' 라고 실낱같은 희망을 심어 주었기 때문이다. 그 말이 매일매일 귓가를 맴돌아서 틈만 나면 뜬금없는 미소가 흘러나오곤 했다.

그런데, 교원의 이런 모습을 기다렸던 팀원들은 정작 중요한 순간 수다를 떠느라 정신이 없었다. 교원이 무슨 일이라도 났냐며 다가가자, 선주가 곧장 그에게 달라붙더니 호들갑을 떨며 말했다.

"교원 씨, 못 들었어요?"

"뭘요?"

"이 본부장님, 약혼한대요!"

"……."

교원의 표정이 순식간에 얼어붙었다.

"네?"

"지 본부장님이랑 혼담이 오간다는 게 진짜 사실이었나 봐요!"

"그게 무슨……."

"지 본부장님이 회사 앞에서 프러포즈했대요. 온라인 팀 누가 봤다는데, 지금 소문 쫙 퍼졌어요."

프러포즈……. 심장 끝이 싸하게 아려 오는 기분이었다. 교원은 도무지 표정 관리를 할 수가 없었다. 험악할 정도로 싸늘하게 굳은 교원의 모습에 선주도 더는 입을 놀리지 못했다.

"교원 씨, 어디 안 좋아요?"

선주가 조심스레 교원의 눈치를 살피며 물었지만 교원은 그 소리도 듣지 못했다. 충격인지, 배신감인지, 분노인지, 슬픔인지 모를 감정들이 뒤섞이면서 심장박동이 빨라지기 시작했다.

애초에 그녀는 단 한 번도 자신의 여자였던 적이 없는데, 혼자 시작한 사랑에 이런 감정을 느끼는 스스로가 우스웠다. 그럼에도 흥분되는 마음을 진정시킬 방도가 없어 미칠 노릇이었다.

윤슬과 우현에 대한 직원들의 이야기가 혼란스럽게 엉키면서 그의 주변을 메아리쳤다. 듣지 않으려고 해도 더 크게, 더 선명하게 들려왔다. 어지럽고, 답답했다. 온몸의 혈관들이 꽉꽉 막혀 버린 것처럼 숨이 찼다. 이러다간 호흡곤란까지 올 것 같았다.

교원은 결국 그 숨 막히는 고통을 참지 못하고 사무실을 박차고 나왔다. 그러나 어디로 가야 할지, 무엇을 해야 할지 알 수가 없었다. 출구도 모르는 캄캄한 동굴을 하염없이 헤매는 기분이었다.

"어떻게 된 거야?"

서류 결재 때문에 본부장실을 찾은 민아가 문을 닫자마자 토끼눈을 뜨고 물었다.

윤슬은 피곤한 듯 손가락으로 미간을 문지르더니 깊은 한숨을 쉬며 고개를 뒤로 젖혔다. 무슨 말인지 다 안다는 듯, 얼핏 웃어 보이는 그녀에게서는 피로를 넘어선 체념, 씁쓸함 같은 것이 묻어났다. 그 모습이 너무 안타까워 민아는 차마 더 묻지 못했다.

"커피? 녹차? 주스?"

윤슬은 최대한 의연한 목소리로 물었다.

"주스."

"오케이. 커피 주문했으면 번거로울 뻔했어. 김 비서한테 부탁해야 하고, 기다려야 하고."

윤슬은 작은 냉장고에서 주스 한 병과 컵을 꺼내 민아가 앉아 있는 테이블로 가져갔다.

"하여간 여자들은 피곤해. 답이 너무 정해져 있어."

"그게 어디 여자들뿐이야? 애, 어른, 남자, 여자 할 것 없이, 아니, 이 세상이 다 그렇더라. 답은 이미 정해져 있어. 나는 그 길을 가야 할 뿐이고."

그제야 민아와 마주 앉은 윤슬이 주스 한 모금을 마시며 말했다. 갈증은 가셨지만 어쩐지 속은 하나도 시원해지지 않았다.

"지우현의 프러포즈도, 정해진 수순이었다?"

"……글쎄. 그건 나도 모르지."

"뭔데? 대체."

윤슬은 다시 한 번 주스를 들이켜며 어제 일을 떠올렸다. 갑작스러운 그의 고백과 청혼. 취중이었지만 그의 마음이 진심이었다는 것은 분명 알 수 있었다.

하지만 약혼하자, 그 마지막 말에서 떨어진 바람 같은 숨은 결코 설렘이나 열망에서 우러난 것이 아니었다. 일종의 방어적 행위, 혹은 최후의 선택처럼 불가피한 느낌이 컸다.

윤슬은 그것을 알고 있었다. 그래서 더 혼란스럽고, 마음이 아팠다.

"그럼 넌?"

"응?"

"네 마음은 알 거 아냐. 어땠는데?"

윤슬은 잠시 아무 말이 없었다. 불가피한 선택이었지만 진심이 들어 있던 그의 청혼에 대해 그녀는 지금처럼 아무 말도 하지 않았다. 그저 그의 흔들리는 눈동자를 빤히 바라보다, 추워, 라고 말했던 것 같다. 추워. 너무 춥다, 오빠.

우현은 다행히 아무 말 없이 그녀를 감싸 주었고, 집까지 데려다주었다. 집에 가는 도중에도 약혼에 대한 이야기는 한 마디도 하지 않았다. 다만 그녀가 내리기 전, 기다릴게, 라는 한마디를 뱉었을 뿐이다.

두 남자에게서 기다리겠다는 말을 들었다. 그중 한 남자를 선택하면 그녀를 제외한 모두가 행복해질 수 있고, 다른 한 남자를 선택하면 그녀를 제외한 모두가 불행해질 수 있다. 그러니, 선택의 여지는 없었다. 이성적이고 현실적인 그녀의 성격상, 당연히 전자를 선택해야 했다.

그러나 이상하게 그것이 쉽지 않았다.

"이윤슬. 잘 생각해."

민아는 그런 윤슬의 마음을 꿰뚫어 보기라도 한 듯 말을 꺼냈다.

"어떤 선택이든 후회는 남아. 그래도 덜 후회하는 쪽은 분명 있어."

"······."

"지 본부장님이랑 결혼, 당장은 편할 수 있겠지. 모두가 원하는 일이니까, 괜한 갈등으로 곤란해질 일도 없을 거야. 그렇지만, 정말 그것만으로 괜찮을까? 네 인생이고, 네 삶인데."

내 인생, 내 삶. 윤슬은 그 말을 조용히 곱씹어 보았다.

"너희 부모님 아픔을 모르는 건 아니지만, 그건 극복할 수 있는 문제야. 아니, 극복해야 하는 문제. 네가 원하는 사람이 정말 좋은 사람이라면, 더더욱 쉽게 극복할 수 있는 문제."

"······."

"그렇잖아. 폭력 전과가 있는 게 아닌 이상, 그리 문제될 건 없잖아?"

"……."

"단순하게, 쉽게 생각해. 그리고 반드시, 너부터 생각해."

과연 그럴까. 정말 우리 가족이 극복할 수 있을까 우려도 됐지만, 민아의 조언은 어딘가 모르게 믿음직스러운 구석이 있었다. 확신에 찬 어조, 당당한 태도, 흡입력 있는 눈동자 때문이었을 것이다. 그녀의 말을 들으니 윤슬은 잠시나마 힘이 나는 것도 같았다.

특히, 너부터 생각하라는 말이 맘에 걸렸다. 그렇담 내가 진정 원하는 건 뭘까. 처음으로 그런 고민을 해 보는 동안, 윤슬의 머릿속에는 자연스럽게 한 사람의 얼굴이 떠올랐다. 부인할 수 없었다. 이제 더는 밀어낼 수 없었다.

그녀는 그를 그리고 있었고, 원하고 있었고, 그리고, 사랑하고 있었다.

하루가, 아니 1분 1초가 1년 같은 시간이었다. 도무지 흐르지 않는 시간과 사투하며 사흘 남짓한 시간을 견디는 동안 교원은 폐인에 가까운 몰골이 되어 버렸다. 하루에 두세 시간도 제대로 자지 못하는 끔찍한 날들이 반복되었다. 불면증에 좋다는 수면유도제도 종류별로 구입해서 먹어 봤지만 소용이 없었다.

밥을 먹을 때도, 일을 할 때도, 운동을 할 때도, 잠을 자려고 누웠을 때도, 그녀의 생각이 났다. 단 한순간도 그녀에게서 벗어

날 수가 없었다. 이윤슬이라는 여자는 어느새 그의 일상 속으로 너무 깊이 들어와 있었다.

처음 약혼 소식을 들었을 때는 당장 그녀에게 달려가고 싶은 마음을 억제하느라 죽을 것만 같았다. 어떻게든 그녀를 봐야만 할 것 같았다. 하지만 만난다고 한들, 그가 무슨 말을 할 수 있는 처지도 아니었다. 원망도, 만류도, 부탁도, 그 어떤 것도, 그는 할 수 없었다.

권한 밖의 영역. 그 명확한 사실이 그를 더욱 괴롭게 만들었다.

하루에도 수십 번 다짐했다. 포기해야지. 지워야지. 잊어야지. 스스로 최면을 걸기도 했다. 가벼운 마음이다. 지나갈 마음이다. 아무것도 아니다. 하지만 그 모든 노력은 틈만 나면 속수무책으로 밀려드는 그녀의 생각 앞에 맥을 추리지 못하고 와르르 무너져 내렸다.

전부 내려놓자고 체념해 보다가, 시작도 못한 사랑에 불쑥불쑥 화가 치밀어 오르고, 보고 싶은 마음에 가슴이 찢어지게 아파 왔다. 윤슬을 사랑한 이후부터, 그의 감정은 단 한순간도 그의 것인 적이 없었다. 놀라울 만치 제멋대로인 감정의 기복이 그를 점점 피폐하고, 허약하게 만들었다.

"드디어 시작된 벚꽃 축제에 여의도 일대는 또다시 교통난에 시달렸습니다. 오늘 오전, 여의도는……."

멍하니 라디오를 들으며 운전을 하던 교원은 벚꽃 축제라는 소식에 움찔했다. 그러고 보니 오늘은 4월 10일. 벚꽃 축제가 시작된 날이었다. 윤슬과 함께 보러 갈 생각에 그토록 애타게 기다리던 날이 오늘이었다니.

근 며칠, 윤슬의 생각을 최대한 적게 하려고 새벽까지 무리하게 야근을 하고 돌아가다 보니 깜빡 잊고 있었다. 세상이 어떻게 돌아가는지도 몰랐다. 헛웃음이 났다. 무심코 쳐다본 시계는 새벽한 시 반을 가리키고 있었다.

여지없이 그녀 생각이 났다. 그녀는 지금 뭘 하고 있을까. 이번 벚꽃은 역시나 우현과 함께 보러 갈까.

그날 이후, 윤슬의 약혼에 대한 소식은 들리지 않았지만 직원들은 모두 그들의 혼인이 진행 중일 거라 생각하고 있었다. 그러니 교원도 이렇게 끝내는 게 정말 맞을까, 싶으면서도 이젠 결코 다가갈 수 없는 상황이란 생각에 마음을 억누르곤 했다.

그러나, 지금만큼은 차오르는 충동을 억제하기 힘들었다. 피지않은 벚꽃 아래, 아련한 미소를 꽃 피우던 그녀의 모습이 눈앞에 아른거려서 운전이 힘들 지경이었다.

'이번 벚꽃은…… 우리 같이 보러 갈래요?'

수줍게 웃으며 말하던 그 모습, 더없이 사랑스럽던 그 얼굴, 다시 보고 싶었다. 단 한 번, 아주 잠깐이라도 좋으니 그녀와 함께 있고 싶었다.

끼이익. 결국 교원은 충동을 이기지 못하고 거칠게 차를 돌렸다. 어쩌면 마지막이 될지도 모르지만, 그 마지막 시도라도 해 보지 않으면 안 될 만큼 절박했다. 그녀는 어느새 그렇게나 사무치게, 간절한 존재가 되어 있었다.

윤슬은 새벽 두 시가 다 되도록 잠을 이루지 못한 채, 침대에 멍하니 앉아 휴대폰만 들여다보고 있었다. 내일은 주말이었고, 벚꽃 축제가 한창이었다.

몇 시간 전, 우현에게서는 만나자는 연락이 왔다. 하지만 윤슬은 선뜻 대답하지 못했다. 그녀의 마음은 시간이 지날수록 명백해졌지만, 아직 그를 거절할 용기까지는 나지 않았던 것이다. 그를 거절한다는 것은 곧, 그녀의 가련한 부모와, 친인척 같은 우현의 부모를, 모두 저버리는 것과 같았으니까.

[내일 볼 수 있어?]

그럼에도 불구하고, 그 문자의 발신인이 우현이 아닌 다른 누구였으면, 하고 생각했다. 못된 마음이란 걸 알면서도 그 바람을 지울 수가 없었다.

11년 전, 민혁과 함께 벚꽃 축제를 보러 간 적이 있었다. 우연히 동생 윤호 커플을 만났고, 함께 거닐었다. 윤호는 민혁을 친형처럼 따르며 좋아했다. 그들은 함께 밥을 먹고, 사진을 찍고, 산책을 하며 다가오는 봄의 기운을 실컷 만끽했다.

즐거웠다. 적어도 그 순간엔. 그러나 지금에 와서, 그 기억은 윤슬에게 가장 끔찍한 기억으로 남았다. 그날따라 유독 민혁을 잘 따랐던 윤호의 모습이 너무 선명하기 때문이다. 바로 그가 자신의 생기로운 청춘과 삶을 앗아 갈 사람이란 것도 모르고. 더없이 살갑고 친절하게 민혁을 대했던 윤호를 생각하면 피가 거꾸로 솟는 것만 같아서 괴로웠다.

그날을 떠올리고 싶지도 않았다. 그래서 이후, 한 번도 벚꽃 축제를 보러 간 적이 없었다. 그런데 올해 들어 교원의 글을 보고 처음으로 벚꽃을 다시 보고 싶다는 생각을 했었다.

네가 있기에 떨어지는 벚꽃 사이의 빛이 보이고, 흩어지는 것이 아름다운 것이 되고, 꽃이 춤을 추고, 세상은 비로소 살 만한 것이 된다는 그의 글이, 사랑의 빛나는 순수성을 잠시나마 되새기게 해 주었기 때문이다.

보고 싶다. 그가 보고 싶었고, 그와 함께 올해의 벚꽃을 보고 싶었다. 정말로, 그와 함께라면 왠지 그 아픈 트라우마를 극복할 수 있을 것만 같은 묘한 희망이 일었다.

바로 그때였다. 멍하니 들고 있던 휴대폰이 크게 진동했다. 화들짝 놀란 윤슬은 발신인을 보고 한 번 더 놀랐다. 심장이 쿵 내려앉았다. 손끝이 떨려서 통화 버튼을 누르기 힘들 정도였다.

최교원. 하루에도 몇 번씩 들여다보던 그 이름이 꿈처럼 화면에 떠 있었다.

이 늦은 시각에 무슨 일일까. 한참을 망설이던 윤슬은 전화가 끊기기 전에 결국 통화 버튼을 눌렀다.

"여보세요."

조심스럽게 입술을 떼자, 건너편에선 낮은 숨소리가 들렸다. 그 숨소리가 왜 그리 떨리던지, 휴대폰을 쥔 윤슬의 손이 긴장으로 바싹 굳었다.

— 잤어요?

교원은 한참 후에야 그렇게 말했다. 낮고 건조한 목소리였다.

"아니요. 아직⋯⋯."

— 다행이네. 잠깐 나올 수 있어요?

"네?"

윤슬은 생각지도 못한 말에 너무 놀라 대답은커녕 바보처럼 되묻기만 했다. 그러자 교원은 보다 정확한 발음과 한결 커진 목소리로 다시 한 번, 확인시켜 주듯 말했다.

— 잠깐 나와 달라고요. 집 앞이니까.

배려심 넘치고 섬세하던 평소의 말투와는 분명히 달랐다. 뭔가 화라도 난 듯, 다소 강압적이고 묵직한 분위기였다.

그러나 윤슬은 평소보다 차가워 보이는 그 목소리가 싫지 않았다. 서운하기 이전에 걱정이 앞섰고, 묘하게 달라진 분위기에 설렘마저 일었다.

"교원 씨, 무슨 일 있어요?"

윤슬이 걱정스레 묻자 교원은 한 박자 말이 없더니 더욱 낮아진 목소리로 말했다.

— 아니요, 그냥.

"……."

— 그냥 보고 싶어서.

"……."

— 너무 보고 싶어서.

한바탕 긴 정적이 흘렀다. 무뚝뚝하고 차가운 말투로 덤덤히 내뱉은 보고 싶다는 말. 그 말이 윤슬의 가슴을 무겁게 내리쳤다.

— 기다릴게요. 나올 때까지.

교원은 대답 없는 그녀에게 그렇게 말한 뒤 전화를 끊었다. 윤슬은 가만히 가슴 위에 손을 얹고 뜨거운 숨을 뱉었다. 점점 더 거세게 뛰는 심장을 진정시킬 방도가 없었다.

이제는 솔직해져야 한다. 윤슬은 거울 속의 자신을 보며 속삭였다. 이제 더는, 속일 수가 없다.

윤슬을 기다리는 그 짧은 시간 동안 교원은 잠시도 가만히 있지 못했다. 아무리 물을 마셔도 목이 타고 가슴이 울렁거렸다. 라디오를 껐다가 켰다가, 향수를 뿌렸다가 거뒀다가, 넥타이를 풀었다가 조였다가, 거울을 폈다가 접었다가. 정신없이 움직이던 그는 윤슬의 아파트 현관불이 켜지자 삽시간에 얼음이 되어 버렸다.

긴 카디건을 걸치고 차분히 걸어 나오는 그녀의 모습을 보는데 숨이 훅 멎는 것 같았다.

교원은 몇 번이고 숨을 고른 후 차에서 내렸다. 그녀가 천천히 걸어오고 있었다. 새벽 두 시, 갑자기 불러냈음에도 조금의 흐트러짐도 없는 여자. 비인간적으로 보일 법도 한데 그에게는 한없이 아름답고, 사랑스러워 보이기만 했다.

"왔어요?"

교원은 가볍게 인사하며 차 문을 열어 주었다. 그녀의 눈을 오래 마주할 자신도 없으면서 어떻게 여기까지 막무가내로 찾아왔을까. 스스로도 자신의 행동이 놀라웠다. 윤슬은 가벼운 목례로 답하며 순순히 차에 올랐다.

운전석에 올라 차 문을 닫자, 비로소 둘만의 시간이었다.

한 여자만 탔을 뿐인데, 차 안의 공기가 달라진 기분이었다. 은은한 샴푸 냄새가 그의 코끝을 간질였다. 시동을 거는 교원의 손이 미세하게 진동했다. 그가 아무 말 없이 운전을 시작하자 윤슬이 침착한 어투로 물었다.

"어디 가는 거예요?"

교원은 잠시 생각하다 대답했다.

"우리 약속한 데."

윤슬은 네? 하고 되물으려다 말을 삼켰다. 굳이 되묻지 않아도, 알 것 같았다. 그가 그녀와 같은 시간, 같은 생각을 하고 있었다는 생각에 마음이 뜨끈하게 달아올랐다.

머지않아, 창밖에선 정말 윤슬이 보고 싶어 했던 풍경들이 펼쳐졌다. 화사하게 만개한 벚꽃이 희미한 가로등 불빛 아래 흩날리고 있었다. 깊은 새벽녘이라 인적도 생각보다 드물었다.

차 안에선 심규선의 '그런 계절'이라는 음악이 흘러나오고 있었다. 넉넉한 바람에 소소하게 흔들리는 꽃잎들이 차창을 스치고 지났다. 꿈을 꾸는 것처럼 몽환적인 느낌이 그녀를 부드럽게 휘어감았다.

행복했다. 참으로 오랜만에, 그런 생각이 들었다.

그 생각을 하는 스스로가 낯설어 왜인지, 정말 왜인지, 코끝이 달아올랐다. 좋았다. 그와 함께 있는 이 시간이. 아무 말도 하지 않아도 서로의 감정이 온전히 와 닿는 것만 같아서, 더없이 벅차고 좋았다.

한참 동안 꽃길을 걷듯이 유영하던 교원의 차가 커다란 벚나무 아래 멈췄다. 그와 동시에 그들의 적막을 달래던 음악도 멈추었다. 대신 짙은 설렘이 그들 사이를 채우고 들었다.

"고마워요. 안 그래도 보고 싶었는데…… 너무 예뻐요."

윤슬이 말했다. 보일 듯 말 듯, 어렴풋한 미소가 그의 눈에 들어왔다. 예뻤다. 그녀는 벚꽃을 보며 감탄했지만 교원은 내내 꽃을 보는 그녀를 보며 감탄했다. 붉고 촉촉하고 도톰한 그 입술이 교원의 시선을 빼앗아 좀처럼 돌려주지 않았다. 그의 시선은 오래도록 그곳에만 머물러 있었다.

저 입술을 머금을 수 있다면 어떤 느낌일까. 얼마나 부드러울까. 얼마나 행복할까. 만지고 싶다. 가지고 싶다. 이 여자를 딱 한 번만이라도 마음껏 품어 보고 싶다. 그 생각이 드는 순간 심장이 너무 아려 와서 교원은 저도 모르게 미간을 좁혔다. 그래도, 윤슬에게선 시선을 뗄 수 없었다.

위험하다. 이대로는.

어두운 새벽, 쏟아지는 벚꽃, 아름다운 여자. 아니, 사랑하는 여자. 이성적일 수 있다면 그게 비정상적인 것이다. 교원은 침착하려 노력했다. 하지만 마음과는 달리 그의 손은 이미 그녀에게 닿고 있었다.

교원의 떨리는 손이 그녀의 볼과 목 언저리에 닿았다. 윤슬은 다소 놀란 듯했지만 그를 밀어내진 않았다. 그저 아이처럼 커진 눈으로 그를 빤히 바라볼 뿐이었다.

그 모습이 너무 사랑스러워서, 교원은 더 이상은 버티기 힘들 것 같았다.

교원의 손이 천천히 그녀의 볼과 목을 어루만졌다. 부드러운 촉감이 그의 손을, 마음을, 완전히 매료시켰다. 교원이 힘든 듯 잠시 눈을 지그시 감더니 얕은 숨을 내뱉었다. 신음 같은 그 숨소리가 더욱 묘한 분위기를 조성했다.

"……약혼, 해요?"

교원이 그녀를 지그시 바라보며 물었다.

"정말, 할 거예요?"

그의 다른 손이 그녀의 반대편 목을 부드럽게 어루만지며 올라왔다. 어느새 그는 그녀의 얼굴을 양손으로 감싸 쥐고 어루만지고 있었다. 아이를 달래듯 물어보며 아주 조금씩, 천천히 다가오는 그의 모습에 윤슬은 숨이 멎는 것만 같았다.

"……대답해."

어느새 교원은 그녀의 코앞에 다가와 있었다. 한 손으론 그녀의 목덜미를 움켜잡고, 한 손으론 볼을 어루만지며, 그는 생각지도 못한 스킨십으로 그녀의 혼을 쏙 빼놓고 있었다. 낯설 정도로 뜨겁고 강렬한 그의 눈빛이 그녀에게 닿았다.

"나를 이렇게 만들어 놓고."

"……."

"정말 가 버릴 거예요?"

교원의 숨결이 느껴졌다. 아직 닿지도 않았는데, 입술을 넘어, 온몸으로 느껴지고 있었다. 닿고 싶었다. 윤슬은 대답 대신 한 손을 들어, 자신의 볼을 감싸는 그의 손을 잡았다. 그러곤 꼭 잡은 그의 손을 소중하게 어루만지며 그를 바라보았다.

그녀는 아무 말도 하지 않았지만, 교원은 알 것 같았다. 그 적막 속에 숨어 있는 그녀의 진심을.

그의 입에서 낮은 탄성이 흘러나왔다. 그녀가 제 손을 잡고 어루만지던 순간부터 빠르게 뛰던 심장은 이제 걷잡을 수 없는 지경이 되어 버렸다. 교원은 어느새 붉게 달아오른 눈시울로 그녀를 바라보며 뜻 모를 웃음을 흘리더니 돌연 그녀의 얼굴을 바싹 잡아당겼다.

그러곤 덮었다. 그녀의 입술을. 결국, 그의 뜨거운 입술이 그녀의 작은 입술을 한입에 머금었다.

"……하."

놀란 윤슬이 뒤로 주춤하자 교원은 곧장 그녀의 허리를 잡고 끌어당기며 그녀의 입술을 더욱 세게 빨아 당겼다. 그러곤 벌어진 입술 사이로 자신의 혀를 밀어 넣고 그녀의 안을 거칠게 헤집기 시작했다. 그는 이미 몸과 마음을 주체할 수 없는 지경에 이른 상태였다.

더 가까이 닿을 수 없을 정도로 가까이, 더 깊이 들어설 수 없을 정도로 깊이 닿고 싶었다. 안고 싶었다. 그녀를 온전히, 자신의 것으로 만들고 싶었다.

그의 뜨거운 열망이 맞닿은 입술 사이로 더욱더 강렬히 퍼져 가고 있었다.

사랑하고 싶었다
나의 심해엔 네가 모르는 내가 있고
너의 심해엔 내가 모르는 네가 있어도

결국 우리가 서로의 어둠에 잠식되는 날이 온대도

나는 그 어둠을 기꺼이 끌어안고 너를

너를 영원히

사랑하고 싶었다

12
수많은 밤, 새벽의 걸음 소리를 듣고

윤슬은 힘겹게 교원을 밀어냈다. 그의 뜨거운 입맞춤이 싫은 것은 아니었다. 오히려 좋았다. 마음껏 받아들이고, 더 다가가고 싶을 만큼.

하지만 이런 식으론 아니었다. 마음이 너무 혼란스러워 온전히 그에게만 집중할 수가 없었다.

"……잠깐만."

윤슬은 결국 그를 힘겹게 밀어내며 말했다.

"교원 씨, 나…… 무서워요."

먼저 손잡을 땐 언제고 갑자기 강하게 밀어내는 윤슬의 행위에 허망해 있던 교원은, 생각지 못한 그녀의 말에 놀란 듯 바라보았다. 그녀의 눈빛은 한없이 나약하게 흔들리고 있었다. 무섭다니. 뭐가?

"언제 어떻게 변할지 모르는 사랑이라는 거, 남이라는 거, 그리고 나를 믿고 있는 사람들, 내 주위의 모든 것들……."

교원은 둔기로 뒤통수를 크게 맞은 것처럼 머리가 멍해졌다. 그제야, 윤슬이 극심한 남자혐오증에 시달렸던 사실이 떠올랐다.

난 트라우마가 깊은 사람이고, 그래서 아무한테도 못 간다던, 그러니까, 당신이 싫어서가 아니라던 그녀의 말이 떠올랐다.

불과 며칠 전 들었던 말임에도 약혼 소식에 대한 충격이 너무 커서 금세 잊어버리고 말았다. 그래서, 그녀도 그 못지않게 많은 고민과 고통 속에서 지냈을 거라는 생각은 미처 하지 못했다. 그게 구체적으로 어떤 아픔인지도, 단 한 번도 상상해 보지 못했다.

"교원 씨가, 날 좀 잡아 줄래요?"

교원의 입에서 뜨거운 숨이 쏟아졌다. 믿을 수 없는 이야기라 가슴이 설레었고, 그 말을 그녀가 먼저 하게 해선 안 됐다는 생각에 가슴이 아팠다. 후회스러웠다. 왜 더 많이 궁금해하지 못했을까. 왜 더 많이 관심 갖지 못했을까. 왜 그래놓곤, 혼자만 열렬히 사랑하고 힘들어한다는 생각에 억울해했을까.

역시나, 아무리 어른인 척하려 해도 그녀의 앞에선 한참 어린 남자일 뿐인 건가 싶어 괴로워졌다. 그러나 동시에, 그런 자신에게 마음을 열고 의지해 오려는 그녀가 너무 고맙고 예뻐 보였다.

"교원 씨 두고, 어디 안 갈 테니까……."

교원은 다른 말 대신 윤슬을 당겨 안았다. 그리고 그녀의 등을 부드럽게 어루만지며 말했다.

"고마워요. 정말, 고마워요."

"……."

"나만 믿고, 꼭 잡고 따라와요."

"……."

"다신 안 놓을게요."

처음보다 훨씬 누그러진 말투. 감미로운 목소리. 심장이 녹아내리는 것 같았다. 마음이 맞는다는 게 이런 걸까. 그녀가 느끼는 감정을 그도 고스란히 느끼고 있을 것 같았다. 윤슬은 그의 품 안에서 아주 오랜만에, 아주 오래도록, 편안한 떨림을 느끼며 눈 감았다.

그녀를 집에 데려다주고 돌아가는 길. 교원은 몇 번이나 차를 세워야 했다. 떨리는 심장이 도무지 진정이 되지 않았기 때문이다. 너무도 간절히 원하던 여자를 잡았다. 그녀와 오늘부터 정식으로 만남을 시작한다. 아무리 생각해도 믿기지 않았다. 조금 전 일이 꿈만 같았다.

간신히 집 앞에 도착했을 때, 휴대폰이 짧게 진동했다. 아무런 생각 없이 휴대폰을 연 교원의 얼굴에 환한 미소가 번졌다.

[잘 들어갔어요?]

여섯 글자 하나에 이렇게 행복해질 수 있다니. 헛웃음이 났다. 교원은 차에서 내릴 생각도 못 하고 답장부터 했다.

[지금 막 도착했어요.]

까지 쓰고는 다음 말을 쓰기 위해 한참을 고민했다. 그녀는 뭘 하고 있을까. 씻고 누워 있을까. 많이 피곤할 텐데 얼른 자라고 말해야 하나. 그래도 그녀를 지금 재우고 싶진 않았다. 방금 헤어졌는데도 또 보고 싶어서 연락이라도 이어 가고 싶었다.

그리고 그녀를 뭐라 불러야 할지 몰라서 문자를 쓰기가 어려웠다. 명색이 연인 사이에 본부장님이라 부르긴 싫었지만, 갑자기 윤슬 씨라 부르면 그녀가 어색해할 것 같았다.

그렇게 다음 말을 고민하느라 전송 버튼도 누르지 못하고 있었을 때, 휴대폰이 다시 진동했다. 교원은 두근거리는 마음을 억누르며 새로 도착한 메시지를 열었다.

[자꾸만 오늘 일이 꿈처럼 느껴져서 확인하고 싶어지네요.]

교원은 저절로 올라가는 입꼬리를 막을 수 없었다. 심장이 간질거리는 기분. 생전 처음 느껴 보는 그 감정이 너무 낯설고 기묘해서 그녀가 더 새롭고, 특별하게 느껴졌다.

교원은 얼른 차에서 내려 집으로 들어가면서 답장 대신 통화 버튼을 눌렀다. 그녀의 컬러링을 듣는 것만으로도 한없이 좋았다. 짤막한 컬러링 후, 곱디고운 그녀의 목소리가 들렸다.

— 여보세요?

교원은 짧게 웃고 말을 이었다.

"뭐 해요?"

— 음…… 그냥 씻고 누워 있었어요.

교원은 그녀의 말꼬리가 참 좋았다. 차분히 내려앉는 목소리가 단아하고 정갈했다.

"많이 피곤하죠? 오늘 갑자기 불러내서 미안해요."

어느새 새벽 다섯 시. 동이 터 올 시간이 다 되어 가고 있었다.

— 아니에요. 교원 씨가 피곤하죠. 아직 들어가고 있어요?

"네. 거의 다 왔어요. 엘리베이터예요."

— 다행이네요.

얼른 자라고 말해 주고 싶었지만, 그녀의 목소리를 조금이라도 더 듣고 싶은 욕심 때문에 그럴 수도 없었다. 잠깐의 정적 후, 교원은 슬며시 웃으며 입을 열었다.

"보고 싶다."

부끄러움 때문인지, 어색함 때문인지, 혹은 그와 같은 맘이 아닌 건지, 윤슬에게선 아무 말이 없었다. 그래도 좋았다. 그녀의 마음이, 그의 커다란 마음과 같을 수는 없다 생각했다. 다만, 조금씩 천천히 그 마음을 쫓아오기라도 할 수 있다면 그것으로 족했다. 거부감 없이 받아들이기만 해 준대도.

"나, 묻고 싶은 거 있는데."

교원은 조심스러운 듯 당당하게 말했다.

— 뭔데요?

"이름 불러도 돼요? 둘만 있을 땐."

그러자, 윤슬은 그걸 왜 허락을 받느냐는 듯, 피식 웃으며 대답했다.

— 그래요. 좋아요.

그녀의 좋다는 말은, '이름 부르는 것'이 좋다는 것일 뿐, 결코 '그가 좋다는 것'이 아니었음에도 교원은 좋다는 그 말 한마디에 가슴이 주책맞게 뛰는 것을 느꼈다.

마냥 웃기만 하는 사이 어느새 집 앞이었다. 그러나 교원은 곧장 문을 열지 못하고 잠시 문에 등을 기대고 섰다. 집에 들어가고 나면, 그녀와 통화를 끊어야 할 것 같았기 때문이다. 섬세한 그녀의 성격상, 도어록이 열리는 소리를 못 들을 리가 없었고, 듣는다면 바로 피곤할 테니 어서 씻고 자라 말할 것이었으니까.

"윤슬 씨."

교원이 나지막하게 그녀의 이름을 불렀다.

"이윤슬."

비스듬히 기대어 선 채, 가만히 눈을 감고, 새벽녘 찬바람을 맞으며.

"이윤슬……."

그녀의 이름을 몇 번이고, 되새기듯 불렀다.

"……"

하고 싶은 말이 있었다. 짧은 정적, 낮은 숨소리로 대신했지만.

— 네. 교원 씨.

언젠간 꼭 하고 싶은 말이 있었다.

— 들어갔어요?

"……아니요. 아직."

왜 아직도? 얼른 들어가 쉬어야죠. 많이 피곤할 텐데. 괜찮아요? 그녀는 조곤조곤한 말투로 몇 마디 얘기를 끊임없이 이어 갔다.

교원은 그 달콤한 목소리를 들으며 천천히 눈을 떴다. 그리고 푸르스름한 새벽하늘을 바라보았다.

막막하고 탁한 하늘에도 몇 개의 별은 꿋꿋하게 빛났고, 구름에 가려진 달은 희미하게나마 빛을 발하고 있었다. 아름다웠다. 이전엔 한 번도 아름답다 생각해 본 적 없는 것들이, 더없이 아름답게만 보이기 시작했다.

잠깐 선잠에 들었다 깨어 보니 날이 밝아 있었다. 한 시간도 제대로 자지 못했는데, 간만에 푹 잔 것처럼 개운했다. 더 잘 수도 있었지만, 잠이 들지 않았다. 눈을 뜨자마자 알 수 없는 설렘이 그녀를 파고들어 왔다.

몇 번이나 휴대폰을 들여다봤는지 모른다. 어젯밤의 통화 기록과 메시지를 확인하기 위해서였다.

그런데 아무리 눈을 크게 뜨고 보아도 또렷한 현실감이 들지 않았다.

[좀 잤어요?]

그런 그녀를 깨워 준 것은 갑자기 날아든 그의 메시지 한 통이었다. 졸린 눈을 비비는 이모티콘도 함께였다. 윤슬은 저도 모르게 풋 웃음을 터뜨렸다.

[네. 교원 씨는요?]

[난 한숨도 못 잤어요.]

의미가 빤한 그 말에 굳이 왜냐는 질문을 하진 않았지만 어쩔 수 없이 웃음이 새어 나왔다. 몇 분 후, 교원에게서 다시 메시지가 왔다.

[목소리가 너무 듣고 싶은데, 이따 직접 들으러 가도 돼요?]

그렇잖아도 보고 싶던 참이었는데, 반가운 문자였다. 윤슬은 한 시간도 제대로 못 잤다는 사실도 잊은 양, 서둘러 '언제요?' 라고 대답했다.

그런데 전송 버튼을 누르자마자 휴대폰이 길게 진동했다. 당연히 교원일 거라 생각하고 통화 버튼을 눌렀던 윤슬은 생각지 못했던 목소리에 잠시 얼굴이 굳었다.

— 웬일로 걸자마자 받는다 했더니, 너무 당황하네. 다른 사람인 줄 알았구나?

우현은 가벼운 농담조로 말했지만 윤슬은 웃지 못했다.

— 오늘 볼 수 있어?

우현을 까마득히 잊고 있었다는 생각에 스스로도 충격을 받은 것이다.

— 답장이 없길래, 전화했지.

그러고 보니, 어젯밤 우현이 보자고 했던 연락에 뭐라고 말해야 하나 고민하다 답장도 하지 못했다. 그의 고백에 분명한 대답도 해 주지 못한 채 자신의 마음부터 챙겼다는 생각에 크나큰 죄책감이 밀려들었다.

정말이지, 교원과 함께 있으면 아무것도 생각지 못하는 어린아이가 돼 버리는 것 같았다.

— 이윤슬?

넋이 나간 양 고민하고 있던 윤슬은 그제야 정신을 차렸다.

"응, 오빠."

아무래도 우현의 마음에 대한 대답이 먼저일 것 같았다.

"오늘 보자. 볼 수 있어."

말하는 윤슬의 표정에 애잔한 어둠이 스쳐 지났다.

"어쩔 수 없지, 뭐."

우현은 태연한 척 웃으며 와인을 마셨다. 하지만 벌써 혼자만 두 잔째라는 사실은 미처 몰랐다. 애타는 마음을 들키기 싫었다. 그가 조급해하면 할수록, 그녀가 거부감을 느끼고 멀어질 것 같았기 때문이다.

하지만 아무래도, 불길한 예감은 거둘 수 없었다.

"미안해."

"괜찮아."

이별을 앞둔 권태기의 연인들이나 나누는 세 글자를 주고받았다. 기분이 이상했다. 실은 괜찮지 않았다. 오늘이 무슨 날인지를 잊어버리다니. 그 정도로 중요한 약속이 생겼다니. 우현은 왼손을 바지 주머니에 찔러 넣었다. 빳빳한 종이의 촉감이 느껴졌다.

오늘은 안톤 체홉의 〈벚꽃동산〉 첫공이 있는 날이었다.

체홉을 유독 좋아하는 윤슬은 그의 작품이 공연되면 빠짐없이 보았다. 그리고 그 파트너는 늘, 우현이었다. 특히 이번 〈벚꽃동산〉은 그녀가 신뢰하는 연출가의 공연이라 두 사람 모두 한 달 전부터 목 빠지게 기다리고 있었다.

그런데 윤슬은 이토록 중요한 날 '약속이 있다' 말하더니, '무슨 일이냐' 묻지도 않았다. 오늘이 〈벚꽃동산〉의 첫공이라는 사실조차 잊고 있는 것 같았다.

불안했다. 자꾸만 술 취한 그녀의 입에서 흘러나왔던 교원의 이름이 떠올랐다.

"그런데 오빠."

윤슬이 먼저 그를 불렀다. 특별한 용건이 없는 이상, 윤슬은 먼저 연락하거나 말을 거는 성격이 아니었다. 그리고 그 특별한 용건이란 것은, 주로 안 좋은 쪽에 속했다. 그걸 알기에, 우현은 가끔씩 그녀가 부를 때마다 저도 모르게 긴장을 하곤 했다.

"우리, 약혼 말이야……."

우현은 마른침을 삼키며 피식 웃었다. 다분히 방어적인 웃음이었다.

"난…… 아닌 것 같아."

역시 불길한 예감은 틀리지 않았다.

"왜?"

"응?"

"왜 아닌데?"

쓸데없는 질문을 했다. 정말 답이 궁금한 것도 아니면서. 실은 상처받을까 두려워 듣고 싶지도 않으면서. 그저 무슨 말이라도 하고 싶었다.

"……오빠 말이 맞아."

괜히 물었다. 우현의 미간이 살짝 좁혀졌다.

"그때 미술관에서 했던 말은, 거짓이었어. 난 오빠와의 관계가 틀어질까 봐 두려워서, 결혼 자체에 생각이 없어서, 그래서 거절한 게 아니었어. 그냥 나는……."

"그만하자."

먼저 물은 게 누군데. 염치없지만 더 듣고 싶지 않았다. 하지만 윤슬은 매정했다. 그녀는 언제나처럼 칼 같고, 냉정했다.

"나는…… 사랑이 하고 싶었던 거야."

태연한 척 와인 잔을 돌리던 우현의 손이 멈칫했다.

"사랑하는 사람을 만나서, 마음껏 사랑하고, 그 사람과 결혼도 하고 싶었던 거야."

"이윤슬."

"그리고…… 그 사람을 찾았던 거야."

"너 진짜 잔인하다."

헛웃음이 났다. 아무리 자존심을 지키려 해도, 순식간에 난도질당한 가슴이 도저히 가만히 있지 않았다.

"……미안해. 정말."

한숨 섞인 윤슬의 말을 듣는 순간 모든 게 무너져 내리는 것 같았다. 우현은 차오르는 숨을 고르게 뱉은 후, 눈을 지그시 감았다 떴다. 침착해야 했다. 윤슬은 언성이나 말투의 사소한 변화에도 민감하니까. 감정적인 사람을 싫어하니까. 상처받는 것을 극히 두려워하니까.

그러니까, 그녀가 아무리 많은 상처를 준다 해도, 그는 그녀를 조금도 상처 입힐 수 없었다.

"그 사람이…… 최교원이야?"

윤슬은 아무 말도 하지 않았다.

"정말…… 그 사람이야?"

그것이 곧 긍정임을, 우현은 너무도 잘 알고 있었다.

"정말 너는…… 30년 가까이 알아 온 내가 아니라, 한 달 남짓 본…… 그 사람인 거냐고."

"……."

"후회 없어? 진심이야?"

2년 전, 아내와 이혼을 할 때도 이렇게까지 매달리지 않았다. 지우현 인생에, 한 여자를 붙잡기 위해 이토록 긴 말들을 늘어놓는 것은 이번이 처음이었다.

하지만 그렇게라도 부정하고 싶었다.

"……진심이야."

덜컥. 우현은 의자를 뒤로 빼고 일어섰다. 가슴이 너무 떨렸고, 따가웠다. 흥분을 가누기가 힘들었다. 더 있다간 그녀를 상처 주게 될 것 같았다.

"오빠. 우리……."

"예전처럼 잘 지냈으면 좋겠다는 말은 하지 말자. 현실적으로."

윤슬의 가녀린 속눈썹이 미미하게 떨리는 게 보였다. 우현은 다시금 눈을 질끈 감았다.

"지금은 그냥, 아무 말도 하지 말자."

"……."

"먼저 가 볼게."

우현은 천천히 윤슬을 스쳐 갔다. 저린 가슴을 힘겹게 감추며 떠나는 그 순간까지, 홀로 남겨질 그녀가 습관처럼 걱정됐다.

누군가 먼저 등을 돌리고, 차갑게 떠나는 것을 질색하는 여잔데. 버려지는 게 싫어서 먼저 버리고, 상처받는 게 싫어서 먼저 상처 주는 여잔데. 지독하게 여리고 또 여린 여잔데. 그런데 그 순간만큼은 그녀를 떠나야 했다. 아니, 떠나 줘야 했다.

사랑하는 사람을 만나서 마음껏 사랑하고 싶다는, 그녀를 위해서.

아무 말도 필요 없었다

새벽이 걸어오는 소리만으로 충분했다

뜬눈으로 밤을 지새우고 아침을 맞는 순간

너의 목소리가 들리는 듯했다

말없이 오고 말없이 스쳐 가는 계절처럼

사랑은 원래 그런 거라고

수많은 밤, 새벽의 걸음 소리를 듣고

허공에 걸린 풍선을 하늘에 닿은 양 착각하다

끝내는 지쳐 새벽하늘을 향해 먼저 걸어가는 것

어쩌다 맞이한 계절에 하릴없이 스며드는 것

그러니까 아무 말도 필요 없는 것

다만 나는 들리는 듯했다

너의 웃는 목소리가 하염없이 들리는 듯했다

[7시 반. 예술극장 앞에서 봐요.]

윤슬은 차에서 내리기 전 교원이 보낸 문자를 다시 한 번 확인했다. 긴 숨이 메마른 입술 사이를 비집고 흘렀다. 예술극장에 도착하는 길, 곳곳에 걸린 커다란 현수막을 보고서야 알았다. 오늘이, 그토록 기다리던 〈벚꽃동산〉의 첫공이라는 걸.

그리고 그제야 우현이 보자고 했던 이유를 알았다. 저녁에 약속이 있냐는 그의 말에 '왜'냐는 질문도 하지 않고 '있다'고 말해 버렸다. 연신 주머니에 손을 넣고 움찔거리던 그의 모습이 낯설었지만 이유가 궁금하지 않았다. 조금도.

다른 게 아니라, 그 사실이 서러워서 울컥 눈물이 날 것 같았다. 그의 말대로 우현은 30년 가까이 알고 지낸, 가족과도 다름없는 소중한 사람이었다. 그런 사람과 어쩌다 이런 관계가 돼 버린 걸까.

윤슬은 자꾸만 울컥 치솟는 감정을 억누르며 시동을 껐다. 막 내리려던 순간, 교원에게서 전화가 왔다.

"여보세요."

— 어디예요?

"주차했어요. 이제 내려요."

— 극장 앞에 있을게요.

"네."

— 끊지 마요. 통화하면서 와요.

미안하지만 연극을 보지 말자고 말을 해야 하나 고민했다. 하지만 도저히 입이 떨어지지 않았다. 그냥 지금은 그가 보고 싶었다. 그의 얼굴을 보고, 향기를 맡고, 말없이 기대고만 싶었다.

— 저녁은 먹었어요?

약간 상기된 듯한 그의 목소리는 어느 때보다 달콤했다.

"네. 간단히."

— 간단히 뭐요?

"샌드위치요."

— 그게 저녁이에요? 간식이지. 종류는?

교원은 지극히 일상적인 얘기들을 상당히 감미로운 목소리로 건넸다. 윤슬은 그런 이야기들을 여유롭게 주고받을 만큼 온전한 상태가 아니었지만, 그래도 그가 끊임없이 던지는 질문들에 답하느라 혼란스러운 감정은 잠시 잊게 되었다.

그와의 대화에만 집중하던 그녀는 어느 순간, 저 멀리서 그녀를 발견하고 희미하게 웃고 있는 그를 보았다. 눈이 마주치자, 그가 손을 들어 가볍게 흔들어 보였다. 신기하게도, 그의 환한 미소를 보자, 시끄럽던 마음이 천천히 안정을 찾는 듯했다.

교원이 먼저 그녀 쪽으로 다가왔다. 왔어요? 고개를 살짝 기울이는 그에게서는 시원한 향수 냄새가 났다. 서늘한 바람이 불어와 그의 머리칼을 흔들었다. 윤슬은 그 모습을 멍하니 바라만 보았다.

"……이상하네."

그는 그녀를 극장 안으로 에스코트하며 말했다.

"뭐가요?"

"뭔가 달라진 것 같아서요."

윤슬은 말문이 막혔다. 아무래도, 소중한 사람을 잃은 아픔이 작지 않으니, 티가 나는가 보다 생각했다. 다소 경직돼 있는 그녀를 눈치챘는지, 교원이 피식 웃으며 말했다.

"더 예뻐졌네."

윤슬은 헛웃음이 났다. 모른 척하는 건지, 정말 모르는 건지, 그렇게 밝게 웃어 주는 그가 오히려 고마웠다.

"……최민?"

그때 어디선가 낯선 남자의 목소리가 들렸다. 모르는 이름이었기에 윤슬은 관심이 없었지만, 교원이 돌연 걸음을 멈추었다.

"왜요?"

윤슬은 말없이 굳어 있는 그를 살피며 물었다. 찰나였지만, 윤슬은 그의 눈썹이 기울어져 있는 것을 보았다. 어딘가 불편한 듯한 얼굴이었다. 걱정이 된 윤슬이 그의 팔을 잡으려는 순간, 방금 전 남자의 목소리가 한 번 더 들렸다.

"최민!"

순간이었다. 최민…… 어디서 한 번은 들어 본 듯한 그 이름이 익숙하다고 생각한 순간, 알 수 없는 어지럼증이 일었다.

"괜찮아요?"

교원이 그런 윤슬을 보고 화들짝 놀라며 물었다.

"네. 괜찮아요. 그냥 잠깐……."

"어디 몸 안 좋은 거예요?"

"아니에요. 빈혈이 좀 있어서 그래요. 괜찮아졌어요."

윤슬이 아무리 손사래를 쳐도 소용이 없었다. 교원은 위급한 환자라도 모시듯 그녀를 단단히 부축했다. 최민이라는 이름은 이쪽을 향한 듯했으나, 교원은 한 번도 뒤돌아보지 않았고, 윤슬도 온몸에 닿은 그의 촉감 때문에 정신이 없어 금세 잊어버렸다.

분명 짙은 키스까지 한 사인데, 교원의 사소한 터치 하나하나가 한없이 어색하게 느껴졌다. 윤슬은 목석처럼 **뻣뻣**하게 굳은 채 한 발 한 발, 힘겹게 걸어 나갔다.

"근데, 여긴 갑자기 왜 온 거예요?"

"체흡 좋아하잖아요."

"네?"

"아니에요?"

"아니, 그게 아니라…… 어떻게 알았어요?"

교원은 잠시 당황한 듯했지만 이내 씨익 웃어 보이며 대답했다.

"전에 말한 적 있는데. 까먹었구나."

"그랬어요?"

"네. 그리고 어제랑 다른 벚꽃, 보여 주고 싶어서."

윤슬은 언제 말했는지 기억도 나지 않는 이야기를 기억해 주는 교원이 고마웠다. 그래서 끝내 연극을 취소하자는 말을 하지 못했다. 다만 그의 크고 따뜻한 손을 힘주어 잡아 줄 뿐이었다.

그의 손이 여느 때와 다르게 긴장으로 **뻣뻣**하게 굳어져 있다는 것은 눈치채지 못한 채.

13
그래서 나는 너였다

교원은 옥상 난간에 기댄 채, 손에 들린 선물 상자를 바라보았다. 보고만 있어도 흐뭇한 미소가 떠올랐다. 화사하면서도 차분한 게, 윤슬의 우아한 분위기와 잘 어울릴 것 같아서 출근길에 충동적으로 사 버렸다.

혹시나 그녀가 부담스러워하거나 마음에 들어 하지 않으면 어쩌나 걱정도 됐지만, 그보단 뭐라도 해 주고 싶은 마음이 더 컸다. 그녀를 위해 무언가를 살 수 있고, 직접 선물할 수 있다는 사실만으로도 감사했다.

교원은 상자를 내려놓다가 자신의 손바닥에 있는 상처를 보았다. 손톱에 살갗이 패인 자국이었다. 그 상처를 보는 순간, 교원의 입가에 한가득 걸려 있던 미소가 거두어졌다.

어느 때보다 평온하고 행복한 나날 중에 갑자기 찾아오는 악몽처럼, 과거는 그렇게 느닷없이 날아들었다.

'⋯⋯민.'

'⋯⋯.'

'맞지? 최민.'

'⋯⋯사람 잘못 보신 것 같습니다.'

어젯밤. 연극이 끝나고 잠시 화장실에 들른 교원은 손을 씻다 말고 천천히 시선을 들어 거울을 보았다. 뒤에서 소변을 보던 남자가 엉거주춤 바지춤을 올리며 그를 흘깃거리는 게 보였다. 날카로운 시선으로 그를 응시하던 교원은 이내 마저 손을 씻고 수도를 잠갔다. 뚝. 물이 멈춘 동시에 무거운 정적이 감돌았다.

잠시 후, 남자가 세면대 쪽으로 걸어왔다. 교원은 아랑곳 않고 핸드타월을 꺼내 손을 닦았다. 그런데, 다 쓴 핸드타월을 휴지통에 던져 넣고 막 나가려던 순간이었다.

'잠깐만.'

남자가 나가려던 교원의 손목을 덥석 잡아 돌렸다. 교원과 남자의 눈이 정확하게 마주쳤다. 이윽고 남자의 입에서 기괴한 웃음소리가 터져 나왔다.

'맞네, 최민. 뻔뻔하게 신분 세탁이나 하고 살고 있었어?'

교원의 입에서 바람 같은 웃음이 샜다. 교원은 흥분한 남자와는 달리 미동 하나 없이 그를 보더니 이내 묵직한 힘으로 그의 손을 뿌리쳤다. 그 힘이 너무 매서워, 남자는 뒤로 한 발 밀려났다. 교원은 당황스러워하는 남자를 매서운 눈빛으로 쏘아보며 말했다.

'제 이름은, 최교원입니다.'

'……'

'최민이 아니라, 최교원입니다.'

'……'

'다시는 이런 무례, 범하지 말아 주십시오.'

교원은 침착한 손길로 매무시를 다시 하곤 천천히 뒤를 돌았다. 그러곤 짤막한 조소만 남긴 채 화장실을 나왔다. 주먹을 얼마나 꽉 쥐고 있었던지, 손바닥에서 옅은 피가 새어 나오고 있었다.

우연히 손바닥의 상처를 보니, 그때 생각에 마음이 착잡해져왔다. 교원은 어두워진 표정으로 선물 상자를 바라보았다. 다른 어떤 감정보다 두려움이 컸다. 지금 이 행복이 깨질까 봐. 이제 막 시작한 사랑에 불필요한 금이 갈까 봐.

교원은 다시 한 번 생각했다.

내 이름은 교원이다.

최민이 아니라, 최교원이다.

높을 최, 달빛 교, 정원 원. 최교원.

"교원 씨."

그때. 언제 왔는지, 바로 앞에서 윤슬의 목소리가 들렸다. 고개를 든 교원의 입가에 저절로 미소가 번졌다. 방금 전의 악몽 같았던 기억과 두려움은 그녀의 얼굴을 보는 순간 모두 휘발돼 버렸다.

뭔가 다르다. 다르게 예쁘다 했더니. 늘 하나로 질끈 묶여 있던 긴 머리가 풀려 있었다. 그 보드라운 생머리가 바람에 사르르 흘날렸다. 그 모습이, 환상인가 싶을 정도로 아름다웠다.

"왔어요?"

"네. 근데 무슨 일이에요?"

보자마자 행복에 겨워 있던 그와는 달리, 그녀는 오자마자 용건부터 물었다. 서운하긴 했지만 그러려니 했다. 윤슬은 당연히 직원들의 시선이 신경 쓰일 테니까.

"왜긴. 보고 싶으니까."

교원은 당당히 말하며 웃었다. 그러자 윤슬은 부끄러운 듯 살짝 고개를 숙여 웃었다. 홍조 띤 그 얼굴이 얼마나 예쁜지, 교원은 한시도 눈을 뗄 수가 없었다.

"그래도, 여긴 회산데……."

"알아요. 회사에서 보는 거 불편하죠."

"조금. 여긴 직원들도 있고……."

"그럼, 없는 덴 괜찮아요?"

"네에?"

교원은 주위를 한번 살피더니, 다짜고짜 그녀의 손목을 잡고 옥상을 나섰다. 아무도 그들을 보고 있지 않았기에 망정이지, 그의 박력 있는 스킨십은 오해의 여지를 주기 충분했다.

"뭐예요? 어디 가는 거예요?"

교원은 대답도 않고 무작정 그녀를 데리고 비상구 계단으로 향했다. 쿵. 문을 닫자마자 어둠이 밀려들었다.

캄캄하고 폐쇄된 공간. 문짝에 붙은 윤슬의 몸이 종잇장처럼 빳빳해졌다. 설마. 음흉한 생각으로 이런 곳에 데려온 것은 아니겠지, 하는 우스운 걱정부터 들었다.

그때, 바깥에서 누군가 지나가는 소리가 들렸다. 달칵. 교원이 얼른 문을 잠그더니 윤슬에게 바짝 붙어 섰다. 윤슬이 흠칫 놀라자 교원이 쉿, 하는 제스처를 취하며 빙긋 웃었다. 훅 끼쳐 오는 그의 향수 냄새와 어여쁜 미소에 심장이 멎는 것 같았다.

"무슨 생각해요?"

교원이 속삭이듯 물었다.

"왜, 왜요?"

"내 눈을 자꾸 피하는 것 같아서."

"내가 언제요."

말하면서도 윤슬은 그의 얼굴을 바로 보지 못했다. 그의 코가 닿을 듯이 가까이 있었다.

"내가 나쁜 짓 할까 봐 겁나요?"

윤슬은 당황했지만 지지 않고 대답했다.

"그러려고 데려온 거예요?"

그러자 교원은 피식 웃더니 그녀의 얼굴로 손을 뻗었다. 윤슬은 자동적으로 눈을 질끈 감았다.

"그러고 싶지만……."

그런데, 닿을 줄 알았던 그의 손길은 어디 가고 따사로운 햇빛이 그녀의 볼을 어루만졌다.

"그럴 수야 없죠."

슬며시 눈을 떠 보니 어두컴컴했던 비상구가 은은한 햇빛으로 신비롭게 밝아져 있었다. 돌아보니 작은 창문이 보였다. 회사를 그렇게 오래 다니고도 이런 비상구가 있는지도, 비상구에 창문이 있는지도 몰랐던 윤슬은 놀라움에 멍하니 창밖을 내다보았다. 옥상의 한가로운 풍경이 고스란히 보였다.

"어때요? 제 아지트 같은 곳이에요."

"……멋지네요."

캄캄하고 좁은 감옥 같은 공간에 희미하게 들어서는 빛이 묘하게 희망적이었다.

"실은, 이걸 주고 싶었어요."

한동안 창밖만 내다보던 윤슬이 그 말에 고개를 돌리려던 순간, 매끄러운 촉감이 그녀의 목을 휘어 감았다. 연분홍색과 짙은 회색이 뒤섞인 컬러믹스 체크 스카프였다.

"이게 뭐예요?"

"어울릴 것 같아서. 오다 샀어요."

머리부터 발끝까지 검은색만 고수하는 윤슬은 다른 컬러가 섞인 스카프가 낯설었지만 눈에 띌 정도로 밝은 색상은 아니라서 거부감이 들진 않았다. 그리고 윤슬의 짙은 그레이 셔츠와 잘 어울렸다. 그녀를 배려해서 무난한 색으로 고른 교원의 섬세한 배려가 느껴졌다.

"……고마워요."

"맘에 들어요?"

윤슬은 눈도 마주치지 못하고 열심히 고개를 끄덕였다. 스카프를 매 주는 그의 다정한 손길에 쑥스러운 웃음을 감출 수 없었다.

"제가 할게요."

눈 한 번 마주치지 못하고 스카프를 매려는데 그녀의 몸이 한 발 앞으로 움직였다. 교원이 스카프를 살짝 당겨 그녀를 데려온 것이다. 그렇잖아도 가까이 있던 그의 입술이 당장이라도 닿을 듯이 가까워졌다. 윤슬은 휘청이면서 저도 모르게 그의 가슴과 어깨 사이를 잡았다. 하필이면 왼쪽 가슴이라, 쿵쿵거리는 그의 심장 소리가 그대로 전해졌다.

"안 건드리고 싶은데……."

교원이 그녀의 볼을 조심스럽게 어루만지며 그녀의 머리카락을 넘겼다.

"너무 귀여워."

여섯 살이나 어린 남자에게 귀엽다는 소릴 듣다니. 뭔가 민망하고 어색했지만 싫지 않았다. 아니 좋았다. 거침없는 그의 감정 표현에 심장박동이 표 나게 빨라졌다. 윤슬은 이번에야 말로 눈을 질끈 감고 싶었지만 아까 같은 상황이 연출될까 봐 차마 감지도 못하고 껌벅거리기만 했다.

불행인지 다행인지, 뜨거운 숨결이 고스란히 느껴지던 그의 입술이 천천히 자리를 옮겼다. 인중을 지나, 콧대를 지나, 큰 눈을 지나, 이마에 안착했다. 이슬을 머금은 듯 촉촉하고 스카프처럼 보드라운 그의 입술이 천천히 닿는 그 느낌이 좋았다. 심장이 너무 간질거려서 몸이 떨릴 지경이었다.

그는 온몸으로 말하는 것 같았다.

너는 너무 소중하고, 사랑스러운 존재라고.

그 감정이 온전히 전해져서, 슬펐다. 좋아서 슬플 수도 있구나.

윤슬은 뜨겁게 달아오른 눈시울을 애써 감추며 생각했다.

윤슬의 이마에 입을 맞춘 교원은 뜨거운 숨을 내쉬며 그녀를 당겨 안았다. 꼭 끌어안고, 또 끌어안고, 더 끌어안았다. 그렇게 끌어안아도 충족되지 않는 마음은 그를 더없이 애타게 만들었다. 마음은 이미 하루에도 몇 번이나 그녀를 안았다. 이렇게 안고만 있어도, 아니 보고만 있어도 온몸이 달아오르는 것 같았으니까.

정식으로 만난 후로 그녀를 갖고 싶은 욕망이 눈에 띄게 커져 갔다. 이제 정말 내 여자가 됐는데, 아직은 그 사실이 실감 나지 않았고, 이 아름다운 여자를 언제 누가 훔쳐갈지 모른다는 불안감만 커져서, 하루라도 빨리 내 여자라는 흔적을 남기고 싶었다.

하지만 남자혐오증이던 그녀를 생각하면 최대한 천천히 가 줘야 할 것 같았다. 정확한 이유는 모르지만 그녀는 남자로부터 큰 아픔을 받았고, 아직 그 아픔이 다 가시지 않은 상태이니까. 남자에 대해, 사랑에 대해 어느 정도의 불안과 불신을 갖고 있을 테니까. 그러니 그녀를 위해, 최대한 차근차근 다가가며 신뢰부터 쌓고 싶었다.

교원은 그렇게 남자로서의 욕망과 연인으로서의 배려 사이에서 하루에도 수천 번씩 갈등하고 있었다.

그날 저녁. 윤슬은 거울 앞에서 수십 번이나 스카프를 둘렀다 뺐다 하다가 결국 두르고 사무실을 나왔다. 고작 스카프 하나 맸을 뿐인데, 파격적인 옷을 입은 것처럼 어색하고 괜스레 주위 사람들의 시선이 의식됐다.

"본부장님 안녕하세요!"

그때, 지나가던 여직원 한 명이 경쾌한 목소리로 인사를 건넸다. 평소 같았으면 무표정한 얼굴로 고개만 끄덕이고 스쳐 지나갔을 그녀지만, 오늘은 수줍은 미소를 지으며 목례를 했다. 그러자 여직원은 격하게 감동한 목소리로 외쳤다.

"어머, 본부장님 스카프 너무 예뻐요!"

"고마워요."

윤슬이 웃으며 답해 주는 것을 본 다른 여직원도 눈치를 보다가 슬쩍 말을 건넸다.

"본부장님 요즘 좋아 보이세요."

"그래요?"

"네! 훨씬 밝아지신 것 같아요."

같이 있던 동료 직원들도 웃으며 거들었다. 윤슬은 환한 미소로 답하곤 그들을 지나쳐 갔다. 등 뒤에서 직원들이 그녀를 칭찬하는 소리가 들렸다. 대부분 윤슬이 뭔가 달라지고 있다는 얘기였다. 더 환해지고, 예뻐지고, 성격도 유해진 것 같다는 얘기들. 특히 여직원들은 스카프의 디자인과 브랜드, 가격 등에 대해 속닥거리며 그녀를 부러워했다.

긍정적인 변화에 대한 긍정적인 반응들. 기분이 썩 좋았다. 어색하던 걸음걸이가 한결 당당하고 가벼워졌다. 캄캄하고 좁은 감옥 같던 마음에 희미한 빛 한 줄기가 들어서는 듯한 기분이었다.

그러나 희망적이던 그녀의 걸음은 얼마 못 가 생기를 잃었다. 1층 로비를 지나던 순간이었다. 막 입구를 빠져나가고 있는 교원이 보였다. 반가운 마음에 회사라는 사실도 잊고 발부터 앞섰는데, 옆에 있던 누군가를 보곤 걸음이 뚝 멈췄다.

늘 그랬듯 그의 옆자리를 차지하고 있는 것은 선주였다. 그녀는 뭐가 그리 재밌는지 까르르 웃으며 교원의 단단한 팔뚝을 쳐댔다. 그러다 자연스럽게 팔짱까지 낄 기세였다.

웬만해선 냉정과 평정을 잃지 않는 윤슬이었지만 너무도 다정한 두 사람의 모습에 낯빛이 훅 가라앉았다. 교원은 정신없는 선주의 수다에 간간이 장단만 맞춰 주는 정도였지만, 그것마저도 싫었다.

그는 눈빛 자체가 워낙 선하고 다감해서, 가만히 바라보는 것만으로도 상대를 착각시키곤 했기 때문이다. 선주 역시 이따금씩 다가오는 그의 선량한 눈길과 따뜻한 미소에 이미 큰 착각을 하고 있을지도 몰랐다.

그 생각을 하니 갑자기 속이 답답해지면서 불쾌감이 밀려왔다. 설마 멋없게 질투 따윌 하고 있는 건가. 스스로가 한심해졌지만, 하필 그때 '저 두 사람 사귀는 거 아니냐'는 수군거림까지 들려와 더욱 화가 났다.

누가, 누구랑?

명백한 제 남자를 곁에 두고도 다가갈 수 없고, 내 남자라 공표할 수 없는 현실이 답답했다. 하지만 그렇다고 공개 연애를 할 수 있는 입장도 아니었다. 우현과의 약혼설이 쉽게 수습할 수 없을 정도로 널리 퍼져 있었기 때문이다.

그러고 보니 교원에게 서운해할 입장이 아니었다. 아주 잠깐,

다른 여자와 이야기를 나눈 것만으로도 이렇게 불쾌한데, 교원은 그동안 얼마나 힘들었을까 생각하니 마음이 아려 왔다.

그러나 모든 여자에게 불필요하게 친절한 교원의 태도가 불만스러운 것은 어쩔 수 없었다. 교원을 의심하는 것은 아니지만, 세상엔 어리고 예쁜 여자가 너무 많았다. 그런 여자들이 그의 친절에 호감을 느끼고 다가간다면 교원이라고 어쩔 수 있을까 싶기도 했다. 신경 쓰지 않으려 했지만, 아무래도 여섯 살 연하라는 사실이 계속 거슬리는 모양이었다.

스물일곱의 젊고, 능력 있고, 성격 좋고, 완벽한 남자가 대체 왜 자신을 좋아하는지, 언제까지 좋아할 수 있을지 확신이 서지 않았다. 선주만 해도, 그녀보다 한참 어린 데다 예쁘장한 얼굴에 성격도 활발하고 애교도 넘쳤다. 웬만한 남자들이라면 십중팔구 선주를 선택할 것 같았다.

도대체 왜일까. 왜 너는 나일까. 하필 나일까. 그 선택에 후회는 없을까. 그 감정의 규모는 얼마나 될까. 갑자기 수많은 생각들이 머리를 파고들어 왔다. 혼란스러웠다.

"어? 본부장님! 퇴근하세요?"

그때, 회사를 나가던 선주가 윤슬을 발견하고 인사를 해 왔다. 옆에 있던 교원도 그녀를 보고는 짧은 목례를 했다. 뭔가 굉장히 오묘한 기분이 들었다.

"어머, 오늘은 정말 화사하세요. 스카프도 예쁘고."

"그러게요. 잘 어울리시네요."

특히, 아무렇지 않은 척 태연하게 연기하는 교원이 낯설게 느껴졌다. 곧 있으면 이태원에서 단둘이 저녁을 먹을 사인데. 지금은 상사와 부하 직원, 그 이상도 이하도 아니었다.

"고마워요. 그럼 들어가세요."

윤슬은 빨리 그 자리를 벗어나고 싶어서 서둘러 인사를 했다.

"잠시만요."

그런데, 얼른 스쳐 가려는 그녀를 교원의 달콤한 목소리가 붙잡았다.

"본부장님 저랑 같은 방향이시죠?"

"아…… 그랬던 것 같은데. 왜요?"

선주가 다소 긴장한 표정으로 윤슬을 경계하는 게 느껴졌다. 그런데도 교원은 보란 듯이 윤슬 옆에 서더니 막힘없이 말했다.

"제가 오늘 차를 안 가져와서 그런데, 괜찮으시면 저 좀 태워 주실 수 있으세요? 제가 급한 일이 있어서. 운전은 당연히 제가. 편안하게 모시겠습니다."

교원이 호쾌하게 웃으며 말했다. 조금 전까지만 해도 오만 가지 생각이 다 들었는데 그의 능청스러운 연기와 웃음을 보는 순간, 모든 불건전한 감정들이 사르르 녹아내리는 것 같았다. 당당하게 그녀의 옆에 서서 싱긋 웃어 주는 그 모습이, 마치 나는 너다, 라고 말하는 것 같아서 너무 좋았다.

"그래요, 그럼."

윤슬은 평소처럼 시크한 말투로 못 이기는 척 말하곤 먼저 걸었다. 선주가 아쉬운 얼굴로 교원을 향해 인사를 건넸다. 교원은 형식적인 목례로 답하곤 얼른 윤슬을 따라갔다. 그러곤 자연스럽게 키를 받아 들고 제 차로 향하듯 그녀를 에스코트했다.

차에 오른 후에야 윤슬은 긴장이 풀린 듯 몸을 축 늘어뜨리며 실없이 웃었다.

"차는 정말 안 가져 온 거예요?"

"네. 이렇게 따로 가려 할 사태를 대비해서."

"직원들이 이상하게 생각하면 어쩌려고요."

"알리바이가 있잖아요. 저렇게."

교원은 여적 아쉬운 듯 서 있는 선주를 흘긋 가리키며 말했다. 윤슬은 이때가 아니면 안 되겠다 싶어 슬쩍 입을 열었다.

"많이 친해요? 선주 씨랑?"

"네?"

교원이 뜻밖이라는 듯 되묻자 윤슬은 괜히 민망해져서 변명하듯 말했다.

"아니, 가까워 보이길래. 사귄다는 말도 있고……."

뒷말은 거의 기어 들어가는 목소리였다.

"뭐라고요?"

"아니, 그런 소문이 났더라고요. 나오는 길에 직원들이 수군거리는 소리를 들었어요."

그러자 교원은 황당한 듯 푸하하 웃어 버렸다. 윤슬의 미간이 살짝 좁혀졌다. 그녀는 심각한데, 이런 말을 꺼내는 것도 굉장히 초라하지만 확실한 부정을 통해 그의 마음을 확인받고 싶어서 힘겹게 꺼내 본 건데, 그가 가벼운 농담 대하듯 웃어 버리는 것이 자존심 상했다.

"왜 웃어요?"

"좋아서요."

"네?"

"나 지금, 처음으로 '좋아한다' 는 말을 들은 것 같았어요."

어느새 교원의 입가엔 장난기가 사라져 있었다.

"맞죠?"

그는 센스 있게도 '질투하냐' 고 묻지 않고 '좋아하는 거 맞냐' 는 표현을 썼다. 아니라는 말은 자존심 세우기밖에 안 될 것 같아서, 차마 할 수 없었다. 그녀가 아무런 부정도 하지 않자 교원의 입꼬리는 다시 한 번 올라갔다.

"좋다."

"……."

"미안해요. 그런 소문으로 신경 쓰이게 해서."

사과를 듣자고 한 말은 아니었지만, 기분이 나쁘진 않았다.

"하지만 걱정하는 것만큼 가까운 사이는 아니에요. 내가 더 잘 처신할게요."

별다른 변명이나 해명을 하지 않아도, 그것만으로 충분했다. 진실된 표정과 진중한 말투. 교원은 여자의 마음을 다루는 법을 너무 잘 알고 있는 것 같았다.

"궁금한 게 있는데……."

"뭔데요?"

교원은 그녀의 궁금증을 몹시 반가워했다.

"왜…… 나예요?"

하지만 그 질문 앞에는 표정이 어두울 정도로 진지해졌다.

"왜 하필 나예요?"

대답이 듣고 싶었다. 왜 나를 사랑하는지. 설명할 수 없더라도 설명해 줬으면 했다. 윤슬은 이전에는 이해할 수 없었던 보통 여자들의 행동을, 자신이 그대로 하고 있음을 깨달았다.

교원은 그런 그녀를 묵묵히 바라만 보다가 한참 후에야 입을 열었다.

"따뜻해서."

윤슬이 의아한 표정으로 그를 보았다. 따뜻하다고? 내가?

"내가 아는 누구보다 따뜻하고, 부드럽고, 화사한 여자라서."

전부, 그녀와는 상반되는 얘기들이었다.

"당신은 모르겠지만…… 당신은 그런 사람이라서."

깊은 정적이 내려앉았다. 갑자기 가슴이 뭉클, 달아올랐다. 왠지는 모르지만 코끝이 찡해지고 눈가가 시큰해지는 것을 막을 수 없었다.

외모가 이상형에 가까워서. 능력이 있어서. 배경이 좋아서. 도도한 성격이 매력적으로 느껴져서. 기타 등등. 구체적이고 현실적인 이유를 말할 줄 알았다. 그녀조차 몰랐던 자신의 모습을 사랑해 줄 거라고는, 생각지 못했다.

누구보다 밝고 활기찼던 젊은 날이 빠른 속도로 뇌리를 스쳐 갔다. 그래, 나도 그런 시절이 있었는데. 달빛이 비치어 반짝이는 잔물결이라는 이름이 무척 잘 어울리던, 그런 시절이 있었는데. 너무 오래 잊고 살아서 남처럼 느껴지던 자신의 모습을 기억하게 해 주는 사람. 윤슬은 교원이 한없이 고맙고, 애틋했다.

"누가 그러더라고요. 세상엔, 나를 나로서 존재하게 해 주는 단 한 사람이 있다고."

"……."

"아무것도 꾸미지 않고, 감추지 않고, 있는 그대로의 나를 보여 주게 되는 사람."

그녀도 어디선가 들어 본 듯, 익숙한 말이었다.

"그 사람이 나한텐 당신이었어요."

낮고 차분한 그의 목소리가 윤슬의 심장 위로 사뿐히 내려앉았다.

"그래서 나는, 당신이어야만 해요."

다른 누구도 아닌 당신. 오직 당신.

"이윤슬이어야만 돼."

교원의 입가에 희미한 미소가 떠올랐다. 여름밤 반딧불처럼 신비롭고 아름다운 미소가.

서늘한 그늘 아래 얼음처럼

천천히도 녹았다

너의 곁에서 나는 그랬다

발가벗은 줄도 모르고 흘러 다녔고

사라진 줄도 모르고 떠다녔다

그래서 나는 너였다

나도 모르는 내 모습을 보여 줄 수 있는

너의 옆에서 나는 기필코
좋은 사람이 되겠다고
참, 천천히도 녹았다

14
가뭇없이 사라지는 시간 속에서

그동안 준비했던 2분기 업데이트가 5일 앞으로 다가왔다. 〈가든오브더문〉 팀원들은 모두 발등에 떨어진 불을 수습하느라 비상이었다. 야근은 당연했고, 밤을 새지나 않으면 다행이었다. 교원도 일주일 내내 잠을 제대로 자지 못했다. 하지만 눈에 띄게 수척해진 다른 팀원들과는 다르게 그는 평소보다 더 생기가 넘쳤다.

두세 시간을 자고 나왔지만 교원의 걸음은 어느 때보다 가벼웠다. 요즘은 늘 그랬다. 꽃들이 만개하고 따뜻한 바람이 부는 봄날이 마냥 좋았다. 조금이라도 더 자고 싶은 마음에 눈을 감고 걷느라, 이 아름다운 봄날의 풍경을 만끽하지 못하는 직원들이 안타까웠다.

그녀를 만나고부터일 것이다. 분명히. 이전에는 애써 보려고 했던 것들, 혹은 보이지 않던 것들이, 자연스럽게 보였다. 세상 모든 것들이 아름답게만 보였다. 자신의 소설 속 글귀처럼, 흩어지는 것마저도 아름다울 때가 있었다.

[출근했어요?]

교원은 설레는 마음으로 윤슬에게 메시지를 보냈다. 마음 같아서는 매일 아침 그녀를 데리러 가서 함께 출근하고 싶었지만 직원들의 눈 때문에 그럴 수는 없었다. 이럴 땐 같은 직장에 다니는 게 원망스러웠다.

[네. 아까 했어요. 교원 씬 이제 들어왔네요.]

교원은 커다래진 눈으로 주변을 살폈다. 그녀가 어디선가 자신을 보고 있었던 모양이다.

[어떻게 알아요?]

[교원 씬 내 손바닥 안이니까.]

익살스러운 이모티콘과 함께 온 메시지를 보고 교원이 풋 웃음을 터뜨렸다. 윤슬이 이런 장난을 치다니. 조금씩 변해 가는 윤슬의 모습이 좋았다. 그만큼 가까워지고 있는 듯한 기분이었으니까.

[불공평하네. 나도 보고 싶은데.]

형식적인 멘트가 아니라 진심이었다. 근 며칠 동안 너무 바쁜 나머지 윤슬을 만나지 못했다. 보더라도 점심시간이나 쉬는 시간에 옥상에서 아주 잠깐씩 얼굴만 봤을 뿐이었다.

매일매일 보아도 성에 안 찰 것 같은데 이토록 감질난 만남은 그를 애타게 만들었다. 그녀의 얼굴이 그리울 정도로 아른거려서 속이 시커멓게 타들어 가는 것 같았다.

보고 싶다. 정말 너무 보고 싶다.

그 생각을 하고 있을 때, 짧은 진동이 울렸다. 서둘러 답장을 확인한 교원의 입가에 더없이 환한 웃음이 번졌다.

[나도 보고 싶어요.]

처음이었다. 보고 싶다는 말.

감정 표현에 서투른 그녀는 교원이 아무리 보고 싶다 말해도 그저 웃거나 다른 말을 하곤 했었다. 그런 그녀가 처음으로 감정을 숨기지 않고 표현했다. 교원은 믿을 수 없는 그 문자를 넋을 놓고 뚫어져라 바라보았다. 글자 몇 개에 세상을 다 가진 기분이었다.

"안 타요?"

그때, 누군가의 날 선 목소리가 날아들었다. 교원은 그제야 정신을 차리고 앞을 보았다. 엘리베이터 문이 열려 있었고, 그 안엔 한 남자가 있었다.

"안 타실 거면……."

기다리다 못한 우현이 엘리베이터 문을 닫으려 한 순간, 교원이 짧게 목례하며 들어섰다. 피차 불편한 사이라 피해 갈까 생각도 했지만 굳이 그럴 필요가 없다는 생각이 들었다. 사랑 앞엔 영원한 승자도, 잘잘못도 없었다. 교원은 자신의 사랑에 떳떳해지고 싶었다. 그래야 그녀를 지킬 수 있을 것 같았다.

문이 닫혔다. 엘리베이터 안엔 두 남자만 남았다. 무거운 정적이 감돌았다. 어색했지만 그 정적을 애써 깨고 싶은 마음은 없었다. 그런데 잠자코 6층만 기다리던 교원에게 우현이 먼저 말을 건넸다.

"요즘 업데이트 때문에 힘들죠?"

교원은 예의상 얼핏 웃으며 대답했다.

"괜찮습니다. 거의 끝나 가니까요."

"위험하네요."

"네?"

"끝을 바라보며 일하는 거 말입니다. 뭐든, 끝이라고 생각할 때 가장 안일해지거든."

교원의 표정이 일시적으로 굳었다. 우현의 말은 단순한 꼬리잡기나 비아냥거림이 아니었다.

"이윤슬."

그녀를 암시하고 하는, 뼈 있는 말이었다.

"가졌다고 생각한다면, 끝났다고 생각한다면, 오산일 겁니다."

"……."

"내가 아직 안 끝났으니까."

교원의 눈썹이 표 나게 일그러졌다. 갑작스러운 공격에 통증이 일었지만 제대로 된 방어도, 맞공격도 할 수 없었다.

"최교원 씨는 그저, 지금 쓰고 있는 가면, 벗겨지지 않게 잘 지키세요. 내가 되찾으러 갈 때까지."

우현이 꽁꽁 숨겨 놨던 그의 아킬레스건을 건드렸기 때문이다.

"그게 슬이를 위하는 겁니다."

엘리베이터가 6층에 멈췄다. 교원은 내려야 했지만 차마 발이 떨어지지 않았다. 유리로 된 엘리베이터 벽면으로, 우현이 설핏 미소 짓고 있는 게 보였다. 여유 만만해 보이는 그 표정을 보는 순간 참을 수 없는 분노와 불안이 일었다.

"그럼."

그때, 우현이 먼저 엘리베이터에서 내렸다. 그러고 보니 그는 모바일본부가 있는 7층을 누르지 않았다. 교원이 누른 6층에 내려 당당히, 윤슬의 본부장실이 있는 곳으로 걸음하고 있었다. 뒤이어 내린 교원은 허탈한 실소를 흘렸다. 꽉 쥐고 있던 주먹이 힘없이 풀어졌다.

'최교원 씨는 그저, 지금 쓰고 있는 가면, 벗겨지지 않게 잘 지키세요.'

알아 버린 건가. 만약 그렇다면…… 완전한 KO패였다.

우현의 당당하고 빠르던 걸음은 본부장실에 다가갈수록 느려졌다. 교원의 앞에서 큰소리를 치긴 했지만 막상 본부장실에 도착하자 문을 열 수도, 노크를 할 수도 없었다. 아직은 그랬다. 윤슬을 볼 자신이 없었다.

윤슬에게 약혼을 거절당했던 그날 밤. 우현은 예정대로 〈벚꽃 동산〉을 보러 갔다. 사촌 동생 세준에게 티켓을 주려고 연락했더니 하도 같이 보길 청해서 어쩔 수 없이 수락했던 것이다.

'……최민?'

그런데, 극장 로비에서 세준이 갑자기 누군가를 불렀다. 그는 놀란 표정으로 한곳만 바라보고 있었다.

'뭐야, 왜 그래?'

'저기…… 학교 동창인 것 같아서요.'

'누구?'

세준의 시선을 따라간 우현의 얼굴에, 천천히 어두운 그늘이 졌다.

'저기 저 베이지색 코트 입은 여자 옆에요.'

세준이 가리킨 베이지색 코트의 여자는, 공교롭게도 우현이 잘 아는 여자였다. 허망했다. 공연을 기억조차 못 한다 생각했는데 아니었다. 그녀는 늘 그와 함께 보러 오던 공연을, 다른 남자와 함께 보러 왔다. 그것도, 하필이면 그날. 그와 완전한 이별을 한 그날.

우현은 좀처럼 감정을 컨트롤할 수가 없었다. 그들이 함께 있는 모습을 보니, 생각보다 더 괴롭고 아팠다. 아주 오랫동안 당연하게 가지고 있었던 것을 갑자기 누군가에게 빼앗긴 듯한, 커다란 박탈감과 상실감, 그리고 알 수 없는 배신감이 그를 휘어 감았다.

'저 자식, 진짜 최민 맞는 것 같은데⋯⋯.'

우현은 세준의 이야기가 하나도 들리지 않았다.

'최민!'

참다못한 세준이 그 이름을 크게 불렀을 때에야 정신이 들어서 세준을 붙잡았다. 교원은 잠시 멈칫하는 것 같았지만, 다행히도 뒤를 돌아보지 않고 극장 안으로 들어갔다.

'형 잠시만요. 맞는 것 같은데⋯⋯.'

세준은 심각한 표정으로 걸음을 재촉하려 했지만, 우현이 막았다.

'무슨 소리야. 저 사람은 내가 알아. 최교원이라는 작가야.'

우현은 교원의 이름을 입에 담는 것도 힘들었지만, 아무 상관없는 사촌 동생에게 감정적으로 굴 순 없어서 최대한 노력하는 중이었다.

'최교원이라고요?'

'그래. 네가 아는 친구가 아닐 거야.'

'아닌데…… 분명히 맞는데…….'

'아니라니까. 그건 그렇고, 세준아. 미안한데 이 연극…….'

'맞아요. 저 새끼 맞다고요. 가 봐야겠어요.'

'세준아!'

우현은 그제야 세준이 평소 같지 않게 흥분해 있다는 것을 알았다. 세준의 얼굴은 짧은 새 몰라보게 어두워져 있었다.

'너 왜 그래? 그 친구가 누군데?'

짧은 듯 길었던 정적 후에, 훅 가라앉은 세준의 차가운 목소리가 들렸다.

'……살인자.'

살인자. 세준은 붉어진 눈으로 교원이 사라진 극장 입구를 노려보며, 그렇게 말했다.

'형 아시죠. 10년 전에 제 친구 한 명 식물인간 됐던 거.'

'…….'

'그놈이에요.'

'……뭐?'

우현이 무슨 소리냐는 듯 되물었다.

'제 친구 식물인간 만들어서 결국 죽게 하더니, 어느 순간 흔

적도 없이 사라졌던 그놈이라고요! 분명, 그놈이었어요!'

입장 종료가 머지않았음을 알리는 스태프의 목소리가 들렸다. 우현은 묵묵히 극장 입구를 쳐다보았다. 어두운 극장에서 희미한 불빛이 새어 나오고 있었다. 마치 한 마리 맹수가 사는 캄캄한 동굴처럼. 누군가 그 안에서 날카로운 눈빛으로 이쪽을 보고 있는 것처럼. 이상한 기분이 들었다.

다시 그때 생각을 하니, 저절로 한숨이 새어 나왔다. 직후 비서에게 교원의 뒷조사를 부탁하긴 했지만 아직 결과물을 받진 못한 상태였다. 아무리 사촌 동생이라지만 한 사람의 말만 듣고 사람을 평가할 수는 없었기에 최대한 객관적으로 알아보고자 했다.

하지만 아무래도 그날 이후 교원이 다르게 보이는 것은 어쩔 수 없었다. 불안했다. 교원이 세준의 말대로 정말 그런 사람이라면. 절대로, 절대로 교원에게만은 윤슬을 줄 수 없었다. 하지만 확실하지도 않은 정보로 윤슬을 흔들어 놓을 수도 없었다. 그렇게까지 비겁하고 싶진 않았다.

다만 그는, 윤슬이 깊어지지 않기를 바랐다. 지금으로선 너무나 위험해 보이는 교원에게 너무 깊이 빠지지만은 않기를.

우현은 그 간절한 바람으로 본부장실을 바라보다 천천히 뒤를 돌았다.

메시지가 안 갔나, 안 하던 감정 표현을 해서 놀랐나, 갑자기 다가가니까 매력이 없어 보였나, 혹시 밀당이라도 하는 건가 등등. 별의별 생각이 다 들었다. 소심해지지 말자. 단순하게 생각하

자. 노력은 해 봤지만, 그래도 처음 용기 내서 해 본 말인데 아무런 반응이 없으니 서운해지는 것은 어쩔 수 없었다.

늘 점심시간이나 오후에 한 번은 연락을 해 오는 그였는데, 오늘은 그마저도 없었다. 아무래도 업데이트 때문에 너무 정신이 없나 보다, 싶었다. 바쁜 사람을 귀찮게 할 수 없어 먼저 연락도 못하고, 하루 종일 시무룩한 표정으로 휴대폰만 붙잡고 있었다.

그러나 퇴근 시간이 지나서는 더 견디기 힘들었다. 아무리 바빠도 퇴근 때에는 야근을 한다 안 한다, 몇 시쯤 퇴근이다 연락을 해 줬기 때문에, 평소와는 뭔가 다르다는 느낌이 분명히 들었다.

[오늘도 야근이죠?]

윤슬은 메시지를 보내고 발을 동동 굴렀다. 이 한 문장이 대체 뭐라고, 이렇게 가슴 졸이게 된단 말인가.

그런데 잠시 후, 그토록 기다리던 진동이 일었다. 짧은 진동이 아니었다. 윤슬은 갑작스러운 그의 전화에 심장이 뛰었다. 역시, 밀당을 하고 있는 걸지도 몰랐다. 그게 아니고서야 이렇게 사람 마음을 들었다 났다 할 순 없었다. 이런저런 생각을 하던 그녀는 잠깐의 틈을 두고는 목청을 가다듬고 전화를 받았다.

"여보세요."

서운한 티를 내려고 부러 가라앉은 목소리로 전화를 받았건만, 그는 아무 말도 없었다.

"여보세요?"

그제야, 불현듯 무슨 일이 있는 건가, 하는 걱정이 들었다.

"교원 씨."

— 김 비서 퇴근했어요?

아무 말이 없던 그는 대뜸 김 비서에 대해 물었다.

"네. 왜요?"

— 그럼, 잠깐 문 좀 열어 줄래요?

"네?"

윤슬이 깜짝 놀라 되물으며 문 쪽을 보았다. 그러자 똑똑. 정갈한 노크 소리가 들렸다. 그 소리에 맞춰 심장도 쿵쿵, 뛰어 버렸다. 윤슬은 바싹 긴장한 채 천천히 문으로 다가갔다. 그리고 설마, 하는 마음으로 조심스럽게 문고리를 돌려 보았다.

천천히 열리는 문틈 사이로 그가 보였다. 하루 사이에 부쩍 야윈 듯한 그가 왠지 모르게 어두운 표정으로 서 있었다.

"교원 씨……."

정말 무슨 일이 있는 건가 물으려던 순간, 교원이 거침없이 들어서더니 윤슬을 잡고 문으로 밀었다. 그 바람에 문이 닫히고, 윤슬은 문에 등을 기댄 채 교원에게 갇힌 상태가 되었다. 놀란 윤슬이 눈을 크게 뜨고 그를 보았다.

교원은 도무지 속을 알 수 없는 무표정으로 그녀를 내려다보고 있었다. 다소 거칠고 빠른 숨을 내쉬는 그는, 약간 상기된 듯도 보였다. 윤슬의 어깨를 잡고 있는 교원의 손에서 은근한 힘이 느껴졌다.

달칵. 문이 잠기는 소리가 들렸다.

"왜 그래요? 무슨 일 있……."

윤슬의 말이 교원의 입술 속으로 빨려 들어갔다. 윤슬은 그의 기습 키스에 여지없이 가슴이 떨렸지만 왠지 모르게 혼란스러웠다. 그간 교원은 그녀를 배려하느라 천천히 다가와 주고 있었기 때문에, 갑작스러운 키스가 낯설게 느껴졌다.

따뜻하고 부드러운 교원과는 다른, 차갑고 거친 키스이기도 했다. 더구나, 아무리 윤슬의 본부장실이라고 한들 이곳은 회사였다. 블라인드를 치지 않은 창문이 거슬렸다.

"하……."

그럼에도 불구하고 교원은 윤슬이 잠깐 숨 쉴 틈도 주지 않고 밀어붙였다.

그 뜨거운 혀는 그녀의 혀가 도망가지 못하게 쓸고 휘감으며 더욱 깊이 들어왔고, 그의 보드라운 입술은 그녀의 도톰한 아랫입술과 윗입술을 번갈아 가며 빨아들였다. 그 힘이 너무 세서 저도 모르게 야릇한 신음이 샜다. 이따금씩 아랫입술을 잘근잘근 깨물어 그녀가 입을 더 크게 벌리도록 만들기도 했다.

"교원 씨……."

윤슬은 교원을 밀어내려 했지만 교원은 그녀가 아무 말도 못 하도록 그녀의 입술을 덮치곤 그녀의 손을 잡아 내렸다. 그리고 그녀의 잘록한 허리 라인을 쓸며 올라왔다. 그의 뜨겁고 커다란 손이 그녀의 허리와 등을 거칠게 쓰다듬자 윤슬은 아래가 천천히 젖어 드는 것을 느꼈다.

그 느낌이 결코 싫은 것은 아니었지만 머리가 어지러웠다. 정신이 혼미했다. 지금 그가 어떤 생각인지, 무슨 감정인지도 모르는 상태에서 이렇게 관계를 맺는 것은 아니라는 생각이 들었다.

그녀의 허리를 배회하던 교원의 손이 결국 참지 못하고 그녀의 가슴 쪽으로 향했을 때 윤슬은 그의 손을 다시 한 번 잡았다. 그리고 있는 힘껏 밀어냈다. 그러자 방금까지 맞닿아 있던 그의 입술이 떨어졌다.

그는 거친 숨을 몰아쉬며, 어쩐지 슬픈 듯 그윽한 눈빛으로 그녀를 내려다보고 있었다. 그의 풀어진 눈이 조금씩, 천천히 초점을 되찾아 갔다.

"하…… 미안해요."

비로소 정신이 들었는지, 교원이 고개를 떨구며 말했다.

"미안해요."

그러곤 그녀를 살며시 당겨 안았다. 따뜻하고 넓은 가슴에 안긴 윤슬은 그제야 진짜 교원을 만난 것 같아 안도감이 섞인 숨을 내쉬었다.

"천천히 가려고 했는데, 자꾸만 마음이 조급해져서."

그는 아직도 남아 있는 흥분을 애써 가라앉히며 말했다.

"정말 무슨 일 있었어요?"

"……아니요. 그냥, 너무 보고 싶어서."

하루 종일 우현의 말이 귓가를 맴돌아서 힘들었다. 그의 정체를 모두 알아 버린 듯한 우현 때문에 너무 불안하고 두려워서 도저히 일에 집중할 수가 없었다. 윤슬이 보고 싶었지만, 우현과 아침에 무슨 이야길 나눴을지 걱정도 되고 별의별 생각이 다 들어서 선뜻 연락할 수도 없었다. 그러다 윤슬이 아무렇지 않게 야근 하나 묻는 메시지를 보고서야 가슴을 쓸어내렸다.

그제야 보고 싶은 마음이 허락된 것만 같았다. 잠깐 얼굴만 보려고 그녀를 찾아왔는데, 얼굴을 보는 순간 가만히 있을 수가 없었다. 그동안도 최선을 다해 참고, 억누르고 있었는데 우현에게 빼앗길 것 같은 위기감에 휩싸이자 당장에라도 그녀를 갖고 싶었다. 그래서 회사라는 사실도 잊고 무작정 그녀를 안아 버렸다.

볼 때마다 맛보고 싶던 탐스러운 입술을 맛본 순간에는 힘겹게 붙잡고 있던 이성의 끈이 풀려 버린 것 같았다. 아무 생각도 들지 않았다. 불안과 초조로 더욱 뜨거워진 본능만으로 그녀를 탐하고 있었다.

그녀가 힘주어 밀지 않았다면, 정말 무슨 일이 벌어졌을지도 몰랐다. 오직 자신의 감정에만 빠져, 그녀의 입장을 배려해 주지 못한 게 미안했다.

그녀를 갖고 싶었다. 갖고 싶어서 미칠 것만 같았다. 이제는 고통스러울 정도로.

하지만 다른 사람의 말에 휘둘려 충동적으로, 그것도 회사에서, 이런 식으론 아니었다.

"……미안해."

교원은 다시 한 번 사죄하며 그녀를 포근하게 안아 주었다. 언제쯤이면 그녀를 두고 내 것이라는 확신과 안정감을 느낄 수 있을까.

"괜찮아요."

교원은 선한 미소를 짓는 그녀의 눈가에 살며시 입을 맞추며 생각했다.

단 한순간이라도 좋으니, 그녀를 맘껏 사랑할 자격이 있는 남자이고 싶다고.

가뭇없이 사라지는 시간 속에서
그 시간이 갉아먹는 어렴풋한 기억 속에서
너만은 여전했다
야속하게도 너의 명랑한 웃음소리만은
자꾸 커지고 더 퍼지고 더 번져서
매일 밤 조금씩 증발돼 가는 나를 가까스로 잠들게 했다
한 숨 더, 한 번 더, 한 날 더
살아지게 했다

윤슬은 일찍 퇴근했지만 맘 편히 쉴 수가 없었다. 평소와 달랐던 교원의 행동과 그 슬픈 목소리가 계속 생각났기 때문이다. 그는 끝까지 아무 말도 하지 않았지만, 틀림없이 무슨 일이 있는 것 같았다.

그러나 교원은 쉬지도 못하고 밤 11시가 다 되도록 혼자 야근 중이었다. 오늘 하루 종일 일에 집중이 잘 안 돼서, 자연히 업무가 연장된 것이라고 했다.

힘겹게 일하고 있을 교원을 생각하니 밥도 잘 넘어가지 않아서 저녁도 먹는 둥 마는 둥 하고 침대에 앉아 책만 보고 있었다. 당연히 교원의 책이었다. 그런데 그의 글을 보니, 그가 더욱 보고 싶어졌다. 아까 전, 그렇게 밀어내 버린 것도 자꾸 마음에 걸

렸다.

　미안하다 말해야 하는 것은, 어쩌면 그가 아니라 자신이었는지도 모른다는 생각이 들었다. 나약한 마음이 무슨 자랑이라고, 그가 맞춰 주는 것을 너무 당연하게 여겨 왔으니까. 한쪽만 노력하는 일방적 관계는 언젠간 끝나고 만다는 얘기를 들은 적이 있다. 그 생각을 하니 갑자기 싸한 불안감이 밀려들었다.

　이제라도 더 가까이 다가가 보자는 결심이 섰다. 그녀도 서로의 감정과 온도를 맞춰 가기 위해 노력하고 있다는 것을 보여 주고 싶었다.

　그리고…… 실은 싫지 않았다. 아니, 좋았다. 갓 태어난 아기를 다루듯 한없이 조심스럽게, 소중하게 그녀를 대하는 교원 덕분에 어느새 마음의 장벽이 많이 허물어진 듯했다. 이제는 그의 손길이 기다려지고, 그리워질 정도였으니까.

　오늘의 입맞춤도, 낯설었다 뿐이지 자꾸 생각날 만큼 좋았다. 단순한 키스만으로, 그렇게 빠른 속도로 아래가 젖어 든 경험은 처음이었다. 거칠고 차가운 교원은 낯설고 어색했지만, 그 나름대로 남성적인 매력이 있었다.

　이래도 저래도 좋구나. 결론은 그것이란 생각에 피식 웃음이 났다. 생각만 해도 기분이 좋고, 종종 가슴이 떨리고, 미소가 나는 사람. 주책이 심하다 싶을 정도로 그 사람이 좋았다. 나날이, 더 좋아졌다.

　안 되겠다.

　윤슬은 결국 책을 덮고 침대에서 일어섰다. 그리고 곧장 옷장을 뒤적였다. 습관처럼 검은 옷들을 찾다가 휙 내팽개치며 좀 더 밝은 색상들을 찾기 시작했다. 하지만 웬만해선 다 어두침침한 색상들이었다. 왜 죄다 검은 옷들뿐인 거야. 뜬금없이 불만이 일었다.

봄옷도 장만할 겸, 조만간 쇼핑 좀 해야겠다 생각하며 윤슬은 그나마 가장 무난한 회색 홈드레스를 골랐다.

[아직도 회사예요?]

샌드위치와 커피를 사 들고 회사에 도착한 윤슬은 확인 차원에서 메시지를 보냈다. 하지만 교원에게선 답이 없었다. 너무 바빠서 못 보는 건가. 윤슬은 할 수 없이 무작정 사무실로 향했다.

다행히 사무실에는 불이 켜져 있었다. 살금살금, 고양이 걸음으로 주변을 둘러보던 윤슬은 책상 위에 엎드려 있는 교원을 보았다. 반가움도 잠시, 피곤한 나머지 잠이 들어 버린 그의 모습에 안쓰러움이 밀려왔다.

윤슬은 조용히 문을 열고 사무실 안으로 들어갔다. 그러곤 그가 깨지 않도록 최대한 숨 죽여 걸어 옆자리에 앉았다. 교원은 한쪽 팔을 베고 고개를 옆으로 돌린 채 잠들어 있었다. 윤슬은 그의 옆모습을 가만히 바라보다가 손을 들어 그의 얼굴 라인을 찬찬히 따라 그려 보았다.

매끄러운 이마, 높게 솟은 콧날, 살짝 벌어진 입술. 전부 좋았다.

저도 모르게 미소를 짓고 있던 윤슬은 그에게 끌리듯 조금씩 더 가까이 다가갔다. 그러곤 그의 책상에 팔을 괸 채 그를 코앞에서 내려다보았다. 곤히 잠든 그의 모습이 좋아서, 깨워야 하는데 깨우고 싶지 않았다.

"……아."

그런데, 그때. 교원의 입에서 신음 같은 소리가 흘러나왔다. 놀란 윤슬이 몸을 일으켜 그를 살폈다. 악몽을 꾸는 걸까. 그의 눈썹이 살짝 일그러지더니 이마에 땀이 맺히기 시작했다.

"아니…… 아니야……."

그는 온몸으로 부정하며 그렇게 읊조리고 있었다. 대체 무슨 꿈을 꾸고 있는 걸까. 무엇이 아니라는 걸까.

"교원 씨."

윤슬은 걱정스러운 목소리로 그를 불렀다. 아무래도 악몽에서 깨워 줘야 할 것 같아 그의 어깨에 손을 올렸다. 그런데 그가 갑자기 몸을 비틀며 좀 더 큰 소리로 외쳤다.

"아니야…… 내가 아니야…… 아니야!"

그와 동시에 교원은 번뜩 눈을 떴다. 이마에선 식은땀 두 방울이 연이어 흘러내렸다. 윤슬은 갑작스러운 그의 비명에 깜짝 놀란 상태였지만, 얼른 교원부터 챙겼다.

"괜찮아요? 악몽 꾼 거예요?"

교원은 잠시 이게 무슨 상황인지 파악하듯 그녀를 빤히 바라보았다. 지금 자신 앞에 그녀가 있다는 게 믿기지 않는 모양이었다. 윤슬은 한 손으로 차게 식은 그의 손을 꼭 잡고 다른 손으로 그의 이마를 꼼꼼히 닦아 주며 말했다.

"힘들 것 같아서…… 야식 챙겨 왔어요."

교원은 말없이 그녀를 보기만 했다.

"그런데 너무 곤히 자고 있길래…… 옆에서 지켜보고 있었는데……."

그 시선이 너무 강렬해서 윤슬은 편하게 말을 잇지 못했다.

"괜찮은 거예요? 대체 무슨 꿈을 꿨길래……."

그러자 교원은 안도감인지 무엇인지 모를 짧은 탄식을 하더니 돌연 그녀를 당겨 안았다. 그 바람에 윤슬은 그의 무릎에 앉혀지고 말았다. 교원은 묵묵히 그녀를 끌어안고 그녀의 가슴에 얼굴을 묻었다. 그리고 또다시, 깊은 숨을 내쉬었다.

윤슬은 너무 놀라 숨을 훅 들이켰다. 결코 야릇한 스킨십 같은 것은 아니었다. 교원은 다만 숨을 쉴 뿐이었다. 그녀의 품 안에서. 그녀의 심장 소리를 들으며. 마치 그녀의 존재를 확인하듯, 몇 번이고 다시 끌어안으며. 그녀의 가슴에 기대고 있을 뿐이었다. 그럼에도 윤슬은 쿵 내려앉은 심장을 쉬이 끌어올리지 못했다.

"교원 씨……."

"……고마워요."

"……네?"

"와 줘서…… 지금 내 옆에 있어 줘서…… 정말 고마워요."

윤슬은 그에게 무슨 일이 있었는지, 지금은 무슨 생각을 하고 있는 건지 정말 궁금했지만 더는 묻지 않았다. 일전에, 그녀가 과거의 상처로 길거리에서 오열하던 때, 그가 그랬듯. 아무것도 묻지 않고 가만히 껴안아 주었듯, 그녀도 얼어 있던 손을 움직여 그를 꼭 안아 주었다.

교원은 그런 그녀의 따뜻한 온기와 숨결을 느끼며 가만히 눈 감았다. 태어나서 단 한 번이라도, 누군가에게 이렇게 기대어 본 적이 있던가. 매일 밤 찾아오는 고통스러운 악몽을 누군가와 함께 이겨 내 본 적이 있던가. 누가, 내 상처를 나눠 가져 주려 한 적 이 있던가. 그 생각을 하니 울컥, 눈물이 치솟았다. 교원은 차오 르는 눈물을 힘겹게 억누르며 가슴속으로 말했다.

고마워요. 고맙습니다.

당신은 자꾸만 쓰러지는 나를 붙잡아 주네요. 당신만은 나를 이해해 주네요. 정말 고맙습니다.

어디선가 누군가의 명랑한 웃음소리가 들리는 듯했다. 사라져 가는 시간을 붙잡는 누군가의 달가운 웃음소리가 은은히 들려오 는 듯했다.

야속하게도 너의 명랑한 웃음소리만은
자꾸 커지고 더 퍼지고 더 번져서
매일 밤 조금씩 증발돼 가는 나를 가까스로 잠들게 했다
한 숨 더, 한 번 더, 한 날 더
살아지게 했다

15

너를 가지려고 나는

아침부터 사무실 분위기는 화기애애한 것을 넘어 왁자지껄했다. 바로 어제, 드디어 2분기 업데이트가 실시됐는데 그 반응이 가히 폭발적이었기 때문이었다.

〈가든오브더문〉은 어제만 평균의 다섯 배가 넘는 접속 수를 기록했다. 이벤트 리서치 때와 같은 기록이었다. 포털 사이트에서도 오늘 아침까지 계속 실시간 검색어 상위권을 사수하고 있었다. 게시판에 올라오는 글들도 대부분 호평 일색이었다. 특히 시나리오의 진행에 대한 얘기가 많았다. 이전보다 훨씬 참신하고 흥미진진한 구성이었기 때문이다.

교원은 헹가래라도 할 기세로 자신을 1등 공신 취급해 주는 팀원들이 고마웠다. 팀원들이 기뻐하고 유저들이 만족하는 모습을 보니 며칠 밤을 샌 보람이 있는 것 같았다.

뿌듯했다. 개인적으로 게임을 개발할 때와는 다른 기분이었다. 이전엔 혼자 자동차를 만들었다면, 지금은 이미 완성돼 있는 고급 자동차의 엔진을 말끔히 손봐서 더 훌륭한 자동차로 거듭나게 한 기분이었다. 소설을 출간하고 독자들의 사랑을 받는 것과 비슷하면서도 다른 기분이었다.

"기분이다! 오늘 내가 한우 쏜다! 다들 갈 거지?"

민아가 호쾌하게 웃으며 소리쳤다. 갑자기 잡힌 회식에도 불구하고 팀원들은 환호성을 지르며 좋아했다.

하지만 교원만은 반색하지 못했다. 오늘은 정말 오랜만에 윤슬과 저녁 약속이 있었기 때문이다. 그간 업데이트 준비 때문에 바쁜 나머지 연애 초긴데도 불구하고 제대로 된 데이트를 하지 못했기에 오늘만 벼르고 있었는데 갑자기 벼락을 맞은 기분이었다. 팀원들에게 미안하긴 하지만, 이렇게 좋은 일은 윤슬과 나누고 싶은 마음이 더 컸다.

행복하다, 기쁘다, 느낀 순간 바로 떠오른 사람은 윤슬이었으니까.

"자기는 왜 대답이 없어? 약속 있어?"

"에이, 오늘 같은 날은 약속 있어도 취소해야죠!"

"맞아요! 교원 씨가 1등 공신인데 빠지면 돼요?"

약속이 있냐는 민아의 질문에 팀원들이 벌떼처럼 달려들었다. 교원은 난감했다. 그냥 하는 회식도 아니었고 중요한 일을 마무리하고 좋은 결과를 축하하는 자리였기에 아무래도 빠져선 안 될 것 같았다.

"잠시만요."

교원은 같이 가자며 성화를 부리는 팀원들에게 넉살 좋게 웃어 보인 뒤, 잠시 사무실을 나왔다. 그리고 곧장 비상구 쪽으로 가며 윤슬에게 전화를 걸었다.

— 여보세요?

윤슬은 업무 시간에 웬 전화냐는 듯 의아한 목소리로 받았다. 심각한 상황인데도, 교원은 그녀의 목소리를 듣자마자 반사적으로 입꼬리가 올라갔다. 어쩜 이렇게 달콤하고 청아할까. 아무리 들어도 질리지 않았다.

"나예요."

— 전화할 수 있어요?

늘 느끼는 거지만, 윤슬은 언제나 자신보다 상대가 먼저였다. 먼저 말하지 않아도 상대방의 상황을 고려해 주고 신경 써 주는 배려와 친절이 몸에 배어 있었다. 교원은 그녀의 사소한 말 한마디에서 그것을 느끼고, 또 행복해졌다. 이런 사람이 내 여자라는 것이, 더할 나위 없이 좋았다.

"네. 괜찮아요. 뭐 하고 있었어요?"

— 가든 팀 업데이트 보고서 확인 중이었죠. 좋은데요? 반응도 폭발적이고.

아무리 애인이라지만 온라인본부의 총책임자인 그녀의 칭찬을 들으니 한결 더 뿌듯해졌다.

— 다들 기뻐하고 있겠어요. 교원 씨도, 그렇죠?

"그렇죠, 뭐."

— 고생 많았어요. 그리고 축하해요. 제대로 실력을 보여 줬네요.

"······."

— 역시, 채용하길 잘했어.

교원은 아무 말 않았지만 만면에 핀 미소를 거둘 수 없었다. 그녀의 말 한 마디 한 마디가 지쳤던 몸과 마음을 시원하게 어루만져 주는 것 같았다.

"고마워요. 근데······ 다시 말해 줄래요?"

— 네?

"부하 직원 말고, 애인한테 하듯이."

그러자 윤슬은 당황 섞인 웃음을 터뜨렸다. 교원은 기대에 찬 눈빛으로 그녀의 말만 기다렸다. 약속을 취소하려고 전화했는데 용건은 까마득히 잊고 윤슬에게만 빠져 있었다.

윤슬은 무엇을 바라는 거냐며, 뭘 어떻게 해야 하는 거냐며 몇 번이고 발을 뺐지만, 교원은 그마저도 귀여운 아양으로 보였다. 꿋꿋하게 기다리던 교원은 결국 그녀에게서 '애인다운' 말을 들어 내고야 말았다.

— 수고했어, 교원 씨.

교원의 입꼬리가 끝까지 올라가며 부드럽게 휘었다. 수고했어, 교원 씨. 반말 한 번 했을 뿐인데 갑자기 가슴이 설레었다. 아득히 먼 곳에 있던 그녀가 코앞으로 훅 다가온 느낌이었다. 너무도 다정하고 친근했다.

그래서 그도 같은 말투, 같은 어조, 같은 음색으로 대답했다.

"고마워."

가까워지고 싶다. 아무리 가까이 있어도 더 가까이, 가까워지고 싶다.

— 그런데 무슨 일이에요? 이 시간에.

그녀는 수줍은 듯 웃으며 물었다. 교원은 그제야 처음 전화를 건 이유가 떠올랐다. 하. 그런데 한숨부터 나왔다. 이렇게 좋은데 그녀를 포기하고 회식을 가야 한다는 사실이 갑자기 못 견디게 짜증스러웠다.

"오늘 업데이트 때문에 갑자기 회식이 잡혀서요. 우린 내일 봐야 할 것 같은데 괜찮아요?"

— 그래요? 그럼 어쩔 수 없죠. 내일 만나요.

교원은 푹 가라앉은 목소리로 말했는데, 윤슬은 너무도 흔쾌히 그러라고 대답했다. 교원은 잠시 말문이 막혔다. 분명 배려라는 것은 알지만, 자신은 이렇게 속상한데 그녀는 너무 아무렇지 않아 보여서 은근한 서운함이 일었던 것이다.

"미안해요."

— 괜찮아요. 안 그래도 오늘 회식할 것 같아서 물어봐야지 싶었어요.

"정말 괜찮아요?"

— 네?

"너무 괜찮은 거 아니에요?"

— 네?

교원은 당황하는 윤슬의 목소리에 어쩔 수 없이 웃음이 흘렀다. 그녀의 사소한 반응 하나하나가 전부 귀엽게만 보였다.

"보통 이럴 땐 서운해하는 게 정상인데. 우리 윤슬 씬 너무 괜찮은 거 아니냐고요. 나는 보고 싶어 죽겠는데. 내가 더 서운해지잖아."

그러자 윤슬은 잠시 말이 없었다. 교원은 장난스레 말하긴 했지만 혹시 다그치듯 보였나 싶어 가슴이 철렁했다. 무슨 말이든 덧붙여 보려던 찰나, 다행히 그녀의 목소리가 들렸다.

— 서운해요.

"네?"

이번엔 교원이 놀라 되물었다.

— 어떻게 나랑 한 약속을 저버리고 회식을 갈 수 있어요? 내가 오늘을 얼마나 기다렸는데. 너무해요, 진짜. 내일도 말고, 우린 그냥 다음에 봐요.

교원은 일순 당황하여 얼어붙었다. 내일도 말고, 언젠지 알 수도 없는 다음에 보자니. 이게 무슨 청천벽력 같은 소린가 싶었다. 그러자 윤슬은 놀란 그를 다독이듯 피식 웃으며 말을 이었다.

— 라고 말할 순 없잖아요. 이 나이에.

그제야 긴장으로 굳어 있던 몸이 느슨해지며 풋 웃음이 터졌다. 이윤슬. 정말 못 말리는 여자다. 사람 마음을 이렇게 멋대로 주무르다니. 하지만 그런 모습마저 사랑스러워 보였다. 자신의 속마음을 자연스럽게 내비치며 재치 있게 넘어가는 센스도 좋았다.

"고마워요."

교원은 미안하단 말 대신 고맙다고 말했다. 이후엔 고맙단 말

대신 보고 싶다는 말을, 보고 싶다는 말 대신 좋다는 말을 했다. 그렇게 달콤한 말들과 사소한 농담들로 그녀의 마음을 풀어 주며 웃음을 주고받았다. 잠깐이지만 그 시간이 더없이 소중하게 느껴졌다. 그리고 어서 빨리 오늘이 지나서 그녀를 만나고 싶었다.

오직 그 마음뿐이었다.

띠이. 전자레인지가 멈추는 소리가 들렸다. 막 샤워를 하고 나온 윤슬은 젖은 머리를 말리며 전자레인지에서 잘 데워진 빵을 꺼냈다. 커피번과 우유. 새벽 한 시가 넘어서 먹는 저녁이었다.

오늘은 유독 허기가 져서 집에 오자마자 저녁을 먹고 싶었지만 역시나 귀찮아서 포기하게 됐다. 혼자 살다 보니 웬만해선 밥을 해 먹지 않게 됐다. 큰맘 먹고 요리를 해도 1인분만 하긴 힘드니 결국 2, 3인분을 하게 되는데, 아무리 맛있게 해도 혼자 먹으려니 입맛이 없어 대부분 남기게 됐다.

그럼 결국 남은 재료와 잔반들은 고스란히 처치 곤란 음식물 쓰레기가 되곤 했다. 그 일련의 과정을 몇 번 반복하다 보면 당연스레 잠깐의 포만감보단 이후의 편안함을 선택하게 된다. 그래서 결국은 인스턴트 음식이나 빵, 배달음식 등으로 해결하거나 아예 먹는 것을 포기하게 되는 것이다.

오늘 저녁도 그런 이유로 넘어갔는데 밤이 늦도록 잠은 오지 않고 허기는 사라지지 않아서 일전에 사 두었던 커피번을 데운 상태였다. 뜨끈한 김과 향긋한 커피향이 피어오르는 빵은 먹음직스러워 보였다. 하지만 윤슬은 왠지 빵에 손이 가지 않았다. 대신 죽은 듯이 조용한 휴대폰을 또다시 집어 들었다.

[지금은 2차로 저희 집에 왔어요. 혼자 사는 팀원이 저밖에 없어서.]

열 시쯤 왔던 그 메시지가 마지막이었다. 윤슬은 답장을 하지 않은 상태였다. 쿨한 척했지만 그녀는 사실 약속이 취소됐을 때 너무 아쉬웠다. 그래도 다른 일도 아니고 회사 일이었기에 당연히 이해하며 넘어가려 했다. 그런데 2차를 교원의 집으로 갔다는 메시지를 보고는 서운함을 가누기 어려웠다.

집이라니. 아직 그녀도 가 보지 못한 그의 집을, 다른 사람들이 먼저 갔다는 것이 왠지 모르게 서운했다. 특히 선주가 신경 쓰였다. 술기운을 핑계 삼아 교원에게 평소보다 더욱 들러붙을 것 같은 불안함도 들었다. 상상만 해도 너무 불쾌하고 답답했다.

새벽까지 술을 마시다 몇 명은 교원의 집에서 자고 갈 게 뻔한데, 그중 한 명이 선주일까 두려웠다. 아무리 여러 남녀가 섞여 있다 한들, 폐쇄적인 공간에 그와 다른 여자가 함께 있는 것이 싫었다.

그때였다. 교원에게 메시지가 왔다.

[자요?]

윤슬은 회식 중인 그를 번거롭게 하기 싫어서 자는 척하고 싶었지만, 하필 그와의 채팅창을 열고 있던 터라 자동적으로 수신 처리가 되고 말았다. 그러자 교원에게서 곧바로 다시 연락이 왔다.

[안 자요?]

윤슬은 하는 수 없이 대답했다.

[네. 아직요.]

[뭐 하고 있어요?]

[저녁 먹으려고 준비 중이었어요.]

[저녁을 아직도 안 먹었어요?]

[네. 간단히 빵 먹으려고요.]

[그럼 나랑 같이 먹을래요?]

아무 생각 없이 메시지를 주고받던 윤슬은 깜짝 놀라 손가락을 멈추었다. 그는 지금 자신의 집에서 회식 중일 텐데, 무슨 소린가 싶었다.

그러자 얼마 후, 그에게서 전화가 왔다. 윤슬은 의아한 마음으로 전화를 받았다. 이유는 모르겠으나 가슴이 뛰었다.

— 왜 대답이 없어요.

"지금 회식 중인 거 아니에요?"

— 끝났어요. 방금 다들 돌려보냈어요.

윤슬은 그 한마디에 평온을 되찾는 자신의 마음이 우스웠다. 특히 '돌아갔다'가 아닌, '돌려보냈다'라는 말이 마음에 들었다.

"그랬구나. 피곤할 텐데…… 얼른 자요, 그럼."

순도 백 프로의 진심은 아니었지만 맘에 없는 소리도 아니었다. 새벽 한 시. 같이 저녁을 먹기엔 너무 늦은 시간이었다. 게다가 교원은 지금까지 술을 먹었으니 많이 피곤할 것 같았다. 물론, 배가 고플 리도 없었다.

— 싫은데…….

그런데도 교원은 나지막한 목소리로 투정을 부렸다. 흐릿한 목소리에는 약간 취기가 있는 듯도 했다.

"교원 씨, 많이 취한 거 아니에요?"

— 아니에요. 지금 갈게요. 같이 저녁 먹어요.

"뭐하러 그런 무리를 해요. 취한 것 같은데 얼른 씻고 쉬어요."

— 차 타고 가면 15분도 안 걸려요.

"음주운전 하려고 그래요?"

— 택시 타고 가죠, 뭐.

"됐어요. 정말 괜찮아요."

— 내가 안 괜찮아요.

교원이 다소 단호한 어투로 말했다.

— 보고 싶어서 그래요. 내가.

그 말 한마디에 가슴이 뭉근해졌다. 하루 종일 서운했던 감정이 흔적도 없이 녹아내리는 것 같았다. 그래서 그녀도, 한 발 다가갈 용기가 생겼다.

"그럼 기다려요."

한동안 아무 말 않던 윤슬은 결심이라도 한 듯 그렇게 말했다.

— ……네?

"기다리라고요. 내가 갈 테니까."

교원은 놀란 듯 아무 말이 없었다.

"15분 거리잖아요."

— 하지만…… 괜찮겠어요?

"교원 씬 쉬고 있어요. 내가 저녁 사 갈게요. 뭐 먹고 싶은 거 있어요?"

— 아…… 먹고 싶은 거…… 전 아무거나 괜찮은데. 아, 윤슬
씨 먹고 싶은 거 있으면 말해 봐요. 내가 해 줄게요.

답지 않게 말을 얼버무리는 것을 보니, 교원은 적잖이 당황한
모양이었다. 아무래도 그는 윤슬의 집 근처에서 밥을 먹으려 한
것 같았다. 그런데 윤슬이 이토록 늦은 밤, 갑자기 자신의 집으로
온다고 하니 놀랄 수밖에 없었을 것이다.

윤슬도 당당히 말하긴 했지만 뱉고 나서 눈을 질끈 감았다. 대
체 무슨 생각으로, 어떤 용기로 이런 말을 해 버린 걸까. 스스로
도 막막했다. 교원은 취했으니까, 짧은 거리라도 힘들게 하고 싶
지 않았다. 직원들도 방문한 그의 집을 연인인 그녀만 아직 모른
다는 것도 싫었다.

그러나 무엇보다, 보고 싶은 마음이 가장 컸다. 그녀도 그가 보
고 싶었다. 아무도 없는, 둘만의 공간에서. 설령 그것이 위험한
상황이 될지라도. 이제는 받아들일 수 있을 만큼 그가 좋아져 버
렸다. 그 사실만큼은 부인할 수 없었다.

"그럼…… 혹시 순두부 있어요?"

윤슬의 입가에 은은한 미소가 걸렸다.

전화를 끊자마자 졸음이고 취기고 싹 달아나고 정신이 번쩍 들
었다. 교원은 서둘러 집 청소부터 시작했다. 직원들이 먹고 마신
안주와 술병들로 잔뜩 어질러져 있던 거실과 주방은 순식간에 말
끔해졌다. 배달음식을 시킨 것이 천만다행이었다.

별일 없을지도 모른다고. 아무 일 없을 테니까 혼자 오버하지 말라고. 교원은 애써 마음을 진정시키면서도 침대 커버와 이불까지 바꿨다. 거실 곳곳에 탈취제를 뿌리고 안 쓰던 향초까지 켰다. 그리고 마지막으로 시간을 확인할 무렵, 유리에 비친 제 모습을 보곤 얼굴이 확 구겨졌다. 집 정리를 하느라 정작 자신은 정리하지 못했다.

교원은 빠른 속도로 샤워를 하고 나왔다. 손이 없어져라 머리를 털고 있는데 초인종 소리가 들렸다. 딩동. 그 소리를 듣는데 심장이 미친 듯이 뛰었다. 교원은 얼른 드라이기를 끄고 일어섰다. 인터폰을 확인해 보니 역시 그녀였다.

"잠깐만요!"

교원은 다 마르지 않은 머리가 거슬렸지만 허겁지겁 옷부터 챙겨 입었다. 너무 급하게 입느라 다리를 잘못 넣고 티를 거꾸로 입는 등, 혼자서 난리 법석이었다. 뜻대로 안 입어지는 옷이 답답해서 짜증이 나다가도, 내가 언제 이토록 허둥댄 적이 있나 싶어서 비죽비죽 헛웃음이 새기도 했다.

그래도 좋았다. 너무 좋아서 뛰는 가슴을 좀처럼 진정시킬 수가 없었다. 벌써 새벽 두 시가 다 되어 가고 있었지만 정신은 그 어느 때보다 맑았다.

달칵. 교원은 마지막으로 마르지도 않은 머리를 정돈한 뒤 현관문을 열었다. 한 손엔 음식 재료가 든 봉지를 들고 웃고 있는 그녀가 그렇게 예뻐 보일 수가 없었다. 아주 잠시, 꿈처럼 느껴졌다. 교원이 너무 넋을 놓고 있자 윤슬이 쑥스러워하며 입을 열었다.

"들어가도 돼요?"

"아, 네. 들어와요."

교원은 그제야 정신을 차리고 봉투를 대신 들어 주며 윤슬을 안내했다. 현관문이 잠기는 소리가 왜 그리 떨리던지. 교원은 왼쪽 가슴에 손을 올리고 속으로 되뇌었다.

진정하자, 최교원.

"집이 너무…… 예쁘네요. 깔끔하고."

윤슬은 천천히 집을 둘러보며 감탄하듯 말했다. 방금 전까지 회식을 한 집이라고는 믿을 수 없이 깔끔했다. 그녀를 맞이하려고 급하게 청소를 했을 그의 모습이 훤히 그려져서 웃음이 났다. 모던하고 세련된 가구와 디자인. 따뜻하고 아늑한 조명이 교원과 무척 잘 어울렸다.

"다행이네요. 구경하고 있어요. 난 얼른 밥해 줄게요."

주방과 거실이 트여 있는 구조라서 윤슬은 교원이 요리하는 모습도 지켜볼 수 있었다. 능숙하게 재료를 분류하고 손질하는 모습이 믿음직스러웠다.

하루 종일 일을 하고, 저녁엔 회식을 하고도, 늦은 새벽 애인을 위해 요리를 해 줄 수 있는 남자. 조금 전까지 술을 마셨지만 한 치의 흐트러짐도 없이 말끔한 모습으로, 술 냄새가 아닌 은은한 비누 향을 풍기는 남자. 교원은 그런 남자였다.

문득 교원이 너무 고맙고, 애틋하게 느껴졌다.

"왜 그렇게 봐요?"

요리에 집중하고 있다고 생각했는데, 교원은 눈이 뒤에도 달린 모양이었다. 윤슬은 흠칫 놀라 뒤를 돌았다.

"내가요?"

"요리 잘하는 남자가 이상형인가."

"이상형까진 아니지만, 잘하면 좋죠."

"그래서 내가 좋구나."

윤슬은 피식 웃고 말았다. 하지만 교원은 '응? 응?' 하며 끈질기게 되물었다. 그러고 보니 윤슬은 그에게 한 번도 좋아한다, 사랑한다 같은 말을 해 본 적이 없었다.

물론, 사랑한다는 말은 아직 교원에게서도 들어 보지 못했지만. 감정 표현에 솔직한 교원이 왜 그 말만은 하지 않는 걸까 생각하니 조금 섭섭해지는 것도 같았다. 하지만 아직 그만큼은 아니겠거니. 천천히, 깊게 가까워지길 기다려야지, 생각했다.

그가 그녀를 늘 기다리고, 이해해 주는 것처럼.

이런저런 생각을 하며 그의 집을 구경하던 윤슬은 교원의 방에 들어섰다가 발이 멈칫했다. 그녀의 시선은 한곳에 꽂혔다. 그의 침대 옆, 작은 수납장 위에 놓인 낡은 우쿨렐레.

뭐지? 그것을 보는 순간 알 수 없는 기시감이 일면서, 일전에 극장에서 느꼈던 어지럼증이 다시 그녀를 훑고 지났다. 허했다. 머리가 멍해질 만큼 허전한 감정이 들었다. 머리인지 가슴인지, 어딘지 알 수 없는 곳에 결코 작지 않은 크기의 구멍이 뚫려 있는 것 같았다.

"다 됐어요!"

교원의 목소리가 들렸지만 윤슬은 그 오묘한 기분에서 쉽게 헤어 나오지 못했다.

"윤슬 씨!"

그가 그녀의 이름을 불렀을 때에야, 비로소 정신이 들었다. 어느새 바로 옆에 와 있던 교원은, 넋이 나가 있는 그녀의 시선을 따라가 보더니 얼핏 표정을 굳혔다. 윤슬은 그 순간을 놓치지 않았다.

"저게 뭐예요?"

윤슬의 물음에 교원은 금세 어둠을 거두며 답했다.

"우쿨렐레잖아요. 예전에 친구가 선물로 준 거예요."

"……친구?"

"네. 찌개 다 됐다니까. 식기 전에 얼른 먹어요."

그는 더 이상 묻지 말라는 듯, 얼른 화제를 돌리며 윤슬의 손을 잡아끌었다. 윤슬은 뭔가 찝찝한 느낌이 남긴 했지만 교원을 불편하게 하는 질문인 것 같아 더는 하지 않고 순순히 그를 따라갔다.

교원이 끓인 순두부찌개는 정말 일품이었다. 매콤하고 구수한 맛이 일전에 교원과 함께 갔던 보리 식당의 맛과 비슷했다. 그는 짧은 사이에 계란말이와 어묵볶음, 나물무침 등 맛있는 반찬들도 뚝딱 해서 내놓았다. 평소 밥을 잘 먹지 않는 윤슬이었지만 교원이 해 준 밥은 너무 맛있어서 한 공기를 깔끔하게 비웠다.

"배가 많이 고팠나 봐요. 한 그릇 더 줄까요?"

"아니에요. 너무 맛있어서 많이 먹었어요. 교원 씨 정말 요리 잘하네요."

턱을 괴고 앉아 그녀의 먹는 모습만 빤히 지켜보던 교원은 흐뭇한 미소를 거두지 못했다.

"설거지는 제가 할게요."

윤슬은 왠지 부끄러운 마음에 엉거주춤 일어나 상부터 치우기 시작했다. 그러자 교원은 됐다며 그녀를 극구 앉히곤 자신이 마무리했다. 윤슬은 차분하고 꼼꼼한 손놀림으로 뒷정리를 하고 설거지를 시작하는 교원의 모습을 가만히 바라보았다.

티셔츠를 입었지만 간간이 드러나는 등 근육과 넓은 어깨는 참 듬직해 보였고, 매끄럽고 긴 목선과 약간 물기가 남아 있는 머리칼은 섹시해 보였다. 그런 생각을 하고 있는 자신이 주책맞게 느껴졌지만 어쩔 수 없었다.

보면 볼수록, 윤슬은 교원의 모든 것이 좋아졌다. 무엇보다, 늦은 시간에도 불구하고 그녀를 위해 단 한 번도 피곤한 티를 내지 않는 그의 모습이 좋았다.

"그러고 있으면 지루하지 않아요? 거실에서 TV라도……."

교원의 말이 갑작스레 끊겼다. 설거지를 하던 그의 손도 멈추었다. 손뿐만이 아니라 온몸이 시간이라도 멈춘 듯 굳어 있었다. 아무 소리 없이 다가와, 그의 등 뒤에서 안겨 온 윤슬 때문이었다.

"왜 장갑 안 끼고 해요? 손에 안 좋은데……."

윤슬은 사람 심장을 덜컹 가라앉혀 놓고는 아무렇지 않게 그런 말을 했다. 석상처럼 굳어 버린 교원은 아무 말도 없이 마른침만 삼켰다. 그렇잖아도 힘겹게 억누르고 있던 마음을 그녀가 한순간에 불태워 버렸다. 생각지도 못했던 그녀의 따뜻한 포옹에 가슴은 뭉클해지고 이성은 마비되는 것 같았다.

"고마워요."

"……."

"힘들 텐데, 나 때문에."

교원은 그제야 물을 틀어 손을 씻은 뒤, 천천히 뒤를 돌았다. 그리고 그녀의 얼굴을 똑바로 마주 보았다. 그녀가 좋아하는 짙은 고동색의 눈동자. 크고, 그윽하고, 진지한 그 눈동자가 그녀를 가득 담고 있었다.

"정말 고마워요?"

"그럼요."

"그럼, 내 부탁 하나만 들어줄래요?"

"뭔데요?"

교원은 큰 눈으로 그를 빤히 바라보는 윤슬을 천천히 당겨 안았다. 그러곤 그녀의 귓가에 입술을 가져갔다. 그의 뜨거운 숨결이 귓가에 닿자 윤슬의 몸이 짧게 진동했다. 한 숨, 한 숨, 그의 숨이 들어올 때마다 가슴이 두근대는 소리를 들어야 했다.

교원은 그런 그녀를 더욱 세게 끌어안아 주더니, 그녀의 귀에 대고 속삭이듯 말했다.

"……가지 마요."

아주 낮고 작은 목소리, 더없이 감미로운 말투였다.

"오늘 나랑 같이 있어."

아무리 수없이 타들어 가도
나는 한 번도 그을리지 않았다
너와 함께 있으면
닿을 수 없는 것에 다가가려고
담을 수 없는 것을 담으려고
그을음도 물결이 되고
나는 네가 됐으니까
너를 가지려고 나는
그 짙은 어둠 속에서도 빛나고
그 많은 울음 속에서도 웃었다
너를 가지려고 나는
사라지는 오늘의 경계를 다시
걸어갈 수 있었다

16
다른 세상에 살았다

가지 말고, 오늘 나랑 같이 있어.

그 말이 무슨 뜻인지 이해 못 할 만큼 순진하고 어린 나이는 아니었다. 그의 집에 오기로 결심한 후, 어느 정도 예상한 일이기도 했다. 그리고 사실 그가 아무 말 없이 그녀를 보내 줬다면, 그것도 꽤나 민망하고 자존심 상하는 일이었을 것이다.

그러니까, 사실 윤슬은 그를 받아들일 마음의 준비가 어느 정도 되어 있는 상태였다.

"들어줄 거예요?"

교원은 답이 없는 그녀에게 한 번 더 물었다. 교원을 빤히 올려다보던 윤슬은 언뜻 미소 지으며 제법 여유로운 어투로 말했다.

"좋아요."

"……."

"같이 있어요."

전혀 생각지 못했던 그녀의 당당한 태도에 교원의 얼굴엔 놀라움과 환희가 뒤섞였다. 온몸에 전율 같은 떨림이 스쳐 지났다. 나직한 탄성을 흘린 교원은 이윽고 함박웃음을 지으며 윤슬을 번뜩 안아 올렸다. 윤슬이 악! 하고 짧은 비명을 내질렀다. 그 소리마저 달콤했다.

교원은 그녀의 다리를 자신의 허리에 휘어 감게 했다. 그녀의 매끄러운 중심이 그의 중심에 닿는 느낌이 들자 순간적으로 소름이 돋는 듯 몸이 떨려 왔다. 교원은 벅차게 끓어오르는 감정을 도무지 주체할 수가 없었다.

그는 그녀의 허리를 꼭 끌어안고 한 바퀴 크게 돌았다. 그러자 윤슬의 입에서 제법 큰 웃음이 터졌다. 소리 내어 웃는 그녀의 모습이 예뻤다. 뭔가 이질적이고, 비현실적으로 느껴질 정도로, 색다르게 예뻤다.

행복하다. 이게 행복이구나. 맞닿은 감촉이, 체온이 좋다. 너무 좋다.

교원은 그녀의 입술에 끊임없이 입 맞추며 방으로 향했다. 처음엔 부끄러워하던 윤슬도 이내 그의 목에 팔을 두르고 달콤한 입맞춤을 선사해 왔다. 그의 볼을 부드럽게 쓰다듬으며 먼저 다가오는 그녀의 얼굴은 어떤 말로도 형언할 수 없을 만큼 사랑스러웠다.

그 순간 이상하게도, 뿌연 서리가 낀 것처럼 그녀가 흐릿하게 보였다. 그녀는 자욱한 안개 속을 뛰어다니며 해사하게 웃고 있

고, 그는 그런 그녀를 잡기 위해 손을 뻗고 있는 듯한. 행복하지
만 왠지 애가 타고, 간절하고, 묘하게 애잔한 감정이 들었다. 그
녀만 보면 그랬다.

"왜 그래요?"

그런 그의 마음을 읽었는지, 윤슬이 의아한 듯 물었다.

"왜요?"

교원은 잔잔한 미소처럼 부드럽게 윤슬을 침대에 눕혔다. 그리
고 자연스레 그녀의 위에 올라탔다.

"뭔가 걱정이 있는 것 같은 표정이에요."

"그런 거 없어요."

교원은 그녀의 이마에 살포시 입 맞추며 말했다.

"그냥…… 좋아서 그래요. 당신이 너무 좋아서."

"……정말?"

"응. 너무 좋으면, 애달파지거든."

마치 경험해 본 적 있는 것처럼 말했지만, 사실 교원도 처음 경
험해 보는 감정이었다. 행복, 그 너머의 애틋함.

"보고만 있어도 뭔가 슬프고, 아프고…… 그래도 행복하
고……."

교원은 그녀의 머리카락을 조심스럽게 쓸어 넘기며, 눈, 코,
입, 볼, 귀…… 하나, 하나 정성스레 입을 맞췄다.

윤슬은 그런 그를 유심히 바라보았다. 정말이지, 그의 말처럼
보고만 있는데 가슴이 따끔거리고 아릿한 느낌이 들었다. 이게 뭘
까. 무슨 감정일까. 정확히 알 수는 없지만 단순히 피부를 넘어

마음 깊은 곳이 맞닿아 있는 것 같은 기분이 들었다.

그가 나이고, 내가 그인 것처럼.

누군가에게 한없이 사랑받고 있다는 사실이 여실히 느껴져서, 윤슬은 좀 전보다 긴장을 풀었다. 이제는 정말, 굳이 애쓰거나 노력하지 않아도 마음이 저절로 열려 가는 것 같았다. 그의 따뜻한 손길에 자신의 몸을 완전히 맡겨도 될 것 같은 안도감이 들었다.

윤슬은 어렴풋이 웃으며 그의 목을 휘어 감았다. 그리고 그와 눈을 맞추었다. 교원도 그녀의 눈을 깊게 들여다보았다. 그것만으로도 마음이 통하는 것 같았다.

윤슬은 아무 말 하지 않았지만 교원은 그녀의 이야기를 가만히 들어 주고 있는 것 같았다.

그렇게 잠시간의 침묵이 스치고, 둘은 약속이나 한 듯 순식간에 달아올랐다.

교원은 이전까지와는 달리 적극적으로 다가왔다. 그녀의 아랫입술을 깨물어 입술을 벌리게 한 뒤 그 안을 거칠게 탐하기 시작했다. 그의 뜨거운 혀가 그녀의 혀를 휘어 감고 놓아주지 않으려는 듯 깊이, 더 깊이 들어왔다. 그러는 동시에 다른 한 손으로는 그녀의 셔츠 단추를 풀기 시작했다.

툭, 툭. 단추가 풀어지는 소리에 윤슬의 심장이 쿵쿵거렸다. 간신히 긴장을 풀었던 몸이 다시 바싹 굳어 버렸다. 단추를 푸는 그의 손놀림이 조금씩 빨라지면서, 키스도 점점 더 짙어졌다. 어느새 셔츠가 벗겨지고, 속옷만 입은 몸이 드러났다.

윤슬은 저도 모르게 몸을 움츠렸지만 교원은 개의치 않고 그녀의 군살 없는 허리 라인을 쓸며 올라왔다. 가슴 부근을 배회하던 그의 손이 마침내 봉곳 솟아오른 가슴을 한 손에 쥐었을 때 윤슬은 작은 신음을 내뱉었다.

속옷을 풀 여유도 없는 듯, 그의 손이 브래지어 안으로 밀려 들어왔다. 한 손에 약간 넘치게 들어오는 그녀의 가슴이 브래지어의 압박 때문에 더욱 풍만하게 느껴졌다. 처음엔 부드럽던 그의 손길이, 이내 자제력을 잃은 듯 거칠고 빨라졌다. 교원은 한 손으론 그녀의 가슴을 맘껏 주무르며 다른 한 손으론 그녀의 반대편 허리와 허벅지를 쓰다듬었다.

그리고 입술은 그녀의 턱을 지나 목으로, 쇄골로…… 점점 더 내려오기 시작했다.

가녀린 목과 어깨 라인, 그리고 움푹 파인 쇄골이 뇌쇄적이었다. 교원은 기다렸다는 듯 그 사이를 파고들며 그녀의 살갗을 깊이 빨아들였다. 그리고 허리를 쓸던 손을 올려 더는 못 참겠다는 듯 그녀의 브래지어 후크를 풀어 냈다.

"하아……."

압박감이 풀려가자 그녀의 입에서 보다 큰 숨소리가 새어 나왔다. 그 소리가 그나마 남아 있던 교원의 자제력마저 앗아가 버렸다.

교원은 곧장 자신의 티셔츠도 벗어 던졌다. 매끈하고 탄력 있는 그의 상체가 드러났다. 거북하지 않게 솟아 있는 잔 근육들이 매력적이었다. 그의 넓은 어깨가 평소보다 두 배는 더 넓어 보였다. 윤슬은 처음으로 본 그의 맨몸에 가슴이 두근거리는 것을 느졌다. 그가 어느 때보다 더욱 남성적으로 느껴졌다.

교원은 빠른 속도로 남은 옷을 벗고 윤슬의 치마와 팬티도 한꺼번에 끌어 내렸다. 그 다급한 손놀림이 너무 자극적이었다. 윤슬은 그를 똑바로 볼 수조차 없는데, 그는 알몸으로 그녀의 위에 올라앉은 채 너무도 당당히, 빤히 그녀를 바라보았다. 지금껏 정신없이 탐하기만 했던 그는 이제야 윤슬의 몸을 제대로 보는 터였다.

"……예쁘다."

창밖에서 들어온 달빛이 그녀의 몸을 은은하게 비춰 주고 있었다. 사실 예쁘다는 말로는 부족했다. 그녀의 몸을 그리고 있는 곡선은 지나치게 아름다웠다.

그러나 윤슬은 완벽한 그의 몸에 비해 자신이 턱없이 부족하다 생각했다. 그래서 자꾸만 숨으려 했다.

하지만 교원은 웅크리는 그녀의 손을 잡아 힘으로 치웠다. 그리고 또 한동안을 무안할 정도로 뚫어져라 내려다보았다.

"그만 봐요."

머리부터 발끝까지, 그녀의 몸을 찬찬히 쓸어내리던 교원은 몇 번이고 예쁘다는 말을 반복했다. 그러더니 돌연 깊은 숨을 내뱉으며 그녀의 가슴을 한입에 물었다. 그의 뜨거운 숨결과 혀가 동시에 느껴지자 곧장 다리 사이에 반응이 왔다. 그의 혀가 그녀의 솟아오른 정점을 힘껏 빨고 돌리며 아프게 괴롭혔다. 다른 손으로는 나머지 가슴을 거세게 주물렀다.

양쪽 가슴이 모두 그에게 지배당하자 윤슬은 이도 저도 못 하고 그의 등을 세게 끌어안으며 다리를 움츠렸다. 그러자 교원은 그것조차 용납하지 못하는 듯 자신의 묵직한 중심을 그녀의 중심에 맞추고 천천히 움직이기 시작했다.

윤슬은 너무 놀란 나머지 숨을 들이켰다. 아직 안으로 들어오진 않았지만, 자꾸 스치는 것만으로도 이미 젖어 든 그녀의 중심이 더욱 흥건히 젖어 가기 시작했다. 그러자 그와의 접촉은 더욱 매끄럽게 느껴졌다.

윤슬은 위아래가 동시에, 너무 뜨겁게 달아오르자 정신이 혼미해지는 것 같았다. 하지만 교원은 아랑곳 않고 더욱더 거칠어졌다. 그녀의 가슴을 빨아들이는 소리는 더욱 커졌고 그의 움직임은 더욱 빨라졌다.

"하아……."

그의 입에서도 나직한 신음이 흘렀다. 그는 당장이라도 들어가고 싶은 욕망을 억누르며 일순 움직임을 멈춘 채, 그녀를 향해 물었다.

"괜찮아요?"

내가 지금, 당신을 가져도?

답이 빤한 질문이었지만 묘한 긴장감이 일었다. 윤슬은 아무 말 없이 그를 바라보기만 했고, 그 침묵이 생각보다 길어졌기 때문이다. 혹시나 거절을 하면 어쩌나 싶어, 질문 자체가 후회되기도 했다.

교원은 한껏 달아오른 몸과 끓어오르는 마음을 가누기가 힘든 상태였다. 아마 그녀가 조금만 더 늦게 대답했다면, 지금껏 힘겹게 쌓아 올린 신뢰가 무너지더라도, 충동을 이기지 못했을지 모른다.

그러나 다행히 그녀는 먼저 고개를 끄덕여 주었고, 교원은 그 순간 곧바로 그녀의 입술을 한입에 머금으며 그녀의 안으로 들어갔다.

"으읏……."

윤슬의 입에서 제법 큰 신음 소리가 새어 나왔다. 한껏 젖어 있었는데도 불구하고 그녀의 안은 한없이 좁고 빽빽했다. 그러나 오히려 그 강렬한 압박감이 교원을 미치게 만들었다. 게다가, 너무 따뜻했다. 그녀의 안에서 전해지는 열기가 그의 온몸을 따뜻하게 데워 주었다.

교원은 아플 그녀를 배려해서 최대한 천천히 움직이기 시작했다. 하지만 한 번씩 들어섰다 나올 때마다 온몸에 전율이 스치고 지나서 견디기가 힘들었다. 조금만 더 빨리, 조금만 더 세게, 마음껏 그녀를 헤집고 싶었다.

윤슬은 그런 교원의 마음을 짐작했지만, 아무렇지 않은 척 두 팔 벌려 받아 주기는 어려웠다. 마음이야 그러고 싶지만 몸이 따라 주지 않았다. 너무 오랜 시간 아무에게도 내어 주지 않았던 몸이었기에 처음과 같은 고통이 밀려들었던 것이다.

하지만 윤슬은 티 내지 않으려고 입술을 질끈 깨물고 참았다. 아팠지만 행복했고, 자신의 아픔 때문에 이 행복을 깨고 싶지 않았다.

"괜찮아요?"

하지만 이를 모를 교원이 아니었다. 그는 그녀의 표정 하나, 몸짓 하나 섬세하게 신경 쓰고 있었다. 교원은 양손으로 그녀의 가슴을 부드럽게 주무르며 귓가에 속삭이듯 입을 맞췄다. 윤슬이 익숙해질 때까지 천천히, 조심히 움직이며 애무를 해 줄 생각이었다.

윤슬은 특히 귓불이 예민하게 반응했다. 이를 느낀 교원은 윤슬의 가슴을 조금 더 세게 주무르며 그녀의 귓불이 벌겋게 달아오를 정도로 뜨겁게 핥고 깨물기 시작했다. 그가 좋아하는 톤의 목소리로, 억누르듯 내뱉는 신음 소리가 좋았다.

"참지 마."

교원은 혀를 더욱 깊숙이 집어넣으며 말했다.

"더 크게 해 줘."

그러자 윤슬의 입에서 기다렸다는 듯 야릇한 신음이 터져 나왔다. 하아. 교원의 입에서 덩달아 뜨거운 신음이 쏟아졌다. 윤슬의 소리 하나만으로 그는 사정 직전까지 달아오르는 것 같았다. 서서히 이성이 혼미해졌다.

"더, 조금 더……."

더 듣고 싶었다. 그녀가 자신에게 반응하는 소리를. 자신을 원하는 소리를. 그녀가 자신의 것임을 그렇게라도 확인받고 싶었다.

윤슬의 소리가 커질수록 교원의 움직임도 빨라졌다. 어느새 그녀의 몸이 그에게 적응한 듯 매끈해져 있었기 때문이다. 그 뜨거운 온도, 부드러운 촉감. 교원은 더 이상 버틸 수가 없었다. 그는 온전히 본능에만 몸을 맡긴 채 움직이기 시작했다. 허리가 움직이는 속도가 빨라질수록 심장도 덩달아 빠르게 뛰는 것 같았다. 가슴이 터질 것만 같았다.

매일 상상만 해 왔던 일이, 꿈에서만 보았던 일이 현실로 벌어지고 있었다. 그토록 원했던 그녀를 비로소 가지고 있었다. 지금 이 순간, 그녀가 내 것이 된다. 내 것. 나만의 것. 내 여자. 그 생각을 하자 코끝이 뜨거워질 정도로 가슴이 벅차올랐다. 아무에게도 줄 수 없다. 결코, 누구에게도.

교원은 그 감정을 담아 그녀를 꼭 끌어안고 더욱 격정적으로 움직였다. 격하게 쏟아지는 숨 때문에 정말이지 숨이 멎어 버릴 것 같았다. 당장에라도 멀건 액체가 쏟아질 것 같았지만 교원은 힘겹게 속도를 조절해 가며 움직였다. 최대한 오랜 시간, 그녀의 안에 머물고 싶었다.

그렇게, 꽤 오래도록 그녀의 안을 마음껏 헤집던 그는, 어느 순간 중심에 뜨겁고 짜릿한 감각이 훅 끼쳐 오는 것을 느꼈다. 윤슬이 돌연 그의 귓가에 입을 맞춰 온 것이다. 교원이 했던 것처럼, 그녀의 입술이 그의 귓불을 뜨겁게 핥고 빨아들였다. 덕분에 그녀의 커다란 신음 소리가 더욱 선명하게 들렸다.

"아……."

더 이상은 무리였다. 참을 수가 없었다. 교원은 낮은 신음을 토해 내며 미친 듯이 움직이기 시작했다. 침대가 들썩이는 적나라한 소리가 걷잡을 수 없이 커지고, 그녀의 입에서 자지러지는 듯한 신음 소리가 터져 나왔을 때, 교원은 온몸이 불에 타는 듯 뜨거워지는 것을 느끼며 커다란 탄성과 함께 그녀의 위에 말간 액체를 쏟아 냈다.

두 남녀의 격한 숨소리가 끊이지 않고 이어졌다. 사정은 끝났는데, 교원의 심박 수는 도무지 안정을 찾지 못했다. 어쩐지 아까보다 더 빠르게 뛰는 것 같기도 했다. 자칫 잘못했으면 그녀의 안에다 쏟아 낼 뻔했다. 교원은 그렇게, 자신을 가누지 못할 정도로 흥분해 있었다.

처음이었다. 이렇게까지 달아오르고, 이렇게까지 정신을 잃었던 것은.

그 기이한 경험 속에 넋을 놓고 있던 교원은 갑작스레 이마에 와 닿는 윤슬의 손에 뒤늦게 정신을 차렸다. 그녀는 희미하게 웃으며 그의 이마에 맺힌 땀을 거둬 주고 있었다.

순간, 교원은 가슴 깊은 곳이 아릿해지는 것을 느꼈다. 저도 모르게 그녀를 끌어안았다. 있는 힘껏 끌어안았다. 알 수 없는 슬픔이 솟아올랐다.

"······해."

지금이 아닌 언젠가, 더 특별하고 중요한 순간에 해 주고 싶었지만, 그 말이 저절로 흘러나왔다. 견딜 수 없던 욕망처럼, 숨길 수 없는 마음처럼.

"······사랑해."

지금 이 순간, 하지 않을 수가 없었다.

"······사랑해."

교원은 오래 참아 왔던 것처럼, 그 말을 몇 번이고 반복했다.

"나 당신을······ 너무 많이 사랑하는 것 같아."

관계 후 하는 사랑한다는 말. 어쩌면 정해진 형식과 같은 일반적인 말이었다. 하지만 윤슬은 그 말을 듣는 순간, 가슴이 너무 달아올라서 눈물을 참을 수가 없었다. 심장이 미미하게 떨려 왔다.

말하지 않아도 알 수 있었지만, 그래도 듣고 싶던 말이었다. 그녀를 만지는 손길 하나, 바라보는 눈길 하나하나에 녹아 있는 말이었지만, 그래도 그의 목소리로 듣고 싶던 말이었다.

특히 바로 지금. 그녀에게 오늘은, 너무도 특별한 날이었으니까. 십 년 만에 누군가를 다시 사랑하고, 마음을 열게 된 날이었으니까. 그 선택이 틀리지 않았음을 확인받고 싶었다. 그래서 마침내 들려온 '사랑한다'라는 말이 더할 나위 없이 반가웠다.

"윤슬 씨."

교원이 윤슬의 눈물을 보곤 다소 놀란 듯 물었다.

"많이 아팠어요?"

단순하게도, 고통 때문에 우는 거라 생각한 모양이었다. 윤슬은 그저 따스하게 웃으며 고개를 저었다.

"좋았어요."

"……."

"행복했어요."

그러자 교원의 눈빛에 옅은 안도감이 어렸다. 윤슬은 촉촉이 젖은 그의 머리칼을 쓸어 주며 말했다.

"……사랑해요. 나도."

좋아한다는 말도 해 본 적 없는 그녀가, 용기 내어 그 말을 했다. 처음으로, 마음을 고백했다. 교원의 눈동자가 크게 흔들렸다. 묵묵히 그녀를 바라보는 그의 눈시울이 붉게 달아올랐다.

그 한마디가 뭐라고, 갑자기 눈물이 차오르는 자신의 모습이 당황스러워 교원은 피식 웃음을 흘렸다. 도무지 그녀의 눈을 바라볼 수가 없었다. 이상한 기분이었다. 정말로, 그 어떤 말로도 표현할 수 없는 벅찬 감동이 그를 둘러싸고 있었다.

교원은 그녀의 볼을 쓰다듬으며 천천히 입술을 머금었다. 그리고 부드럽게 혀를 밀어 넣었다. 아직 식지 않은 열기가 전해지는 순간 그의 중심이 다시 뜨거워졌다. 한 번 더 갖고 싶었다. 아니 계속해서, 날이 새도록, 끊임없이 갖고 싶었다.

하지만 그는 힘든 그녀를 배려해서 애써 마음을 억누르며 키스에만 집중했다.

달콤한 향기, 부드러운 촉감, 그리고 맞닿은 체온이 아직 다 전하지 못한 서로의 마음을 고스란히 전해 주고 있었다.

다른 세상이었다

모든 것은 같았지만 다른 세상이었다

젖은 날개를 퍼덕이며 슬피 우는 새에게

머지않아 해가 뜨면

네 비상은 젖었기에 남다를 거라고

아름다울 거라고 말해 줄 수 있는

너의 품 안에서 나는

다른 세상에 살았다

모든 것은 같았지만 분명히 다른

젖었기에 아름답고

슬프기에 행복한

조금 더 눈부신 세상에 살았다

17
신기루 같은 너를 끌어안고라도

윤슬은 페퍼민트 차를 마시며 조용히 창밖을 내다보았다. 몽롱한 정신이 좀처럼 깨지 않았다. 그의 품 안에서 눈을 뜨고, 토스트와 과일로 간단한 식사를 하고, 다른 차를 탔지만 함께 출근을 하고, 달콤한 메시지를 주고받은 아침이 특별했다.

가만히 있어도 자꾸만 웃음이 비실비실 새어 나오고, 일을 하다가도 갑자기 가슴이 뛰었다. 교원과의 뜨거웠던 지난밤이 틈만 나면 불쑥불쑥 떠올랐기 때문이다.

그래서 결국 차 한 잔을 마시며 마음을 진정시키는 중이었다. 하지만 차에서 느껴지는 따뜻한 온도와 향긋한 내음이 또다시 어제를 생각나게 했다.

윤슬은 은은한 미소를 지으며 교원을 생각했다. 그는 지금 뭘 하고 있을까. 내가 이렇듯, 그도 나를 생각하고 있을까. 그 생각을 하니 다시금 마음이 잔잔하게 떨려 왔다.

그때, 사무실 전화가 울렸다.

"본부장님. 신 교수님 오셨습니다."

윤슬은 예상치 못했던 주영의 방문에 놀라서 잠시 멈칫했다. 주영이 사전 연락도 없이, 그것도 회사로 갑자기 찾아온 것은 처음이었다.

"들어오시라고 해요."

말이 끝나기 무섭게 문이 열리고, 약간 거친 걸음의 주영이 들어왔다. 하지만 윤슬은 각오하고 있었다는 듯, 덤덤한 표정으로 그녀를 맞았다.

"앉으세요."

"지금 앉게 생겼니?"

주영은 그 어느 때보다 흥분한 듯 보였다.

"내가 지금 무슨 연락을 받고 왔는지 알아?"

"차 한 잔 하시겠어요?"

윤슬은 그녀가 이토록 흥분하는 데에는 한 가지 이유밖에 없다고 생각했다. 그래서 착잡하긴 했지만 불안하진 않았다. 그저 최대한 침착하려 노력하며 전기포트에 물을 올렸다.

그러나 윤슬의 그런 차분한 모습이 주영을 더욱 화나게 한 듯했다.

"너, 이번 주 토요일이 무슨 날인지는 알지?"

"그럼요. 아버지 생신이잖아요."

"잘 아는구나. 그럼 매년 그날마다, 우리가 누구랑 보냈었는지도 알고 있겠지?"

"하고 싶으신 말씀 하세요."

그러자 주영은 기다렸다는 듯 목소리를 높여 고함치듯 말했다.

"네가 지난번 전시회장에서 벌였던 그 막무가내 행동 때문에지 회장님 댁이랑 어색해질 뻔한 거, 어렵게 수습했어. 그리고 오늘, 지난 30년을 그랬듯 당연하게 연락을 했지. 네 아버지 생신을 함께해야 하니까. 그런데 그 착한 우현이가 거절을 하더구나! 죄송하다고, 이번만큼은 갈 수가 없겠다고. 너한테 청혼을 했다가…… 거절을 당했다고!"

윤슬은 멈칫했지만, 이윽고 물이 다 끓자 묵묵히 녹차 티백이 든 잔을 준비하고 물을 부었다. 물이 옅은 녹빛을 띠면서 은은한 녹차향이 번져 왔다.

"이게 대체 무슨 소리니?"

"차 한 잔 드세요."

"우현이가 청혼을 했었다는 게, 그리고 거절을 당했다는 게, 이게 다 무슨 소리냐고 묻잖아!"

"녹차 좋아하시잖아요."

"이윤슬!"

쨍그랑! 날카로운 마찰 소리가 본부장실을 가득 채웠다. 충동적으로 차를 밀어냈던 주영은 깜짝 놀라 윤슬에게 다가가려 했지만, 윤슬은 피하듯이 한 발 물러섰다. 그리고 뜨거운 녹차에 덴 자신의 손을 가만히 바라보았다. 그녀는 미동도 없었지만, 붉게 달아오른 손은 저절로 떨리고 있었다.

"슬아."

파르르 떨리는 손을 바라보던 윤슬의 눈동자가 천천히 흔들렸다.

흔한 일이었다. 익숙한 일이었다. 상처라는 것은, 공기처럼 늘 곁에 있었기에. 그녀는 한 번도 누군가의 공격이나 자신의 상처에 흔들리지 않았다. 마치, 감정을 느끼지 못하는 사람처럼. 그래서 더 차갑고, 무서운 사람으로 비춰지게 됐다.

그런데, 무엇이 달라진 걸까. 예전 같지 않았다. 예전처럼 괜찮지가 않았다. 지금은, 이제는, 아팠다. 손을 뒤덮은 열기가, 욱신거리는 느낌이, 공격적인 말투가, 숨 막히는 분위기가. 전부 아프고 따가웠다.

"뭐하고 섰어? 얼른 가서 찬물로 씻지 않고!"

"걱정은 되세요?"

"뭐?"

"엄마는 정말, 제가 아픈 게 걱정은 되시냐고요!"

처음이었다. 10년 전 그날 이후, 윤슬은 처음으로 주영에게 화를 냈다.

자신의 아픔이 아무리 큰들 주영에 미칠까 싶어서, 그간 단 한 번도 그녀에게 맞서 본 적이 없다. 항상 다감하고 포용력이 넘치던 주영이, 아닌 척하지만 자신처럼 어둡고 날카로워지는 것을 지켜보면서. 강박과 트라우마로 뒤덮인 채 병들어 가는 것을 지켜보면서. 늘 가슴이 미어질 듯 아프고, 고통스러웠으니까.

그녀를 그렇게 만든 것이 누구도 아닌 자신이라는 생각에, 주영의 앞에서는 감히 마음껏 아파할 수도 없었다. 그저 인형처럼 숨죽이고, 감정을 꼭꼭 억누르며 살아왔다. 그런데, 그랬던 그녀가 십 년 만에 처음으로 언성을 높인 것이다.

"제가 아픈 게, 진심으로 걱정되신 적은 있으세요? 한 번이라도, 제가 얼마나 아픈지, 어떤 마음인지, 들여다보신 적 있냐고요. 만약 그렇다면, 엄마가 정말 날 걱정한다면…… 우현 오빠를 거절했다는 사실보다, 거절한 이유에 대해 물어봐야 하는 거 아니에요? 왜 거절했는지, 대체 어떤 마음인지, 그게 궁금해야 하는 거 아니냐고요!"

"너…… 지금 그걸 말이라고 하니? 내가 너를, 한 번도 걱정하지 않았다는 거야?"

주영은 윤슬의 말에 충격을 받은 듯, 나직하지만 무서운 어투로 물었다. 윤슬이 아무런 대답도 하지 않자, 그녀는 더욱 감정적으로 변해 갔다.

"난 그때 우리 얘기가 어느 정도 마무리됐다고 생각했다. 우현이가 아니면 안 되는 이유에 대해서 그만큼 알아듣게 설명을 했으니까. 너도 내 말을 이해하고, 받아들인 줄 알았어. 그런데 이렇게 갑자기 뒤통수를 쳐 놓곤, 뭐? 이유가 궁금하지 않느냐고? 설마 그 말도 안 되는 사랑 타령일까 봐 두렵고 불안해서 묻지 못하는 거, 정말 모르겠니?"

"맞아요. 그 사랑 타령."

윤슬은 주영 앞에 뻔뻔할 수 있는 입장이 아니란 걸 알았지만, 교원을 선택한 이상 언제까지 웅크리고, 피하기만 할 수도 없었다.

"……뭐?"

"사랑하는 사람이 있어요. 그래서 그랬어요."

주영은 정말 큰 충격을 받은 듯, 완전히 얼어붙은 채로 움직이지 못했다.

"……슬아."

"죄송해요 엄마."

"…….."

"……죄송해요."

할 수 있는 말이 없었다. 오로지 그 말밖에는. 주영은 더 이상 아무 말도 하지 않았고, 사무실에는 오래도록 정적만 흘렀다. 무게를 가늠할 수 없는 깊이의 감정들이 오고 간 후, 윤슬은 다시 용기 내어 입을 열었다.

"하지만 정말 좋은 사람이에요. 엄마도 보시면 분명……."

"그만."

"그러지 마시고 한 번만……."

"그만하라고 했잖니!"

주영은 버럭 소리를 치더니, 혼란스러운 듯 이마를 짚으며 한 발 물러섰다. 마치, 윤슬로부터 도망이라도 치듯.

다시 한차례 고요가 지나고, 주영은 멍한 눈으로 짤막한 한마디를 남긴 뒤 천천히 뒤를 돌았다.

"……얼른 손부터 씻어라."

그리고 한 번도 돌아보지 않고 본부장실을 나갔다. 그녀의 느린 걸음 소리와 차갑게 닫히는 문소리만이 윤슬의 귓가에 오래도록 남았다.

회사로 들어서는 우현의 발걸음이 성급했다. 그는 답답한 듯 넥타이를 거칠게 늘어뜨리며 엘리베이터로 향했다. 그는 방금 전, 비서로부터 연락을 받은 상태였다. 지난번 요구했던 교원의 뒷조사가 완료된 것이었다.

'최민이 맞았습니다. 2005년부터 1년간 소년원에 있었고, 이후 개명한 것으로 확인됐습니다.'

그 말을 듣는 순간, 눈앞이 아득해졌다. 교원에게 어떤 사정이 있었는지는 중요하지 않았다. 그에게 폭력 전과가 있다는 객관적인 사실만이 중요했다. 아무리 오래전 일일지라도, 폭력으로 친구를 식물인간으로 만들고, 결국 죽음에 이르게 했다는 것은 결코 쉽게 넘어갈 수 있는 일이 아니었다.

혹여나 불가피한 이유라든가 억울한 사연이 있다 한들, 어쨌거나 과거를 숨기고 윤슬을 만났다는 것 또한 그녀를 기만하는 행위라 생각됐다.

왜 하필이면 최교원인가. 세상의 수많은 남자들을 두고, 왜 하필.

그때, 엘리베이터가 1층에 도착했다. 한 걸음 내딛던 우현은 문이 열리는 순간 그대로 얼어 버렸다. 윤슬이었다. 막 내려선 윤슬도 그를 발견하곤 당황한 듯 멈추어 섰다. 그렇잖아도 만나러 가려던 차에 그녀가 제 발로 나타나 줬으니 다행이었지만, 우현은 막상 그녀를 보자 머릿속이 새하얘지는 것 같았다.

"오랜만이네."

어색한 정적 끝에 윤슬이 먼저 말했다. 우현은 무슨 말부터 해야 할지 막막해서 형식적인 질문을 건넸다.

"퇴근하는 거야?"

"응. 어디 다녀오는 길이야?"

"어, 난 외부 미팅."

"그렇구나."

"……."

"그래, 그럼…… 수고해."

윤슬은 대화 사이에 끼어드는 정적을 견디기 힘든 듯 먼저 인사를 건넸다. 하지만 우현은 그녀를 이대로 보낼 수 없었다. 지나치는 그녀의 손목을 잡으려던 우현이 일순 놀란 듯 그녀의 손을 낚아챘다.

"이게 뭐야?"

그녀의 손은 벌겋게 달아오른 채 퉁퉁 부어 있었다. 하지만 그녀는 별일 아니라며 손을 숨기려 했다.

"손이 왜 이러냐고!"

"그냥 좀 데었어."

"좀이 아니잖아. 어쩌다가 이랬어?"

"신경 쓸 거 없어."

"누가 이랬는데?"

"글쎄, 신경 쓰지 말라니까."

윤슬의 목소리가 약간 높아졌다. 로비를 오가는 직원들이 그들을 흘깃거렸다.

"여기 회사야."

윤슬이 나직하게 말하며 그의 손을 뿌리쳤다.

"어쩌다 됐는지 말하는 게 뭐가 어려운데? 대체 무슨 일이 있었기에……."

순간 우현의 뇌리에 불안감이 스쳤다.

"혹시…… 어머니 왔다 가셨어?"

"먼저 갈게."

"이윤슬."

윤슬은 더 이상 말하기 싫다는 듯 빠르게 걸어 나갔다. 우현도 서둘러 그 뒤를 따라갔다.

오늘 오전, 주영에게서 전화가 왔다. 토요일에 있을 진환의 생일 파티에 오라는 얘기였다. 우현은 당연히 가고 싶었지만, 윤슬을 억지로라도 피해 다니는 중이었기에 갈 수가 없었다. 자연스럽게 그들의 관계가 완전히 깨어졌다는 사실도 알렸다. 그러지 않으면 주영은 언제까지고 윤슬에게 자신과의 결혼을 강요할 것 같았기 때문이다.

하지만 말을 하면서도 혹시나 주영이 윤슬을 찾아가 쓴소리를 하면 어쩌나 염려가 됐는데, 정말 우려했던 사태가 벌어진 듯했다.

"잠깐만!"

우현은 회사 앞에서 그녀를 다시 붙잡았다.

"우리 잠깐, 어디 가서 얘기 좀 하자."

"무슨 얘기?"

"그냥 이것저것, 할 얘기가 좀 있어."

"급한 거야? 나 오늘은 좀 쉬고 싶은데……."

"잠깐이면 돼. 일단 가자."

우현은 그녀의 손목을 잡고 끌었다. 그리고 비교적 조용한 카페를 가기 위해 골목으로 들어섰다. 그런데 그때였다.

갑자기 누군가 그녀를 화악 당기는 힘이 느껴졌고, 그녀의 손목이 그의 손아귀에서 툭 빠져나갔다. 돌아보니 교원이 윤슬의 손을 잡은 채, 싸늘하게 굳은 표정으로 우현을 보고 있었다. 우현의 입에서 허탈한 실소가 흘러나왔다. 우현이 차갑게 물었다.

"지금 뭐하는 겁니까?"

"그건 제가 묻고 싶은 말인데요."

잔뜩 화가 난 듯한 교원은 상대가 본부장이라는 사실을 잊은 듯 공격적으로 나섰다. 우현은 그런 교원을 가만히 보다가 냉소적으로 웃으며 말했다.

"그 손 놓으시죠."

"제가 왜 그래야 하죠?"

"윤슬이 아파하는 거 안 보여요?"

교원은 그제야 자신이 잡고 있는 윤슬의 손을 보았다. 윤슬의 손등은 벌겋게 부어올라 있었다.

"왜 이래요? 무슨 일 있었어요?"

윤슬은 그의 걱정이 고마웠지만, 그 순간엔 그저 이 상황을 피하고 싶은 생각뿐이었다. 그녀는 이미 주영과의 일로 지쳐 있는 상태였고, 두 남자의 만남이 왠지 모르게 불안했다. 피곤했다. 마음도 복잡했고, 오늘만큼은 그냥 혼자 있고 싶었다.

"교원 씨, 제발…… 그만 가요."

"무슨 일이었냐고 묻잖아요."

"아무 일도 없었어요. 그냥 혼자 실수한 거예요."

"정말이에요?"

"아니."

두 사람의 대화를 지켜보던 우현이 돌연 묵직한 목소리로 끼어들었다. 두 남자의 날카로운 눈빛이 다시금 맞부딪쳤다.

"다 당신 때문이야."

"오빠가 뭘 안다고 그래?"

윤슬이 만류하듯 말했지만, 우현은 흔들림 없이 교원만 바라보았다. 교원의 눈동자가 미동하는 것이 보였다.

"맞잖아. 네가 그렇게 된 건 어머니 때문이고, 네가 어머니랑 갈등하는 이유는 최교원 씨 때문이니까. 아니, 어쩌면 나 때문일 수도 있겠다. 보다 정확히 말하자면, 네가 날 선택하지 않은 게 문제가 되는 거니까."

"그만해."

"왜? 어차피 최교원 씨도 알아야 하는 문제 아니야? 언제까지 너 혼자만 감당할 건데. 언제까지 너 혼자만 끌어안고 힘들어할 작정인데?"

"오빠가 신경 쓸 문제가 아니야!"

묵묵히 우현의 이야기를 듣던 교원이 윤슬을 바라보았다.

"이게 무슨 얘기예요?"

"하……."

"뭘 혼자 감당하는데. 무슨 일이 있었는데. 왜 나한테 말해 주지 않는 거예요? 왜 나만, 모르고 있는 거죠?"

"교원 씨……."

우현은 윤슬이 자신을 원망할 것임을 알았지만, 어쩔 수 없었다. 그녀를 아프게 하느니, 교원을 다치게 하는 편이 나았다. 우현은 교원의 비밀을 폭로해서 윤슬에게 떠안을 수 없는 충격과 부담을 안기느니, 차라리 윤슬의 비밀을 터뜨려서 교원이 스스로 떠나게 하고 싶었다.

교원이 만약 윤슬의 아픔을 안다면, 감히 그녀의 옆에 있을 수 없을 거라 생각했다. 그 정도의 인격은 있는 사람처럼 보였다. 그래서 교원에게 먼저 기회를 주고 싶었다.

"슬이는, 10년 전에 동생을 잃었어요."

"……오빠!"

"미안해. 근데 넌 곧 죽어도 윤호 이름 입에 못 올리니까, 내가 대신 할게."

그 말에, 윤슬도 체념한 듯 고개를 돌렸다. 힘겹게 눈물을 삼키는 것 같았다. 그 모습을 보는데, 교원은 심장이 무겁게 가라앉는 것을 느꼈다. 알 수 없는 불안과 초조, 커다란 두려움이 그를 짓눌러 오는 것 같았다.

"이별을 받아들이지 못했던 슬이 남자 친구가 충동적으로 벌인 일이었죠. 그 사람은 술기운에 벌인 실수라고 했지만, 그 실수 하나로 윤호는 뇌사에 빠졌고…… 결국 떠났어요."

불안으로 흔들리던 교원의 눈동자가 충격으로 굳었다.

"그 일로 가족들은 모두 병들었어요. 폭력에 대한 트라우마는 타인이라는 것 자체에 대한 반감과 의심으로 번졌고, 슬이의 어머니는 어릴 때부터 가족처럼 지낸 제가 아니면 그 누구도 믿을 수 없다고, 슬이를 어떻게든 저와 맺어 주고 싶어 하셨죠. 그런데 슬이는, 내가 아닌 당신을 택했고, 그 사실을 오늘 슬이 어머님이 알게 된 거죠."

"……."

"그러니까, 슬이는 나를 선택하지 않아서, 혹은 당신을 선택했다는 이유로, 가장 소중한 사람과 갈등하고, 아파하고 있다는 말입니다. 그리고 그 아픔을 언제까지 겪어야 할지는, 아무도 모르죠."

교원은 아무 말도 하지 않았다. 그저 조금씩 초점을 잃어 가는 눈으로 우현만 바라보았다.

"……괜찮아요. 생각만큼 그렇게, 아프지 않아요. 부모님도, 천천히 설득하면 될 거예요. 분명히 절 이해해 주실 분들이에요."

윤슬은 무표정에 가까울 정도로 굳어 있는 교원의 감정을 살피듯 말했다.

하지만 교원은 그녀의 말이 귀에 들어오지 않았다. 그토록 사랑하는 그녀의 모습도, 눈에 들어오지 않았다.

"슬이한테 잘해요. 지금부터라도 절대, 혼자 감당하게 하지 말고, 혼자 힘들어하거나 울게 하지 말고. 당신이 꼭 옆에서, 지켜 주란 말입니다."

말을 마친 우현은, 그제야 돌아가려는 듯 윤슬의 어깨를 지그시 만져 주고 교원에게 다가갔다. 한 발, 두 발. 그의 큼직한 발걸음은 당당하고 거침이 없었다. 그대로 교원을 지나치나 싶던 그는, 돌연 그의 귓가에 대고 무언가를 속삭였다.

윤슬에게는 들리지 않을 만큼 작은 목소리로, 교원에게만 전하는 그의 진심이었다. 이를 듣는 교원의 얼굴에서는 서서히 핏기가 사라져 갔다.

"그때, 가족들은 병들었지만, 슬이는 죽어 갔어. 심인성 기억상실증으로…… 폭력에 관한 모든 기억을 지워 버릴 정도였으니까."

"……"

"그러니까…… 당신은 절대, 안 된다는 얘기야."

"……"

"들키지 말고, 조용히 떠나. 그게, 슬이를 위한 일이야."

그 말을 마지막으로, 우현은 떠났다. 그의 정갈한 구두 소리가 그 어느 때보다 크게 번져 가며 교원을 덮쳤다. 정체를 알 수 없는 어둠, 무게를 알 수 없는 고통이 그를 무섭게 압박해 왔다. 인정할 수 없었지만, 도망치고 싶었지만, 그건 분명한 절망이었다.

"……교원 씨."

교원은 다가오는 그녀에게서 저도 모르게 한 발 물러섰다.

"교원 씨?"

놀란 그녀가 한 발 더 다가왔지만, 그는 자동적으로 한 발 더 물러섰다. 그리고 재빨리 뒤를 돌았다. 무서운 속도로 차오르는 슬픔을 억누르기 위해서였다. 아직 이 혼란스러운 상황을 제대로 받아들이지도 못했는데 성급하게 솟아오르는 눈물을, 복잡한 감정을, 도무지 감당하기 힘들었다.

'심인성 기억상실증으로…… 폭력에 관한 모든 기억을 지워버릴 정도였으니까.'

그제야 그를 기억하지 못하던 그녀의 모습들이 떠올랐다. 아니, 그녀는 그를 기억하지 못한 게 아니라, 하지 않았던 것이다. 기억하기 싫어서. 떠올리기 싫어서. 그를 자신의 과거에서 힘껏 밀어내고, 저 멀리 버렸던 것이다. 그는 그녀에게, 그런 존재였던 것이다.

"놀란 거예요? 미안해요. 이렇게 갑자기……."

당황한 그녀는 어찌할 바를 모르며 미안하단 말까지 했다.

미안하다니. 미안하다니. 교원은 헛웃음을 흘리며 가슴을 쥐어잡았다. 속이 타는 듯이 뜨겁게 달아올랐다. 답답한 동시에 구역증이 났다. 무엇을 뱉고 싶은 것일까. 교원은 몸속에서 강하게 밀어내는 무언가를 되삼키려고 갖은 애를 썼다.

"왜 그래요? 어디 아픈 거 아니에요? 괜찮아요?"

그를 붙잡는 그녀의 붉은 손등이 보였다. 순간, 참았던 눈물이 울컥 솟구치며 현기증이 일었다.

지난밤의 행복이 꿈처럼 아련하게 스쳐 지났다. 오늘 하루 종일, 지난밤을 생각하며 얼마나 벅찼는지 모른다. 회상만으로도 몇 번이나 달아오를 뻔했다. 그녀를 가지면 좀 안정감이 들 줄 알았는데, 아니었다. 평소와는 비교도 할 수 없을 만큼 불안정했다.

그녀는 뭘 하고 있는지, 나와 같은 기분일지, 어떤 생각을 하고 있을지, 온통 그녀의 생각뿐이었다. 당장이라도 보고 싶고, 한 번만 더 안아 보고 싶어 애가 닳아 미칠 지경이었다.

그런데, 이렇게 갑자기, 이렇게 한순간에 꿈이 깨어져 버릴 줄은 상상도 하지 못했다.

'당신을 선택했다는 이유로, 가장 소중한 사람과 갈등하고, 아파하고 있다는 말입니다.'

'그러니까…… 당신은 절대, 안 된다는 얘기야.'

그녀는 자욱한 안개 속을 뛰어다니며 해사하게 웃고 있고, 그는 그런 그녀를 잡기 위해 손을 뻗고 있는 듯했던 그 감정이 다시 떠올랐다. 어째서 애가 타게 슬펐는지, 어째서 매 순간 불안했는지, 이제야 이해가 됐다.

"교원 씨!"

교원은 자신의 어깨에 닿아 있는 그녀의 손을 끌어 내렸다. 그리고 그녀를 향해 몸을 돌린 뒤, 곧장 자신의 쪽으로 잡아당겼다. 그녀가 그의 품 안에 튕겨지듯 들어왔다. 교원은 그녀를 강하게 끌어안으며, 그녀의 어깨에 얼굴을 묻었다. 기어코, 참았던 눈물이 떨어져 내렸다.

"하아……."

하고 싶은 말들은 너무 많았는데, 할 수 있는 말은 오직 한 가지뿐이었다.

"……미안해요."

내가 감히 네 옆에 있어서. 하필 나여서.

"……미안해."

하필이면 내가, 너를 사랑해서.

"……미안해. 이윤슬."

파도 아래 끄적인 모래 글씨처럼

아로새길 시간도 없이 지워지면 좋겠다

이미 나는 몇 번이고 부서졌는데

왜 너는 문신처럼 온전해야 하나

왜 나는 너 아닌 누구도 사랑할 수 없는 사람처럼

매일 차가운 무덤을 끌어안고 살아야 하나

어떻게든 지워 내려 안간힘을 쓰다가

또다시 깨닫고 망연히 웃는다

닿아 본 적도 없구나 내 손은

지워지지 않는 게 아니라

지우지 않는 거였구나

나는 신기루 같은 너를 끌어안고라도

버티고 싶었던 거였다

네가 없는 하루, 또 하루를

18
달의 정원

교원은 그의 갑작스러운 이상 증상을 보고 걱정하는 윤슬을 껴안으며 말했다. 나 때문에 힘든 나날들을 겪고 있었는데, 아무것도 모르고 혼자 아프게 해서 미안하다고. 그것이 진짜 이유는 아니었지만, 불안해하는 그녀를 달래 주기 위해서 일단은 그렇게 둘러댔다.

우선은 그랬다. 그녀를 떠나라는 우현의 말이 계속해서 귓가를 맴돌았지만, 당장 결정할 수 있는 일은 아니었고 그럴 수도 없었다. 마음을 진정시키고 생각할 시간이 필요했다.

그래서 아무 일 없는 듯, 최대한 감정을 조절하며 그녀를 집에 데려다주었다. 그 어느 때보다 헤어지기 싫었고, 현실도피라도 하듯 그녀를 안고 싶었지만, 애틋한 키스만 나누고 집으로 돌아왔다. 더 있다간 감정이 북받칠 것 같았기 때문이다.

윤슬에겐 일찍 잔다고 거짓말을 하고 홀로 술잔을 기울였다. 도저히 잠들 수 없는 밤이었다.

'야, 최민. 너 제정신이냐?'

출렁이는 술 위로 잊고 싶은 기억이 뿌옇게 떠올랐다. 10년 전, 그날이 원망스러웠다. 모든 비극이 시작돼 버린 그날.

최민이라는 이름으로 살던 그때, 그 시절이.

"다시 말해 봐. 뭐라고?"

처음부터 그럴 생각은 없었다. 진심이었다. 그저 어느 날부턴가 지겨워졌다. 친구들의 저급한 욕설을 듣는 게. 지갑 터는 소리를, 살 부딪치는 소리를, 신음하는 소리를 듣는 게. 그만 듣고 싶었다. 그게 전부였다.

"그만 좀 하라고. 없다는 애 붙들고 족친다고 뭐가 나오냐?"

정태가 황당하다는 듯 웃으며 민을 보았다. 하지만 민은 물러서지 않았다. 돈을 뜯기던 녀석에게 가 보라고 턱짓을 했다. 그는 불안한 듯 눈치를 보다가 후다닥 줄행랑을 쳤다.

남학생이 도망치는 것을 가만히 두고 보던 정태는 이윽고 그에게서 빼앗았던 지갑을 확 내던졌다. 지갑은 정확히 민의 뺨을 맞고 떨어졌다.

"요즘 들어 이상하다 했더니, 진짜 맛이 갔구나. 몇 번 눈감아 주니까 그새 정의의 사도라도 된 것 같냐? 잘못 살고 있는 것 같다는 생각이라도 들어?"

"……."

"그래서 뭐. 어쩌라고? 성적도 올리고 좋은 대학도 가야 되니까, 이제 네 인생에서 발 좀 빼 달라. 그거냐?"

맞는 말은 아니었지만 그렇다고 부정하고 싶지도 않았다. 중학교 땐 멋모르고 어울렸다지만 고등학생이 되자 점점 더 심해지는 일탈에 거부감이 들었다. 세준을 비롯한 몇몇은 알바랍시고 폭력 조직의 일에 가담하면서 칼 쓰는 법을 배우기도 했다.

민은 학교에서 알아주는 싸움꾼이었지만 뼛속까지 나쁜 놈은 못 됐다. 그만한 배포가 없는 것은 아니었지만, 자꾸 아버지가 생각났다. 가끔 무심코 하늘을 볼 때마다, 아버지에게 죄 짓는 듯한 느낌이 들었다. 민을 누구보다 믿어 주고, 자랑스러워하던 아버지에게.

"그래. 그거다."

결국 맘에 없는 소릴 했다. 3년을 사귀어 온 친구들을 한순간에 잃어야 했지만, 어쩔 수 없었다. 뭔가를 얻으려면 또 다른 뭔가를 잃을 수밖에 없다는 것을, 민은 진작부터 알고 있었다.

죽기 직전까지 맞기만 하면 될 줄 알았다. 입에 담을 수 없는 욕설들도, 한 번만 참아 내면 그만일 줄 알았다.

하지만 평소 다혈질인 데다 정태 다음으로 친했던 세준이 민의 배신을 받아들이지 못하고 충동적으로 잭나이프를 꺼내 덤벼들었다. 요즘 폭력 조직의 일에 가담하면서 지니고 다니던 휴대용 칼이었다. 세준은 치기 어린 마음에 단순히 겁을 주려고 꺼낸 것이었지만, 상황은 예기치 못한 방향으로 흘러갔다.

세준과 칼을 두고 실랑이를 벌이던 민이 그를 있는 힘껏 다른 쪽으로 밀친 순간, 누군가가 풀썩 쓰러지는 소리가 들렸다. 세준이 피에 젖은 칼을 툭 떨어뜨리며 뒷걸음질 쳤다.

정태는 피가 솟구치는 배를 움켜쥐며 신음을 토해 내다 정신을 잃었다. 세준이 민의 힘에 밀려나면서 바로 앞에 있던 정태를 찌른 것이었다. 황당할 정도로 순식간에 벌어진 일이었다.

"아니야…… 내가, 내가 아니야……."

세준은 넋이 나간 채 뒷걸음치며 그 말만 읊조리다, 어느 순간 민을 무섭게 쏘아보았다. 하나, 둘, 시선들이 모아졌다.

다급히 119를 부르고 정태를 깨우던 민은 온몸에 느껴지는 따가운 시선에 천천히 주위를 둘러보았다. 친구라고 믿었던 아이들이 무서운 기세로 그를 둘러싸고 있었다. 무언가 잘못됐다고 느꼈을 땐 이미 늦은 후였다.

너 때문이야. 그들은 모두 입을 모아 말했다. 네가 세준일 밀치지만 않았어도 정태는 다치지 않았다고. 그러니까, 정태를 해한 것은 너라고. 칼을 꺼냈던 사람도, 정태를 찌른 사람도, 결국 너라고.

"아니야…… 내가, 내가 아니야……."

민은 어느새 세준과 같은 말을 하며 뒷걸음쳤지만, 물러설 곳이 없었다. 그리고 무작정 부인할 수만도 없었다. 불행히도, 상황이 그러했으니까. 분명 그가 해한 것은 아니었지만, 그가 해하지 않은 것도 아니었다. 애초에 잭나이프를 꺼낸 세준의 잘못임은 명백했지만, 그 역시 의도치 않은 일이었기에 쉽게 물러서지 않았다.

세준은 주변의 모든 힘을 동원해 민을 범인으로 몰아붙였다. 그는 자신의 잘못으로부터, 죄책감으로부터 벗어나기 위해 필사적으로 발버둥치는 것 같았다. 그리고 민은 그 힘을 막아 낼 작은 힘도 없었다.

결국 정태는 식물인간이 됐고, 민은 억울하게도 폭행치상이 아닌 상해죄로 소년원에 들어가게 되었다.

그 시기, 민은 언제 터질지 모르는 시한폭탄 같은 존재였다. 첫날 밤, 갑작스러운 자살 기도로 소년원을 발칵 뒤집어 놓더니, 이후부터는 갑자기 미친 사람처럼 발광했다가, 돌연 죽은 사람처럼 잠잠해지고, 또 보통 사람처럼 웃기도 했다. 하루에도 수십 번씩 그 과정을 반복하면서, 민은 어느새 서울소년원에서 가장 문제적인 인물로 자리 잡았다.

6개월쯤 되었을 땐, 누구보다 어둡고, 피폐하고, 차갑고, 과묵한 인간이 되어 있었다. 그는 꼭 필요한 상황을 제외하고는 절대 입을 열지 않았다. 누구하고도 어울리지 않았고, 아무것도 좋아하지 않았다. 그저 살아지는 대로 사는 것처럼, 어쩔 수 없이 숨 쉬는 것처럼, 매일을 그렇게 버텨 내고 있었다.

그러던 어느 날이었다. 갑자기 '마음 정화 프로그램'이라는 것이 열렸다. 교회에서 소년원 자원봉사단을 만들어 1:1 매칭 교육을 하러 온 것이었다. 오후 1시부터 4시까지, 격주 토요일마다, 6개월로 잡힌 과정이었다.

말만 매칭 교육이지 전도 교육 아니냐며, 강당에 모인 원생들은 불만과 걱정으로 쑥덕거렸다. 하지만 민은 아무래도 상관없었다. 아무것에도 관심이 없으니, 좋고 싫은 것도 없었다. 그가 좋아하는 것이라면, 매일 밤 점호 이후 일기를 적듯 글을 쓰는 것뿐이었다. 그래서 그는 술렁이는 원생들 사이에서도 평소보다 더욱 무표정한 얼굴로 가만히 앉아 있었다.

그런데, 봉사단 대표로 목사가 강단에 서고 막 프로그램이 시작될 무렵이었다. 누군가 민의 곁에 다가와 장난스레 한마디를 던지며 지나쳤다.

"너 살인자 됐다며?"

쿡쿡 웃으며 지나치는 아이는, 얼마 전 들어온 같은 동네 출신이었다. 묵묵히 앞만 보던 민은, 한순간 벌떡 일어나 남학생에게 달려갔다. 그리고 다짜고짜 멱살을 잡고 들어 올렸다. 살기 어린 민의 눈빛에 남학생은 화들짝 놀란 듯 안면 근육을 바들바들 떨었다.

"그게 무슨 소리야."

민은 소름 끼치게 낮은 목소리로 위협하듯 말했다.

"그게 무슨 개소리냐고 묻잖아!"

강당은 순식간에 어수선해졌고, 멀리서 이를 발견한 교사 몇 명이 달려왔다. 그제야 민이 요주의 인물임을 눈치챈 남학생은 애써 그의 시선을 피하며 떨리는 목소리로 말했다.

"아니, 아까 면회 시간에 친구가 그러던데. 너희 학교 김정태…… 어제 죽었다고."

남학생을 쏘아보던 민의 동공이 날카롭게 축소했다.

"최민! 그 손 안 놔?"

마침 도착한 교사들이 민을 남학생으로부터 떼어 내며 소리쳤다. 그러나 민은 아무 소리도 들리지 않는 듯, 멍하니 허공을 응시하며 교사들의 손을 거칠게 뿌리쳤다. 그러더니 갑자기 강당 밖을 향해 뛰기 시작했다.

"최민!"

죽었다고. 죽었다고? 그 순간엔 아무 생각도 나지 않았다. 그저 확인해야 한다는 생각뿐이었다.

이 말도 안 되는 소리가 정말 사실인지. 정말 그 자식이 죽어 버렸는지. 나를 이렇게 만들어 놓고, 정말 그렇게 맥없이 가 버린 것인지. 나를 언제까지, 얼마나 더 절벽 끝으로 밀어낼 작정인지. 제 눈으로 직접 보고, 목이 터져라 원망하고 싶었다.

방향을 알 수 없는 분노가, 가슴을 쥐어짜는 고통이 무섭게 끓어올랐다. 어디에라도 털어 내고 싶었다. 온 힘을 다해 뱉어 내고 싶었다.

"너 거기 안 서?"

교사의 목소리는 어느새 많이 멀어져 있었다. 민의 빠른 달리기 실력을 감당치 못한 것이다. 저 멀리, 소년원 정문이 보였다. 한 번 휙 넘어 버리면 그만이지만 결코 쉽게 나갈 수 없는 문. 그 문을 열고, 대학생처럼 보이는 한 여자가 손목시계를 들여다보며 다급히 들어서고 있었다. 민은 그 틈을 타 문밖으로 나가기 위해 미친 듯이 뛰었다.

그런데, 문 앞에 다다랐을 무렵 여자가 겁도 없이 민의 앞으로 뛰어들며 그를 가로막았다. 그 바람에 민은 여자를 밀치다 말고 함께 쓰러지고 말았다.

얼결에 여자를 덮친 민은, 순간 옅은 페퍼민트 향이 훅 끼쳐 오는 것을 느꼈다. 그토록 경황이 없는 와중에도 민은 그것을 느꼈다. 무채색, 무향으로만 가득했던 소년원에서 처음 맡아 보는 향기였기 때문이다. 뿐만 아니라, 사람에게서도 처음 맡아 보는 향기였다.

교사들이라 하더라도, 대개 칙칙한 담배 냄새 아니면 과한 화장품 냄새만 났기 때문이다. 그래서 민은, 아주 잠시지만 자신의 밑에 깔려 신음하고 있는 여자를 바라보았다. 햇살 때문인지 유난히 빛나고 맑아 보이는 커다란 눈이, 그를 담고 있었다. 그것 하나만 보였다.

"최민! 얼른 잡아!"

민은 다시 들리는 교사의 목소리에 벌떡 일어나 문으로 향했다. 하지만 문은 그사이 경비의 손에 닫혀 버렸다.

"비켜! 열어! 열란 말이야!"

민은 커다란 철문을 흔들며 버럭버럭 고성을 질렀다. 뒤늦게 달려온 교사들이 그를 양쪽에서 붙잡고 잡아끌었다. 힘껏 뿌리치려 했지만 혼자 힘으론 한계가 있었다. 민은 교사들에게 끌려가며 마지막까지 발악을 했다.

"이거 놔! 놓으라고!"

"가만 안 있어?"

"죽었다잖아. 죽어 버렸다잖아! 그 자식이, 내 친구가…… 죽었다잖아!"

내 친구가, 라는 그 말에서 민의 목소리가 흔들렸다. 6개월 만에 처음으로 해 보는 말이었다. 친구라는 말. 민이 고통스러웠던 것은, 누구의 말대로 자신이 살인자가 돼서도 아니고, 소년원을 탈출하지 못해서도 아니고, 그가 죽었기 때문이었던 것이다. 한때나마 가장 친하게 지냈던, 친구가 죽었기 때문에.

"놔주세요."

그때, 한 여자의 커다란 목소리가 들렸다. 교사들이 발을 멈추었다. 잠시나마, 민을 압박하던 강한 힘이 풀어졌다. 한 여자가, 바짓단에 묻은 흙을 털어 내며 제법 경쾌한 걸음으로 민의 앞에 다가와 섰다.

조금 전, 그와 함께 넘어졌던 여자였다. 그녀는 좀 전의 상황을 모두 지켜보고서도, 거리낌 하나 없는 표정으로 명랑하게 말했다.

"그 학생, 최민이라고 하셨죠?"

"그런데요?"

"전 마음 정화 프로그램 교사로 온 이윤슬이라고 하는데요. 제 학생인 것 같아서요."

"……네?"

"일대일 매칭 교육 말이에요. 제가, 최민 학생을 맡게 됐거든요."

심지어 여자는, 잠시 민과 눈을 맞추며 싱긋 웃어 보이기까지 했다. 생소했다. 그토록 영롱한 눈동자, 해맑은 미소. 밝은 분위기. 모두, 지난 6개월 동안 소년원에서는 단 한 번도 보지 못했던 것이었다.

"그러니까 놔주세요. 제가 데려갈게요."

그녀는 놀라울 정도로 당당한 어투로 말하며 손목시계를 들여다보았다.

"1시 20분…… 늦은 건 죄송하지만, 지금은 분명 매칭 교육 시간이니, 제 학생 맞잖아요?"

교사들은 여자의 당찬 분위기에 압도당한 듯, 어영부영 민을 놓아주었다. 민 역시 갑자기 해소된 압박감과 예상치 못했던 상황이 당황스러워 어떻게 행동해야 할지 막막했다.

그때 여자가 민의 옆에 바싹 다가오더니, 당당히 그의 팔짱을 끼며 말했다.

"그럼 갈까?"

민은 잔뜩 인상을 구기며 그녀를 내려다보았고, 그녀는 더욱 해사한 웃음을 띠며 그를 올려다보았다. 그렇게 두 사람은, 다시 한 번 눈을 맞추었다. 그것이, 열일곱 소년과 스물셋 여자의 첫 만남이었다.

소년에겐 결코 잊을 수 없는, 여자에겐 반드시 잊어야만 하는 기억이 되었던, 첫 만남.

하지만 민은 어쩐지 윤슬이 마음에 들지 않았다. 그녀 때문에 소년원을 탈출하지 못했다는 원망도 있었고, 그녀에게서만 느껴지는 생소한 느낌도 싫었다. 그것이 그녀의 순수한 특성으로 느껴지지 않았다. 그저, 그녀가 다른 사람들과 다른 척하는 것처럼 보였다.

민은 사람에게 크게 덴 경험 때문에, 기본적으로 타인에 대한 경계심을 가지고 있었다. 그래서 두 번째 만남 때는, 아예 강당에도 가지 않고 옥상으로 숨듯이 피해 버렸다. 그녀가 용케, 그를 찾아낸 것이 문제였지만.

"여기 있었구나? 한참 찾았잖아."

윤슬은 곳곳을 뛰어다닌 듯 숨을 몰아쉬며 말했다. 하지만 민은 그녀를 거들떠보지도 않았다. 그저 난간에 기대어 선 채 아래만 내려다보며, 그녀를 없는 사람 취급했다.

솔직히 말해서, 귀찮고 지겨웠다. 지난 6개월 동안 자원봉사자라고 오는 사람들을 한두 번 만나 본 게 아니었다.

모두 처음에는 하나같이 말했다. 나는 너에게 진심이고, 너를 반드시 교화해 줄 거라고. 나만은 다르다고. 하지만 그들은 얼마 못 가 전부 똑같은 사람이 됐다. 시들해진 열정, 지친 표정으로 그를 대하다 결국엔 온갖 핑계를 다 대며 약속된 기간도 채우지 못하고 떠나 버렸다. 그래서 이젠 누구에게도 기대가 생기지 않았다.

쓸데없이 상처받지 않으려면, 혹시나 하는 마음 같은 건 진작 버려야 했다. 민은, 그런 마음으로 윤슬을 만났다.

"강당이 답답하면 여기서 수업해도 좋아. 난 사실 좀 자유로운 편이라, 꽉 막히고 사람 많은 데 싫어하거든."

그때, 민이 갑자기 난간에 팔을 짚고 훌쩍 몸을 띄우더니 그 얇은 난간 위에 올라앉았다. 민이 마음만 잘못 먹거나, 까딱 잘못 움직이면 곧장 떨어질 수 있는, 아슬아슬하고 위태로운 모양새였다.

"뭐하는 거야? 위험하게!"

윤슬이 놀라 소리치자, 민이 피식 웃었다.

"여긴 왜 왔어요?"

"뭐?"

"여긴 원생 출입 금지 구역인데, 왜 여길 왔냐고요."

뒤에서는 잠시 아무 말이 없었다. 민은 다 알고 있다는 듯 냉소적으로 웃으며 말을 이었다.

"나는 따는 법에 익숙해졌다고 하지만, 그쪽은 열쇠도 있어야 했을 텐데. 굳이 열쇠까지 구해 가면서, 잠겨 있는 옥상을 열고 들어온 이유가 궁금하잖아."

"……."

"그쪽도 내가, 죽을 거라 생각했어?"

"그게 아니라……."

가만히 듣기만 하던 윤슬이 참다못한 듯 입을 열었다.

"네가 없어졌다고 하니까, 다들 놀라면서 혹시 모르니 여길 와 보라고 해서……."

"그러니까, 내가 없어지면 무작정 자살부터 생각하는 다른 사람처럼, 그쪽도 그게 걱정돼서 여길 찾아온 거 아니냐고."

민의 목소리가 약간 높아졌다. 왜 이런 쓸데없는 소릴 하게 되는지, 그조차도 이해가 안 되는 부분이 있었다. 하지만 왠지, 그녀에게는 유독 더 화가 났다. 아무래도 지난 시간 동안 쌓여 온 감정들이 하필이면 윤슬을 만나 터지고 있는 것 같았다. 얼마 전, 정태의 죽음까지 겪으면서, 꾹꾹 눌러 온 그의 울분이 한계를 넘어선 것 같기도 했다.

"더럽게 황폐하고 삭막한 장소긴 하지만, 나는 지금까지 단 한 번도 자살 같은 걸 하러 여길 온 적이 없는데, 그런데 사람들은 모두 내가 여길 죽으러 온다고 생각해! 왜지 알아? 그 사람들은, 내가 죽어야 한다고 생각하는 거야. 자살할 만큼 큰 죄를 지었다고. 아무것도 모르면서, 쥐뿔 아는 것도 없으면서, 더러운 하이에나들처럼 내가 언제 죽을지만 기다리고 있는 거라고!"

"그게 무슨 말도 안 되는 소리야?"

"아는 척하지 말라고, 제발!"

"……."

"내가 어떤 감정인지, 무슨 사연인지, 아무것도 모르면서 다 아는 것처럼 가르치려 들지 말라고!"

민의 커다란 고함 소리가 메아리치듯 울렸다. 이윽고 옥상에는 무거운 정적이 내려앉았다. 다소 거친 민의 숨소리와, 얕은 윤슬의 숨소리만 그 정적을 넘나들었다.

한참 후, 윤슬이 차분한 목소리로 입을 열었다.

"그럼 말해. 네 마음이 어떤지, 무슨 사연이 있는지, 세상 사람 모두 알 수 있게, 네가 먼저 입을 열어. 그렇게 입 꾹 닫고 아무도 너를 몰라준다고 억울해하지 말고. 그냥, 말하면 되잖아."

참 쉽고, 당연한 말이었다. 그리고 맞는 말이었다. 하지만 민에게는, 통하지 않는 말이었다.

"말하면, 누가 들어 주는데?"

이미 다, 해 본 일이었으니까.

"들어도 못 들은 척, 알아도 모르는 척, 전부 그렇게 살아가는 세상에서! 누가 돈 없고 힘없는 남자애 말을 제대로 들어 주는데? 도대체 누가, 내 말을 들어 줄 수 있는데!"

윤슬은 다시 말이 없었다. 민은 자신이 그녀의 대답을 기다리는 것을 깨닫고 헛웃음을 흘렸다. 너무 오랜만이었다. 누군가와 이렇게 길게, 대화라는 것을 나눠 본 게. 어쩌다 이렇게 됐는지는 모르겠지만 윤슬에게는 자꾸 쓸데없는 이야기를 하게 됐다.

전부 무의미한 일이다. 더는 이러고 있을 필요가 없다.

민은 다시 돌아가기 위해 난간에 손을 짚고 고개를 돌렸다. 그런데, 그때였다.

"웃차!"

"뭐야?"

갑자기 어두운 그림자가 지더니 눈 깜짝할 새 윤슬이 훌쩍 뛰어올라 그의 옆에 앉았다.

"아악!"

물론, 처음 앉아 보는 난간이라 떨어질 뻔한 위기도 겪었지만. 민이 날렵한 순발력으로 그녀의 손을 잡았다. 그리고 강한 힘으로 잡아당겨 균형을 맞춰 주었다.

"뭐하는 거야? 떨어질 뻔했잖아!"

민은 놀라서 굳어진 얼굴로 버럭 소리를 질렀지만, 균형을 잡은 윤슬은 신난다는 듯 발을 앞뒤로 흔들며 방긋 웃었다. 그리고 민이 잡고 있는 자신의 손을 보란 듯이 들어 보였다.

민은 흠칫하며 얼른 손을 떼어 냈다. 그러자 윤슬은 아쉽다는 듯 입맛을 쩝 다시며 장난을 치더니, 다시 밝게 웃으며 청아한 목소리로 입을 열었다.

"들어 주려고. 내가."

"……."

"네 옆에서."

너랑 같은 위치, 같은 마음으로.

못마땅한 표정으로 윤슬을 보고 있던 민의 얼굴에서 어둠이 가셨다. 또, 그 눈이었다. 갓난아기의 눈동자처럼 티 없이 맑고 순수한 눈. 세상 모든 일이 다 처음인 듯, 호기심과 청량감으로 빛나는 눈. 무슨 말을 하든, 진심인 것 같은 눈. 혼이 빠진 듯 그 눈을 바라보던 민은, 이내 정신을 차리고 서둘러 시선을 돌렸다.

"너 그거 알아?"

그 틈을 타 그녀가 먼저 말을 꺼냈다.

"뭔가가 억울할 땐, 주로 실수했을 때잖아. 고의성은 하나도 없었는데, 자칫 잘못해서 일을 그르쳤을 때. 그런데 그걸로 오해를 사거나, 합당치 않은 큰 벌을 받았을 때."

"……."

"그런데, 그럴 때 억울한 감정을 극복할 수 있는 제일 좋은 방법이…… 인정이래."

민은 순간, 말문이 막혔다.

"실수도 잘못이라는 걸, 인정하는 거."

"……."

"인정하고 나면 마음이 편해지거든. 자꾸 부인하면 더 괴로워지고. 이유나 결과가 아니라 그 순간의 실수만 생각하고 잘못을 인정하는 거야. 야속하겠지만, 그게 네 고통을 덜어 주는 제일 좋은 방법이 될 수도 있어."

그녀의 말이, 야속하다기보다는 따끔했다. 자연히 6개월 전 그날이 떠올랐다. 잭나이프를 들고 있던 세준을 정태 쪽으로 밀쳐 버렸던 그 순간을.

본능적인 행동, 우연한 결과라고 생각했다. 그런데, 어쩌면 그것은 어느 정도 의도된 행동이었을 수도 있다는 생각이 들었다. 정태를 노린 것은 아니지만, 적어도 자신에게서 만큼은 세준을 떼어 놓고 싶었으니까. 그 순간엔 분명, 살고 싶다는 마음으로 세준을 다른 곳으로 밀친 것이었다. 그곳에 다른 누가 있는 것까지는 개의치 못하고.

그러니까 그것은, 예기치 못한 실수가 아니라, 나만 생각했던 이기심과 부주의에서 비롯된 실수일 수도 있는 것이다. 그날 이후 처음으로, 그런 생각이 들었다.

그러자, 정말 희한하게도 분노가 아닌 슬픔이 차올랐다.

"그런데…… 괜찮아."

6개월을 손 하나 까딱하지 못하고 식물처럼 호흡만 하다 떠난, 정태의 모습이 떠올라서.

"실수는 결국 실수니까. 아무리 잘못이라 해도, 누구나 할 수 있는 일이니까."

목울대가 견딜 수 없이 뜨거워졌다.

"그러니까…… 괜찮아."

고개를 돌리고 눈물을 참는 민의 어깨에, 낯선 온기가 내려앉았다. 그녀의 작고 하얀 손이었다. 민은 그 손을 뿌리치지 않았다.

이상하게도, 그녀의 손이 닿자마자 떨어지는 눈물이 싫지 않았다. 꾸역꾸역 참아 내느라 힘들었던 그 눈물을, 흘려보내니 오히려 나왔다. 그래서 그 눈물이 전부 쏟아질 때까지 내내 아무것도 모른 척, 고개만 돌리고 있었다. 그리고 마음껏 흘려보냈다. 너무 오래 쌓아 둬서 퀴퀴한 먼지가 쌓인 그 감정을, 열심히 떠나보냈다.

그 순간부터였다. 부모님이 살아 계실 때를 제외하고, 태어나 처음 누군가의 곁에서 울어 봤던 그날 이후부터, 그녀는 그에게 특별한 존재가 되었다.

세 번째 만남 때에도 그들은 단둘이 옥상에서 만났다. 그날의 수업은, 교사가 자신의 물건 한 가지를 가져와, 학생에게 소개해 주거나 가르쳐 주는 것이라고 했다. 윤슬은 생전 처음 보는 특이한 악기를 가지고 왔다. 작은 기타처럼 생긴 그 악기는 우쿨렐레라고 했다.

"이건 내가 제일 좋아하는 세 가지 중에 한 가지야."

윤슬은 우쿨렐레를 치기 위해 난간에 걸터앉아 자세를 잡으며 말했다.

"다른 두 가지는 뭔데?"

"음…… 체홉이랑, 게임."

"그 두 갠 조합이 너무 언밸런스하지 않아?"

"체홉을 알아?"

"지금 나 무시하는 거야?"

"아니, 그게 아니라…… 고등학교 1학년이 체홉을 아는 경우는
드물어서."

"러시아 작가 말하는 거잖아. 안톤 체홉."

"아는구나! 제법인데?"

민은 길거리에서 동창이라도 만난 듯 반가워하는 윤슬을 보며
황당하다는 듯 피식 웃어 버렸다. 윤슬은 우쿨렐레를 칠 생각도
잊은 듯, 큰 눈을 반짝이며 민을 바라보았다.

"그럼 넌?"

"뭐?"

"네가 제일 좋아하는 세 가진 뭐야?"

"내가 그걸 왜 말해야 돼?"

"거 참, 친구 사이에 그런 기본적인 것도 몰라서 되겠어?"

"내가 왜 그쪽 친구야? 난 학생이고 그쪽은 선생인데. 나보다
나이도 한참이나 많잖아."

그러자 윤슬은 기가 막힌 듯 코웃음을 치며 버럭 했다.

"뭘 또 한참씩이나! 반말은 찍찍 잘도 하면서 이럴 때만 연장
자 대우한다? 친구 하는데 나이가 무슨 상관이야? 원래 비밀을

공유한 사이를 친구라고 하는 거야."

"우리가 언제 비밀을 공유했어?"

"내가 방금 말했잖아! 제일 좋아하는 세 가지."

"그게 무슨 비밀이야?"

"너 자꾸 토 달래?"

민은 저도 모르게 윤슬에게 장난을 치고 있었다. 틱틱거리며 윤슬을 놀리는 게 재밌었다. 그녀가 아이처럼 바득바득 우기는 모습, 씩씩거리는 모습이 귀여웠다. 스물셋이라는데, 뽀얀 피부도 그렇고, 맑디맑은 성격도 그렇고, 어딜 봐도 열다섯 살처럼 보였다.

그렇게 한참을 티격태격하며 수다를 떨던 그들은, 수업 시간이 끝날 때가 다 돼서야 우쿨렐레를 다루었다. 윤슬은 민에게 우쿨렐레 치는 법을 친절하게 가르쳐 주었다. 고작 네 줄짜리 악기였는데, 치는 것은 꽤 어려웠다. 윤슬은 이때다 싶어 서투른 민을 놀려 댔고, 민은 그럴 때마다 웃으며 그녀에게 꿀밤을 먹이곤 했다. 소년원 옥상에는 간만에 밝은 웃음소리가 감돌았다.

수업이 끝날 때쯤, 윤슬은 처음으로 제대로 된 연주를 들려주었다. 자신의 자작곡이라 했다. 민은 가만히 눈을 감고 윤슬의 연주를 들었다. 우쿨렐레 특유의 경쾌한 분위기와, 약간 쓸쓸한 멜로디가 혼합된 오묘한 느낌의 곡이었다. 가냘픈 선율이 춤을 추듯 공기를 배회하는 것이 느껴졌다.

아름답다. 좋다. 그 생각이 들었다. 이대로 시간이 반복돼서, 계속해서 다시 듣고 싶을 만큼. 누군가, 그의 상처 난 가슴을 따뜻하게 어루만져 주는 듯한 기분이었다. 그래서 참으로 오랜만에 마음이 평온해지고, 상쾌해졌다.

"그럴싸하네."

민은 왠지 모르게 부끄러워서, 괜스레 심드렁한 척 말했다.

"그치? 좋지?"

"그냥, 뭐……. 제목은 뭐야?"

"아, 제목은……."

잠시 뜸을 들이던 윤슬은, 이윽고 어렴풋이 미소를 지으며 말했다.

"……달의 정원."

따사로운 우쿨렐레의 선율과 잘 어울리는 제목이었다.

"왜?"

연주곡의 제목은 주로 느낌에 따라 짓는다고 알고 있으면서도, 민은 왜 하필 달의 정원인지가 궁금했다.

"네 아지트에 이름 붙여 주려고."

윤슬은 옥상을 찬찬히 둘러보며 말했다.

"여긴 밤이 되면 달빛을 온전히 받는 곳이잖아. 그러니까 너도 여기 올 때마다 생각하라고. 여긴…… 황폐하고 삭막한 소년원 옥상이 아니라…… 따뜻한 달빛이 가득한, 달의 정원이라 고……."

윤슬의 마지막 시선은 민에게 닿아 있었다. 민은 그녀의 눈을 지그시 바라보았다.

왜 너는, 자꾸만 할 말을 잃게 만들까.

왜 너는, 자꾸만 나를 슬프게 만들까.

왜 너는, 자꾸만 내가 행복을 바라게 만들까.

무어라 말할 수 없는 충격이었다. 6개월을 매일같이 올라오면서도, 단 한 번도 해 보지 못한 생각이었다. 쓸쓸하고 음산한 공간. 기껏해야 먼지 쌓인 골방이나, 허름한 창고처럼 여겼던 공간을, 그녀는 한순간에 아름답고 환상적인 공간으로 바꿔 놓았다.

어떻게 하면 그럴 수 있을까. 어떻게 하면 그렇게 맑고 긍정적인 사고로 살아갈 수 있을까. 나도, 그렇게 살아 보고 싶다.

그녀로 인해, 민은 세상을 보는 시각을 얻게 된 것 같았다.

그러나 윤슬은 그에게 세상을 다르게 보는 시각을 심어 주곤, 네 번째 수업 이후 먼지처럼 사라져 버렸다.

"뜻이 뭐야?"

네 번째 수업이 끝나고 인사를 하던 도중, 민은 툭 내뱉듯이 물었다.

"뭐가?"

"이름 말이야. 특이한 것 같아서."

그러자 윤슬은 특유의 화사한 미소를 만면에 띠며 밝게 답해 주었다.

"햇빛이나 달빛이 비치어 반짝이는 잔물결, 이란 뜻이야. 순우리말."

"……그래? 나쁘지 않네."

"너는?"

민의 이름은 높을 최, 하늘 민이었다. 아버지가 하늘 같은 사람이 되라고 지어 준 이름이었다. 하지만 그런 이름을 지어 준 아버지에게 죄스러워서라도, 이제는 그 이름을 쓸 수가 없었다.

"……알 거 없어."

"왜?"

"바꿀 거니까."

"뭐? 갑자기 왜? 뭘로?"

민은 설핏 웃으며 말을 아꼈다. 그것이 마지막이었다. 그녀와 주고받았던 마지막 대화. 다섯 번째 상담부터는, 다른 사람이 왔다. 민은 봉사단장은 물론 단원들 여러 명에게도 찾아가 그녀의 행방에 대해 물었지만, 아무도 알지 못했다. 무슨 일이 있는 건지, 교회에도 아무 연락 없이 발을 끊었다고 했다.

실망하지 않았다면 거짓말일 것이다. 그새 정을 많이 줬는지, 며칠 동안 아무것에도 집중할 수 없었다. 그녀를 생각하면 종종, 가슴이 착 가라앉으면서 싸하게 진동하기도 했다. 하지만 배신감 같은 것보다는 그리움, 걱정 같은 감정이 더 컸다.

그녀도 역시 다를 거 없는 사람이구나, 같은 생각은 하지 않았다. 단 네 번의 만남, 열두 시간도 되지 않는 짧은 만남이었지만, 그 시간은 분명히 민을 바꾸어 놓았다. 그의 중요한 부분들을, 정확히 건드려 놓았다. 그래서 그에게는 결코 잊지 못할, 소중한 시간이었다.

민은 정말로 옥상에 갈 때마다 그녀의 말을 생각했다. 이곳은 황폐하고 삭막한 소년원 옥상이 아니라, 따뜻한 달빛이 가득한 달의 정원이라는 말. 그 한 문장이 민을 다시 살게 했다. 아직 아무 것도 끝나지 않았으니, 이제부터라도 잘 살아 보자고, 좋은 사람이 되어 보자고, 다짐하게 했다.

민은 자신이 좋아하는 세 가지가 무엇인지 처음으로 생각했다. 글, 게임, 그리고 마지막 한 가지는…… 우쿨렐레가 되었다.

어찌 됐건 답은 나오는 것 같았다. 이야기와 게임을 좋아하던 그는 게임기획자가 되고 싶었다. 그래서 게임공학과를 목표로 잡고, 늦었지만 공부를 시작했다. 중학교 때 내내 놀았던 바람에 기초를 다지는 데만도 오랜 시간이 걸렸다. 하지만 소년원에서 남은 6개월을 공부로만 뼈 빠지게 보내다 보니, 진도를 따라 남고도 훨씬 남았다. 다행히, 시간도 빨리 갔다.

마침내 1년을 채우고 소년원을 나온 민은, 새로운 삶을 시작하는 의미에서 개명을 했다. 이름은 고민할 것도 없이 '교원'이라 지었다. 달빛 교, 정원 원. 달의 정원. 이제는 옥상이 없어도, 매일매일 당연하게 그녀의 선물을 기억하고 싶었다.

그리고, 그녀처럼 세상을 살아가고 싶었다. 밝고, 건강하고, 긍정적으로.

2년 후, 교원은 서강대학교 게임공학과에 합격하면서 비로소 목표했던 바를 이뤘다. 그리고, 여유가 되자 그토록 좋아하던 글을 쓰기 시작했다. 『더 프리즌』이라는 판타지 소설이었다. 교원의 첫 작품이었고, 그의 인생을 성공적으로 바꿔 준 그녀에 대한 헌정작 같은 것이기도 했다.

그는 소설을 쓰면서, 소설 속 주인공이 사랑하던 여자에게 전하는 편지를 쓰면서, 늘 그녀를 생각했기 때문이다.

　너는 나를 잊었지만, 나는 너를 잊을 수 없었다
　음침하고 쓸쓸한 감옥을, 한순간에 아름답고 따스한 정원으
로 만들어 버렸던 너를
　그럴 수 있던 너를
　우쿨렐레의 선율보다 간지럽고
　별빛이 비추는 잔물결보다 눈부셨던 너를
　노을처럼 시나브로 스며들었던 너를
　그런 너를
　나는 결코 잊을 수 없었다

　그로부터 다시 7년 후, 그는 기적처럼 그녀를 다시 만났다. 업
계 2위의 게임 회사 Y소프트의 입사 면접에서였다.
　"수많은 회사들 중에서 우리 회사를, 그것도 온라인본부를 선
택한 특별한 이유가 있나요?"
　예상했던 질문이었다. 하지만 교원은, 쉽게 대답했던 다른 질
문들과 달리 곧바로 입을 열지 못했다. 그를 전혀 기억하지 못하
는 듯한 그녀를 보는데, 갑자기 알 수 없는 아픔이 가슴을 치고
지났기 때문이다.
　"……최교원 씨."

그는 너무나도 달라져 버린 윤슬을 지그시 바라보았다. 그래도, 다행히 그것만큼은 변함이 없었다. 아이처럼 맑은 눈동자. 그의 마음과 인생을 뒤흔들어 놓았던 그 커다란 눈동자만은.

"좋아합니다."

"······네?"

그래서 교원은 자신도 모르게 그 말을 뱉었다.

"달의 정원을, 좋아합니다."

그녀의 아름다운 눈동자가 잔잔히 미동하는 것이 보였다.

"제 인생을 바꾸어 준 것이라서요."

교원은 그 고요한 파동을 바라보며 천천히 미소 지었다. 그녀가 부디 자신을 기억해 주길 바라면서. 참으로 보잘것없는 소년이었지만, 너로 인해 이렇게나 다른 삶을 살게 되었다며. 온 마음과 눈빛을 다해 말하고 있었다.

고맙다고.

다시 만나게 돼서, 정말 좋다고.

그것이, 스물일곱 청년과 서른셋 여자의 첫 만남 같은 재회이자, 슬프도록 아름다운 사랑의 시작이었다.

19
안녕, 내 모든 세계

　콜록콜록. 자꾸 쏟아지는 기침에 윤슬은 결국 비상용으로 가지고 다니던 감기약을 꺼내 먹었다. 아침부터 몸이 으슬으슬 춥더니 몸살 기운이 올라오는 것 같았다.

　하지만 윤슬은 곧장 집으로 가서 쉬지 않고 다이닝 카페에 와 있었다. 교원과 저녁 약속이 있었기 때문이다. 매사에 준비성이 철저하고 대처가 뛰어난 그녀의 성격상, 평소대로라면 열이 조금 오르기 시작했을 무렵 사정을 이야기하고 약속을 미루었을 것이다. 하지만 오늘만큼은 그러지 않았다. 심지어 몸이 좋지 않다는 사실조차 얘기하지 않았다.

　그가 부담을 갖거나 걱정하는 것이 싫었다. 무엇보다, 그를 보고 싶은 마음이 가장 컸다. 오늘은 몇 년 만에 처음으로 원피스라는 것을 입고 출근을 한 날이었다. 그것도 베이지 색의 화사한 원피스였다. 어색하긴 했지만, 밝은 옷을 입으니 그녀의 기분도 덩달아 밝아지는 것 같았다. 이 모습을, 그에게 보여 주고 싶었다.

소개팅 자리에서 처음 만나는 상대를 기다리는 것처럼, 괜스레 긴장이 됐다. 윤슬은 유리창에 비친 자신의 모습을 몇 번이고 바라보았다.

그때, 유리창에 또 다른 누군가의 모습이 어렸다. 큰 키와 넓은 어깨, 균형 잡힌 체형의 남자. 교원이었다. 그는 윤슬이 좋아하는 네이비 색 캐주얼 정장을 입고 있었는데, 그것이 오늘따라 유독 잘 어울려 보였다. 윤슬의 입가에 절로 흐뭇한 미소가 떠올랐다.

"미안해요. 많이 기다렸죠?"

다급히 의자를 빼서 앉는 교원에게서 시원한 향기가 끼쳐 왔다. 그리웠다. 이 향기가. 고작 하루만이었지만 1년은 못 본 것처럼 그가 반갑게 느껴졌다. 어제, 그에게 갑작스럽게 혼란을 주고 나서 별다른 대화도 나눠 보지 못하고 보낸 것이 마음에 걸렸다. 뜻 모를 아픔이 가득 서린 두 눈과 '미안해' 라는 그 말이 내내 아른거렸다.

"뭐 먹을래요? 배고프죠?"

그런데 다행히 교원은 평소처럼, 아니 평소보다 더 밝은 모습이었다. 혹시라도 교원이 그녀의 상처를 너무 버겁게 느꼈다면 어쩌나. 생각보다 더 무겁고 어두운 여자라는 생각에 다른 마음을 품고 떠나 버린다면. 별의별 생각들로 괴로워했던 윤슬이지만, 그의 청량한 목소리 한 번에 그 모든 걱정들이 깨끗이 녹아내렸다.

좋았다. 그저.

윤슬은 아픈 것도 까맣게 잊고 아이처럼 싱글벙글 웃었다. 그
녀와 머리를 맞대고 메뉴를 고르던 교원은, 그 순박한 미소를 보
곤 잠시 말을 멈추었다. 그리고 그녀의 얼굴을 가만히 바라보았
다. 교원의 그윽한 시선을 느낀 윤슬의 얼굴에 천천히 홍조가 물
들었다.

"근데……."

교원은 그 발그스레한 볼에 살며시 손을 대며 입을 열었다.

"오늘 예쁘다."

마치 어린아이를 대하듯, 그가 그녀의 볼을 살짝 꼬집으며 웃
었다. 윤슬은 순간 얼굴이 너무 뜨겁게 달아올라서 피하듯이 고개
를 푹 숙여 버렸다. 별것도 아닌 사소한 말 한마디에 격하게 반응
해 버리는 자신의 몸이 원망스러웠다. 홍당무처럼 벌게진 얼굴이
민망해서 도무지 고개를 들 수가 없었다.

"왜 그래요?"

그는 다 알면서 모르는 척 얼굴을 더 가까이 들이밀며 물었다.
알게 모르게 짓궂은 면이 있었다. 윤슬은 하지 말라는 의미로 그
를 흘겨보며 웃었지만, 교원은 그녀의 반응이 재미있는 듯 계속해
서 장난을 쳤다.

금방이라도 입을 맞출 듯 얼굴을 맞대고 옥신각신하던 두 사람
은, 기다리다 못한 웨이터가 주문을 받으러 왔을 때에야 애정 행
각을 멈추었다. 그리고 웨이터가 사라지고 나서 약속이나 한 듯
큰 웃음을 터뜨렸다.

교원은 주문한 메뉴가 나오기 전까지, 사소한 잡담부터 오늘

있었던 일들까지, 다양한 얘기를 늘어놓았다. 때론 차분하게, 때론 유쾌하게, 테이블 위의 분위기를 조율하는 그의 모습은 어딘가 모르게 듬직해 보였다. 말이 없는 그녀를 대신해, 더 많이 말하고, 더 밝게 웃으며, 조금도 불평하지 않는 남자.

윤슬은 그를 보고만 있는 것도 너무 좋아서, 여전히 화끈거리는 볼을 감싸 쥔 채 그의 얘기를 경청했다. 얼마나 풍만한 행복감이었는지, 열이 점점 더 높게 오르고 있다는 사실조차 인지하지 못했다.

하지만 저녁 식사 후, 윤슬의 몸은 한계에 다다랐다. 교원과 함께 거리를 거닐고 싶은 마음에 산책을 제안했던 게 화근이었다. 생각보다 싸늘한 봄바람을 맞자 열이 급속도로 치솟았다. 알몸으로 찬 바닥에 누워 있는 것처럼, 온몸이 아프도록 시렸다.

"어디 아파요? 안색이 안 좋은데."

교원이 그녀의 낯빛을 살피며 걱정스레 물었다. 윤슬은 괜찮다며 고개를 저었지만 몸에 기운이 쭉 빠져서 한 발 내딛다 휘청하고 말았다. 황급히 그녀의 몸을 받쳐 준 교원의 표정이 어두워졌다.

"이래도 괜찮아요?"

그가 다소 차가운 말투로 물었다.

"아프면 아프다고 말을 해야지. 왜 숨겨요?"

"몸살 기운이 좀 있는데, 말하면 걱정할 것 같아서……."

"걱정할 것 같아서…… 날 배려해 주는 마음은 너무 고마운데. 그렇게 하나둘, 숨기다 보면 나는 당신에 대해 아는 게 없어져요."

교원은 무거운 한숨을 내쉬었다. 그녀가 아픈 게 속상하고, 자신에게 기대지 않는 것이 답답했다. 그는 그녀에 대해 누구보다 많이 알고 싶었고, 그녀가 자신에게 가장 많이 의지했으면 싶었다. 연인이니까.

하지만 그런 마음까지는 차마 말하지 못했다. 그럴 수 있는 처지가 아니었다. 교원 역시, 자신의 과거를 숨기고 있는 상황이었으니까. 털어놓지 못하는 그녀의 심정도 충분히 이해할 수 있었다.

"……미안해요. 아픈데."

"아니에요. 내가 생각이 짧았던 것 같아요. 앞으론 사소한 것 하나도 숨기지 않고 다 말할게요. 교원 씨도 그럴 거죠?"

윤슬은 파리한 얼굴로도 맑게 웃으며 말했다. 그 모습에 가슴이 따끔거리는 것처럼 아파 왔다. 특히 '교원 씨도 그럴 거죠?' 라는 대목에서 숨이 턱 막히는 것 같았다.

"……그럼요."

교원은 희미하게 웃으며 말했지만 그녀의 눈을 제대로 보지 못했다. 대신 아플 그녀를 꼭 당겨 안고 걸었다. 얼른 차로 가서 그녀를 쉬게 해 주고 싶은 마음에 걸음이 빨라졌다.

그런데, 어느 순간 윤슬의 걸음이 뚝 멈추었다. 의아한 표정으로 그녀의 시선을 따라가던 교원의 눈동자도 서서히 굳었다.

그녀의 시선이 닿은 곳에는 한 여자와 남자가 있었다. 어디선가 익숙한 소리가 들려온다 했더니, 여자는 우쿨렐레를 연주하며 노래를 부르고 있었고, 남자는 젬베를 치며 장단을 맞추고 있었다. 그런데 이상했다. 버스킹 공연을 처음 접해 보는 것도 아니었는데, 그들의 모습이 굉장히 특별하게 느껴졌다. 그것은 단순히 악기의 특이성 때문만은 아닌 것 같았다.

여자가 남자와 눈을 맞추며 우쿨렐레를 연주하는 그 모습이 너무도 몽환적으로 다가왔다. 기묘했다. 지난번, 교원의 집에서 우쿨렐레를 접했을 때와 같은 기분이었다. 뭔가, 가슴이 아릿한 기시감과 공허함. 그리고 원인 모를 현기증.

종종 느끼던 현기증이, 그 순간엔 몸살 기운 때문인지 더욱 극심해졌다. 너무 어지러워서 윤슬은 또다시 휘청이며 쓰러질 뻔했다. 무슨 충격이라도 받은 듯, 정신이 갑자기 혼미해졌다.

"윤슬 씨!"

놀란 교원의 목소리가 들렸지만, 그 이후의 말은 흐릿하게 부서졌다. 눈앞이 아득해졌고, 몸은 불덩이처럼 뜨겁게 달아올랐다. 희미했다. 보이는 것, 들리는 것, 느껴지는 것. 모든 게 희미해져서 더 이상은 견디기 힘들 것 같았다. 윤슬은 결국 힘겹게 붙잡고 있던 이성의 끈을 툭 놓쳐 버리고 말았다.

"왜 이래요, 윤슬 씨? 이윤슬!"

아스라이 멀어지는 그의 다급한 목소리가 마지막이었다. 윤슬은 무섭게 몰려오는 어둠과 함께 천천히 정신을 잃었다.

다시 정신이 들었을 때, 가장 먼저 보인 것은 하얀 천장이었다. 하얀 벽. 하얀 침대. 하얀 전등. 온통 새하얀 것투성이었다.

또다시 윤호의 악몽일까. 윤슬은 괴로움에 눈을 질끈 감았다. 그런데, 아무리 눈을 감아도 1초 후면 여지없이 보이던 윤호의 모습이 보이지 않았다. 대신 캄캄한 어둠이 이어졌다. 꿈이 아닌가, 의아한 희망을 품었을 무렵, 한 손에 보드라운 살결이 느껴졌다.

적당한 온도, 익숙한 촉감. 윤슬은 반가운 마음에 얼른 눈을 뜨고 앞을 보았다.

그였다. 다행히도 그가 있었다.

윤슬은 그제야 이곳이 병원임을 깨달았다. 윤호의 악몽 때문에 병원에 대한 두려움이 있던 그녀는 웬만해선 병원에 입원하는 일이 없었다. 그런데, 오늘은 괜찮았다. 평소 같은 공포심과 불안감이 들지 않았다. 오히려 그녀를 바라보는 그의 온화한 미소를 보는 순간, 그 어느 때보다 편안한 마음이 들었다.

"지금 몇 시예요?"

"새벽 한 시 좀 넘었어요."

"그만 가 봐야 하는 거 아니에요? 내일도 출근해야 하는데."

"난 괜찮아요. 윤슬 씬 내일까지만 여기서 쉬어요. 민아 팀장님한테 연락해 뒀으니까, 다 처리하셨을 거예요."

연인이 곁에 있다는 것은 이런 기분이었구나. 이렇게 든든하고 포근하고. 윤슬은 교원을 새벽까지 고생시킨 것이 너무 미안하면서도, 그가 곁에 있다는 사실이 좋았다.

"의사는 뭐래요?"

"……몸살에 빈혈까지 겹치면 일시적으로 그럴 수 있대요. 그러니까, 앞으로 다신 무리하지 마요."

교원은 제법 엄한 말투로 말했지만, 윤슬은 다행이란 생각에 설핏 미소 지었다. 그리고 교원의 손을 더욱 꼭 잡았다. 고마운 마음 때문인지, 오늘따라 그가 더욱 듬직하고 애틋하게 느껴졌다.

"언제 갈 거예요?"

"내가 갔으면 좋겠어요?"

"아니요."

윤슬은 마음을 들킨 듯 쑥스러워하며 말했다.

"가지 마요."

앞으론 사소한 것 하나도 숨기지 않고 다 말하기로 했으니, 윤슬은 이왕 들킨 마음 더 솔직해지기로 했다.

"계속…… 옆에 있었으면 좋겠어요."

그러자 교원은 시선을 내려 꽉 잡은 두 손을 바라보았다. 그녀의 작은 손이 그의 큰 손 안에서 꼼지락거리다 먼저 깍지를 끼어 왔다. 그리고 그의 손을 더욱 힘주어 잡았다. 그 모습을 지켜보던 교원의 입가에, 어쩐지 서글픈 미소가 떠올랐다.

"……그래요."

"……."

"옆에 있을게요. 계속."

그 말 한마디에 깊은 안도감이 들었다. 마음이 따뜻해지니, 몸까지 따뜻해지는 것 같았다. 코끝에서부터 싸하게 느껴지던 열도 많이 식은 듯 호흡이 한결 가뿐했다. 윤슬은 교원을 그윽이 바라보다 입을 열었다.

"나, 부탁이 있어요."

"뭔데요?"

"책 읽어 줘요."

"무슨 책?"

윤슬은 말없이 자신의 가방을 가리켰다. 그녀의 가방을 열어 본 교원은 피식 웃으며 책 한 권을 꺼냈다. 그녀가 늘 품에 지니고 다니는 교원의 책, 『더 프리즌』이었다. 자신의 책을 읽는 것이 무안하고 불편할 만도 한데, 교원은 아무런 불평 없이 그녀가 원하는 부분들을 읽어 주었다. 나긋하고 묵직한 그의 목소리가 잔잔한 자장가처럼 들렸다.

윤슬은 교원을 옆에 두고 잠들고 싶지 않았지만 조금씩 머리가 몽롱해졌다. 교원은 좀 더 자라며 그녀를 토닥여 주었다. 그 손길이 어찌나 부드럽던지. 윤슬은 감기쯤이야 금방 떨칠 수 있을 것 같은 상쾌한 기분으로 다시 눈을 감았다. 지금, 온몸으로 느껴지는 이 포근한 감각이 오래도록 지속됐으면 좋겠다는 바람으로.

밤을 새서 윤슬을 간호한 교원은 새벽 네 시경, 그녀의 몸 상태가 많이 호전된 것을 확인한 후에야 조용히 병원을 빠져나왔다.

아침이 오기 직전의 새벽은 평온했다. 하지만 그 고요한 거리를 달리는 교원의 마음은 어느 때보다 시끄러웠다. 혼란스러운 마음만큼이나 운전이 거칠어졌다. 도로가 뻥 뚫려 있었기에 망정이지, 아니었다면 차를 몇 대나 들이박았을 정도로 제멋대로였다. 교원은 점점 더 속력을 올리며 위험천만한 질주를 계속했다.

그럴 수밖에 없었다. 그러지 않고는 이 답답한 심정을 어떻게도 풀 수가 없었다.

'몸살기가 있긴 한데, 심리적인 충격이 더 컸던 것 같습니다.'

윤슬을 응급실에 데려다 놓고 노심초사하던 교원에게, 의사는 말했었다.

'환자분 같은 심인성 부분 기억상실증의 경우, 되찾고 싶지 않은 기억들이 돌아오려 할 때 본능적인 거부 반응으로 정신적 충격을 입을 수 있습니다. 보통은 가벼운 현기증 정도가 일어나곤 하는데…… 지금처럼 건강이 악화된 상태에서는 충격의 정도가 심해져서 일시적인 실신을 보일 수도 있습니다. 거부 정도가 큰 기억일수록 증상이 심해지기도 하고요.'

그녀에게는 순전히 몸살 기운 때문에 쓰러진 거라고 설명했지만, 사실 그것 때문만은 아니었다.

'되찾고 싶지 않은 기억들요……?'

교원은 윤슬이 쓰러지던 순간을 생각했다. 우쿨렐레를 치던 여자와, 젬베를 치던 남자. 소년원 옥상에서의 추억을 생각나게 하던 공연을 본 순간이었다.

'아시겠지만 우리 몸과 마음은 상당히 유기적으로 연결돼 있습니다. 환자분 같은 경우, 기본적으로 체력과 면역력이 약하기 때문에 심적인 요인이 건강에 미치는 영향이 상당히 클 수 있습니다. 그러니 본인이 기억을 되찾으려는 의지가 없을 때에는, 결코 강제로 기억을 강요해서도 안 되고, 기억을 떠올리게 하는 유사한 상황들도 피하는 게 좋습니다.'

교원의 얼굴이 걷잡을 수 없이 창백해졌다. 그녀는 그와의 기억을 잊고 있다. 그리고 그것을 되찾는 것을 거부한다. 그러니 기억을 떠올리게 하는 상황은 피하는 게 좋다. 그 말은 곧, 그가 그녀의 곁에 있어서는 안 된다는 소리였다.

'그렇지 않으면…… 어쩌면 지금보다 더 위험한 상황이 발생할 수 있습니다.'

마지막 그 말을 듣는 순간, 심장이 바닥까지 처박히는 기분이었다. 의사는 사형선고 같은 말을 전하곤 유유히 자리를 떴다. 교원은 그 자리에 못 박힌 듯 서서 그녀가 있는 쪽을 망연히 바라보았다.

그렇잖아도 마른 그녀의 몸이 더 야윈 듯이 보였다. 잔뜩 수척해진 모습으로 세상모르고 잠든 그녀의 얼굴을 보는데, 가슴이 꽉 막혀 왔다. 누군가, 강한 압력으로 심장을 짓누르고 쥐어짜는 것만 같았다.

깊은 신음이 새어 나왔다. 입술을 질끈 깨물었다. 비릿한 피 냄새가 올라왔다. 그래도 꽉 깨문 입술을 절대 놓지 않았다. 아팠다. 마음도, 몸도, 너무 아팠지만 비참한 눈물을 흘리지 않으려면 그렇게라도 참아야 했다.

그녀를 이해하지 못하는 건 아니었다. 동생이 죽고, 충격 때문에 폭력에 대한 모든 기억을 지워 버렸던 그때. 동생의 사건과 너무 유사한 교원의 사건은 지우고 싶은 기억의 1순위가 되었을 것이다. 하지만 어쨌거나 그가 그녀에게 있어 불필요한 것도 아닌, 위협적인 존재라는 사실은 너무 큰 충격이었다.

'들키지 말고, 조용히 떠나. 그게, 슬이를 위한 일이야.'

그녀의 상처를 알게 되고, 우현에게서 그런 경고를 들었을 때. 교원은 밤새 한잠도 자지 못했다. 그녀를 위해서라면 떠나 주는 게 맞다고 생각했지만, 도저히 떠날 자신이 없었던 것이다. 그래서 수백 수천 번, 갖은 이유를 대며 자기 합리화를 했다.

그의 과거가 그녀의 트라우마라는 것은 문제지만, 그것은 엄연히 기록상의 문제라 생각했다. 그는 직접적인 가해자가 아니었고, 억울한 누명을 쓴 부분이 분명 있었다. 그러니 기억이 돌아온다 하더라도, 당시 상황을 솔직히 다 털어놓으면 괜찮을 수 있다고 생각했다.

먼 길을 돌고 돌아 이제 겨우 사랑을 시작했는데, 억울한 과거 때문에 아무 말도 못 하고 그녀를 갑자기 떠날 수는 없었다. 그것이 진정 상대를 위한 일일까, 사랑을 위한 일일까, 싶었다. 최소한의 예의도 아닐뿐더러 서로에게 상처만 되는 일이라 생각했다.

그래서 교원은 때를 봐서 그녀에게 먼저 털어놓을 생각이었다. 아무리 억울한 사연이라 할지라도 폭력 전과라는 사실은 분명하니, 윤슬이 힘들어할 수도 있을 것 같아 과거를 영원히 숨길까도 생각해 봤다. 하지만 그것은 그녀를 기만하는 일이고, 우현이 알고 있는 한 절대 불가능한 일이기도 했다. 그래서 전부 말하기로 결심했다.

윤슬이라면 이해해 줄 거라 생각했다. 힘들더라도 받아들여 줄 거라고. 그런데……

'본인이 기억을 되찾으려는 의지가 없을 때에는, 결코 강제로 기억을 강요해서도 안 되고, 기억을 떠올리게 하는 유사한 상황들

도 피하는 게 좋습니다.'

'그렇지 않으면…… 어쩌면 지금보다 더 위험한 상황이 발생할 수 있습니다.'

이해를 기대하기는커녕 말도 꺼내선 안 되는, 이런 상황이 올 거라고는 생각지도 못했다.

끼이이익!

미친 듯이 질주하던 교원의 차가 요란스러운 마찰 소리를 내며 급정거를 했다. 차선까지 위태롭게 넘나들며 달리다가 맞은편에서 오던 덤프트럭과 사고가 날 뻔했던 것이다.

"하아……."

갓길에 차를 세운 교원은 뜨거운 숨을 내쉬며 마른세수를 했다. 빠른 호흡이 좀처럼 가라앉지 않았다.

어떻게 해야 하나. 내가 너를 대체, 어떻게 해야 하나.

교원은 핸들에 얼굴을 묻고 눈을 감았다. 다가오는 것이 아침이 아니라 깊은 밤인 것처럼, 까마득한 어둠이 밀려왔다.

아침 열 시경. 윤슬은 길게 울리는 휴대폰 때문에 잠에서 깼다. 당연히 교원의 전화일 거란 생각에 웃으며 받았는데, 상대는 민아였다. 지난밤, 교원에게 사정을 전해 들은 민아가 걱정이 돼서 전화를 해 온 것이었다.

"그게 무슨 소리야?"

민아와 이런저런 대화를 주고받던 윤슬이 굳은 표정으로 물었다.

— 너한테 말 안 했어?

"응. 많이 아프대?"

— 자세히는 모르겠어. 목소리가 많이 안 좋아 보이긴 하더라.

"나 때문에 고생해서 그런가……."

— 설마, 최교원이 너 밤새 간호했니?

"……일단 끊자. 내가 다시 연락할게."

급하게 통화를 마친 윤슬은 잠시 고민하다가 교원에게 전화를 걸었다. 설마 했는데, 휴대폰이 꺼져 있었다. 순간, 흉부에 서늘한 바람이 스치고 지났다. 불안감이었다. 시간 텀을 두고 몇 번 더 전화를 해 봤지만 마찬가지였다.

교원은 오늘 아침, 갑자기 민아에게 전화를 해서 건강상의 이유로 월차를 썼다고 했다. 윤슬은 당황스러웠다. 교원이 늦은 새벽까지 그녀를 간호해 줬다는 사실은 알고 있었다. 교원이 힘들거란 생각에 종종 잠에서 깼고, 얼른 집에 가라고 몇 번이나 보챘기 때문이다. 하지만 그는 괜찮다며 그녀를 재우곤 했다.

그런 그에게서 아픈 기색은 보이지 않았다. 아무래도 밤샘 간호에 너무 지쳤거나, 그녀에게 감기가 옮아서 급격히 상태가 안 좋아진 것 같았다.

그런데, 이상했다. 만일 그런 거라면 교원이 윤슬에게 말하지 않았을 리가 없었다.

어제만 해도 윤슬이 아픈 것을 말하지 않았다고 서운해했고, 사소한 것도 말하기로 약속했기 때문이다. 교원은 말과 행동이 다른 사람이 아니었다.

아니야. 침착해. 단순하게 생각하자.

윤슬은 자꾸만 초조해지는 마음을 다스리며 생각했다. 너무 피곤해서 월차를 썼는데, 정신이 몽롱한 나머지 미처 말하지 못하고 잠들었을 수도 있다. 그사이에 휴대폰이 방전돼서 연락이 안 되는 걸 수도.

윤슬은 가장 이상적으로 생각하려 노력하며 잠자코 그의 연락을 기다렸다. 그런데 오후 다섯 시가 지나도록 그에게선 전화가 없었다. 여전히 휴대폰도 꺼져 있었다.

윤슬은 링거 주사를 빼고 자리에서 일어섰다. 그리고 서둘러 옷을 챙겨 입기 시작했다. 아무래도 안 되겠다 싶었다. 이성적으로 행동할 수 없을 만큼 불안감이 커졌다. 한 번 커진 불안감은 걷잡을 수 없이 번져 가기 시작했다. 무슨 일이 벌어진 것임에 틀림없었다. 그러지 않고서야 이렇게 갑자기, 아무 말도 없이 잠적을 할 사람이 아니었다.

그런데, 옷을 다 갈아입고 짐을 챙기던 때였다. 주변을 두루 살피던 윤슬의 시선이 한곳에서 멈췄다. 침대 옆 작은 수납장이었다. 그 위엔『더 프리즌』이 놓여 있었다. 하마터면 제일 중요한 것을 놓고 갈 뻔했다. 가슴을 쓸어내리며 책을 챙기던 윤슬이 어느 순간 멈칫했다.

책의 중간 즈음, 모서리가 접혀 있었다. 윤슬이 접은 부분이 아니었다. 그 순간 가슴이 덜컹 내려앉았다. 어젯밤, 책을 읽어 주다 멈춘 부분에서 접은 것이겠지. 윤슬은 대수롭지 않게 생각하려 하며 그 페이지를 펼쳤다.

그런데, 페이지를 보던 윤슬의 눈동자가 머지않아 크게 진동했다. 빠르게 수축하는 동공 안으로 어쩐지 낯설게 느껴지는 글귀들이 빨려 들어가고 있었다.

괜찮아
경계를 찾을 수 없는 세계의 끝을 맞닥뜨려도
그 끝에 네가 혹은 내가 없어도
자연스러운 어둠이다
유쾌하게 이별하고 슬프게 흘리며
우리 그렇게 흘러가자
만나듯이 인사하고 끌어안듯 보내 주며
(그렇게 거짓말이라도 하며)
안녕, 내 모든 세계
유일한 정원

안녕

20
그 고운 길의 끝에 네가 있었다

윤슬은 책을 읽자마자 병원을 뛰쳐나와 교원의 집으로 향했다. 옆집에서 시끄럽다고 항의를 할 만큼, 수도 없이 초인종을 눌렀다. 하지만 안에선 단 한 번의 응답도 없었다. 혹시나 했는데 역시나, 그를 만날 수 없었다. 윤슬은 문을 타고 힘없이 주저앉았다. 불안과 걱정이 밀려드는 동시에 화도 났다. 도대체 무슨 사정이기에 한마디 말도 없이 사라져 버린 건지.

윤슬은 길 잃은 어린아이처럼 그렇게 한참을 앉아 있었다. 복도를 지나가는 사람들이 이상한 눈으로 쳐다봤지만 상관없었다. 누가 어떻게 보는지, 뭐라고 하는지, 아무것도 중요하지 않았다. 그가 내 옆에 없다는 사실 말고는.

주말이었던 다음 날과 그다음 날도 마찬가지였다. 윤슬은 매일같이 그의 집을 찾아갔고, 몇 시간씩 기다려 봤지만 끝내는 황망

히 돌아가야 했다. 누가 보면 스토커라 오해할 만큼, 수십 통의
전화와 메시지를 남겼지만 답은 없었다.

[교원 씨, 무슨 일 있는 거예요?]

[걱정되니까 연락 좀 해요, 제발.]

[혹시 나한테 화난 거 있어요? 그런 거라면 얘기를 해요, 우
리.]

[교원 씨…… 이럴 사람 아니잖아요. 믿을게요. 무슨 일인진 모
르지만 잘 해결하고 와요.]

[설마 이렇게 끝내자는 건 아니죠?]

사람이 아닌 벽을 대하는 기분. 혼자만 사랑하고 애타 하는 기
분. 그런 기분을 느끼는 자신이 너무 초라하게 느껴져서 더는 붙
잡고 싶지 않을 때도 있었다. 정말 이렇게 끝나 버린 거라면, 그
만큼 비참한 일도 없었다.

윤슬은 바닥까지 떨어진 자존심을 되찾고 싶어서, 치미는 분노
를 참지 못해서, 마음에 없는 소리를 하려고 하기도 했다.

[알았어요. 다신 연락 안 할게요. 잘 지내요.]

하지만 힘들게 쓴 문자는 결국 보내지 못하고 지워 버렸다. 손
이 떨렸다. 무슨 말이라도 하고 싶었지만 단 한 글자도 쉽게 쓸
수가 없었다. 썼다 지웠다 수십 번을 반복하다 허탈한 실소를 흘
리며 휴대폰을 내팽개쳤다.

그렇게 주말이 지나고, 월요일이 왔다. 윤슬은 떨리는 마음을
간신히 진정시키고, 최대한 냉정해지려 노력하며 출근을 했다. 월
차를 두 번 연이어 쓸 순 없기에, 교원은 반드시 출근을 해야 했

다. 그래서 어쨌거나 오늘은 그를 볼 수 있을 거라 생각했다. 어쩌면 그 생각으로 지난 며칠을 버틸 수 있었던 건지도 몰랐다.

어떻게든 만날 거고, 만나면 얘기를 할 수 있을 테니까. 이대로 끝이라는 생각은, 하지 못했던 것 같다.

"윤슬아, 일 났다."

그런데, 예상치 못한 일이 벌어졌다. 출근해서 옷을 걸고 있는데 민아가 갑작스레 들이닥치더니 한껏 상기된 표정으로 말했다.

"이것 좀 봐."

그녀는 윤슬에게 하얀 봉투 하나를 내밀었다. 봉투 겉면엔 사직서, 라 쓰여 있었다.

"……너희 진짜 무슨 일 있던 거야?"

그리고 그것은, 열어 볼 필요도 없이 교원의 것이 맞았다. 윤슬은 멍한 표정으로 흰 봉투를 바라보았다.

"입사 두 달 만에 자진 퇴사라니. 그것도 팀원들한테 한마디 말도 없이 갑자기. 알려지면 뒷말이 너무 많을 것 같아서 일단 쉬쉬하곤 있는데. 지난주에 갑자기 월차 내더니 오늘 출근 안 한 것만으로도 다들 눈치채고 이래저래 떠드는 모양새야. AM으로 스카우트된 거라는 둥 어쩐다는 둥. 대체 뭐야?"

민아는 흥분해서 말을 늘어놓았지만, 윤슬은 아무 반응이 없었다. 계속해서 봉투에만 시선이 꽂혀 있었다.

"야, 이윤슬."

"……."

"저기요, 이 본부장님."

윤슬은 민아의 말이 들리지 않는 듯했다. 민아는 그제야 사태가 생각보다 심각한 것을 직감했다. 아무래도 윤슬은 너무 큰 충격을 받은 것 같았다. 사직서, 라는 것은 생각지도 못한 그 표정에서 처연한 외로움이 느껴졌다. 자세히 캐묻지 않아도 알 것 같았다. 이것이 어떤 식의 이별인지.

"……슬아."

민아는 위로하듯 그녀의 어깨에 손을 올렸다. 꽁꽁 얼어 있던 윤슬의 몸이 그제야 느슨해졌다. 그녀의 입에서 허망한 실소가 터져 나왔다. 사직서가 바닥으로 툭 떨어졌다.

"이게 뭐니."

"……."

"이게 대체 뭐야, 민아야?"

"……."

"……끝난 거야?"

민아는 말없이 그녀의 어깨를 토닥여 주기만 했다. 그녀의 입에서도 답답한 한숨이 흘러나왔다. 끝이 아니길 바랐지만, 상황만 봐선 명백한 끝이었다. 윤슬을 조금이나마 덜 아프게 하려면 괜한 희망고문 따윈 버려야 했다.

"정말 끝인 거야?"

"……응. 그런 것 같다."

아무 말도 없는 이별. 연인 사이에선 가장 최악의 이별이었고, 그리 흔한 경우도 아니었다. 하지만 민아는 윤슬을 위해 그렇게 말해 주었다.

"……원래 다 이런 거니?"

"응…… 다 이런 거야. 원래 다."

그러자 윤슬의 어깨가 천천히 흔들리기 시작했다. 웃음 같은 울음이었다. 도무지 믿을 수 없는 사실에 헛웃음처럼 나는 울음. 그러나 그런 웃음이 순도 백 프로의 울음으로 변하는 데는 그리 오랜 시간이 걸리지 않았다.

이별을 완전히 인지한 순간, 지난 3일 동안 쌓여 왔던 감정이 한꺼번에 폭발해 버렸다. 그리움은 서러움으로 변했고, 사랑은 원망으로 변했다. 세상에 태어나 이렇게 공허한 기분은 처음이었다. 뻥 뚫린 가슴으로 시린 바람이 지나치는 기분. 생경해서 더 고통스러운 그 기분 앞에, 윤슬은 목 놓아 울고 말았다.

"이윤……."

그때, 벌컥 문이 열렸다. 우현이었다. 그 뒤에 선 김 비서의 난감한 표정으로 보아, 만류할 새도 없이 들이닥친 모양이었다. 애초 흥분한 상태로 들어왔던 우현은 제 앞에 벌어진 광경을 보고 더욱 놀란 듯 말을 다 잇지 못했다.

민아의 눈짓에 김 비서는 조용히 문을 닫고 나갔고, 우현은 그 자리에 박힌 듯 서 있었다.

윤슬이 울고 있었다. 그것도, 소리 내서. 우현에게 아이스크림을 빼앗기고 울던 어린 날의 윤슬처럼. 우현은 그녀가 그렇게 우는 모습을, 십 년 만에 처음 보았다.

"뭔데 대체…… 이유가 뭔데…….

심지어 윤슬은 그가 들어온 사실조차 모르는 것 같았다.

"그거라도 말해 줘야 할 거 아냐…… 그건 말해 줘야지……
대체 왜 이러는 건지…… 뭐가 문젠지, 이유라도 말해 주고 가야
할 거 아냐! 그게 예의 아냐…… 응? 민아야!"

절규하듯 소리치는 그녀를 보는데, 가슴이 아렸다.

자연히 어젯밤 일이 떠올랐다. 늦은 밤, 전화가 왔다. 교원이었
다. 그는 우현의 집을 물었다. 해야 할 얘기가 있다고 했다. 자정
이 한참 넘은 시간이었지만, 그의 덤덤한 목소리가 어쩐지 더 절
박하게 느껴져서 만나지 않을 수 없었다. 우현은 주소를 알려 줬
고, 얼마 후 초인종이 울렸다. 교원은 많이 수척해진 얼굴, 핏기
없는 입술로 말했다.

'죄송합니다.'

늦은 밤 찾아온 것을 두고 하는 말인 줄 알았는데, 아니었다.

'……정말 죄송합니다.'

그는 집에 들어오지도 않고, 차가운 현관에 털썩 무릎을 꿇었
다. 비에 흠딱 젖기라도 한 것처럼 축 늘어진 그의 몸에서는, 알
수 없는 습기가 느껴졌다. 우현은 그를 일으키려 했지만, 소용없
었다. 교원은 그 상태로 꿈쩍도 하지 않고 고개를 푹 숙인 채 말
했다.

'도저히 안되겠습니다. 못하겠습니다. 저는, 저는…….'

두서도 없고 제대로 이어지지도 않는 말이었지만, 우현은 그가
무슨 말을 하는지 알았다. 정말 떠나 보려 했지만, 어떻게든 잊어
보려 했지만, 불가하다. 나는 도저히 그녀를 보낼 수가 없다. 흔
들리는 목소리에서 그 간절한 마음이 고스란히 전해지고 있었다.

'조용히 살겠습니다. 절대 안 들키게…… 아무도 모르게…….'

차가운 바닥을 짚은 그의 손이 떨렸다. 그 손등 위로 맑은 액체 한 방울이 툭 떨어졌다.

'그러니까 제발…… 제발 한 번만…….'

'……'

'눈……감아 주실 수 없습니까?'

본부장 대 신입사원으로 마주했을 때에도 단 한 번도 고개를 숙인 적 없던 그가. 당당함을 넘어 당돌하던 그가. 고개는 물론 자존심도, 체면도 전부 접으며 말했다.

'최교원 씨. 그만해요.'

우현은 그런 모습에 조금도 흔들리지 않을 만큼 냉혈한 인간은 아니었지만, 그 순간엔 냉정할 수밖에 없었다. 가족 같은, 아니 가족보다 더 소중한 윤슬의 인생이 걸린 일이었다.

'그런다고 해결될 일이 아닌 거, 알잖아요.'

아마 교원도 알고 있었을 것이다. 하지만 다 죽은 화분에 마지막 물을 부어 보듯, 할 수 있는 최선을 다해 보는 것일지도.

'과거는 숨긴다고 사라지지 않아요. 최교원 씨의 폭력 전과는…….'

'그 과거가 틀렸으면요.'

'……네?'

'그 폭력 전과라는 거, 내가 한 일이 아니면요.'

'……'

'다 조작된 거면, 거짓이면, 내 문제가 아니면…… 그럼, 옆에

있어도 되는 거 아닌가요?'

'……최교원 씨.'

우현은 교원이 너무 애타는 마음에 허황된 말을 늘어놓는 거라 생각했다. 그래서 그의 말을 제대로 들어 주지 않았다. 교원은 그런 우현의 모습을 익숙한 듯 바라보다 이내 쓴웃음을 흘렸다. 체념이었다. 그 웃음을 흘리기까지는 꽤 오랜 시간이 걸렸지만.

그 모습이 마지막일 줄은 몰랐다. 윤슬을 떠날 거라곤 생각했지만 사표까지 낼 줄은 몰랐던 것이다. 그것도 이렇게나 빨리. 정말 어젯밤 그를 찾아왔던 것이 마지막 노력이었나 보다.

놀란 마음에 한걸음에 달려왔던 우현은, 민아를 붙잡고 오열하는 윤슬을 보며 더 큰 충격에 잠겼다. 이렇게나 깊었을 줄이야. 이유라도 알고 싶다는 그녀의 말이 연신 가슴을 쑤셨다.

우현은 결국 그녀에게 한 마디 말도 건네지 못하고 본부장실을 나왔다. 마음이 너무 무거워서 몸에 힘이 빠졌다. 의도치 않은 살인을 저지르고 괴로워하는 죄인처럼, 강한 두려움과 죄책감이 그를 짓눌러 왔다.

그날 밤, 윤슬은 다시 교원의 집에 와 있는 자신을 보곤 망연자실했다. 민아와 술을 마시고 택시를 탔는데 저도 모르게 교원의 집을 말한 것이었다. 당연하다는 듯 그의 동에 들어서다가 경비원의 부름에 정신을 차렸다.

"늦었어. 갔어."

초로의 경비원은 안타깝다는 듯 손을 내저으며 말했다.

"……네?"

"아가씨 여기 702호 찾으러 온 거 아냐."

윤슬은 그걸 어떻게 아냐고 물으려다 말았다. 그가 사라진 순간부터 날마다 왔으니 모를 리가 없었다. 주민들도 웬 이상한 여자가 매일 남의 집 앞에 죽치고 앉아 있다고 말했을 것이다. 그보다는, 경비원의 첫마디가 거슬렸다. 늦었다니. 갔다니?

"아까 낮에 짐 다 빼서 나갔다고."

근 몇 년 동안 가장 많은 술을 먹은 날이었다. 몸을 제대로 가누기 힘들 정도로 만취한 상태였다. 그런데도 그 순간엔 정신이 확 들었다. 심장이 쿵쾅거렸다. 더 이상 받을 충격이 남아 있나 싶었는데, 아직도 기대를 다 버리진 못한 모양이었다.

집까지 빼 버렸다는 것은, 그가 정말 떠나 버렸다는 얘기였다.

"이리 와 봐."

그때, 경비원이 윤슬에게 와 보라는 손짓을 했다. 그는 주섬주섬 뭔가를 꺼내고 있었다. 묘한 긴장이 일었다. 그렇게 당해 놓고도 또 뭔가를 바라며 긴장하는 자신이 너무 싫었다.

"어, 여기 있네. 자."

잠시 후, 경비원은 약간 커다란 종이 가방을 내밀었다. 윤슬은 가늘게 떨리는 손으로 가방을 열고 안을 들여다보았다. 그런데, 물건을 바라보던 윤슬의 얼굴이 천천히 굳었다.

"그 총각이 남기고 갔어. 혹시 또 오면 전해 주라고."

"이걸 왜……."

영문은 알 수 없었지만, 그의 물건임은 분명했다. 그의 방, 작은 수납장 위에 있던 낡은 우쿨렐레. 어쩐지 윤슬의 시선을 잡아끌었던 물건.

'저게 뭐예요?'

'우쿨렐레잖아요. 예전에 친구가 선물로 준 거예요.'

'……친구?'

'네.'

그때 생각을 하자, 윤슬은 다시금 가벼운 현기증이 이는 것을 느꼈다. 그러자 경비원이 걱정스러운 얼굴로 물었다.

"아가씨 괜찮어?"

"아, 네……. 괜찮아요."

"이거 정말이네. 무슨 말인가 했더니."

"네?"

"아니, 그 총각이 그러더라고. 혹시라도 이걸 보고 힘들어하면 주지 말라고……. 정말 괜찮은 거여?"

윤슬은 말문이 막혔다. 교원은 마치 그녀가 현기증이 생길 것을 알고 있던 것처럼 말했다. 그런데 왜, 왜 하필 '우쿨렐레'를 보았을 때 그럴 수도 있다고 생각한 걸까. 순간, 윤슬의 뇌리에 섬광 같은 기억이 스치고 지났다.

그러고 보니, 그녀는 교원의 집에서 처음 우쿨렐레를 봤을 때도 현기증을 느꼈다. 얼마 전, 거리를 걷다가 우쿨렐레 공연을 봤을 때도.

어째서. 어째서지.

윤슬의 미간이 좁혀졌다. 다른 경우에도 현기증을 느껴 봤기에 꼭 우쿨렐레 때문이라고 단정할 순 없었지만, 우쿨렐레를 볼 때만큼은 예외가 없는 것도 사실이었다. 그렇다면 혹시…… 거기까지 생각이 미쳤을 때, 경비원이 정곡을 찌르듯 말했다.

"그 쪼끄만 기타에 뭐, 안 좋은 기억이라도 있는 거여?"

기억…… 기억이라.

"괜찮은 거 맞어? 술도 마신 모양인데 젊은 아가씨가 늦은 밤에 이러고 돌아다니면 못써."

"네. 괜찮아요. 그보다…… 아저씨."

"응?"

"혹시…… 이거 말고, 다른 거…… 다른 말 같은 건 없었나요?"

그러자 경비원은 잠시 생각하는 듯하더니 이윽고 고개를 저었다.

"맨날 어떤 처자가 찾아온다고 말하니까, 그냥 이것만 주고 갔어."

"……그렇군요. 알겠습니다."

윤슬은 씁쓸한 웃음을 지으며 감사하다고 인사를 했다. 뭘까. 알 수 없는 답답함과 찝찝함이 온 마음을 지배하고 있었다.

기억…… 설마, 정말 내가 모르는 뭔가가 있는 걸까.

경비원은 끝까지 그녀를 걱정했지만, 윤슬은 오히려 누가 뺏어 갈까 우쿨렐레를 더욱 꼭 끌어안았다. 어지러운 건 분명 머리였는데, 서늘한 고통은 가슴에서 밀려왔다. 죽은 사람의 유골을 안고 있는 것처럼, 위태로운 걸음이었다.

윤슬은 불길한 공허함을 끌어안고, 깊은 밤을 하염없이 걷고 또 걸었다.

❖

"형이 웬일이에요? 먼저 보자고도 다 하고."

세준이 아이스 아메리카노를 크게 한 모금 빨아들이며 경쾌한 목소리로 말했다. 우현은 선선한 미소로 답하며 형식적인 안부를 물었다. 하지만 사실 그가 세준을 보러 온 목적은 시시콜콜한 안부 교환 따위가 아니었다. 우현은 세준의 아메리카노가 반쯤 줄었을 무렵, 본격적인 대화를 시작했다.

"근데 세준아. 그때 말한 친구 말이야."

"네?"

"왜, 정태를 죽였다던⋯⋯."

"아, 최민요."

세준의 목소리가 급격히 가라앉았다. 세준은 그늘진 얼굴로 아메리카노의 얼음을 아작아작 씹어 먹었다. 그러더니 돌연 무슨 생각이라도 난 듯, 상기된 목소리로 물어 왔다.

"왜요? 조사해 보셨어요? 맞죠, 최교원?"

우현은 세준의 두 눈을 잠시간 빤히 바라보다 입을 열었다.

"⋯⋯맞으면?"

"네?"

"최교원이 최민이 맞으면, 뭘 어쩌려고?"

"그야 당연히, 알려야죠. 자기 과거를 숨기고 뻔뻔하게 신분 세탁하고 살면서 대중들한테 사랑받고 있는데. 그럼 안 되는 거 아니에요?"

우현은 깊은 한숨을 내쉬었다. 그는 세준이 이렇게 나올 줄 알고 진작 사실을 알리지 않은 것이었다. 철없고 다혈질인 세준이 혹여나 교원의 정체를 세상에 퍼뜨리겠다며 무모한 행동을 할까 봐.

우현은 교원을 윤슬에게서 떼어 놓고 싶긴 했지만, 세상으로부터 고립시키고 싶진 않았다.

"그 과거라는 거, 그건 맞는 거야?"

"네?"

"최민이 정태를 죽였다는 게, 사실이냐고."

순간, 세준의 모든 행동이 멈췄다. 시종일관 불안정하게 흔들리던 눈동자까지도. 우현은 그런 그를 냉담하게 직시하기만 했다.

어젯밤, 우현은 아이처럼 울던 윤슬의 모습이 계속 떠올라 쉬이 잠들 수 없었다. 왠지 모를 찝찝함도 해소하고 싶었다. 그래서 결국 이전에 상세히 조사했던 교원의 자료를 다시 들춰 보았다. 그런데 이전엔 대수롭지 않게 넘겼던 부분이 그의 시선을 잡아끌었다.

교원이 당시, '무죄'를 주장했었다는 기록이었다. 그런데, 칼에 교원뿐만이 아닌 세준의 지문도 있었다는 증거 제시에도 불구하고, 재판은 일사천리로 진행된 듯했다. 많은 증인들이 교원의 유죄를 입증했기 때문이었다.

게다가, 우연한 일인지는 모르지만 당시 판사가 우현이 아는 사람이었다. 허규탁. 그는 아버지의 친구였고 작은아버지인 세준 아버지의 지인이기도 했다. 그 이름을 보는 순간, 어쩔 수 없이 불길한 예감이 등골을 스쳐 지났다.

'그 폭력 전과라는 거, 내가 한 일이 아니면요.'

'다 조작된 거면, 거짓이면, 내 문제가 아니면⋯⋯ 그럼, 옆에 있어도 되는 거 아닌가요?'

그래서 도저히 그냥 있을 수가 없었다.

"⋯⋯형. 무슨 소릴 하는 거예요?"

세준은 모르는 척 잡아뗐지만 목소리에 담긴 떨림은 감출 수 없었다.

"작은아버지한테 다 들었어."

물론 거짓말이었다. 하지만 우현은 사실을 알아야 했다. 아직 그에겐 세준보다 윤슬이 더 중요했다.

"아버지가⋯⋯ 뭐라셨는데요?"

"그건 네가 더 잘 알 거 아냐."

"⋯⋯."

"진짜야?"

설마, 하는 자신의 마음이 부정당하길 바랐다. 아니길 바랐다. 그러나 점점 하얗게 질려 가는 세준의 얼굴이 전부 답해 주는 것 같았다.

"진짜냐고."

"⋯⋯."

"세준아."

"……아니에요."

세준이 바싹 마른 입술을 힘겹게 열어 말했다. 우현이 놀란 표정으로 바라보자, 한 번 더 강조하듯 말했다.

"아니에요. 난 아니라고요!"

세준의 갑작스러운 외침에 주변 사람들이 흘깃거리는 시선이 느껴졌다. 우현은 세준을 진정시키려 해 봤지만 이미 흥분한 그는 아무것도 보이지 않는 듯했다. 세준은 흡사 이성을 잃은 것처럼 격하게 흔들리고 있었다.

"아니! 나는 아니에요! 절대 아니에요! 절대…… 이렇게 10년을 살았고, 앞으로도 돌아갈 일 없어요. 다시는!"

세준은 무언가에 쫓기기라도 하는 것처럼, 강한 압박감을 내보였다. 우현은 그제야 그의 온몸을 떨리게 하는 것이 공포감이라는 것을 알았다. 누군가 그를 그때 그 시기로 데려가기라도 할 것처럼, 세준은 돌아가지 않겠단 말만 반복했다.

우현은 세준을 안타까운 표정으로 바라보았다. 그는 끝까지 자신은 아니라고 부인했다. 단 한 번도, 자신의 잘못을 시인하지 않았다. 하지만 그 처절한 부정은 곧 암묵적인 긍정임을 우현은 알았다. 그리고, 어쩌면 세준은 그 부정의 힘으로 살아가고 있을지 모른다는 것도.

"그래, 알았어…… 알았어, 세준아."

그래서 표면적으로나마 그의 말을 받아 주었다. 하지만 세준을 진정시키는 그의 마음은 혼란으로 뒤엉키고 있었다. 한 남자의 인생을, 그리고 두 사람의 사랑을, 그가 전부 망쳐 버린 것 같았다. 텅 빈 가슴이 먹먹한 회한과 절망으로 가득 차고 있었다.

❖

찻잔을 움켜쥔 윤슬의 손이 가늘게 떨렸다. 아까보단 많이 진정된 상태였지만 그래도 떨림이 멈추진 않았다. 윤슬은 따뜻한 찻잔으로 마음을 달래며 테이블 위에 놓인 우쿨렐레를 직시하고 있었다.

딱 하루만 더 기다려 보자. 하루만 더. 하던 것이 어느덧 일주일이 됐다. 그렇게 5월이 왔다. 완연한 봄이었다. 무섭게도 시간이 참 빨랐다. 그가 떠나고 하루, 이틀은 1초가 1년인 것처럼 시간이 더디게 흘렀는데, 이제는 제법 정상적으로 흘렀다.

그래서 손도 대기 힘들던 우쿨렐레를 만져 보았다. 처음엔 그리운 교원을 대하듯 살며시 어루만졌지만, 이상하게 익숙한 감각이 느껴져 호기심이 일었다. 그래서 윤슬은 끌리듯 우쿨렐레를 집어 들고 자세를 잡았다. 그리고 한 줄, 두 줄…… 조심스레 튕겨 보다가 어느 순간 손을 멈추었다.

도무지 알 수 없는 익숙함이 그녀를 둘러쌌기 때문이다. 윤슬은 눈을 감고 호흡을 가다듬었다. 그리고 순전히 촉감에만 몸을 맡긴 채, 다시 손을 움직여 보았다.

"하아……."

이윽고 그녀의 입에서 짧은 탄식이 흘렀다. 다시 눈을 떴을 때,

그녀의 손은 작은 악기 위에서 자유롭게 헤엄치듯 움직이고 있었다. 이게 뭘까. 대체 무슨 상황일까. 상식적으로 납득할 수 없는 상황이었다.

모르는 음악이 그녀의 손가락을 통해 흘러나왔고, 그 음악을 듣는 순간 눈물이 흘렀다. 정말이지 고장 난 수도꼭지처럼, 속수무책 줄기차게도 흘렀다. 그리고 어느 순간, 빛바랜 그림 같은 장면 하나가 머릿속을 빠르게 스쳐 지났다.

옥상. 남자. 여자. 그리고 우쿨렐레.

그 장면이 떠오른 순간 윤슬은 찌릿한 통증을 느끼고 연주를 중단했다. 쿵쾅쿵쾅. 심장이 정신없이 빨라지기 시작했다. 아주 몽환적인 꿈속에 있는 듯한 기분이었다. 그렇게 한 시간가량 혼란 속을 헤매던 그녀는 가까스로 정신을 차린 뒤, 떨리는 손으로 휴대폰을 들었다.

그리고 한동안 만나기를 피했던 우현을 찾았다. 그녀의 과거를 알고 있는 사람은, 부모를 제외하면 우현이 유일했기 때문이다. 알아야 했다. 이게 무슨 상황인지. 그녀가 왜 우쿨렐레를 칠 수 있고, 신기루처럼 떠오른 그 얕은 기억은 무엇인지. 왠지 교원과 관련된 기억일지 모른다는 생각이 들어, 더더욱 그냥 넘어갈 수 없었다.

그래서 윤슬은 우현을 불렀다. 그렇잖아도 우현은 일전에 그녀에게 해야 할 말이 있다며 연락을 했던 상태였기에 흔쾌히 승낙했다. 윤슬은 마음을 가다듬기 위해 페퍼민트 차를 마시며 그를 기다렸다. 그렇게 두어 시간 정도 지났을까.

띵동. 맑은 초인종 소리가 울렸다. 윤슬은 마시던 차를 내려놓고 서둘러 달려가 문을 열어 주었다.

"왔어?"

"응. 무슨 일이야? 괜찮아?"

전화로 윤슬의 젖은 목소리를 들었던 우현은 그녀의 몸부터 유심히 살피며 물었다.

"괜찮아. 얼른 들어와."

윤슬은 그를 거실로 안내했다. 그리고 준비했던 차를 내어 주었다. 그런데, 우현의 시선이 곧장 한곳에 꽂혔다. 테이블 위의 우쿨렐레였다.

"……어?"

"왜 그래?"

윤슬은 그의 즉각적인 반응을 신중히 주시하며 떠보듯 물었다. 그러자 우현은 순수하게 반가운 미소를 띠며 답했다.

"오랜만이네."

"뭐가?"

"계속 갖고 있었어? 언제부턴가 안 쳤잖아."

우현은 맑은 웃음으로 물었지만, 그를 바라보는 윤슬의 표정은 순식간에 어두워졌다. 혹시나 했는데 역시나였다. 그녀가 모르는 과거의 자신은, 우쿨렐레를 즐겨 쳤다는 것이다.

"내가…… 이걸 쳤었다고?"

우현은 그제야 자신이 실수했음을 알았다. 그녀가 기억을 못한다. 우쿨렐레도 잊어버린 기억과 관련이 있던 모양이다. 우현은 그녀가 언제부턴가 우쿨렐레를 안 친다는 사실만 알았지, 그것이 정확히 10년 전 그날 이후라는 것은 미처 몰랐다.

윤슬은 자신의 기억 여러 군데에 구멍이 나 있다는 사실을 몰랐다. 윤호가 죽고, 충격으로 쓰러진 후 깨어났을 때 윤호의 사건을 잊었었다. 윤호의 죽음을 중심으로, 폭력에 관한 기억들은 전부 지워 버렸다. 하지만 윤호와 관련한 기억만은 금세 되찾았다.

장례식, 지인들의 위로, 형사들의 방문. 모든 상황들이 그가 떠났다고 말해 주었기 때문이다. 해서 윤슬은 가장 먼저 잊었던 윤호의 기억을, 가장 먼저 되찾았다. 그리고 남은 기억은 떠올리지 못했다. 남은 기억이 있는 줄도 몰랐다. 가족들도 그녀가 겪을 또 다른 혼란을 우려해서 굳이 말해 주지 않았던 것이다.

"아…… 응. 그랬어. 어릴 때라 기억이 안 나나 보네."

우현은 대충 얼버무리려 했지만, 윤슬은 냉담한 시선으로 그를 보았다.

"이거야. 오빠를 부른 용건."

"뭐?"

"내가 왜 알지도 못하는 우쿨렐레를 잘 칠 수 있는 건지, 어렴풋이 떠오르는 기억들이 뭔지. 오빠는 알고 있을 것 같아서. 나는 알아야 할 것 같아서."

"……."

"그러니까 똑바로 말해 줘, 오빠. 하나도 숨기지 말고."

그러자 우현은 하는 수 없다는 듯, 마른세수를 하며 입을 열었다.

"하…… 그래. 좋아했어. 네가."

윤슬은 시끄러워지는 마음을 다스리며 최대한 차분한 어조로 물었다.

"근데 왜 난 몰라?"

"그야…… 지웠으니까."

"뭐?"

"윤호 일 겪고 나서, 너 많이 힘들었어. 그래서…… 윤호 일 잊으면서, 같이 잊어버린 기억들이 좀 있어. 주로…… 윤호 일과 유사한 사건이나, 폭력과 관련한 기억들."

그렇다면 우쿨렐레는, 그걸 준 교원은, 그녀가 지워 버린 기억이란 것인가. 그리고 교원과의 기억은 그녀가 가장 두려워하는 폭력이란 것과 관련이 있는 것일까. 대체 왜. 무엇이 어디서부터 어떻게 된 것일까. 생각할수록 혼란이 가중되고 어지럼증이 심해졌다.

"……미안하다, 슬아."

우현은 힘겨운 고백을 하듯 말을 털어 놓았다.

"……내가 그걸 이용했어. 네 상처를."

"그게 무슨 소리야."

"……미안해."

"알아듣게 얘기해 줘."

"…….”

"오빠!"

우현은 의자에 털썩 앉았다. 미간을 문지르는 그의 손길에서 답답하고 혼란스러운 심정이 느껴졌다. 그러나 우현은 고민 끝에 입을 열었다. 그리고 윤슬은 묵묵히 그의 이야기를 들었다.

얼마 전, 교원의 과거에 대해 알게 됐다고 했다. 그는 최교원이 아니라 최민이었다고. 최민은 고등학교 1학년, 상해죄로 소년원에 갔던 전적이 있었다고. 민에게 피해를 입었던 친구는 식물인간으로 6개월을 버티다 사망했다고. 그런 과거가 있는 사람을 네 옆에 둘 수가 없었다고. 그래서 너의 트라우마를 빌미로 교원을 협박했다고.

거기까지 들었을 때, 윤슬은 더 이상 듣지 못하겠다는 듯, 한 발 물러섰다. 동시에 참았던 눈물 한 방울이 툭 떨어졌다.

"……슬아."

머리가 아팠다. 누군가 뇌를 움켜쥐고 거세게 쥐어짜는 것처럼 아팠다. 너무 아파서, 더는 들을 수가 없었다. 윤슬은 다가오는 우현의 손을 차갑게 밀어냈다.

"근데 아니었어. 내 말 잘 들어. 최민, 아니 최교원이 그런 게 아니었어."

우현을 거부하던 윤슬의 손길이 일순 멈추었다.

"……뭐?"

"오해가 있었어. 일종의 누명, 같은 거지……. 그걸 얼마 전에 알았어."

다리에 힘이 풀렸다. 윤슬은 그 상태로 쓰러지듯 바닥에 주저 앉았다. 허탈한 웃음과 함께 눈물이 쏟아지기 시작했다.

이게 무슨 소린지, 무슨 상황인지. 제대로 인지하기까지는 시간이 꽤 걸렸다. 머리도, 가슴도 너무 아픈데. 더 괴로웠던 것은 텅 비어 버린 기억이었다. 우현에게 그렇게까지 이야기를 들었는데도, 윤슬은 아무것도 생각나지 않았다. 처음 떠올랐던 한 장면을 제외하곤 아무것도. 그저 천장이 빙빙 돌 정도로 현기증이 심해졌고, 음식이 얹힌 것처럼 속이 불편했다.

자세한 상황은 모르지만 교원은 친구를 해하려 했다는 누명을 쓰고 소년원에 들어갔고, 그곳에서 1년이라는 시간을 버렸다. 그리고 그 억울한 전과로 인해 우현에게 협박을 받았고, 윤슬을 떠났던 것이다. 그렇다고 말 한마디 없이 그녀를 포기한 것은 원망스러웠다.

하지만, 하지만…… 그가 불쌍했다. 윤슬은 그가 너무 불쌍해서 자꾸만 눈물이 났다.

'……본부장님은, 모르겠어요? 정말 저를…… 모르겠어요?'

'내가 안다고 말하면, 당신도 나를 기억해 줄래?'

'좋아해요.'

'처음 만났을 때부터, 너무 좋았고, 그날 이후부터…… 나는 줄곧 당신이었어요.'

'내가 아는 누구보다 따뜻하고, 부드럽고, 화사한 여자라서.'

'당신은 모르겠지만…… 당신은 그런 사람이라서.'

기억하고 싶었다. 정확히 어느 시기, 어떻게 그를 만났는지. 그에게 그녀는 어떤 사람이었는지. 너무도 기억하고 싶었다.

그리고…… 그가 보고 싶었다.

"미안하다, 슬아. 정말 미안해……."

윤슬은 연신 사죄하며 토닥여 주는 우현의 어깨에 기대 숨이 가쁠 정도로 목 놓아 울었다. 억울하고, 슬프고, 서럽고, 미안하고, 너무 많은 감정들이 그녀를 덮쳤지만, 심장이 터져라 울고 난 후에 마지막으로 남는 감정은 역시나, 그리움이었다. 여전할 수밖에 없는 마음. 가슴 아릴 정도로 애틋한 마음.

사랑, 이었다.

푸른 잎이 뜨거운 태양을 받아 반짝 빛을 뿜었다. 그 밑에 드리워진 그늘에서 담배 한 대를 피우던 교원은 얄게 피어오르는 연기를 멀거니 바라보았다. 탁한 담배 연기가 아스팔트에서 뿜어져 나오는 연기와 혼재되면서 몽롱한 분위기를 자아냈다. 불볕더위가 기승을 부리는 지금은 8월, 한여름이었다.

교원은 타들어 가는 담배 심지를 바라보다 천천히 비벼 끄고 걸음을 옮겼다. 『더 프리즌』 작가 최교원, 신작 사인회'라고 적힌 현수막이 곳곳에 보였다. 근 3개월 동안 타는 듯이 건조하기만 했던 심장이 간만에 미약하게나마 반응하는 것을 느꼈다. 오늘은 '잠적설'이 나돌 정도로 죽은 듯이 숨어 지내던 그가, 처음으로 세상 밖에 모습을 드러내는 날이었다.

"이번 작품 너무 좋아요!"

"작가님, 멋있어요!"

"앞으로도 좋은 글 부탁드립니다."

20대 여성이 주를 이루긴 했지만, 남녀노소가 고루 섞여 있었다. 간만에 다양한 사람들의 얼굴을 접하는 교원은 그들 한 명 한 명의 얼굴을 각인하듯 세심히 바라보며 사인을 해 주었다. 길게 늘어섰던 줄이 어느새 끝을 보이기 시작할 무렵, 교원의 심장박동이 빨라졌다.

혹시나, 하는 마음에서였다.

아닐 걸 알면서도 매일을 혹시나, 하는 마음으로 살았다. 아무도 그의 존재를 모를 만큼 먼 곳에서, 철저하게 숨어서 글만 쓰며 살았는데. 그러면서도 한편으로는 누군가 찾아와 주기를, 그리고 그 상대가 그녀이기를 바라며 살았다.

헛된 희망과 눅눅한 기억이라도 없으면, 버티기 힘든 날들이었으니까.

이별이란 것은 하고 나면 끝인 건 줄 알았다. 하고 나서도 계속해서 진행될 수 있다는 것은 생각지도 못했다. 3개월 전 그녀를 떠난 이후로도, 그는 매일을 혼자 이별하며 살았다.

그녀는 하루 종일 그의 곁에 있었다. 눈을 뜰 때도, 샤워를 할 때도, 밥을 먹을 때도, 글을 쓰며 한 문장, 한 단어를 생각할 때도, 그리고 또다시 눈을 감을 때도.

그녀를 '생각한다' 라는 말이 오히려 어색해질 만큼, 그녀는 그의 곁에 공기처럼 존재하고 있었다. 그래서 잠들기 전, 하루를 마감하는 마지막 일은, 그녀를 또다시 떠나보내는 일이었다.

그런 과정들이 처음엔 못 견디게 힘이 들었다. 아무 말도 없이 그냥 떠나온 것이 제일 마음에 걸렸다. 시간이 지날수록 자신의 아픔보단 그녀에 대한 미안함이 더 커졌다.

너무 보고 싶은 마음에 그녀의 집 앞에 찾아가 몰래 보고 올까 생각도 했었다. 그것도 아니면 모르는 번호로 전화를 걸어 목소리라도 들어 볼까. 그것도 아니면 전하지 못한 마음을 담아 편지라도 써 볼까. 하고 싶은 말들을, 해야 했던 말들을 아무것도 하지 못한 게 가장 힘이 들었다. 그래서 글을 쓰기 시작했다. 그녀에게 전하는 편지나 마찬가지인 소설을.

"감사합니다. 좋은 하루 보내세요."

교원은 따뜻한 인사와 함께 책을 건네며 미소 지었다. 그것이 마지막 사인이었다. 교원은 그러고도 한참을 말없이 자리에 앉아 있었다. 팬들로 북적했던 서점은 어느새 한가로운 평소의 모습으로 돌아갔다.

그리고 그녀는 없었다.

스태프들이 현장을 정리하기 시작할 무렵에야 교원은 자리에서 일어섰다. 허탈하진 않았다. 당연한 일이라고 생각했으니까. 하지만 왠지, 먹먹했다. 교원은 잡생각을 떨치기 위해 머리를 흔들며 남은 책들을 정리하기 시작했다. 그런데, 그때였다.

툭. 누군가 책상 위에 책을 놓는 소리가 들렸다. 천천히 고개를 돌린 교원은 이윽고 상대와 눈을 맞췄다.

정적이었다. 아주 오랜 시간.

서로를 바라보기만 하던 두 사람의 눈시울은 약속이나 한 듯 함께 붉어졌다.

"사인 좀 부탁드려요."

윤슬은 희고 고운 손으로 그의 책을 살며시 밀었다.

"제가 오랜 팬이라서요."

맑은 눈동자. 맑은 웃음. 그녀는 오래전 그때의 청량감을 어느 정도 되찾은 듯 보였다. 교원은 어렴풋이 웃으며 그녀가 건넨 책을 받아 들었다. 그리고 첫 장을 열었다. 조심스레 사인을 하는 그의 손이 조금씩 떨리기 시작했다.

"감사합니다."

그는 고개를 숙이고 사인에 열중하며 말했다. 감사합니다. 그것이 그가 뱉은 첫마디였다. 그 첫마디는 달콤하지도 씁쓸하지도 않았다. 그저 잔잔했다. 그런데 윤슬은 순간 울컥 눈물이 치솟았다. 온통 원망스럽고 억울한 것투성이어야 할 그가, 나직한 목소리로 감사하다 뱉는 그 모습이 슬펐다.

그리고 고마웠다. 여전히 그때, 그 모습 그대로라서.

사인을 마친 교원이 천천히 고개를 들었다. 그리고 조용히 책을 건네며 그녀의 눈을 마주했다. 그 순간이었다.

윤슬의 입에서 낮은 탄성이 흘렀다. 눈을 한 번 감았다 뜨는 순간 두 방울의 눈물이 연이어 흘러내렸다. 믿을 수 없는 현실이었다.

그녀의 눈앞에는, 스물일곱 남자가 아닌, 열일곱의 앳된 소년이 서 있었다.

'비켜! 열어! 열란 말이야!'

그제야 떠올랐다. 바로 그 순간에야. 지난 석 달, 그렇게 떠올리고 싶어서 안간힘을 써도 되살아나지 않던 기억들이. 그의 눈을 다시 마주하는 순간, 천천히 커튼이 걷히고 따사로운 햇살이 들어오듯, 부드럽게 밀려들었다.

마치, 기다렸다는 듯.

윤슬은 걷잡을 수 없는 밀려드는 기억 앞에 숨이 턱 막혀 버렸다.

'제목은 뭐야?'

'아, 제목은……'

'……달의 정원.'

'왜?'

'여긴 밤이 되면 달빛을 온전히 받는 곳이잖아. 그러니까 너도 여기 올 때마다 생각하라고. 여긴…… 황폐하고 삭막한 소년원 옥상이 아니라…… 따뜻한 달빛이 가득한, 달의 정원이라고……'

윤슬은 그의 사인이 담긴 책을 천천히 펼쳐 보았다. 한 장, 한 장, 빠르게 넘어가는 책장 사이로 그녀의 맑은 눈물이 떨어져 내렸다.

'제 이름은 교원이에요.'

'달빛 교, 정원 원.'

그러다 한 페이지에서 그녀의 시선이 멈췄다. 또다시 툭, 책이 젖어 들었다. 한동안 그 페이지만 빤히 바라보던 윤슬은 뜨거운 숨과 함께 책을 내려놓았다. 그리고 조용히 눈물을 거둔 뒤 천천히, 그에게로 걸음했다.

교원은 다가오는 그녀를 피하지 않았고, 그녀는 조금의 망설임도 없이 그의 품에 안겨 들었다. 쿵, 쿵. 고요하게 뛰는 그의 심장 소리가 들렸다.

"보고 싶었어…… 민아."

순간, 교원의 숨이 일시적으로 멎었다. 윤슬은 목석처럼 굳어 버린 그를 따스하게 어루만지며 더욱 깊이 안겨 들었다. 그러자 잠시 후, 교원이 비로소 손을 뻗어 그녀를 끌어안았다.

다 알고 왔구나. 알아 버렸구나. 그리고도 다시 날 선택했구나. '보고 싶었어, 민아.' 라는 그 한 마디만으로 충분했다. 교원은 많은 것을 알 수 있었다. 그는 오래 참았던 감정을 내비치듯, 무거운 숨을 뱉으며 그녀를 더욱 세게 끌어안았다. 그토록 그리웠던 그녀의 온기가 느껴지는 순간, 참았던 눈물이 흘렀다.

이제야, 숨이 쉬어지는 것 같았다. 그녀를 품에 안은 이제야.

"내가 얼마나 찾아 헤맸는지 알아?"

윤슬의 원망 섞인 투정에, 교원은 서글픈 미소를 흘렸다.

"미안해. 미안해……."

"……."

"나도 보고 싶었어. 너무 많이."

그의 진정 어린 고백에, 그녀는 금세 마음이 녹은 듯, 원망 없이 희미한 미소로 말했다.

"……괜찮아. 다 괜찮아."

꼭 10년 전의 그녀처럼.

"그러니까 우리…… 가 보자. 끝까지."

그녀는 삶에 있어, 사랑에 있어 지나치게 수동적이고 방어적인 것처럼 보였지만, 결정적인 순간 먼저 다가오는 것은 늘 그녀였다. 그는 예전처럼 깊은 수렁에 빠져 있었지만, 그녀는 조금의 거리낌도 없이 손을 내밀어 왔다. 당당하고, 솔직하게. 한없이, 사랑스럽게.

"······고마워."

교원은 그런 그녀를 숨이 막힐 정도로 있는 힘껏 당겨 안았다. 안고, 안고, 또 안아도 부족한 사람. 오직 그녀뿐이었다.

"사랑해······ 사랑해, 이윤슬."

그는 말했다. 꼭 3개월 전의 그처럼.

모든 것은 흘러가고, 변하지 않는 것은 없다고 생각했다. 하지만 다시 만난 순간 그들은, 서로의 가장 아름다웠던 모습을 간직한 채였다.

현장을 정리하던 스태프들은 물론, 서점을 지나다니던 사람들까지, 많은 사람들이 서로를 품에 안은 그들을 눈에 담았다. 하지만 그들은 개의치 않고 오롯이 서로만을 느끼고 있었다. 서로가 살아 있음을, 그리고 함께 있음을 말해 주는 나직한 심장 소리에만 귀 기울이고 있었다.

그리고 그들의 곁에 놓인 한 권의 책, 펼쳐진 페이지가 그들의 아름다운 사랑과 따사로울 내일을 고요히 응원해 주고 있었다.

검은 바다 같은 내일이었다

아무리 눈을 떠도 밤이고 꿈인

그 탁한 삶 속에서 나는 매일을 헤엄치다

한 번, 웃었다

푸른 정원 같은 내일이었다

다시 눈을 뜨니 빛이 보였고

그 고운 길의 끝에 네가 있었다

그저 너

결국 너였다

낡은 어둠을 걷어 내고 깨끗한 빛을 심는

너로 인해 나는 푸른 정원에 살았다

다시 한 번,

웃을 수 있었다

— 최교원 신작, 『달의 정원』 중에서.

어금니가 콕콕 쑤시고 아팠다. 바늘에 찔릴 때와 비슷하게 따끔거리는 고통이었지만, 그만큼 가벼운 느낌은 아니었다. 잇몸 깊숙한 곳에서부터 올라오는 묵직한 통증이었다. 아무래도 어제 했던 신경 치료의 후유증인 것 같았다.

밤새 뒤척이던 교원은 결국 한숨 제대로 자지도 못하고 몸을 일으켰다. 급한 대로 진통제를 찾아 먹고 물을 마시고 있는데 가느다란 숨소리가 들렸다. 돌아보니 그녀가 몸을 비척이고 있었다. 약간 구겨진 미간을 보니 그녀도 잠자리가 영 편치 못했던 모양이었다.

교원은 그녀가 깰까 봐 물 잔을 조심스럽게 내려놓고 살금살금 움직였다.

새벽 다섯 시. 조금 이른 시간이긴 했지만 아침을 준비할 생각이었다. 그런데 방문을 열기 직전 그녀의 가느다란 숨소리가 다시 들렸다. 이번엔 어떤 통증이라도 스민 듯, 흔들리는 목소리였다.

교원은 걱정스러운 표정으로 그녀를 돌아보았다. 그녀의 손이 움직이는 게 보였다. 가녀린 그 손이 정체 모를 허공을 향해 들려지고 있었다. 힘없이 허공을 휘젓는 그 손은, 누군가에게 말하는 듯했다.

가지 말라고, 가지 말라고.

교원은 그 애절한 손짓을 외면할 수 없었다. 그는 다시 그녀에게 다가갔고, 침대 맡에 앉아 그녀의 손을 맞잡아 주었다. 그리고 나지막한 목소리로 속삭이듯 말했다.

"괜찮아. 안 가."

그는 알고 있었다.

"……호야. 윤호야."

그녀가 찾는 사람이 누구인지를.

"응. 나 여기 있어."

그는 이제 그녀의 손짓 한 번만 보아도, 그녀의 마음을 읽을 수 있었다. 그리고 그 마음을 어떻게 다뤄야 하는지도 알고 있었다.

그녀는 그의 온기를 좋아했다. 단단한 듯 보드라운 살결을 좋아했다. 고요한 북소리처럼 낮고 무거운 목소리를 좋아했다. 그 세 가지만 있으면, 그녀는 울다가도 웃었고 불안해하다가도 금세 안정을 찾았다.

그녀의 아픔은 아직 완전히 치유되지 않았다. 타인에 대한 불신과 폭력에 대한 트라우마는 많이 사라졌지만, 윤호에 대한 죄책감만은 여전했다. 그래서 그녀는 자주 윤호를 찾았다. 그를 만난 후로, 더 자주 찾는 것 같기도 했다. 교원은 그녀가 오늘도 틀림 없이 그를 찾을 것임을 알고 있었다.

"미안……."

왜냐하면, 오늘은 그가 떠난 날이었으니까.

"……미안해, 윤호야."

그녀를 다시 만난 여름으로부터 벌써 1년이 넘는 시간이 흘렀고, 지금은 9월이었다. 창틈으로 서늘한 바람이 기어들어 왔다. 교원은 영악한 도둑 같은 그 바람으로부터 윤슬을 지키기 위해 다시 침대에 누웠다.

그녀의 얼굴을 조심히 들어 팔베개를 해 주고, 이불을 끌어 목까지 덮어 주고, 가슴을 찬찬히 토닥여 주었다. 불안정하던 그녀의 심장박동이 서서히 고르게 변했다. 교원은 그 소리를 들으며 미약하게나마 웃었다.

나 때문에 미안하다는 생각은 하지 않겠다. 그는 다짐했었다. 그 대신, 나로 인해 행복할 거라는 생각만 하겠다. 염치 있게 괴로워하느니, 뻔뻔하게 행복해지는 편이 나았다. 그라도 웃어야, 우는 그녀를 달래 줄 수 있었으니까.

"괜찮아. 나 괜찮아."

그래서 그는 자주 윤호가 되었다.

그제야 윤슬의 입가에 희미한 미소가 걸렸다. 행복했다. 그 미소가 있어서, 그는 순탄치 않은 날들 속에서도 늘 행복을 느꼈다. 교원은 그녀의 몸을 자신 쪽으로 돌려 꼭 끌어안아 주었다. 윤슬이 기다렸다는 듯 그의 품속으로 파고들었다.

교원이구나. 그녀는 느꼈다. 오늘도 또 아파하는 모습을 보였구나. 자신이 원망스러웠지만 교원은 그녀가 미안해할 시간을 주지 않았다. 대신 달콤한 입맞춤으로 좀 전의 아픈 감정을 잊게 만들었다.

이마부터 눈, 코, 입, 턱, 귀, 목까지. 모든 곳에 그의 촉촉한 입술이 닿았다. 윤슬이 간지러운 듯 까르르 웃자 교원은 피식 미소 지으며 그녀를 다시 힘껏 끌어안았다.

"갖고 싶어."

좋다. 이렇게 좋아도 될까 싶을 만큼 당신이 좋다.

"얼른 같이 살자, 우리."

당신이 어서 빨리, 온전한 내 것이 되었으면 좋겠다.

응, 얼른……. 윤슬은 조용히 답하곤 교원의 품에 폭 안겨 왔다. 이 사람의 품에 안겨 있으면 어떤 순간보다 마음이 편안해진다. 마치 그의 품이 원래부터 정해진 내 자리였던 것처럼. 그의 품에 안기기 위해 태어난 것처럼. 그를 만난 지 어느새 1년이나 된 지금도, 윤슬은 매일같이 그에게서 형언할 수 없는 운명적 끌림을 느끼곤 했다.

또 다른 나인 듯했다.

그를 보면 늘 그런 생각이 들었다. 그것은 교원도 마찬가지였다. 그들은 거울 같은 사랑을 끌어안고 꼭 맞는 온도에 기대어 가만히 눈을 감았다. 닮은 숨소리가 차가운 공기 위로 먼지처럼 내려앉아 정적을 달래 주었다. 덕분에 포근한 새벽이었다.

창밖으로 형형색색의 단풍들이 봄날의 꽃처럼 흩날리고 있었다.

"글쎄, 필요 없대도!"

주영이 한층 높아진 목소리로 소리쳤다.

"멀쩡히 차가 있고 기사가 있는데, 내가 왜 남의 차에 타니?"

"이왕 같이 가는 거, 따로 갈 필요 없잖아요."

"같이 갈 필요도 없지."

"엄마."

윤슬이 교원의 눈치를 살피며 난감해했지만, 주영은 끄떡없었다. 오히려 기가 막히다는 듯 한숨을 쉬고는 먼저 차에 올라 버렸다. 쾅. 차 문이 닫히는 소리가 유난히 차가웠다.

"자네가 이해하게."

진환이 교원의 어깨를 지그시 누르며 말했다. 그나마 진환은 교원에게 마음을 많이 연 상태였다. 교원은 그것만으로도 충분히 감사했다.

"저 사람, 오늘은 평소보다 예민할 수밖에 없어."

"네, 아버님. 전 괜찮습니다."

진환은 교원의 어깨를 가볍게 쳐 주고 주영을 따라 차에 올랐다. 결국 그들의 차가 먼저 출발했다. 쌩하니 멀어지는 차를 바라보던 교원은 조심스레 다가오는 윤슬의 손길에 정신을 차렸다. 그는 걱정스럽게 바라보는 윤슬에게 괜찮다는 듯 밝은 표정으로 씩 웃어 보인 후, 차 문을 열어 주었다. 윤슬이 차에 오르고, 교원도 씩씩한 걸음으로 운전석에 올랐다.

"괜찮겠어요?"

"그럼요. 같이 가는 거 허락해 주신 것만도 어디예요."

교원은 얼른 시동을 걸고 주영의 차를 뒤따라갔다.

쉽지 않을 거라 생각했다. 짧으면 1년, 길게는 몇 년도 바라보고 있었다. 윤슬을 생각하면 하루라도 빨리 결혼하고 싶었지만 부모님의 반대 속에서 밀어붙이고 싶진 않았다. 교원은 그녀가 꼭 가족들의 축복과 인정을 받으며 결혼하길 바랐다. 그래서 그녀를 다시 만난 이후, 거의 매주 빠짐없이 윤슬 부모를 찾아가 그들의 마음을 열기 위해 부단히 노력했다.

처음부터 갈등이 깊었던 것은 아니다. 교원이라는 사람 자체가 불합격인 것은 아니었으니까. 그는 윤슬의 부모처럼 순전히 능력만으로 자수성가한 케이스였고, 고아라는 것만 제외하면 재력, 외모, 인성 등 조건적으로도 빠지는 데가 없었다. 그래서 주영보다 트라우마가 덜한 진환은 교원에게 어느 정도 관심을 보이기도 했다.

하지만 주영에게는 여전히 '타인'이라는 것이 가장 중요했다. 그녀는 일단 우현이 아닌 모르는 사람이라는 사실에 강박적인 경계부터 보였다. 그래서 처음 몇 번, 만남을 거부하기도 했다. 그러나 그것은 주영 개인의 문제이지 최교원이라는 인간에 대한 반감은 아니었다.

그래서 윤슬은 마침내 주영이 현관문을 열어 주어 처음 그를 소개할 수 있게 됐을 때, 은근한 희망을 느꼈다. 당시에는 우현도 윤슬에 대한 마음을 접은 터였기에 주영은 더 이상 우현과의 결혼을 강요할 수도 없는 처지였다. 어쨌거나 타인 중에 누군가를 선택해야 하는 상황이었던 것. 그러니 주영의 병적인 트라우마만 완화되면, 가능성이 있어 보였다.

그런데 그 실낱같은 희망은 머지않아 와르르 부서지고 말았다. 교원이 생각지도 못했던 고백을 한 것이었다.

'오늘 반가웠네.'

어색했지만 큰 문제 없이 지나갔던 하루 끝에서였다.

'어린 나이에 부모도 없이 힘들었을 텐데, 밝고 건강하게 자란 모습이 보기 좋구만.'

진환의 격려와 배웅을 받으며 문 앞에 섰던 교원은 좀처럼 발을 떼지 못하고 한참을 망설이더니, 이내 결심한 듯 단단한 어조로 말했다.

'죄송합니다.'

갑자기 무슨 소리냐는 듯, 다들 의아한 표정으로 그를 바라보았다. 그러자 교원은 고개를 툭 떨구더니 떨리는 목소리로 말을 이었다.

'죄송합니다. 어머니, 아버님.'

'…….'

'저는 아버님이 생각하시는 삶을 살지 않았습니다. 어려운 환경 속에서도 밝고 건강하게, 그렇게 성실하고 착하게 자라지 못했습니다.'

'교원 씨.'

윤슬이 놀라서 그의 팔을 잡았지만 교원은 아랑곳 않고 말을 이었다.

'저는 어려워도 열심히 살기보단 어렵다고 포기하며 자랐습니다. 힘들어도 웃기보단 힘들다고 울며 자랐습니다. 올바르고 반듯한 소년이 아니라, 반항기 다분하고 삐뚤어진 소년이었고, 그런 소년들만 모아 놓은 곳에서 자랐습니다. 열일곱 살 때까지 저는 그랬습니다. 집 대신 거리를 떠돌았고, 학교 대신 소년원을 나왔습니다. 저는…… 그렇게 살았습니다.'

충격으로 얼어붙은 주영은 소년원이라니, 이게 무슨 소리냐며 목청을 높였고, 진환은 굳은 표정으로 묵묵히 교원을 지켜보았다. 윤슬은 자신을 다그치는 주영의 앞에서 아무 말도 못 하고 눈물을 흘렸다.

처음엔 왜 굳이 말해야 하나 싶었지만, 말하지 않을 수도 없었을 교원의 심정도 이해돼서 어찌할 도리가 없었다. 오히려, 그렇게 용기를 내 준 교원이 고마웠다. 솔직하게 자신을 다 보여 주고 당당히 그녀의 옆에 서려는 그의 마음이 짠하고 뭉클했다.

'소년원에 들어갔던 건 누명 때문이었지만, 억울하다는 이유로 저는 더 피폐하게 살았습니다. 삶에 대한 의지도 희망도 없었습니다. 그런데, 그때…… 윤슬 씨를 만났습니다. 윤슬 씨는 부모도, 친구도 잃고 세상에 혼자 남은 보잘것없는 문제아에게, 손을 내밀어 주었습니다. 같은 위치, 같은 마음에서 얘기를 들어 주었고, 그리고…… 알려 주었습니다.'

'……'

'네가 있는 곳이 세상의 전부가 아니고, 지금이 인생의 끝이 아니라는 걸.'

교원의 굳건하던 두 눈에 묽은 액체가 차올랐다.

'그래서 저는 살았습니다. 그날 이후로는, 아버님이 생각하셨던 것처럼 밝고 건강한 사람으로 살았습니다. 그렇게 살려고, 필사적으로 노력했습니다. 그래서 저는 지금 떳떳합니다. 뻔뻔한 자기변명으로 들리실지도 모르겠지만, 말씀드리지 않을 수 없었습니다. 지금 이 얘길 하지 않으면 평생 하지 못할 것 같아서…… 조금 성급할지라도, 제가 어떤 사람인지, 윤슬 씨가 저한테 어떤 의미인지, 알려 드리고 싶었습니다.'

교원은 온 마음을 담아 진중하게 고백했다. 하지만 그것은 윤슬 부모에게 감동이 아닌 충격으로 다가갔다. 그들에게 중요했던 것은, 교원이 지금 어떤 사람인가가 아니었다. 그가 과거 반항적인 소년이었고, 폭력 전과가 있다는 사실뿐이었다.

특히 주영은 그의 친구가 식물인간이 되었다는 사실을 듣고 극도로 흥분했다. 윤호의 사건과 너무 겹쳐졌기 때문이다. 물론 교원이 정말 누명을 쓰고 들어갔다는 사실을 우현으로부터 확인받아서 오해가 생기진 않았다. 하지만 아무리 그렇다 한들, 한 번 깊어진 경계심은 쉽게 풀리지 않았다.

진환은 시간이 지나면서 교원에게 마음을 열었지만, 주영은 처음보다 더 벽을 두었다.

'누명이든 아니든, 나는 싫다. 그런 과거 자체가 싫어!'

그러나 교원은 포기하지 않았다. 그녀가 아무리 문전박대를 해도 매주 주말이면 꼭 주영의 집을 찾아갔다.

건강에 좋은 음식이나 선물을 사다 주기도 하고, 정원을 가꿔 놓기도 하고, 집안일을 돕기도 하고, 운전기사 노릇을 하기도 했다.

하지만 그의 주목적은 다른 것이었다.

'어머니, 밥 한 끼만 먹고 가도 될까요?'

바쁜 진환 때문에 주로 혼자 밥을 먹는 주영의 외로운 식탁에, 자신의 밥 한 공기 더 올리는 것. 아주 짧은 시간이라도, 불편함에 숨이 턱턱 막히더라도, 그래도 그녀와 마주 보고 저녁 식사를 같이하는 것.

그녀가 교원에게 현관문을 열어 주고, 밥을 내어 주기까지는 정말 오랜 시간이 걸렸다. 특히 함께 저녁을 먹기까지는 반년이 넘는 시간이 걸렸다. 1년이 지난 지금, 주영은 이제 주말이면 그의 밥을 준비해 놓고 기다리지만 아직도 살가운 대화 같은 것은 기대할 수 없다. 그래도 좋았다. 그것으로 충분했다.

교원은 늘 1인분만 지어 먹던 주영이 자신을 생각해서 3, 4인분이나 넉넉히 준비하는 것이, 그래서 눈치 안 보고 밥 두 공기를 양껏 먹을 수 있는 것이, 자신이 좋아하는 반찬이 한두 개씩 점점 늘어나는 것이, 그녀가 시계를 보며 자신을 기다리는 것이 벅차도록 좋았다. 그래서 그녀가 아무리 무뚝뚝하고 퉁명스럽게 굴어도 지치지 않고 다가갈 수 있었다.

꽉 닫혀 있던 그녀의 마음이 아주 조금씩, 천천히 열리고 있다는 것을 그는 알았으니까. 그는 윤슬과 꼭 닮은 주영을, 윤슬을 대하는 것처럼 한결같은 태도로 대했다. 주영의 마음이 완전히 열리기를 차분히 기다리면서.

　산과 강이 어우러진 추모 공원의 분위기는 고즈넉했다. 막 단풍이 피고 지는 시기라 쓸쓸한 정취가 물씬 풍겼다. 추모를 마치고 공원을 거닐던 주영은 자꾸만 흐르는 눈물을 훔치다 말고 문득 걸음을 멈췄다. 그러곤 누군가를 찾듯 주변을 두리번거렸다.

　"왜 그러세요?"

　"왜 안 보이니?"

　"뭐가요?"

　"교원이 말이야."

　윤슬은 그제야 교원과 진환이 없음을 알아챘다.

　"아버지랑 둘이 다른 데 걷고 있나 보죠. 전화해 볼까요?"

　"아니, 됐어."

　주영은 단호하게 말했지만 마음이 불편했다. 너무 예민해진 탓인지 교원에게 평소보다 유달리 쌀쌀맞게 굴었다. 때문에 교원은 주영의 눈치를 보느라 납골당에 들어서지도 못하고 멀리서 기다렸다. 이런 덴 가족끼리만 와야지, 투덜거리던 그녀의 말을 들은 것이었다. 왜 그런 말은 했는지 후회가 됐지만 이미 늦은 후였다.

　"윤호한테나 다시 가 봐야겠다."

　"왜요?"

　"아까 보니까 사진이 좀 비뚤어져 있었던 거 같아. 윤호가 좋아하던 독사진 말이야. 괜히 찝찝하네."

"알았어요. 가요."

윤슬은 주영의 팔짱을 끼고 다시 납골당으로 향했다. 선선한 바람이 불어 주영의 블라우스 옷깃이 흔들렸다. 항상 답답할 정도로 고집스럽게만 보이던 그녀가 오늘따라 가느다란 바람에 흔들리는 옷깃처럼 약하게 보였다.

뭐가 그리 초조한지 급한 걸음으로 납골당에 도착한 주영은 윤호의 안치단까지 들어서지 못하고 입구에 멈춰 섰다. 언제 와 있었는지 진환이 그 앞에 서 있었다. 그의 무거운 표정을 따라 안을 들여다본 윤슬은 순간 울컥 치솟는 감정을 억누를 수 없었다.

그가 보였다.

윤호의 앞에서 조용히 고개를 숙이고, 소리 없는 추모를 하고 있는 그가.

차마 윤슬의 가족들 앞에선 윤호를 보겠다고 나서지 못했다가, 그들이 자리를 비우자 몰래 찾아와 넋을 기리는 그 모습은, 슬펐다. 어쩐지 너무 아팠다.

한참 동안 그러고 있던 교원은 조용히 고개를 들어 윤호의 사진을 바라보았다.

"⋯⋯안녕, 처남."

그리고 어렵게 입술을 떼어 말했다.

"보고 싶었는데, 누나 닮아 인물이 좋네⋯⋯. 처남한테 제일 먼저 허락을 받았어야 하는데⋯⋯ 내가 자격이 없어서⋯⋯ 많이 늦었어."

이상했다. 약간 비뚤어진 그의 독사진을 보는데, 처음 보는 낯선 사람의 사진을 보는데, 이상하게도 자꾸 코끝이 시큰거리고 목소리가 흔들렸다.

"내…… 나이였구나. 그때, 나랑 같은……."

차마 말이 이어지지 않았다. 소년원에서 그녀를 처음 만났던 그때, 자신의 모습이 떠올랐다. 열일곱의 앳된 윤호는 그때의 그를 생각나게 했다. 그게 얼마나 오랜 옛날인지, 얼마나 어리고 여린 나이인지, 그 시기를 잊을 수 없는 교원은 잘 알고 있었다. 그래서 그 나이에 떠나 버린 윤호가 더욱 아프게 다가왔다.

"나랑 동갑이구나…… 처남."

애써 웃는 교원의 눈꼬리가 가늘게 떨렸다.

"있잖아, 처남…… 미안해. 나 가끔 처남을 원망한 적도 있어. 왜 그렇게 가서 누나를 아프게 하는지, 왜 모두를 힘들게 하는지……. 누나가 너무 좋아서…… 내가 그런 생각을 했어. 미안해, 너무 미안해……. 그때 많이 아팠을 텐데……. 그치…… 나는 고작 치통 하나로도 이렇게 아픈데……. 아팠을 거야, 많이……. 근데 처남…… 고마워. 이런 생각 하면 안 되는 거 아는데, 근데, 그때 누나를 지켜 줘서…… 끝까지 지켜 줘서…… 그래서……."

윤슬은 터져 나오는 울음을 입을 막아 참았다. 주영은 더는 지켜보지 못하고 몸을 돌렸다. 차갑게 돌아선 그녀의 두 눈에서 뜨거운 눈물이 후두둑 떨어져 내렸다.

"그래서 내가 지금…… 이렇게 살아 있어……."

사랑하는 사람을 지키려고, 사랑하려고, 그는 매일매일을 살아가고 있었다.

"내가 잘할게……. 처남이 지켜 준 사람 끝까지 잘 지켜서…… 그렇게 떠난 게 헛되지 않게…… 내가 정말 잘할게……."

교원은 동갑내기 친구를 만난 듯, 그렇게 친근하게 첫인사를 했다. 그 순간만큼은 열일곱 소년으로 돌아간 듯했다.

"고마워…… 고마워, 윤호야……."

모두가 항상 미안해만 했던 윤호에게, 그는 처음으로 말했다. 고맙다고. 누나를 지켜 줘서 고맙다고. 그래서일까. 비뚤어진 윤호의 사진이 어렴풋이 웃는 것처럼 보였다. 교원은 그의 희미한 미소를 바라보며 다시 고개를 숙였다. 그리고 참았던 눈물을 툭 흘려보내며, 또 한참을 묵묵히 기도했다.

부디 그곳에서는 아프지 않기를. 지금 내가 한 약속을 잘 지키는지 죽는 날까지 지켜봐 주기를. 그리고 행복하기를.

오랜 시간, 하염없이 기도했다.

본가에 도착했을 때는 점심시간이 조금 지나 있었다. 교원은 대문을 열고 들어서는 주영과 진환의 뒷모습을 가만히 바라보았다. 그들의 걸음은 무게를 가늠할 수 없을 만큼 무거워 보였다. 평소 같았으면 밥을 먹고 가겠다고 능청스럽게 따라 들어갔겠지만 오늘은 날이 날이니 만큼 그럴 수가 없었다.

"안 들어가요?"

"아니에요. 얼른 들어가요. 오늘은 그만 가 보는 게 나을 거 같아요."

윤슬은 아쉬웠지만 그의 불편한 마음을 잘 알기에 아쉬운 표정으로 그의 손을 놓고 대문 안으로 발을 들였다. 교원은 윤슬에게 손을 흔들어 보인 후, 주영과 진환에게 인사를 하기 위해 입을 열었다.

"저……."

그런데, 주영이 돌연 휙 돌아보더니 그의 말을 자르며 물었다.

"뭐해?"

"네?"

"빨리 안 들어오고 뭐하느냐고."

"아, 저는……."

"얼른 들어와. 밥 먹고 가."

교원은 순간 말문이 막혔다. 처음이었다. 그녀가 먼저 밥을 먹고 가라고 말해 준 것은. 주영은 주로 무작정 찾아오는 교원을 마지못해 받아 주는 쪽이었지, 지난 1년간 단 한 번도 먼저 밥을 먹고 가라고 말한 적이 없었다.

"안 먹을 거야?"

주영이 날카롭게 채근하자 교원은 그제야 정신을 차리고 '아뇨! 감사합니다!' 라고 외치며 서둘러 따라 들어갔다. 주영은 그런 교원에게서 다소 차갑게 고개를 돌렸다. 그러나 고개를 돌린 그녀의 얼굴에선 짙은 어둠이 천천히 가시고 비 오는 날의 수채화처럼 흐릿한 미소가 떠올랐다.

그녀는 생각했다. 오늘은 꼭 말해야겠다고. 단, 어떤 식으로 말해야 할지가 고민이었다.

'그래, 결혼은 대체 언제쯤 할 건데?'

'올겨울이 좋으려나, 내년 봄이 좋으려나? 너희 결혼 말이야.'

'이제 밥 축내러 그만 오고, 슬이나 데려가.'

'그만하면 됐어. 슬이 데려가도 된다고 이제.'

수많은 말들을 생각해 봤지만, 어느 것도 그녀의 마음을 제대로 담지는 못했다. 주영의 솔직한 마음은 따로 있었다.

고맙다, 교원아.

너라서 다행이다.

단 한 사람이 늘었을 뿐인데, 삭막했던 집의 분위기가 활기차게 변했다. 교원은 여느 때처럼 환하게 웃으며 주영의 가방과 재킷을 받아 주고, 살가운 말들을 건넸다. 이를 본 윤슬은 얼른 진환에게 가서 옷을 챙겨 주었다.

언제 그토록 무거운 슬픔이 감돌았냐는 듯, 그들 사이에는 소소한 웃음이 흘렀다. 어느새 가족이었다. 무덤처럼 고요하고 어둡기만 했던 윤슬의 집이, 아무도 모르는 1년 사이 조금씩 평범한 가족의 모습을 갖춰 가고 있었다.

그렇게, 어느새, 가족이었다.

윤슬은 조심스럽게 아파트 옥상 문을 열었다. 설마 했는데, 상상했던 풍경이 드러나자 그녀의 입에서 짧은 웃음이 샜다. 교원이 옥상 난간에 걸터앉아 있었다. 그것도 우쿨렐레를 들고.

그리고 그의 바로 위에는, 그 어느 때보다 크고 밝은 보름달이 떠 있었다. 달이 지구와 가장 가까워졌을 때의 모습이라는, 슈퍼문이 뜬 것이었다.

그 달을 보면서, 윤슬은 처음 〈가든오브더문〉을 기획하던 때를 떠올렸다. 그때도 지금처럼 옥상에 있었다. 그때는 아파트가 아닌 학교 옥상이었다. 늦은 밤이었고, 학생들은 많지 않았다. 윤호가 죽은 지 얼마 안 됐을 때라, 사실 그녀는 극단적인 생각으로 옥상에 오른 터였다.

그런데, 한참을 망설이다가 부들부들 떨리는 다리로 난간을 밟았을 때였다.

달이 보였다. 여태껏 본 것과는 비교도 안 될 정도로 크고 밝은 달이, 바로 눈앞에 있었다. 그때는 몰랐지만, 슈퍼문이었다. 그 은은한 듯 강렬한 빛이 옥상을 가득 비추고 있었다.

'달의 정원.'

순간 그 단어가 떠올랐다. 이전엔 단 한 번도 생각해 본 적 없는 단어였는데. 교원의 기억을 지운 상태였던 윤슬은 갑작스레 떠오르는 그 단어가 낯설었다. 하지만 이윽고 그 단어가 마음에 들었다. 그 단어를 떠올린 순간, 그녀가 뛰어내리려던 옥상이, 순식간에 달빛을 가득 받는 정원이 되었으니까.

연이어 푸른 정원 위로 마법처럼 새로운 세계가 펼쳐졌다. 환상과 판타지의 세계였다. 그 세계는 윤슬의 머릿속에 각인처럼 남았고, 그것은 머지않아 〈가든오브더문〉이라는 게임이 되었다.

"무슨 생각 해요? 얼른 오지 않고."

당신은 내가 당신을 살게 했다고 하지만, 나 역시 당신과의 기억 덕분에 살 수 있었다.

윤슬은 희미하게 웃으며 교원에게 다가갔다. 오랜만에 앉아 보는 난간은 불편했다. 얼마나 살고 싶어졌으면, 위태로운 긴장감이 두렵게 느껴졌다. 하지만 좋았다.

교원은 그녀의 미소를 보더니, 하나, 둘, 박자를 맞추고 손가락을 움직였다. 가늘게 떨리는 현만큼 그의 심장도 떨리기 시작했다. 그는 아직 능숙하진 못하지만 어설프게나마 최선을 다해 연주했다. 그 와중에도 그녀를 바라보며 미소 짓는 것은 잊지 않았다.

그를 매혹시킨 그녀의 맑은 눈동자 속에, 작은 악기를 연주하는 한 남자가 들어찼다. 그 모습이 달빛을 받아 눈부시게 빛났다.

그녀는 몰랐지만, 그는 11년 만에 그녀에게 답곡이자 청혼곡인 음악을 선물하고 있었다.

서늘한 듯 따뜻한 가을밤. 경쾌하고 아름다운 우쿨렐레의 선율이 공허한 옥상 위를 매끄럽게 유영했다. 그리고 교원의 잔잔한 목소리가 그 아늑한 선율 사이로 차분히 녹아들고 있었다.

보고 싶다

매일 스치지 않고 머무는 너를

내 숨결을 만지는 너를

사라지고 흘러가는 것들 속에서

어느 날도 변함없는 너를

나는 한동안 혹은 오랫동안 아니

해가 지는 동안에도 버티는 그늘처럼

얼지 않고 녹지 않고 한 번
떠나지도 않고
보고 싶다
한동안, 오랫동안, 아니 끝까지
그래 끝까지
보고 싶다
나는 너를 보고 싶다

—*The end*

어느새 일곱 번째 작품입니다.

이 작품을 가져오는 데 1년이 넘는 시간이 걸렸네요.

지난 1년 동안 많은 일이 있었습니다.

많은 시작과 끝, 선택과 결정, 후회와 책임.

그 속에서 제가 느낀 감정들이 이 글을 쓰는 밑거름이 되었습니다.

이렇게 많이 쏟아 내 본 적이 있었나 싶을 만큼, 저를 많이 담은 작품입니다.

열렬하진 않지만 잔잔한 위로가 되는 작품이었으면 합니다.

여러분의 다가오는 겨울이, 달빛이 비추는 정원처럼 포근하길 바랍니다.

머지않아 다음 작품으로 인사드리겠습니다.

고단했던 1년을 함께 지나온 로맨티시즘 작가들과 독자분들,
그리고 지켜봐 주신 모든 분께 감사드립니다.

2015년 초겨울, 달의 정원에서.

최윤서 드림.

달
의
정
원

1판 1쇄 찍음 2015년 11월 18일
1판 1쇄 펴냄 2015년 11월 24일

지은이 | 최윤서
펴낸이 | 정 필
펴낸곳 | (주)뿔미디어

기획 · 편집 | 이영은

출판등록 | 2002년 9월 11일 (제1081-1-132호)
주소 | 경기도 부천시 원미구 소향로 17, 303(두성프라자)
전화 | 032)651-6513 / 팩스 032)651-6094
E-mail | scarlets2012@hanmail.net
블로그 | http://blog.naver.com/dahyangs
홈페이지 | http://bbulmedia.com

값 9,000원

ISBN 979-11-315-6900-9 03810